禹王书

冯玉雷 著

中国社会科学出版社

图书在版编目（CIP）数据

禹王书/冯玉雷著. —北京：中国社会科学出版社，2024.3（2024.4重印）
ISBN 978 - 7 - 5227 - 2954 - 1

Ⅰ.①禹…　Ⅱ.①冯…　Ⅲ.①长篇小说—中国—当代　Ⅳ.①I247.5

中国国家版本馆 CIP 数据核字（2024）第 035300 号

出 版 人	赵剑英
责任编辑	李金涛
责任校对	刘春芬
责任印制	李寡寡

出　　版	中国社会科学出版社
社　　址	北京鼓楼西大街甲 158 号
邮　　编	100720
网　　址	http://www.csspw.cn
发 行 部	010 - 84083685
门 市 部	010 - 84029450
经　　销	新华书店及其他书店

印刷装订	三河市华骏印务包装有限公司
版　　次	2024 年 3 月第 1 版
印　　次	2024 年 4 月第 2 次印刷

开　　本	710×1000　1/16
印　　张	23
插　　页	2
字　　数	339 千字
定　　价	168.00 元

目　　录

中国伟大精神的艺术化书写

　　我在陕西工作时，因为爱好，与同在大雁塔附近的陕西师范大学中文系的阎庆生、叶舒宪等学者多有往来，留下了美好的回忆。因此，即便后来我到青海和北京工作，与他们的交流也未中断。2012 年 7 月，我参加长城保护调研活动到了敦煌，他们的学生、青年作家冯玉雷从兰州专程赶来，与我匆匆见面，说他刚接任《丝绸之路》杂志社社长之职并有很多打算，希望我予以支持，并请我担任《丝绸之路》编委。《丝绸之路》杂志每期都寄给我，也刊登过我的作品，听了玉雷对《丝绸之路》改革的介绍，我觉得很好，便一口答应了。此后我们一直保持联系，《丝绸之路》也确有了很大改观。

　　2014 年 7 月，由中共甘肃省委宣传部、甘肃省文物局、西北师范大学、中国文学人类学研究会主办，《丝绸之路》杂志社等单位承办"中国玉石之路与齐家文化研讨会"暨"玉帛之路文化考察活动"，玉雷邀请我参加。甘肃在中华文明发展史上有过重大贡献，我考察过秦安大地湾等不少著名的文化遗址，穿行过充满魅力的河西走廊，有机会再去一次，自是难得；同时我觉得这个活动的主题很好。玉器是故宫博物院的重要藏品，达 50000 余件，著名玉器专家杨伯达前些年就致力于玉文化的研究，为学界所重，能在这个活动中增长知识，加深对中华文明起源与发展的认识，当然求之不得。尤其是当玉雷介绍了前几次玉帛之路文化考察的情况，得知考察活动的领头人是已经成为学术名家的老朋友叶舒宪时，我欣然参加了。

　　考察团从兰州出发，一路西行，围绕齐家文化这个主题，考察了民勤沙井子及柳湖墩、山丹四坝滩、民乐东灰山、玉门火烧沟、瓜州兔葫芦、玉石山等遗址，我和作家、新疆阿克苏原人大主任卢法政同志在瓜州与考察团会合，然后沿河西走廊东归，经甘肃嘉峪关、民乐、青海祁连、门源到西宁，后来还参加了总结会。我虽然没有全程参与，但依然感到非常辛苦，可以想象叶舒宪和考察团其他成员的艰苦程度。我被他们的精神深深打动了。通过微信和及时发布的考察笔记，我分享了他们其后多次在田野中探索求知的乐趣，并通过他们陆续出版的三套考察丛书，对玉文化有了更多的了解。尽管这门影响越来越大的学问目前还在探索阶段，但经过这么多人的执着探求，它的文化价值已经显露端倪，坚持下去，以玉文化为钥匙，很有可能开启古代哲学、政治、文化、文学等领域的新视界。

那次考察活动我感触颇深，《丝绸之路》编辑出版考察专刊时，我写了首长诗《玉路歌》。

以上说了这么多题外话，与冯玉雷的《禹王书》有什么关系呢？有的，就是通过参加这次玉帛之路文化考察活动，我对冯玉雷的创作历程有了更多的了解，或者说我见证了他这本新书的准备、积累与酝酿过程。

冯玉雷在陕西师范大学中文系求学期间就开始发表小说、散文。在那个年代，不少中文系学生都有一个文学梦，难能可贵的是，毕业后，不管工作如何变动，他始终坚持文学创作。1993 年、1994 年连续两年在《飞天》发表两部中篇小说《陡城》和《野糜川》，后来陆续出版长篇小说《肚皮鼓》《敦煌百年祭》《敦煌·六千大地或者更远》《敦煌遗书》《野马，尘埃》及文化专著《玉华帛彩》《玉帛之路文化考察笔记》《敦煌文化的现代书写》（与赵录旺等合著）等。多年来他致力于写同一个题材：敦煌。

著名作家、评论家雷达认为，《敦煌·六千大地或者更远》表达了作者独特的文化情思和历史文化观念。"六千大地"泛指西部大地——帕米尔高原、青藏高原、河西走廊、传统上的西域各地及中亚。六千大地极言其远，包含一个大文化带，而敦煌是它的一颗明珠。因此雷达在小说序言中评价冯玉雷"是一个顽强的文化寻根者，一个试图'还原'丝绸之路文明的梦幻者，一个追寻敦煌文化的沉醉者，一个执拗地按照自己的文学理想来建构文字王国的人"。

《敦煌·六千大地或者更远》之后的《敦煌遗书》，是冯玉雷写敦煌的第三部长篇。著名符号学家赵毅衡在序言中说："《敦煌遗书》确实是敦煌自己的书，冯玉雷用他奇特的小说创作方法延续两千年来绵延不绝的敦煌书写。"并且把冯玉雷的敦煌文化题材小说总结为敦煌的"第四次书写"。

以上列举的玉雷的创作、研究成果大多完成于他 2012 年 6 月履职《丝绸之路》杂志社社长、主编之前，"转行"后，他会不会就此脱离写作？繁忙的公务和编刊工作会不会消磨掉他的才思？这种顾虑显然是多余的。玉雷非常敬业，他们在纸媒生存环境艰难的形势下，另辟蹊径，把《丝绸之路》办得有声有色；同时他也没有忘记自己的作家身份，仍在坚持创作，长篇小说《禹王书》就是一个明证。

玉帛之路文化考察活动始于 2013 年中国社会科学院重大项目"中华文明探源的神话学研究"结项之后。该项目结论认为新疆昆仑山特产和田玉对华夏文明建构具有实际的推动作用。玉文化发源于新石器早期，绵延至今，是中国传统文化的重要组成部分。玉帛之路是以玉文化为价值皈依的东西文化交流大通道，它沟通了东部玉石信仰观念核心区和西部资源分布带，历史悠久。周穆王西去昆仑山之前，要先循着黄河流向去探索古老的"玉石之路"。张骞两次出使西域所走的"丝绸之路"正是在古代的"玉石之路"上拓展出来的。中华文明的起源与西部玉石资源持续向中原运输密切相联，而相关的系统调查和采样却基本处于空白状态，学术研究薄弱，缺乏基础资料和地理线路数据。于是，叶舒宪和冯玉雷率领考察团用拉网式普查方式对西部与中原交通路线和史前玉文化传播迹象做全面调研和标本采样。到 2019 年 5 月，考察活动已坚持进行 6 年，共完成有组织的 15 次田野调研，覆盖西部 7 个省区 160 多个县市和环太湖地区多地，驱车与徒步的总行程超过 50000 多千米，在《中国社会科学报》《甘肃社会科学》《民族艺术》《百色学院学报》《宁夏社会科学》《丝绸之路》等刊物发表考察论文和学术笔记 50 多篇，提交政府对策报告 3 份。他们通过出土玉器考察"前文字"时代文化史，并把这种实物和图像信息称为"第四重证据"（也称"物的叙事"和"图像叙事"），以补充历史学考古学"二重证据法"和"三重证据法"之不足。作为这项田野考察活动的组织者、参与者，冯玉雷实地考察了史前及历朝历代的文化遗址，观摩大量出土文物，并且能有机会与郭大顺、郎树德、孙英明、陈星灿、张天恩、马明志等考古学家一起学习，甚至在考古现场观摩、请教、切磋，这是千载难逢的机遇；就文学创作而言，又是难得的宏大的采风活动，这些文物蕴藏着丰富的、生动可感的古老文化信息，它们肯定能激发玉雷的创作灵感。果然，他在公务之余悄悄构思，以 15 次考察成果为基础，创作出长篇小说《禹王书》。

看到这部小说的清样，我很激动，为玉雷创作的又一次跨越感到高兴。这部小说以大禹治水、女娲补天、夸父逐日、精卫填海、禹铸九鼎等神话传说为背景，以最新史前文化考察研究成果为依据，充分展开文学想象，对上古神话进行激情澎湃的"重述"，重塑了禹、鲧、舜、仓颉、夸父等一系列史前人物形象，使这些符号化的神话人物生动可感、栩栩如生；通过这些"形象丛林"，让我们看到遥远的玉文化如何诞生、如何在夏朝汇聚形成中华文明的核心价值，进而影响到礼乐制度。小说无论在语言运用、人物形象塑造还是情节安排上，处处都洋溢着玉文化精神。

叶舒宪等学者依据"四重证据法"研究认为，中原地区玉礼器生产伴随王权崛起而揭开序幕，这个过程中西北齐家文化起到重要的推动作用：一方面，齐家文化接受东方玉器崇拜观念，大量生产以玉璧、玉琮、玉斧为主的玉礼器，成为夏、商、周三代玉礼器的重要源头；另一方面，齐家文化因占据河西走廊的特殊地理位置，将新疆和田玉输入中原地区，开启商、周两代统治者崇拜和田玉的先河，经过儒家"温润如玉"理念的熏陶，和田玉独尊的现象一直延续至今，成为华夏文明发生的巨大动力和核心价值。《禹王书》通过艺术手段生动地展现了这个过程，赋予大禹治水、女娲补天、夸父逐日、精卫填海等经典神话新的文化内涵和象征意义，把大禹治水与政治治理、女娲补天与道德重建、夸父逐日与职业精神结合起来。玉雷对这些经典神话进行了重塑、再造，如他对精卫填海的重塑就别出心裁。在《禹王书》中，精卫不再是怀着仇恨之心衔着石块填海的形象，而是不辞劳苦，用敦煌三危山玉石到东海换水的爱情守护者形象。一开始读到这些情节时，人们可能有些不理解，甚至疑惑，但再三思虑后就会感到：玉文化的实质不就是和谐共处，成人之美吗？想一想，先民创造文字时，带斜玉旁的汉字基本都与"和谐、美好"之意有关。《穆天子传》中提到"束帛"和"玉璧"，二者结合正是体现了中华民族的核心价值理念："化干戈为玉帛"。由玉文化孕育出的"和"是中华传统文化的精髓，是涵盖政治、经济、文化、社会、生态等诸多领域的核心理念，呈现出极强的包容性，为中华文明的传承与发展奠定了基础。因此，神话的这种重塑就有了重要的文化基础，也提升了《禹王书》的文学价值。

再如，夸父逐日是我们熟知的神话故事。在《禹王书》中，夸父是一个非常独特、非常可爱的人物形象，同时也是一个富有牺牲精神的悲剧式英雄形象。冯玉雷说，这个人物形象的升华，是在一次考察活动中受到的启发。2017 年 8 月，在第 13 次玉帛之路考察中，考察队找到并初步确认位于敦煌三危山旱峡的古代玉矿，其开始年代可能早在距今 4000 年至 3500 年前后，将中华民族对敦煌开发的历史大大提前，这也表明敦煌之所以成为东西方文化交汇的枢纽，因为它是西玉东输最重要的枢纽。这是自 1900 年发现敦煌藏经洞和外国学者大量运走敦煌文书以来，由中国本土学者在敦煌独立完成的具有深厚文化底蕴的探索发现。玉雷根据这次发现，在小说中特意将夸父"渴死道中"的地方安排在属于祁连山系的野马南山之北，并且让其化身为三危山和胡杨树，又让三青鸟与精卫鸟的复合体每天往返于大漠与东海之间，送去玉石，带来海水。这种构思极具人文关怀思想。旱峡的古代玉矿让玉雷重新审视古代典籍中关于"窜三苗于三危"的记载，把西北齐家文化与东南良渚文化联系起来，如此等等，这些大刀阔斧的创作，都是受文献记载和出土文物的启发，并非空穴来风。

《禹王书》折射出的文化精神正是中国精神，讲述的也是贯穿中国文化核心价值的故事。冯玉雷通过这部小说，完成了西北高原般宏阔的大文化书写，正如叶舒宪在冯玉雷、赵录旺合著的学术专题《敦煌文化的现代书写》序言中所说："张骞来到于阗国的时候，根本没有丝毫提及佛教的内容，只有两种东西引起中原王朝统治者的极大兴趣，这种兴趣甚至驱使汉武帝做出两个非同寻常的举动，都被司马迁如实写在《史记》中：一个是查对古书，为出产玉石的于阗南山命名，那便是在中国文化中'一言九鼎'的名称'昆仑'；另一个举动是艳羡乌孙和大宛所产的良马，专门为马而写下赞歌《天马歌》。直到明清两代，这条路上最繁忙的进关贸易物资仍然是玉和马。由此看，敦煌的经卷和佛教艺术都是派生的辉煌，中华玉文化神话驱动的西玉东输和玉门关的确立，才属于原初的辉煌。而将中原文明与西域率先联系起来的西玉东输运动，一定和4000年前西北地区的崇玉文化——齐家文化密不可分。这就是冯玉雷近十年来从敦煌书写转向齐家文化遗迹踏查的内在因素吧。"

总之，《禹王书》是通过小说艺术转化文献、学术成果的成功尝试。当前，风云际会，正逢"一带一路"经济文化如火如荼地建设，现代丝绸之路文学艺术方兴未艾，期待越来越多的作家、艺术家能加入这个创作队伍，创作出更多阐释中国崇高文化精神的艺术作品！"春江水暖鸭先知"，如果说《禹王书》是这方面的成功探索作品之一，我坚信，受过民族文化滋养、秉承中国文化精神的文学艺术家一定能创作出更多艺术化书写伟大时代的优美作品！

郑欣淼

2018 年 10 月 30 日初稿，2023 年 6 月定稿北京

走在丝路和玉路上的寻根作家冯玉雷
——序长篇小说《禹王书》

近些年我接触冯玉雷较多，唤起我一些回忆和联想。

我大学毕业之后当过中学老师，担任了近两年的班主任。后来读研究生，从小苏北到大西北，毕业后扎根西北，留校任教，也曾给冯玉雷带过课。这样就有了同校研习之缘分，彼此更深的关联则是文化之缘，是对丝路文化、文学存有共识。从一定意义上讲，研究丝路就是研究文化交流和磨合。在这样一个创业兴业成为时代要务的新时代，关注和研究丝路以及升级版"一带一路"也恰是时代发展的需要。通过探索和交流，关注丝路、建设丝路的人也会逐渐形成一些共识，甚至会逐渐生成"丝路共同体"的共命运的兄弟般的亲情意识。在此基础上，丝路文化包括文学才能更好地流通、传播，由此才能进入一个更高的层次。在丝绸之路、文化交流、文化磨合、命运共同体这样一些关键词下，我觉得文学创作一定要围绕文化深层的一些东西尤其是历史的细节进行书写，也就是说要对那些所谓文化命运的东西有一种深切、真切的观照，给出具有艺术性的总结及阐释。在这方面，冯玉雷多年来做了非常惊人的探索。他对敦煌以及西域的书写，成就了关乎丝路人文、历史的一系列作品（如《敦煌百年祭》《敦煌·六千大地或者更远》《敦煌遗书》《禹王书》《熊图腾》等），对当代中国西部文学尤其是丝路文学做出了切实的重要贡献。

近几年，我在不同的学术会议之间穿梭，可以说是穿越了时空，跨越了学科。在众多学科学术交流过程中，我会寻找一些文化关键词，叩询诸多文化问题，它们也经常出现在冯玉雷的字里行间或文本叙事中，于是我更觉得其间蕴含了深意。

在某些讲座或学术会议上我都会从文学说到文化，我觉得"丝路文学及其研究"的一个核心概念是文化磨合。只要是交流沟通，都会有一个文化磨合过程，这个"文化磨合"非常值得琢磨。丝路的文化磨合是一个漫长的过程，而且会呈现出各种各样的形态。丝绸之路给我们带来的不只经济上的交易，还有其他方面的交流，比如文艺、教育、考古及文物保护等。充分的交流和磨合最终会形成一些文化共识。我在一些文章和发言中多次强调了文化磨合的重要性，这种文化交流的内在机制及终极目的不是一味斗争，不是你死我活，而是通过交流磨合以求共存共荣。尽管丝路上的故事千千万万，也有许多恩怨情仇甚至血雨腥风，但发展到今天，则要强调文化多样性前提下的交流和兼容。没有交流和兼容就不会有敦煌，也不会有冯玉雷的敦煌小说。在中国当代文学研究这个话题中，也不能缺少对丝路文学的研究，由此也要关注和研究近年来相当活跃的丝路作家冯玉雷。

从 2012 年到 2022 年，冯玉雷通过期刊、媒介进行学术交流，对他了解最新丝绸之路文化艺术研究状态不无裨益。那个阶段，他主编《丝绸之路》杂志，同时担任社长一职。办好期刊本身就是一份有意义的事业，因为办刊物归根结底是通过媒介来建构文化，推动文化交流。同时办刊也可以开阔视野、积累经验、锻炼意志、提高能力，对于志在写好丝路故事的作家来说，大有帮助。2022 年 5 月，冯玉雷又担任甘肃文化发展研究院常务副院长，任职伊始，就策划实施"玉文化与华夏文明高端论坛"系列讲座，与《大家》文学期刊社联合开展"新山海经书写及展现文化工程"，可以说开局很好。我的理解，这个文化工程有关华夏文明学术探源和文学书写，是一体两翼。文明的发生、发展、交流都是依山傍水。先秦典籍《山海经》是一部地理著作，具有非凡的文献价值，内容主要包括山川、地理、民族、物产、药物、祭祀、巫医等，保存了包括夸父逐日、精卫填海、大禹治水等不少脍炙人口的远古神话传说和寓言故事，对中国古代历史、地理、文化、中外交通、民俗、神话等方面的研究均有参考价值，影响深远。据了解，他们邀请考古学家、历史学家、人类学家、作家等社科界人士以实地考察为基础，结合文献、考古成果、神话传说等，从地理、生态、物产、人口、历史、文化、民俗、现代状况等方面对一座山、一条河（或一个湖）进行立体化书写，围绕华夏文明探源问题，将学术研究与文学书写紧密结合。在当今世界，以儒家文化为代表的中国文化可以给人类提供一些智慧性的东西，在文化策略意义上解决人类的一些困境。比如后现代暴露出来的一些问题，中国文化可能会给出一些对策性的答案或思考。儒家文化强调人伦思想，对这方面有些东西可以进行阐发，特别是像关学的一些思想，包括著名的"四为"精神，仍有当代价值。也就是说，借鉴儒家学说，可以智慧性地解决人类存在的人际关系及天人关系。如何解决一些困扰人类的难题，包括文化传播层面上的一些问题，这牵涉中国文化如何"活起来""走出去"。由此我想到了冯玉雷的家国情怀、使命意识和士子情结，他甚至也有一股"知其不可为而为之"的劲头，他讲述的所有关于敦煌关于西域的故事，也有其内在的文化担当。他所关切和讲述的丝路故事、玉帛文化故事及文化/文学人类学，也都有耐人寻味的东西，值得细细品味和深究。现在有了甘肃文化发展研究院这个学术平台，在学术研究、文学创作以及多学科融合发展方面，会有更大的拓展空间。冯玉雷不但通过小说创作讲述华夏文明故事，而且在其位谋其职，整合多学科的学术和文学力量，共同挖掘、书写、传承灿烂辉煌的传统文化，并且融入当代文化构建中，意义重大。

其实，这也是"文化磨合思潮"与"大现代文学"建构的问题。近现代以来，中国客观上存在的"文化磨合思潮"对于建构中国"大现代文学"具有重要作用及多重意义。百年来，中国文学的经验教训耐人寻味，必然要认真观照五四、鲁迅、一些红色经典以及改革文学、伤痕文学、寻根文学等。说到寻根文学，我觉得冯玉雷的作品在很大意义上可以说就是寻根文学，或者说是新寻根文学。他寻的根，关乎文化根脉，关乎文化命运，我称之为"命运的探索"，或叫作"秘密的探索"。

冯玉雷是一个在文化创造方面渴望不断向前探索的人。他有开放的心态、开拓的精神，坚持奔走和书写，是走在丝绸之路和玉文化之路上的寻根作家，一个虔诚的上下求索者。他的身心一直在丝路和玉路上，经常组织玉帛之路考察等系列文化探索活动。他是一个从事文化探索的人，一个寻求跨界、组织交流的探索者。有这样的学生，我感到非常欣慰。陕西师范大学人文社会科学高等研究院已经聘请他为驻院作家，希望他能静下心来，创作一些新作品。探索是无止境的，在百年文学史的框架里，冯玉雷的探索实际上具有开拓意义。他是真正意义上的文学和人生的"探路者"，他的寻寻觅觅，追求的是语言艺术上的独到，他在寻求多样文化会通背景下的文学表达，也在探索多种文学表达方式的会通。我觉得雷达老师对他的评论还是比较准确的，他称冯玉雷是"顽强的文化寻根者"。冯玉雷擅长写敦煌，如果说敦煌是学术上的一个重要研究对象，是历史上的巨大文化意象，那么它肯定也是文学上永恒的"复调"形象。小说讲究"复调"，冯玉雷的小说也具有"复调"的特征。他是进入新世纪新时代集中写敦煌小说的第一人。通过小说这种文体如此关注和书写敦煌，尤其是具有综合的文化价值，艺术上又比较另类，比较有韵味，据此可以说冯玉雷是当代中国描写敦煌最具代表性的小说家。他一定会在当代小说史上留下浓墨重彩的一笔。进而言之，冯玉雷也是中国当代丝路文学、丝路小说和考古文化小说极具代表性的作家，这是我对他的一个判断和定位。

2018年11月，《大家》第六期在"锐小说"栏目中推出冯玉雷长篇小说《禹王书》的缩略本。一位作家，不忘初心，矢志不渝，把自己的创作及相关研究活动始终与华夏文明传承、创新结合起来，把弘扬民族优秀传统文化与岗位工作结合起来，足以让我们感到欣慰、自豪！

《禹王书》是冯玉雷以十五次玉帛文化系列考察活动及相关研究为基础创作的首部史前文化题材长篇小说，意义重大。2022年，西北师范大学列入专项科研课题，支持在中国社会科学出版社出版全本，令我们击掌叫好！长期以来，大禹治水、禹会涂山等故事只存在于神话传说和零星文献史料中，安徽省蚌埠禹会村遗址出土大量文物证据，与传说中的故事竟然能够对应上，这简直就是美丽的当代神话，惊世骇俗，令人诧异。此前，考古发掘出土文物及研究成果证明，玉文化先是北玉南传，然后东玉西传，为禹统一诸多方国奠定了文化精神基础。冯玉雷在这部小说中没有纠结大禹到底是历史人物还是神话人物，仅仅把他看成史前特定历史阶段的文化精神象征，是玉帛文化发展到礼制文化的符号化体现，进而塑造蕴含时代精神的小说人物，并且对女娲补天、夸父逐日、共工怒触不周山等中国传统经典神话进行重述，赋予夸父、女娲等神话人物形象以新的内涵。

近年来，冯玉雷利用人类学"四重证据法"深入研究考古学成果，并且运用到文化书写中，难能可贵。应该说，《禹王书》是冯玉雷创作历程中的又一部力作，是文学艺术上的又一次超越，可喜可贺！渴盼、祝愿人类学书写、神话书写的队伍越来越壮大！希望我们的文学艺术家传承创新，通过文学书写和艺术表达，向伟大的人类文明致敬！

李继凯

2023 年 9 月

读《禹王书》三叹（代序）

　　《禹王书》是冯玉雷的第五部长篇小说。2018 年刊发在《大家》第六期。我们先是读了缩略版，之后又读了全本。

　　打开《禹王书》，一种强烈的古老文化气息扑面而来，似有绵绵不绝的洪荒之力在奔涌。如此，已不能用平时阅读小说的方式去浏览。我们采取读史书的方法，一边阅读一边做笔记，穿插着查阅资料印证、辨析一些问题。掩卷回味，感慨万分，余音绕梁，一咏三叹。

一　《禹王书》的宏大叙事令人叹为观止

　　《禹王书》是"思接千载，视通万里"的大手笔之作。时间跨度之大，从盘古开天辟地、三皇五帝传说，到禹继舜位建立夏朝；地域范围之广，西至昆仑，东达海滨，北望燕山，南抵南海，居九州环顾四方，乃至辐射西亚、东南亚；人物形象之众，涉及近百个有名有姓的人物，如脩己、夸父、鲧、重华（舜）、华胥、盘古、女娇（女娲）、共工、精卫、乐师夔、启、义均、娥皇、女英、防风、后羿、姮娥（嫦娥）等等；故事情节之多，几乎涵盖盘古开天辟地、女娲补天、抟土造人、精卫填海、黄帝擒蚩尤、大禹治水、后羿射日、夸父逐日、嫦娥奔月、共工怒触不周山等全部神话传说；涉及史料之丰富，涉及《山海经》《尚书》《楚辞》《庄子》《列子》《淮南子》《史记》《左传》《国语》《礼记》《汉书》等等。某种意义上可以说，《禹王书》的宏大气象，如刘熙载所论："叙事之学，须贯六经九流之旨；叙事之笔，须备五行四时之气。"作者心中的小目标应该如《周易》所言："通其变，遂成天地之文。"

　　当我们以现代人的视角审视历史和传说时，解读、结构、重构、批判性思考等诸多方式，究竟该如何把握，这对于作者来说无疑是一个挑战和考验。《禹王书》洋洋大观，百科全书式的图景，并非简单地排列组合。作者把散见于庞杂图书资料中的故事和人物，围绕大禹和女娇的形象塑造，打通时空精心编织在一起。从材料的选取，到故事情节的展开和衔接，再到人物形象的刻画和成长，所谓选择性叙事和想象性叙事在小说中有机统一，充分展现了作者深厚的文化积淀、精心的构思和丰富的想象力。对于这种重构历史和传说的文学化叙事，评判标准不能简单地强调"客观""真实"，而应该是以哲学性的思考进行评判。对于读者来说，每个人的领悟力建构在其自身的价值取向和已有的知识体系之上，正如一千个读者眼中有一千个哈姆雷特，见山见水，见佛见道，"作者之用心未必然，而读者之用心何必不然"都是同理。文学鉴赏的过程一定意义上也是一种再创造的过程，作者与读者共同完成人物形象的塑造。

　　正因《禹王书》气势宏大，以我们的文科功底、文化传播研究方向，且在历史文化方面下过一些粗浅功夫，读起来仍有一种厚重的压力。可以想见，没有一定专业背景的人读《禹王书》难免会有艰涩之感。好在中国古代神话传说大家都耳熟能详，这又有利于作品接地气面向大众。有人建议冯玉雷出个注解本，看似玩笑，却不无道理。我们的建议是可以做一个简要的人物图谱作为附录，以便大家阅读。至于是否再做一个故事梗概或主要故事情节及引文出处，可再斟酌。当然，也可遵循另一个准则，"一旦作品开口说话，作者就应该闭口缄默"。

　　对此，这本身也是见仁见智的问题。所谓"国手置棋，观者迷离，置者明白。《离骚》之文似之。不善读者，疑为于此于彼，恍惚无定，不知只由自己眼低"。读者或许担心别人说自己"眼低"，敢于公开说读不懂或没有完全读懂作品，确需要一定的勇气。我们的体会，读《禹王书》的过程中查了一些资料，对丰富和重构自己的知识体系大有裨益。作者着力刻画的两个人物形象——大禹和女娇，有很多史料支撑。《史记·六国年表》："禹兴于西羌。"西羌地域，古今学者都认为在今甘肃地区，当代一些学者甚至主张齐家文化与西羌部族相关。《淮南子·修务训》云："禹生于石。"高诱注："禹母脩己，感石而生禹，圻胸而出。"应劭曰："启生而母化为石。"《左传》有"禹会诸侯于涂山，执玉帛者万国"。还有"芒芒禹迹，画为九州"，等等。《太平御览》引东汉应劭的《风俗通义》："俗说，天地初开辟，未有人民。女娲抟黄土作人。剧务，力不暇供，乃引绳于泥中，举以为人。"《淮南子·览冥训》记载："往古之时，四极废，九州裂，天不兼覆，地不周载；火滥炎而不灭，水浩洋而不息；猛兽食颛民，鸷鸟攫老弱。于是女娲炼五色石以补苍天，断鳌足以立四极，杀黑龙以济冀州，积芦灰以止淫水。苍天补，四极正；淫水涸，冀州平；狡虫死，颛民生。"小说中的一些情节由上述史料生发。

二 《禹王书》独具特色的写作手法令人赞叹不已

《禹王书》的书写，是颇有冯玉雷个性特点的"这一个"。作品塑造了诸多英雄形象。

当"《黄帝历》在众人的欢呼中诞生"之时，一个高大的英雄形象诞生了。

舜（重华）"的智慧绝非平常人所能看到"，他"告诉别人的道理正好把握在大家都能够理解的程度，不多不少，不迟不早，恰到好处。这是很多人都无法做到的"。他将尧禅让时告诫他的"十六字心法"郑重地传给禹："人心唯危，道心唯微，唯精唯一，允执厥中"；禅让之后，仍"流尽汗水，淌干心血，鞠躬尽瘁"，直到病死在九嶷山。一个高大的英雄形象跃然纸上。

当开篇的第一个人物仓颉在阆风苑公布造字方案，造字，丢失，仓颉和山羌外出寻找"啃噬文字"的山羊，重新"打捞"文字，直到"禹代表仓颉交付新文字"时，一个智慧、坚毅的英雄形象呼之欲出。脩己、山羌、皋陶、夸父、后羿，一个个人物形象渐次跃出。

时代呼唤英雄，每个时代都有属于每个时代的英雄，每个人心中都有自己的英雄。对《禹王书》而言，惊天地、泣鬼神的英雄是历时13年治水的大禹和炼石补天、抟土造人的创世女神女娲。女娲的传说早于大禹治水时代，作者将大禹的妻子涂山氏之女娇与补天造人的女娲合体，虽难免"穿越"之嫌，但对于人物形象的塑造无疑创建了更大的空间。

何况《世本·帝系》中有"禹娶涂山氏女，名女娲，生启"的记载，也算有出处。他们都是中华民族的英雄形象，其精神也是民族精神的源头。

《禹王书》虽然在宏大的背景下叙事，但不影响其细腻的语言描写、动作描写、心理描写、细节描写、具有冲击力的场面描写以及其诗意语言的音乐性。第一章有一段惟妙惟肖、入木三分的描写："脩己步履蹒跚、跌跌撞撞，艰难地迈出细小的步子。坎坷阻挡，她重重地摔倒。喘息片刻，向前爬几步，歪歪斜斜地站起来。站而未稳，趔趔趄趄，向后倒去。她慌乱地挥舞双手，试图抓住云朵或鸟翼，但都滑脱了。她仰天摔在地上，碰出金星无数。短暂头疼夹杂着短暂眩晕。她爬起来，晃晃悠悠站稳，踉踉跄跄向前。迈出几步，被裸露的树根绊住，磕磕碰碰，向前栽倒，脸触碰地，鲜血直流。她气息奄奄，昏厥过去……"

小说中又以这段完全相同的文字描写了山羌、禹、仓颉、夸父，第十三章对"很多人"遭受洪灾后的群像描写也用了这段话。

对禹这个集神话和史话于一体的英雄人物，其形象塑造从还在孕育之时起就贯穿全篇，既有语言、心理、动作、神态等正面描写，也有通过其他人的诉说、想象、分析、赞誉进行的间接描写。女娇的形象，"随着太阳冉冉升起，随着'候人兮猗'的吟唱，一位美若天仙的女子从万道霞光中飘然而至"。从女娲补天开始，作者不惜笔墨，勾、皴、点、染、擦，白描、泼彩，加上雕塑、雕刻种种技法，一个生动可感的女神缓缓向我们走来。九个"九天九夜"的铺陈，36500 块彩石将天补好；七个"七天后"女娲整理出 300 多个文字；大量的动作描写、心理描写，展现出一个既感天动地又有血有肉的英雄母亲（妻子）形象。"女娲低下头，泣不成声：'河水本清，是什么让它变得如此浑浊呢？'"读至此处，不由使人沉浸其中，陷入深深的思考。

从第二章山羌轻声哼唱"候人兮猗"，这句中国最早的情诗就开始在空中飘荡、回响。脩己、禹、女娇反复吟唱"候人兮猗"，女娲激情长啸"候人兮猗"，大禹和女娲轻声合唱"候人兮猗"，女娲化为三生石，金童玉女如泣如诉："候人兮猗"……

还有一些闪耀着思想光芒的文字，如：

嫘祖抚摸着脩己的脸颊，微笑道："每个人的脚步都是自由的。无论走到哪里，都要带上自己的阳光。"

禹说："天地万物，人伦规章，道成之，德蓄之，律约之。"

重华诚恳地说："用对人就是做对事。沮诵前辈德艺双馨，文字推广任重而道远，非您莫属！仓颉擅长创造，沮诵严谨细致。创造，必须突破旧有范式；记录，则要严格恪守原意。沮诵，请您准备用新文字书写吧！相信你们相辅相成、相得益彰！"

特别值得一提的，还有充满张力的第一人称代词"卬"。凡此种种，使得人物形象立体、丰满、生动。

历史和神话传说题材，与现实题材作品相比，更强调走进去和跳出来的有机统一。作者既要置身其中，与人物同呼吸共命运，又要以局外之身站在一个高度，观察关照以及引领带动读者咀嚼反思。这既要求高超的匠心手艺，也要有理性思辨的高度和境界。读《禹王书》，我们想到了古人说《古诗十九首》"凿空乱道，读之自觉四顾踟蹰，百端交集"；我们想到了《庄子》"以谬悠之说，荒唐之言，无端崖之辞，时恣纵而不傥，不以觭见之也"，"芴漠无形，变化无常，死与生与，天地并与，神明往与！芒乎何之，忽乎何适，万物毕罗，莫足以归"；我们还想到了斯宾诺莎的箴言："心灵理解到万物的必然性，理解的范围有多大，它就在多大的范围内有更大的力量控制后果，而不为它们受苦。"

三 作者铢积寸累、困知勉行的执着令人感叹不已

梁启超先生在《治学杂谈》中有这样一段话："我们读一部名著，看见他征引那么繁博，分析那么细密……你所看见的是他发表出来的成果，不知他这成果原是以铢积寸累、困知勉行得来。"以我们对冯玉雷的了解，他在治学上是下过大功夫和"笨功夫"的，"铢积寸累、困知勉行"可以作为他的精神写照，"胼手胝足"的是大禹，也是冯玉雷。

近二十年来，我们见证了冯玉雷创作《敦煌百年祭》《敦煌·六千大地或者更远》《敦煌遗书》《野马，尘埃》等作品。我们在出版《甘肃文化传承与发展述论》时多次向他请教。冯玉雷的文化功底，当然主要来

自他的勤勉和孜孜以求，但还有一个不得不提的因素，那就是甘肃深厚的文化底蕴。

甘肃是华夏文明的重要发祥地。季羡林先生曾说："世界上历史悠久、地域广阔、自成体系、影响深远的文化体系只有四个：中国、印度、希腊、伊斯兰，再没有第五个；而这四个文化体系，汇流的地方只有一个，就是中国的敦煌和新疆地区，再没有第二个。"甘肃以其文化上的多元性、包容性、渗透性、融合性，承载着华夏文明数千年的深厚积淀，融汇着古今中外多种文化因素的丰富内涵。

黄帝是由神话人物脱胎而成的历史人物的典型。《史记》将黄帝列为五帝之首，黄帝所属部族很可能起源于甘肃东境。我国新石器时代最重要的主流文化是仰韶文化，仰韶文化是以渭河流域为中心发展起来的；而甘肃境内大地湾一期文化，是渭水流域最早的新石器文化，它是目前所能追溯到的仰韶文化的源头之一。我们今天见到的史前陶质乐器，就包括甘肃史前文化遗存出土的陶质鼓、铃、哨、埙等。

伏羲之后，黄、炎二帝所代表的部族是走下黄土高原向东发展并与新地域部族融合而成的新群体。中华民族就是在各个部族之间交往、渗透、冲突、战争中融合形成的。反映夏代地理认知水平的《尚书·禹贡》，其"九州"中的雍州包含了今甘肃的东部和中部，陇南的部分地区则归于梁州。

冯玉雷生长于甘肃，曾就读于陕西师范大学中文系，毕业后到兰州高校任教。也许正是甘肃历史文化以及关中文化的浸润，他致力于从历史文化中寻找创作的资源和灵感，偏爱并擅长历史文化类小说创作。法国著名地质学家、古生物家、考古学家桑志华1920年6月在甘肃华池县一次黄土挖掘中，发现万年以前古人类曾经使用过的一块完整的石核，这是中国出土的第一块旧石器，距今约1.8万年，叩开了中国石器时代的考古之门。8月，在第二挖掘场，发现两枚人工打制的刮削器，测定距今10万年。也许正是这些引导，使冯玉雷热衷于文物考察，在西北齐家文化和中原陶寺文化、二里头文化之间找到关联。他执着于玉帛之路的探索和考察研究。2014年6月至2018年8月，他策划组织并亲力亲为进行了15次玉帛之路文化考察，其足迹覆盖西部7省区160多个县市，行程近 50000 千米。中国神话学研究权威、文学人类学研究的代表人物叶舒宪和中国社科院民族学与人类学研究员易华等学者都参加了考察活动，致力于探索华夏文明的来龙去脉。他们的田野考察成果丰硕，甘肃人民出版社、上海科学技术文献出版社及陕西师范大学出版总社已经出版了三套丛书，共 17 本，其中包括冯玉雷的三部。

冯玉雷的作品义脉充沛、感情炽烈、意象磅礴，不简单拘泥于史料，他听从自己内心的召唤，往往突发奇想，作品原创性很强，常常令人耳目一新。他的作品，对世俗的不屑、愤懑和对大自然的敬畏、对英雄人物的讴歌并存。他有时就像在荒野中摸索着前行，有时又如在荆棘中挥舞着刀斧要开辟一条通途，他身上有一种强烈的责任感、使命感，"性刚毅有大节，常怀济世志"。而这些，正是他如同希腊神话传说中的西西弗斯一样不屈不挠，推石上山，坚定前行的强大驱动力。所谓文如其人，熟悉冯玉雷的人都知道，他朴实、敦厚、勤勉、可靠，古道热肠，忠厚仗义。这几年边写作边从事《丝绸之路》杂志社编务管理工作的经历使他成熟了许多，多了一些沉稳、忍耐和宽容。这些个性特点，在作品中都有体现。

作者在作品中也留置了一些悬念。如第九章舜（重华）决定禅让之后，丹朱奏事要去探望其父尧，舜"面沉似水"拒绝了他的请求。再如，当帝夏禹微笑着拍着启的肩膀说："夏启，你见过云开雾散的情景，对吗？任何时候都不要迷茫，要充满信心！你心中已经有九州的丘壑山林，应该沉稳才是。有些事太早看透未必是好事。你要从治洪的实践中总结经验，要悟透围堵与疏浚相结合的道理。"读者或已由此看到了启废除禅让制继承帝位的端倪。

总之，《禹工书》是一部极具冲击力的震撼人心的大作。祝贺《禹王书》在中国社会科学出版社出版！

胡秉俊　胡　潇

2019 年 2 月 17 日初稿

2023 年 10 月定稿

大禹治水　王辅民 作

第一章　朝山

一

朝的山名叫念 ing。

"念 ing" 是合成词，是九层白玉琼楼变成的河源神山的名字。人们顺着山山沟沟、大小支流汇入主河道，然后溯流而上西行朝山。这是每个部落人最重要的生活方式。

血管里的血滋养身体，河水滋养大地上的一切生灵。没有河，就没有一切。因此，必须朝山。这是集体无意识和共同的文化记忆，约定俗成，无须谁教。庄稼收了，天气转凉，各部落朝山的人陆陆续续踏上西行的道路。这是一支浩浩荡荡的队伍，川流不息，气质各异，参差不齐，南腔北调。由于方言、认知、习俗不同，人们对河源神山有多种不同的称谓：念 ing、念青、哈思、昆仑、唐古拉、不周……

那时，有的人勤快，每年朝山；有的人懒散，三年或五年一次。也有因偶发爱情、疾病等在某条河、某座山里滞留若干年后返回的。

来去自由，一切全靠自我约束。

约束能力超强者竞争帝位，强者竞争部落首领，次强者竞争各种小王。

转完山，每个人都要带回神山之石作为朝山的凭证。返程，朝圣者每天都要聚在一起展示随身携带的石头，从质、润、色、质、香、亮、透、光、泽、华、韵、神等方面进行对比。不管谁的石头胜出，大家都由衷高兴，载歌载舞，分享快乐。谁敢偷窃、抢劫大家公认的美石，会遭到集体的唾弃，窃贼终将孤独而死。第一个发现窃贼尸体的人有义务将其与石头一起深埋，并且竖立桃木作为标志。

此后，朝山者都会绕道而走。

与石头有关的传说长了翅膀，在沿河两岸飞翔，穿山越谷，飞到最偏远的部落。因此，新的传说不断诞生、传播。经过古老岁月的反复洗礼，为数不多的传说作为经典被绝大多数部落所传承。

总之，人们不在朝山的路上讲经典，就在某个河边高地上通过各种方言品评、对比石头。

这种生活状态持续了很长时间，似乎永远不会终结。

二

九个有关石头的传说：

1

远古时期，盘古摸黑从昆仑山抓起一块巨大的玉石，打制成玉斧，开天辟地。

2

上古时期，燧人发明了钻木取火、点石击火两种取火方法。人们从此可以吃熟食、喝热水，冬天再冷也不怕。燧人又选择拉脊山、合黎山和陇山作为祭拜上天的三大处所；之后，以合黎山为星象观测点，立挺木方牙，仰观北斗九星，以织女星为北天极星，以日月遮蔽为太阳回归年周期，首创日、月、星纪历；接着发明织皮卉服、结绳纪历。

3

上古时期，伏羲朝山途中偶遇女娲。作为两大部落的首领，他们深深为对方的功德所折服，互相吸引。他们是婚姻制度的确立者和率先执行者，如果违背，将功亏一篑。爱情之火熊熊燃烧，两人实在承受不住煎熬，正欲投河殉情，忽见昆仑山顶有巨石闪闪发光。他们不约而同，经过艰难跋涉终于爬到了山顶。

是天青色的盘古玉石！

两人兴奋得惊叫，决定将石头解开。

不知不觉，盘古玉石被解开了。从里到外竟然没有丝毫杂质，色泽均匀、透亮，异常美丽。伏羲联想到品德，女娲联想到爱情。他们将玉石雕琢成圆磨盘，同时对天发愿：

"天神做证！如果磨盘能合而为一，我们就回到各自的部落；如果分散开来，我们就永不分离！"

松开手。两扇磨盘顺着河流滚滚而下，竟然合而为一。

伏羲与女娲深情道别："让石头上长出的爱情回到石头中去吧！"

他们的故事感化了部落的很多少男少女，使他们坚守婚姻制度。

4

上古时期，有峤部落的杰出青年姜伊耆朝山后驯化并带回一群五色神牛，每头牛都驮载着很多五色神石，人们将五色神石打制成硬度极高的神铲、神刀、神镰、神凿、神磨、神臼，用它们开荒、栽培、种植，麻、黍、稷、豆获得巨大丰收。姜伊耆还教人们辨别各类植物，治疗疑难杂症，鼓励各个部落之间交换土特产。人们欢欢喜喜敲着瑟及其派生的磬，感谢天，感谢地，感谢河，感谢神。

后代尊称姜伊耆为"神农"。

5

上古时期，有熊部落的才俊少典与有峤部落的美女附宝在朝山途中相识、相爱，但他们各自有婚配对象，不能违反部族规定，而且双方都不愿意离开自己的部落。经过反复斟酌，他们一直向西，去寻找彼此都能接受的新居地。两人在七条河汇聚的地方遇到能冶炼出会发光、可变形的新物质"铜"的神人部落，获赠两只亲密依偎的铜雁。于是，两人返回故地。有关"铜"的故事顺河而下，飘扬四方。三月初三，他们的爱情结晶在有熊出地生，取名为"铜"。

这孩子刚睁开眼就宣告："卬要铸造天下最大的铜鼎！"

每天早晨，公鸡打鸣，太阳出来前，他都要这样呐喊。前七天，用有熊部落方言；其后七天，用有罴方言；接着用有貔、有貅、有貙、有虎方言，每七天一更换。就像石子投进湖面形成涟漪从中心向四面扩展开一样，在熊、罴、貔、貅、貙、虎部落方言之后，他又开始使用周边大小部落方言。炎等各部落首领视"铜"为异类，担心这种浮夸式的宣言会影响部落的淳朴民风，会盟时纷纷要求将其抛弃。少典忧心忡忡，附宝却满心欢喜，她将婴儿的名字改为"鼎"，亲昵地说："孩儿，有梦想就一定要坚持。坚持，就会成功！"

为防止婴儿被毒害，她背着鼎远游朝山。附宝发现，每完成一次朝山，鼎也正好使用完所有部落方言。连续三年，人们早已习惯了鼎的宣言，只当那是啼哭的另一种形式。

少典说，孩子一天天长大，不能总是走在朝山的路上啊。

附宝赞同。她灵机一动，问道："孩儿，你知道哪里出的石头最好吗？"

鼎不假思索地说出一连串山的名字，语速极快，附宝只能听清念 ing、念青、阿尼玛卿、昆仑、唐古拉等山名。这无所谓，只要鼎不再叫喊。

孰料，炎及时捕捉到鼎提供的线索，找到各种颜色的美石，贩卖到大小部落，发了财。前来咨询的贩石者络绎不绝，严重影响了交通及部落的生产生活秩序。炎和各地的贩石者都想垄断信息，于是向鼎开出优厚的条件：献上最好的贝壳、料珠、兽皮、羽毛、矿石等。

鼎不为利诱所动，对谁都有问必答，答必准确无误。

炎与贩石者发生激烈摩擦，最后演变成规模越来越大的战争，异常惨烈。

鼎万分内疚，从此沉默。他苦思冥想四十九天，请求单独朝山。

附宝见他意志坚定，含泪答应。

鼎溯流而上，跋山涉水，历尽千辛万苦，到达昆仑山顶，指着最大、最完美的盘古玉石，对尾随而来的炎及众多贩石者说："你们相信这是当年盘古开天辟地的美玉吗？"

"相信！"

"你们相信这是当年伏羲与女娲解成磨盘的美玉吗？"

"相信！"

"那么，为何很多人呕心沥血寻找多年，却一直找不到？"

……

鼎痛心疾首，说："在牛的眼里，再美的鲜花也只不过是一株草；在没有品行的人眼里，再美的玉真也视而不见！卬已经给你们指明道路，可是，由于你们内心蒙上了越来越厚的污垢，朝山流于形式，因此错失了很多美玉！"

炎追悔莫及，痛哭流涕。

"难道你们不相信美德与美玉是对应的吗？"

贩石者也幡然悔悟。在炎的倡导下，他们主动向鼎献上各类铜：熔制兵器的铜、受贿行贿的铜、物欲横流的铜、利欲熏心的铜、违法乱纪的铜、钩心斗角的铜、伤天害理的铜等等，并解密找矿、选矿、采矿、冶炼、铸造等复杂工艺，采南山之松，经过八十一天的冶炼，在有熊部落铸成当时世界上最大的三尊铜鼎，象征天、地、人。

朝野人士感念鼎德，因有熊地处黄土丘陵之中，故尊称鼎为"黄帝"。

6

上古时期，黄帝铸鼎完毕，举行盛大会盟时宣布了两件事：一是命令史官仓颉、沮诵造字，用以记录他发明、首创的饲养、机杼、旗、铜鼎、玉房宫、车等，授其玉胜作为标志；二是文字达成共识前，对鼎之工艺、纹饰、属性解释权归颛顼，授其玉冠作为标志。黄帝特命名石之精华者为玉，根据产地、质地、色彩、品性等分门别类。祭祀、朝会、交聘等礼仪场合必须使用玉器作为礼器。

7

上古时期，共工批评仓颉、沮诵造字没有丝毫意义，因为源自盘古玉斧的人面纹、鱼纹、三角纹、鸟纹、蝌蚪纹等符号不但能充分表情达意，而且能有效防止误读、歧义现象的发生；同时认为颛顼倡导力行的崇玉、寻玉、开玉、选玉、治玉等活动不但劳民伤财，而且助长了愈演愈烈的物质竞争风气，使人们热衷于饥不能食、渴不能饮的玉石而耽误垦荒、种植、培育、饲养、放牧等主业。颛顼召集部落会盟。鲧缺席。

绝大多数部落首领都支持颛顼。只有共工、驩兜、三苗投反对票。

共工恼羞成怒，四处叫嚣："印被可耻地出卖了！"

颛顼疑心鲧与共工勾结，非常忌恨，常常自言自语："看来，关于鲧纵情纵欲的传说并非空穴来风。"

他提前将帝位禅让给玉工俊，教导各部落制作礼玉的方法及用途：以苍璧礼天、以黄琮礼地、以青圭礼东方、以赤璋礼南方、以白琥礼西方、以玄璜礼北方。颛顼以玉器为媒介，按照二十四节气的顺序举行各项重大祭祀活动。

8

上古时期，穷桑少女握哀朝山时偶然看到盘古留下的巨大脚印，踩踏上去，受孕生子，其子自称"夋"。人们不知其意，称他为"俊"——因为这孩子聪明绝顶，从小就能识别999种石头和999种美玉，并且深谙解玉之道，再坚硬的美玉都能找到破解工具和方法。他提高了治玉的效率，节省了工时，深受人们爱戴。众多部落纷纷献美女，求婚配。俊精心挑选了四位少女纳为妃：长妃姜原、次妃简狄、三妃庆都、四妃常仪。每当解玉时就请乐师用鼗鼓、钟、磬、笭、管、埙等乐器伴奏，四妃演唱《九招》《六列》《六英》等歌曲，六十四名舞女着五彩衣裳跳舞，凤凰、大翟等仙鸟也云集殿堂随之翩跹起舞。共工、驩兜、三苗联名状告俊公然破坏婚姻制度，并诽谤其母。颛顼感叹道："俊不敛财，不享乐，也不慕权贵，甘愿替天、地传达圣意而从来不求理解，像这样能让璞玉放射出光芒的伟人，应该登上帝位才配其美德啊！"遂禅让。

俊允诺，更名为帝喾。

共工怒不可遏，联合相柳、浮游、康回等破坏祭祀的秩序，并散布谣言。

木正句芒、火正祝融、土正句龙建议颛顼、帝喾号令天下诸侯合力诛灭共工。

颛顼、帝喾不置可否。

9

上古时期，帝喾的四妃常仪所生挚行动力极强，首次朝山便深得民心，拥有极高的声望。他及时揭露了共工妖言惑众的言行，使人们拨开乌云见晴天，不再为辨别真伪而耗费时间。因其功勋卓著，深孚众望，帝喾顺其自然地将帝位禅让给挚。孰料，挚继位后竟然精简祭祀程序和次数，重用安诺、纳马兹加、阿凡拉羡沃、奥库涅等西方贩铜大户，开始大张旗鼓地营销昂贵的铜。最初，人们以为这是天神的旨意，纷纷效忠，倾其所有购买价格不菲的铜质酒器、铜刀、铜斧、铜镜等。随着奢靡之风盛行，众多平民破产，流离失所。他们敢怒不敢言，将灾难归结于水灾、旱灾、火灾、瘟疫和部落冲突。但是，此事很快就被掌管神山玉料的西王母汇报给天神女娲。共工也借机弹劾。女娲责令挚辞职并发布《罪己诏》。众人推选尧为帝。尧吸取教训，制定法度，设置谏鼓，树立谤木，请人们监督。祭祀时，他发布公告：如果有一个人挨饿，就是印饿了他；如果有一个人受冻，就是印冻了他；如果有一个人获罪，就是印害了他！

共工每天敲谏鼓呐喊："如果有一个人挨饿，那个人应该是印！如果有一个人受冻，那个人应该是印！如果有一个人蒙冤，那个人应该是印！"

尧率领仓颉、沮诵等朝臣走到谏鼓旁，和蔼地说："共工啊共工，你有什么冤屈，尽管陈述我们会让仓颉、沮诵用他们新创造的文字记录下来。这是首次尝试使用文字记事。"

"必须发布公告引起人们的重视。"共工说。

尧低声说："按照神的旨意，只有……除非朕将帝位禅让……"

话未说完，众大臣异常愤慨："我们绝对不会拥立共工当帝王！"

尧沉思片刻，让众臣离开，只留下爱妻女皇，儿子丹朱、监明、开明、启明、胤明、觉明、卧明、晦明、源明，女儿娥皇、女英，然后关切地说："共工，现在只有朕的家人在，你有什么冤屈或建议，尽管陈述。"

共工说："即将有洪水发生，务必让人们终止朝山活动；让河两岸及低处的人全部搬到高处！"

娥皇、女英齐声问："洪水不是每年都发生吗？"

共工说："不一样。这次是毁灭性的，祸害程度无法预料！"

女皇问："尧帝凭什么要相信你？"

"印是水神！"

九子哈哈大笑："我们是龙神，不怕洪水！"

共工紧紧抓住尧帝的双手，说："印心同明月，德比美玉，绝无虚言！请您尽快发布公告！"

尧说："部族种黍，离不开水。不能太远，也不能太近。究竟要多远多近，即使最优秀的巫师也从未明确说明，因此，我们的都城总是被水冲毁、驱赶。我们经常迁都，迁来迁去，疲于奔命。但这是神的旨意。"

"只要在水流上游建筑堤坝……"

尧斩钉截铁地打断他："这个话题就此打住！山川河流，都是盘古王和天神共同创造的，绝对要顺从！天意高难问，我们只有顺从！只能顺从！"

他由于激动剧烈地咳嗽起来。

共工静静地站着，看着他痛苦万状地咳嗽。

尧咳出了眼泪。泪眼蒙眬中，他看见共工还像山一样仁立着，惊奇地问："你怎么还在？成心找难堪？"

"请您发布公告：警惕洪水！"

"朕知道，有些部落联合起来抵制铜的流行，视其为祸国殃民的洪水……"

"不！卬说的是黄河的洪水！先是山崩地裂、众兽惊吼，接着就是洪水滔天、饿殍遍野！"

"你太年轻了！"尧沉吟许久，低声说，"以前的事既往不咎，别再闹事了好不好？近年来，羲氏、和氏历尽千辛万苦，根据日、月、星、辰的运行情况确定二分、二至，制定历法，让人民能依时按节从事生产活动。尽管如此，由于地域温差较大，还是有一些部族耽误了农事。我们十分内疚。如果消息有误，后果不堪设想啊！"

共工说："卬承担全责！"

尧连连叹息，然后转身离去。

"既然您不管，卬就沿朝山的路找玉山，请玉神转告天帝。请记住，今年春分这天我的进谏！"

说完，他敲击谏鼓，叫嚣："要发洪水了！要发洪水了！！要发洪水了！！！"

共工嗓门很大，几乎每个人都能听见。

这不是尧的声音，大多数人不会在意。何况每条河流、支流都从容不迫，就像各个部落悠闲自在地安稳生活一样。

没想到，有莘部落的脩己却在认真地分析共工声嘶力竭的呐喊。

三

脩己患有严重的梦游症。

三岁开始，进入梦游状态时，她就觉得自己站在黄河的源头，对河流的全貌一览无余。她常常目不转睛地盯着浩浩黄河的末端。

有一次梦游，她看到不同于朝山者的另类熊男出现了。

脩己强烈地感觉到，这个熊男将俘获她莲花般纯洁的芳心。虽然知道他喉咙发达，会跳熊舞，但是他叫什么名字、属于哪个部族等信息则一无所知。

颛顼与共工苦心孤诣想达成的目标被这个熊男子轻而易举获得。这些年，他们以效力大帝的名义，通过各种方式炫耀财富、武力、品德，真实目的就是为了得到脩己的青睐。

男人通过征服世界征服女人，女人通过征服男人征服世界。脩己无须知道熊男通过行为艺术要征服哪位美女，她决定主动出击，征服熊男。首先得给他取个名字。不管他以前冠以何名，也不管以前有多少个符号记录他的历史，一切都从此时此刻开始。

因此，必须记住脚下的神山——阿尼玛卿。

关于这座山的命名：那天，脩己走上雪山之巅，喘息，回头，眺望，黄河如玉带般蜿蜒向东而去。河的拐弯处，一条大鱼跃过狭窄的石门。距离如此之远，脩己竟然能看清大鱼其实是一位男子。由于迷茫、恐惧、彷徨、踟蹰，男子落到宽阔的河面上开始像熊一样舞蹈，团团转，迅速转，转成混沌。她还看到熊男没有假装冷静，而是真实地表达焦灼，瞬间被感动。她情不自禁，气沉丹田，红唇微张，冲熊男呼喊：

"阿—尼—玛—卿—"

浑厚的女低音顺着河床传递过去。倏地，声音如同利斧，劈开混沌。熊男站得笔直，回到高大英俊的状态，躬身前行。

脩己本打算攀登雪峰，但内心一直有个声音在大叫："他会迷路的！"

脩己本来想说，他迷路与卬何干，却身不由己，回望一眼熊男——他到黄河另一个拐弯处又迷路了。她只好再次呼喊：

"阿—尼—玛—卿—！"

别人听到的却是：候—人—兮—猗—！

如此反复，熊男转过九十九道弯后，站在了脩己面前。

脩己向他绽放出灿烂笑容。

熊男怒气冲冲，喉咙里滚动着山洪般的巨响："你有何事？"

脩己愕然，她觉得整个世界都是雨声。

熊男咆哮："喊卬作甚？你耽搁了卬的美好时光！"

脩己戚然，她觉得满世界都是风声。

熊男怒不可遏：“印是黄帝的后代！是你让夏部落的伟大首领鲧身败名裂！”

说完，他狠狠地睥睨一眼脩己，转身离去。

脩己冲着他的背影沉着宣告：“印是河，你是鱼！你游不出印的胸膛！”
……

脩己分不清这是臆想还是梦境。她一遍遍向人叙说。最初，没人在意，时间长了，人们发现她每次叙述的语气、细节、时长完全相同，觉得她很怪异。部落召集人表决如何处置她，半数人（年龄偏大者）担心她会带来灾难，建议驱逐；半数人（年龄偏小者）建议观察一段时间再做决定。

她在部民的争吵声中悄悄离开，又在部落平静后悄悄回来。

父母问她去了哪里，回答还是与上次一样。

直到有一天，二环的部落有人抗议：脩己喉咙发出的声音很可怕，常常让人误以为是发洪水，大家惊慌失措地往高处跑，结果虚惊一场。

慢慢地，三环部落也开始抗议：脩己喉咙发出的声音很恐怖，常常让人误以为共工的宣言变成了事实，大家惊慌失措地往高处跑，结果虚惊一场。

接着，四环及其以外的贯胸国、三苗国、夸父国、深目国、无启国等100多个邦国代表摩肩接踵前来抗议：脩己喉咙发出的声音相当惊悚，常常让人误以为是发洪水，大家惊慌失措地往高处跑，结果虚惊一场。

每个邦国代表都用泥土烧制脩己叙述过程中表情凝重、嘴唇微张的陶塑，前往尧都击陶鼓告状——因为谏鼓被共工带走了。

陶鼓发出沉闷而浑厚的声音，温和又古远。鼓声震飞代表心中的怨气，使其身体变得轻盈、快乐。

大家载歌载舞庆贺。

四

共工一如既往地持续击鼓呐喊。脩己依然不断叙述。

鲧和仓颉都烦恼不已。

先说鲧情感上的烦恼。鲧当年本打算参加颛顼召集的会盟活动，过河时，看见一位少女像洁白的鱼在波浪中挣扎，他毫不犹豫地跳进黄河，向她游去。少女溯流而上，轻松自如地游过激流、险滩、峡谷、深渊。他追不上。四十九天后，他才明白少女其实是在诱惑他。黄河两岸，朝山的人却以为这是游泳比赛，他们不断呐喊助威。鲧想抽身离去却不能，因为他清楚这种情况下转身离去，必将名誉扫地，于是他只能配合表演。快到神山时，鲧决定奋力一搏。他试图抓住少女，随波涛返回下游。

跳跃成功，他回到岸上。

少女却微笑着站在他面前。

鲧懊恼地质问她为何诱惑陌生人。

脩己声称以恰当的方式向英俊的男子示爱是所有女性的共同愿望和神圣职责。

鲧说他本来要参加高级别集会，与娥皇、女英见面……说着他急忙转身，打算投身入河，但河水结冰了，他只能徒步返回。集会早已结束，而关于鲧与少女的流言蜚语却传得沸沸扬扬。鲧夜以继日、滔滔不绝地解释，却没有任何效果，他不得不硬着头皮找到德高望重的陶器鉴定大师四岳，请他出面央求颛顼帮他澄清事实。

四岳说："印怎么可能蹚进这条浑水河？你还是一个小孩时，印就想将你培养成陶艺传承人，可你嫌落伍，声称要玩时尚！现在倒好，被烦恼束缚住了，难受极了，对吗？"

鲧说："印只想向娥皇、女英解释清楚。"

四岳说："印教你一个办法，只要你愿意做，肯定会心想事成。"

"什么办法？"

"你知道，现在有一种叫铜的物质越来越强势，如果不是来自神山的玉石相抗衡，彩陶会没落得更快！"四岳忽然老泪纵横，"你要牢牢记住：用本地土本地火烧制的陶才是我们永远的根，不能丢啊！"

……

四岳动情地说："我和所有陶艺传承人会将3000年来的陶艺精华毫无保留地传授给你！只有你才能将其发扬光大！"

"可是，印对陶艺没兴趣。印的特长是帮助大家记事……"

四岳坚定地说："叩看准你的超强记忆力和无坚不摧的意志力！至于兴趣，叩相信，陶艺的魅力是最高上师。如果你知道设计、制作、上彩、绘画是多么令人沉醉——哦，不，是陶醉，你一定不会这般推托。孩子，从现在开始，你巡游天下，每个部落的优秀传人都会协助你制作一件卓越的陶器，这个过程你的名气会越来越大。这样，你就有机会竞争令人仰慕的帝位。"

鲧满脸不悦："叩正值青春年少，叩对帝位不感兴趣，叩只想追求轰轰烈烈的爱情。"

四岳正色道："如果你没有竞争帝位的资格，进不去贵族圈，根本没有接触娥皇、女英的机会，遑论爱情？"

"好吧，叩认命！不过要说清楚，叩的最终目标是要获取像玉石一样神圣的爱情。"

四岳从衣兜里掏出一包土："这是'息壤'，土之精华，务必保管好，等你灵感迸发，制作你真心喜欢的陶器时，作为引子。"

五

再说仓颉事业上的烦恼。作为出类拔萃的史官，仓颉对各类记事符号都运用自如，但要在此基础上创造新的文字并被人们欣然接受，比解玉、朝山、登天都难。

沮诵谨小慎微，他得花很大力气解释。沮诵犹豫彷徨，迟疑不决，后来，他以身体抱恙为由退出了造字工程。

仓颉则坚定不移，在相关权威人士的引导和启发下，独自坐在祭坛上冥想了七天七夜，方才理出思路：

文字必须一次性创造完毕，然后推广，否则，后面的文字还未创造出来，前面的文字就会像黍稷被鸟叼走，继而繁衍出葳蕤生长的野生粮食那样衍生出新的文字，从而导致误读、误记、误解的现象根本无法遏制。因此，得做好保密工作。

文字只有看起来亲切、仁和、稳重、热情、睿智、坚毅、忠贞、刚烈、性感、优雅、舒畅、开放、深厚、宽阔，才能让大众接受。因此，不能闭门造车，创新区得选择信息发达、书写材料充足的地域。

　　文字创造既不能暴露于公众视野，也不能封锁消息，最好的状态是，每个人都知道仓颉造字，至于如何造字则一无所知。

　　符合以上三个要求的地方只有黄帝曾经预言的昆仑山巅的阆风苑——它是西王母居住的地方。黄帝曾亲口对仓颉说，那里有玉楼十二处，玄室九层，右瑶池，左翠水，环以弱水九重。洪涛万丈，非飙车羽轮不可到，若到，则能创造流传千古之文字。

　　在颛顼亲自主持的会议上，仓颉这样陈述：

　　"神山地域广阔，雪峰林立，沟壑纵横，河流遍布，四方交汇，天地相接，气场凝聚，纯洁神秘；朝山者、迁徙者、运输者、观光者不绝于途，可保证信息畅通；朝山者采集、筛选玉石时遗弃大量玉料，可作为书写、刻划材料。尤其重要的是，华夏人天性好奇，他们朝山时肯定会绞尽脑汁探明本人在干什么，但他们的好奇也仅止于此，绝对不会有人继续探索下去。事实上，他们不会对与己无关的事投入太多精力。"

　　颛顼表情严肃，突然发问："你们怎么看？"

　　詟一愣，四岳一愣，祝融一愣，众大臣一愣，哄然大笑。

　　大家都很清楚，仓颉之所以选择远游，乃是为了躲避出生在妫水河畔姚墟的才俊重华——他姓姚，妫氏，字都君，因双目四瞳而被部落人命名为"重华"。重华出生不久，费尔干纳多名大商主纷纷前往姚墟，请他做红铜、玛瑙、绿松石之类货物的宣传代表。没想到，年幼无知的重华竟然拒绝了。结果，家庭乃至部落很不满，但重华的美名却传播到了部落之外的很多地方。人们把重华与仓颉的事迹混淆了，往往张冠李戴。重华属于新生代，无所谓，但史官需要安静的工作环境。仓颉不堪其扰，宁可到远离帝都的地方工作。

　　创造文字很可能只是他逃离喧嚣的借口。

　　颛顼环顾四周，等人们安静下来，他庄重地说："人与母体（或自然）分离，渐行渐远，事件、细节及感受的积累也越来越丰厚，远非刻划、结绳、标识所能承载。避免各部落首领的误读及因误读、误解、误会而产生争斗的最佳方式是发明统一的书写工具。黄帝圣明，特命仓颉组建团队创立文字，并且强调推行文字只能通过春风化雨般的自然行为，坚决杜绝暴力。谁能做到这一点，可以为帝。这是黄帝的圣谕，也是历代帝王严格遵循的圣律。仓颉领命以来，因为受到洪水的威胁，造字没有任何进展。尧帝时代，文字无论如何要创造出来，并且通行于世，否则，必殛于羽山！"

仓颉坦然解释："多年来，公务之余，臣一直在为创立文字做翔实、周密的准备工作，并非违抗帝命。"

颛顼、誉齐声道："创立文字，非同儿戏。尧时代必须结束。"

仓颉微微一笑："敬诺！"

同时领命的还有共工，他将前往费尔干纳学习选矿和冶炼技术。

如此，朝中空出两个职位，各部落首领纷纷提出申请——主要竞争火正。

史官是苦差事，只有来自北方大荒的巨人族部落王子夸父应聘。

颛顼问他："你有爵位吗？"

"没有。"

"那么你具备哪些胜任史官的条件？"

"卬跑得快！"夸父自信地说，"从居住地到这里，常人得半年，卬只需半天。"

颛顼大笑起来。

众人也哄然大笑。

散朝后，仓颉向美丽善舞的未婚妻姮娥告别。

姮娥伤感地说："你为什么逞能？想上天和太阳比肩啊！"

……

姮娥生气地说："你为什么逞能？想上天和月亮比肩啊！"

……

姮娥泣不成声："你为什么逞能？想上天和星星比肩啊！"

"卬有四目八瞳，不会看错你！卬有一块鲧朝山时带来的极品羊脂玉，卬打算用它磨制两只玉环，亲手给你戴上……"仓颉低声叹息，"可是，可是，可是……唉！"

"你忙于记录种植、贸易、祭祀、占卜、出游、狩猎……夜以继日，忙个不休，究竟意义何在？你是好史官，但卬是女人，需要陪伴，就像禾苗需要阳光一样。"姮娥仰起带泪的脸，苦笑着说，"既然一切终将成为记忆，何不将此过程变得美好些。造字与治玉一样，心中得有爱。记住，无论何时，你的信念动摇时请想起印的眼泪。"

"……听说奥库涅赠送你很多铜配饰和绿松石？"

"是啊，这对你很重要吗？"

"你打算答应他的求婚？"

"无论如何都与你无关。你走吧。"

仓颉顿足捶胸，说："这是最后一次！创造出新颖的记录符号后，印就会毫不犹豫地辞去史官一职，从繁忙琐碎的记录中解脱出来……"

妲娥惊讶地望着仓颉，不禁大笑起来："你向来老成持重，现在怎么像小孩子？"

仓颉一愣，恢复庄重神态："无论如何，完成这项事业后印就辞职。请你一定等印！"

"不！你不能辞，也辞不掉。你得潜心造字！"妲娥深情地用手抚摸他的脸庞，"忘了印吧！这样我们都解脱了。"

仓颉正想说什么，妲娥嫣然一笑，转身跑了。

第二章　神鼓交错

一

仓颉起程那天，共工也打着鼗鼓离开帝都。

他与仓颉若即若离，亦步亦趋。

仓颉忍受不了沉重且暴戾的鼓声，回头说："印要前往神山，你跟着印干吗？"

共工惊讶地反问："朕要寻找铜矿！通往神山的道路都要先沿黄河走到源头，这段路尽管也通向费尔干纳，但仅仅是很少很少的一段，究竟谁跟着谁？"

是啊，大路朝天，各走一边，鼓声与印何干？

"那好，你先走三天的路程，如何？"

共工傲慢地说："朕只服从自己的心灵和意愿。"

仓颉无语。他猛跑、滞留、躲闪……无论怎样躲避，既甩不掉共工，也摆脱不了恼人的鼓声。忠实地记录历史是史官的职责，这是宿命。

他们经过阳城等大小部落，人们日出而作，日入而息，安静祥和，似乎鼓声只为记录存在，与他们的生活毫不相干。

出发的第七天，他们偶遇一群活泼可爱、情窦初开的少女在野外游玩。她们围拥着他们，并用琴瑟、陶埙演奏《驾辨》《劳商》《扶来》《立基》等圣乐。

共工击鼓前进。仓颉目不斜视。

少女发现仓颉的脚印极大，为其取名"雷泽"，争抢着踩踏取乐。

到临近黄河与伊河、洛河交汇处的中等部落二里头，共工连续击打鼕鼓，向世界郑重宣告他正式踏上通往费尔干纳的道路。

仓颉正要发表演讲，两位耄耋老人急匆匆地走过来，说："我们是制陶人，现在要进入黄河。"

"贵乡旱涝保收，交通便利，是多少人羡慕的福地！缘何生此邪念？"

老翁坦然说："印出生在伊河上游，老伴出生在洛河上游。当年，我们游玩时在这里相遇，此后多年，从发小、密友、恩爱夫妻到和谐老伴、著名寿星，非常幸福。美中不足的是，生活按照既定程式进行，每年的祭祀、制陶、种植、换盐、歌舞、丧葬等仪式和活动都没有多少变化。我们早已厌倦日复一日的单调生活，不想再这样下去。现在，我们要像伊河、洛河那样汇入黄河。请您做证，我们的选择与部落任何人无关。"

仓颉目瞪口呆，百思不得其解。他对这种现实问题束手无策，只能眼巴巴地望着共工。共工佯装不知，沉醉在敲打鼕鼓里。

老人手拉手走到陡峭的河岸边，回头微笑着说："孩子，如果说我们有什么遗憾，那就是此生因不愿分离而未能朝山。"

他们像两只黑鹰，飞翔，扑入水中，漂浮。河水忘乎所以地快速流淌着，仿佛刚才掉落的只是一片树叶。仓颉分不清是置身梦中还是幻觉。过多纠缠这个问题会影响造字，忘记这一幕吧，如同忘记脚印。

仓颉穿过崤岭、阳下、阳上，到庙底沟。

共工冷漠地说道："呆板无趣的史官，我们在此分道扬镳，请不要黏着朕！"

仓颉觉得受到了极大的侮辱，满脸通红："你……你……印……印……印……"

共工怒吼起来："朕的每次鼓声都有明确指向，但总被你拦截。请不要再干扰朕的鼓声！"

仓颉气得浑身发抖："好好好，请管控好你的鼓声，不要让它再打扰印！"

共工愤怒地说："离开帝都以来，除了你，从来没有人对朕的鼓声有任何异议，你为什么要执着于朕的鼓声？"

仓颉无言以对，怔怔发呆："印是史官……"

共工指着路边有桃木标识的土堆，轻蔑地一笑，说："如果那里面的玉石会记忆，就不会有史官这个职位。"

仓颉茫然地点点头，又摇摇头："也许吧。"

鼓声在崤山的峰岭中激荡着溯流而上。仓颉内心空空落落。他不得不承认他对逐渐远去的鼓声有某种依恋。他沮丧地垂下头，黯然神伤。

庙底沟长老率领部落人走近他，真挚地说："朝山的年轻人，没有路费了，是吗？我们珍藏着祖传的深腹曲壁陶碗、陶盆，还有陶灶、陶釜、陶甑、陶罐、陶瓮、陶钵及小口尖底陶瓶，个个都是精品，你随便挑一件。"

仓颉抬起头，看到长老及其部落人手里捧着各种红底黑花彩陶和白衣彩陶，陶器上花瓣纹、勾叶纹、涡纹、三角涡纹、条纹、网纹、圆点纹及动物纹等纹饰令他眼花缭乱。

"善良的人啊，"仓颉感激地说，"非常感谢！卬带走这些美丽的纹饰足矣。"

他深深一揖，告辞，进入沟壑纵横、连绵起伏的崤函地带。河流在陡峭的峡谷中穿行，岸边无路可走，他便以黄河涛声与二十八宿为坐标，判断时间和位置，调整前往神山的方向与进度。

仓颉再未听到鼓声。他逐渐适应了没有鼓声的旅程。

龙门山是朝山者要翻越的首座高峻险山，不少人在此殒命。仓颉夜宿山林时，不由自主地为共工担心：他被野兽伤害致死了，还是坠落山涧了？

仓颉为自己的善良而感动。他可以容忍任何人，唯独不能善待共工。因为共工嫌他木讷、刻板，向来蔑视他。两人之间没有仇恨，当然也不存在友谊。史官的天职就是坦然接受一切。离开帝都之前，仓颉从未意识到史官还有人文情怀。现在，置身崇山峻岭之中，山峰突兀，参差不齐，兽吼鸟鸣，仓颉内心却平静如水，无所畏惧。因此，不管道路如何艰险崎岖，他总能找到黄河被狭窄河床挤压出的喘息声。以此为坐标，他成功翻越龙门山。

刚到山脚下，共工赫然出现。他恶狠狠地大喊大叫："请不要捕捉朕的鼓声！龙门山本就高不可攀，无比艰险，你还让朕为鼓声的指向和出路分心！"

"卬没有……"仓颉瞠目结舌。

共工愤怒地咆哮道："好了，朕没有时间与你玩绕口令！现在，我们必须分道扬镳。从这里开始，有两条路可选择：一是顺着黄河主流渭河段走，比较便捷；二是沿黄河支流向北部高原、沙漠地带绕一个大圈，异常难走。你清楚，这条道只有暴发特大洪水时才可能流水，平常都是干涸的河床。朕实在无法忍受你，朕宁愿走路程遥远、环境恶劣的沙漠道。"

说完，他狠狠地敲打鼗鼓，扭头向北。鼓声越来越远。

仓颉摸摸耳朵，喃喃自语："这个人为何要用他的鼓声为难印？这是梦幻还是现实？难道印在梦游？"

"当然不是梦幻，是现实！"

仓颉惊讶地向四周巡视，没有人。

"我们是四目八瞳，不用找了！"

"啊？……怎么回事？你们竟然会说话？"

"是啊，我们一直在叙说，可您以为那是内心深处的声音！"四目八瞳说，"您完全可以忽略共工的。"

仓颉沉默许久，说："印总觉得鼗鼓中隐藏着什么秘密，而史官的天职是求真务实。"

四目八瞳长叹一声，不说话了。

仓颉沿渭河西行。

不断有好心人提醒他远离河道，以防随时暴发洪水。仓颉集中精力搜索时断时续的鼓声，对各种劝告充耳不闻。初夏，有一天，洪水排山倒海，奔涌而来，发出万兽齐吼般的巨大声响，淹没了鼗鼓声。仓颉奋力向岸边高地狂奔，兽皮裹脚掉落，兽皮裙被树枝剐破，暴露出硕大健壮的肌肉。

仓颉一口气跑到了山顶。

回头看，滚滚洪流灌满河道。若慢半步，就会被凶猛的浪头吞噬。惊魂稍定，气息稍稳，他又本能地搜寻鼓声；同时也发觉自己被越来越多的少男少女簇拥到空阔的场地上。他们热烈地品评他健硕的肌肉。年纪稍大的人坐在较远的台地上、草垛上、棚屋旁的陶窑边，微笑着欣赏。只有一个人对现场的辩论置若罔闻。他在全神贯注地给陶器上彩。

制陶人是鲧!

鲧不可能不认识大名鼎鼎的史官!

鲧肯定觉得在这种情况下见面有失礼仪。顿时,仓颉觉得羞辱感袭遍全身。他愤怒了,像公牦牛一样冲刺着包围圈。

徒劳。冲刺多次,还是徒劳。精疲力竭。

大家环绕他席地而坐。

部落首领赠送全新的兽皮裙和裹脚给他,并笑吟吟地说:"这是半坡部落有史以来第一套用铜针缝制的衣服,刚刚完成,被你赶上了,请珍惜!"

仓颉迅速穿上,然后正色道:"你们不能这样对待三岁就有'神童'之称的左史官!"

首领也正色道:"哦,'神童'有什么了不起?"

"能记住三年内的会盟事迹及所有朝山事迹。"

"哦?那您说说,时间有多长?空间有多大?"

仓颉语塞。

首领脸上再次堆满憨厚慈祥的笑容,敬果酒。众人按顺序轮流敬酒。

仓颉醉了。

人们点燃篝火,唱歌,跳舞……

仓颉继续喝酒,醉晕。后半夜,被一阵鼓声惊醒。睁开眼,繁星闪烁。鼓声与星光同来。仓颉坐起身,迅速离开。鼓声指引他前进。他尽量绕道而行,躲开热情洋溢的大小部落。

随着时间的推移,仓颉渐渐淡忘了洪水突袭时的羞辱记忆。但表情却出卖了他,因为偶然碰见的路人常常会拦住他,关切地问:"你有什么困惑吗?说出来,大家一起帮你解决!"

仓颉只能强颜欢笑,费很大力气解释。他不明白微笑为何如此难。是不是得了史官不苟言笑的职业病?

正思考,眼前倏地出现一位窈窕淑女。她的背影美艳如花,臀部被鹿皮裙紧紧包裹着,令仓颉神魂颠倒。

"咚!咚!咚!"

是鼓声还是心跳声?鼓声是谜团,得重视;心跳声是山鬼,要诅咒。

神啊，天啊，地啊，实在难敌诱惑。仓颉叫苦不迭。他不由自主地与姮娥联系起来。她们的臀部有着同样的弹性和韵味。他心事重重。他恨不能拍打自己。

"鹿皮裙"猛然转过身，怒目圆睁："为什么尾随印？想干什么？"

仓颉灵机一动，盯着她怀中的夹砂红陶罐，结结巴巴地说："印想看清楚纹饰到底是绳纹、篮纹还是附加堆纹……"

"在客省庄这地方，你怎敢随便撒野？"

仓颉说："印是史官，怎么可能撒野？印是兴隆沟的'神童'仓颉。你没听说过？"

"鹿皮裙"面色有所缓和："啊！这人竟然有四目八瞳！印碰到了神人！印这次肯定受孕！"

说完她像风一样跑了。

这"幺蛾子"会不会是处于梦游状态的脩己？仓颉寻思半天，难明就里。好在共工的鼓点节奏慢慢明晰起来，他的步伐才不会错乱。和着鼓点行走，非常享受。当鼓点移动到石峁、府谷一带时，仓颉走到渭河峡边缘。陇山巇巇，渭水湜湜。

陇山道高巍艰难。穿越渭河峡虽然便捷，但仓颉对洪水仍心有余悸。还是远离洪水的威胁吧。他整理思绪，决定在陇山下休整几天，养足精神再出发。

仓颉连续沉睡了三天。

第四天，他醒了过来。打完哈欠，他意外发现自己被"鹿皮裙"带领的一群人围住了。他们背着泥质篮纹灰陶罐、绳纹灰陶罐、三足鬲、三足斝、灰陶刻划三角纹双系罐、灰陶刻划三角纹碗、折肩小平底瓮、长方形近刃部穿孔石刀及少量鼎、鬶、盘、盆，神情肃然。

看见他醒来，"鹿皮裙"在长老耳边嘀咕了几句。

长老神情严肃地走过来，反复打量仓颉。

"神人啊，请原谅客省庄人的冒昧，实际上这是意外相逢！"他谦恭地解释，"我们是炎帝后裔。我们不怕野兽，不怕洪水，就怕男人和女人之间麻木不仁，没感觉。客省庄人口最多时几乎布满渭河、泾河两岸，可是现在，每年都在减少。我们祭山祭水，祭天祭地，祭太阳祭月亮，都没有效果。这很可怕。就在大家极度焦虑时，'鹿皮裙'踩了您的脚印后，怀孕了！"

部落人齐声欢呼："'鹿皮裙'怀孕了！"

仓颉不知所措："你们想干什么？难道……"

长老忙解释说："除了感激，客省庄人不给您增添任何麻烦。我们只要默默地跟着您走。"

"印首次走这条路，很可能迷路！"

"没关系，我们仅仅需要您踩出的脚印。"

"帝都会误以为这是部落迁移……"

"放心吧，神人！我们会与您保持三天的距离。不能再远，否则脚印的神力就消散了。"

仓颉思虑一阵，低声说："这是你们的自发行为，与印无关，对吗？"

"那当然！"

部落人兴奋得齐声高呼。

仓颉恢复平静，出发。他先是沿黄帝当年问道广成子时走过的老路行进。一直向北通往崆峒山。之后，他向东进入固关峡，开始翻越陇山。

山险，雪厚，风硬。虽然山谷高深，九难八阻，森林密布，但鼙鼓声不畏艰险，依然穿山越岭准时抵达。鼓声显示共工在石峁附近流连忘返。仓颉敛气凝神，小心谨慎。群山如绣，绿草如毯。心情骀荡。阵雨神风洗礼，掬清水而涤目。穿河水，履草滩，山路伸向白云间，路滑身重迈步难。峡谷豁达蕴奇秀，绿滔滔兮石滚滚。山高水长道崎岖，地势升高成陡坡。沼泽连绵，枯树横断。气不够喘，眼望不穿。林密不透风，躬身似潜行。云山厚重，时空两忘。终达山巅，玉树临风。大地葳蕤生奇光。远山如岚，莽莽苍苍。叠彩峰岭，如涛似浪。西北远眺小关山，东望天际到终南。

天地空旷寂静。

仓颉灵魂被震慑，只听见自己心脏跳动发出的强大回音：

"咚！咚！咚！"

不是鼙鼓，不是陶鼓，不是铜鼓，不是木鼓。

声响有条不紊，越来越雄壮，飞越群山，飞向远方。

四目八瞳紧紧跟踪声响,仔细观察:向东,飞到海滨旸谷,与羲仲、鸟星一起烘托日出;向南,飞到交趾明都,与羲叔、火星监察太阳由北向南移动;向北,飞到幽都,与和叔、昴星巡视太阳由南向北移动;向西,飞到昧谷,与和仲、虚星共同迎接太阳回家。忽然,"轰"的一声巨响,那是羲叔在敲打铜鼓,宣布夏至。火星校正后证实丝毫不差。"轰"与"咚"又同时休止。夏至,仓颉站在陇山之巅,万籁俱寂,听不到心脏跳动。但他一点也不恐慌,他知道自己能够正常呼吸。他坚信鼕鼓还在原地徘徊,无须用排除法排除各种不祥猜测。他内心的云雾徐徐散开,逐渐变得开阔明朗。山山相连,谷水潺潺;骨肉相连,血流潺潺。仓颉感觉天地人三位一体,充满欢喜。

仓颉已经卸任左史官,职业习惯使他依然关心春分、秋分、夏至、冬至。不过,现在得搜索鼓声了。刚产生这种念头,黄河波涛源源不断送来清脆响亮的鼕鼓声,像雷声震荡,从挺拔耸立的山脊上滚过,滑向渭河,越过渭河,滚滚向南,渐远渐息;与此同时,太阳在空中留下白龙般游动的轨迹,横贯东西。白龙与青龙交汇在夏至,交汇在陇山之巅。心跳声与鼕鼓声交接得如此完美,只有仓颉这样严谨的专业人士才能察觉到。

二

鼕鼓与波涛重叠交错的声响表明,共工已恢复到正常的行进状态。仓颉身心放松,情不自禁地打了个震耳欲聋的喷嚏,地动山摇。

至于吗?不就一个喷嚏。

没错,就一个喷嚏。

就是这个喷嚏改变了一切!

首先是鼓声丢失,其次是导致渭河暴发洪水,奔腾呼啸,浊浪排空。仓颉站在陇山的脊梁上,双手紧紧抓住"兽皮裙",四只眼睛看见一条面目狰狞、暴虐凶恶的土黄色巨龙在莽莽苍苍的辽阔古塬上扭动着肥大的身躯,横冲直撞,释放野性。

共工预言的洪水还能比这更可怕?他是否知晓仓颉一个喷嚏就能引发大洪水?

洪水形成的巨龙冲荡了三天三夜才筋疲力尽。水流重新回到河床内，空气中弥漫的泥腥味逐渐散去。

共工呢？鼍鼓呢？

失联了。

忽然，仓颉捕捉到渭河边师赵部落抬着人面陶塑罐庆祝降服洪水的情景。

怎么可能看那么远？他很吃惊。尽管距离很远，大口短颈红泥质彩陶罐及其腹部涂敷的薄薄红彩、宽带纹、弦纹、网格纹和三角锯齿纹都异常清晰。陶人哀怨忧伤。红色彩绘表现烈火般燃烧的忧伤。隆突的鼻准强调雄山般凝重的忧伤。两道眉毛纤细弯曲，像瀑布倾泻滔滔不绝的忧伤。眼睛和嘴巴微微张开，深刻深邃，似乎灌满世界上所有的忧伤。发髻高耸头顶，似乎要将忧伤牢牢束缚。黑色忧伤超载了，顺着下垂的头发向两侧坠落。忧伤分解成多条毒蛇，焦躁，挣扎，冲突，最终被收集到陶人下面的圆圈内，被胖蛙吞噬、消化。

这不是梦游女脩己吗？清秀端庄的五官，纵声高歌的嘴唇，焦灼忧伤的表情，时尚另类的发型，反差强烈的黑红色彩，还有古拙灵异的蛙符号，都指向脩己。

古老深邃的陶鼓声证明，这一切不是梦幻。

脩己的形象怎敢明目张胆地出现在陶罐上？谁批准？谁制作？挑战帝王？

仓颉断然关闭四目八瞳。

五脏六腑经历片刻的混沌后，有人呼喊："仓颉打一个喷嚏，渭河都发洪水了，而印竟然没感冒！"

仓颉疑惑不解，是谁在发声？不是娟娥。确实不像。不可能是娟娥。也不是娥皇、女英。更不是羲仲、羲叔、和叔、和仲。

那么，究竟是谁的声音？

只能来自陶塑脩己。虽然难以置信，虽然抓狂崩溃，但是仓颉不得不面对现实。就像奥库涅首次向黄帝进献的铜铸公牛，恶狠狠，冷冰冰，但有质感。

他开启眼睛。声音和情景跳转到柴家坪部落。仍是狂欢人群，仍是缩回山谷的疲惫河流，仍是大口短颈红泥质彩陶罐……哦，仍然有位陶人端坐在罐口。不是脩己。陶人额头隆起，洋溢着王者的喜气。陶人长发光泽闪亮，迎风飘扬。陶人双目镂空，仿佛蕴藏着五湖四海。陶人左右眼睛下九道橙红色竖线纹，象征着浩浩荡荡的欢腾河流。陶人颧骨突出，赤裸裸地晒幸福。陶人眉弓清晰，标榜在群婚制中享有特权。陶人鼻梁高挺，展示着财富和丰功伟绩。陶人鼻子下两道黑色竖线纹，张扬赫然醒目的傲慢。陶人耳垂肥厚，笑意盈盈。陶人耳垂挂着欢快跳荡的玉珠。陶人最性感的是千万快乐的交通枢纽——嘴唇，半开启，似啸似歌，欲静还动……陶人目光炯炯，表情喜悦，似乎每时每刻都享受着美好时光。

陶人不是鲧，还能是谁？

仓颉屏住呼吸，迅速调动四目八瞳，有条不紊地试看、实看、偷看、俯瞰、仰看、跳看、连看。没错，就是鲧。仓颉又对着陶罐腹部的鲵鱼鳞甲网状花纹反复补看、重看、顺看、平看、细看。千真万确，是鲧。时间真、空间真、过程真、气氛真、事实真。

鲧太聪明，将头部安在鲵鱼的身上，彰显个性的同时隐瞒真相。

仓颉不愿相信这古铜般的严峻事实。他又指派四目八瞳到大地湾、西坪、石岭下、西河滩、暖泉山、磨沟、鸟鼠山、马衔山等部落巡察，全都呈现出内容相同的狂欢情景。陶人大小、所处位置各不相同，形象和表情属于脩己或鲧。

陶鼓声、陶铃声、陶哨声可集体做证。

声名狼藉的鲧在恶作剧，威武庄严的史官无须在乎。仓颉更愿意相信这是幻觉、幻听、幻视。他让四目八瞳搜集证据证明这个判断。四目八瞳跟踪云朵、鸟儿飞几天，与狼虫虎豹共同生活几天，和狂风暴雨相处几天，他们甚至看到遥远的费尔干纳采矿人和冶炼人。仓颉非常排斥红铜，他让四目八瞳迅速撤回，到羲仲、羲叔、和叔、和仲的实训基地巡游。四人记录的数据准确无误。

为进一步得到确凿的证据，仓颉让眼睛降落旸谷，对羲仲说："这份差事实在太枯燥，如果您愿意换一个，会享受到最高的薪资待遇。轻轻松松，每年收入两尊红铜牛，价值相当于十二件土佩。"

羲仲神情严肃，注视着海面，置若罔闻。

"再加两件玉璧，如何？"

羲仲正襟危坐，说："请勿干扰本官处理公务。跟着尧做事，卬心甘情愿。请不要污染旸谷，带着您的价值观立即消失！"

这种答复完全符合羲仲的性格。

仓颉确定这一切皆为实有，并非虚幻。

四目八瞳忠心耿耿，完全能提供造字所需的参考文献与原材料。仓颉内心升起欢喜的太阳，光明辉煌。经过龙门山时，首次听到四目八瞳的声音；经过陇山时，又发现四目八瞳不但行动自如，而且具有前瞻性。

他充满信心，正要返回，忽听羲仲以标准语式向尧帝述职："贤明的帝王啊，卬兢兢业业，严谨执岗，抵制了恶魔的诱惑……"

仓颉大吃一惊，朝臣述职的时间是每年的二月二，现在才夏至，羲仲为何提前半年？

难道四目八瞳还能探测到未来的信息？

他还没有创造出一粒文字，怎敢走向未来？

紧急叫停。

仍然有许多信息源源不断地涌入。

他将四目八瞳关闭。天地一片沉寂。

"咚！咚！咚！"

不是心跳。不是呐喊。是鼗鼓。鼓声源自北方幽都，在黄河、阴山、阳山和昆仑山之间往返回荡，向荒滩草原、野牛野马打完招呼之后才传来。

鼓点干净、利落、纯粹。

四目八瞳，五脏六腑，各就各位。

仓颉根据鼓声、太阳、星辰、峰岭构成的坐标，调整方向，从陇山之巅，向西出发了。

三

仓颉全神贯注地驾驭心神耳目，但还是会看到脩己和鲧形象的各种雕塑。他依稀记得家乡兴隆沟也有此类雕塑。

　　仓颉出生刚满三十天，就依偎在母亲毓土的怀抱中参加部落祭祀。陶塑神像伫立在仪式中心的高台上，甚有威仪。人们仰望陶人镶嵌在帽冠正中的玉石帽正，如饥似渴，期盼、等待它传递神的旨意。仓颉却对陶神的表情产生了浓厚兴趣。那些活泼可爱、忠于职守却被巫师命名为贪、嗔、痴、慢、疑的四目八瞳与陶神全身的泥塑符号激情对话。陶神不自在，高耸两肩，身体前倾，嘴部渐渐隆起，张开，下颌鼓成圆弧状，发出严厉警告。仓颉毫不在乎。陶神怒气冲冲，双眼变成圆形，眼眶周围呈椭圆状内凹，双眉和眼球瞬间完成七种色彩的筛选，最后确定让威严的黑色执守。仓颉玩兴更浓，嘴唇离开母亲丰美的乳房，想要模仿陶神呼啸，眼睛却被乳头击中，被乳汁喷射。显然，毓土及时发觉并果断阻止了他的娱乐。乳头滑过嘴唇堵塞声腔，防止仓颉哭出声。毓土安抚好仓颉，又融入庄严肃穆的祭祀仪式。仓颉将洒在各处的甜美乳汁就地吸收。毓土赤裸的手臂上附着几滴，他挣扎着试图去舔舐，够不着。他哭泣。泪眼婆娑中，他发现陶神安然盘坐，双腿舒展，双脚放松，双臂垂下，臂肘弯曲，双手紧握搭放在故意微翘的双脚上，似乎在细嚼慢咽仓颉的窘状。仓颉还在哭，因为乳液被几只蚂蚁哄抢了。陶神幸灾乐祸，挺直鼻梁，拓宽鼻头，扩张鼻孔，让笑意充溢各处。笑意如同洪水，在脸颊两侧掀起巨大波涛。巨浪塌陷，形成漩涡。陶神变本加厉，成心强化奚落效果，他挺一挺饱满平坦的腹部，开放圆而又圆的小肚脐眼，让它奋力喷吐幸灾乐祸。又让两只乳头直接从胸膛上微凸，跳舞，戏谑。

　　仓颉心想：这有什么好炫耀的？滑稽！

　　他想大笑。

　　圆润的乳头却充盈他的口腔，使他气流不畅。庄严肃穆的祭祀仪式还在进行。毓土严防死守。

　　陶神发现仓颉被呛、被堵、被塞，故意秀滑稽、秀威严，将头发盘折成努鲁儿虎山、昆仑山两大山系，形成横向的高巍发髻，中间用红铜长条与珍贵麻布捆扎。他慢条斯理地做这些动作，意在晒权威、晒财富。但仓颉好像并不在意。于是，陶神让额前正中乳白色的帽正放射几束亮光。这是非常昂贵的岫岩玉石，是牛河梁、兴隆洼、赵宝沟、红山、小河沿、夏家店等众多部落共同崇拜的通灵圣物。果然，长条形白玉帽正勾起了仓颉的好奇心，他伸出胖乎乎的小手想要抓取珠光玉气。陶神哈哈大笑。

其实，陶神误读了仓颉的表情。仓颉看到二十八位高大威武、魁伟壮实的汉子抬着帽正艰难前行，他不明白小小帽正为何如此沉重，他想助力，于是伸出胖乎乎的小手。

陶神瞪眼，张嘴，恐吓。

仓颉忽然开口大喊："神人应该是印！"

陶神愣住了。陶神脖颈竖直，青筋暴绽，双肩发抖，锁骨隆起，随时准备发威。

这时，部落首领回过头，威严地望了一眼仓颉。

仓颉顿觉寒意袭身，不由得浑身哆嗦。

他瑟瑟发抖，从此落下惧怕寒冷的后遗症。

部落首领继续进行后面的程序。

毓土知道稚子闯了大祸，她不愿看到被指责为妖怪的仓颉惨遭酷刑，趁着人们对玉雕絮絮叨叨诉说心迹，抱起仓颉飞一般逃离。最初，毫无目的，只想跑出努鲁儿虎山。惊慌失措中，毓土先是向南顺大凌河南部支流抵达海滨，满眼皆是蔚蓝色。

然后向北沿老哈河川地往北，草原广袤，四周尽是翠绿色。

她再次返回，向东沿大凌河直达辽河西岸。

睡梦中的仓颉被冻醒，哭喊冷啊冷啊。毓土转过身，向西沿大凌河西部支流，辗转穿越燕山、平原，到达河口与大海交汇的湿地……

兴隆沟祭祀时间很长，毓土因此才得以成功逃离辽西廊道。

接下来该去何处？西北走廊？藏彝走廊？南岭走廊？

毓土与仓颉讨论很久，忽然怔住，吃惊地问："孩儿！你竟然会说话了？你怎么知道这么多地理名词？哦，天哪，你怎么长出了四目八瞳？"

她无法接受这个事实，昏厥过去。

仓颉背着毓土涉水过河。众多部落的人纷纷叫喊："快来看啊，这个四目八瞳的小孩力大无穷，过河翻山，如履平地。"

毓土醒来，又昏厥。再醒来，再昏厥。如此反复。仓颉不习惯群众的围观指点，只得背着毓土四处逃避。他们先后到过大鲜卑山、磁山、仰韶、裴李岗、龙山、大汶口、陶寺、阳城、良渚、河姆渡、马家浜、石家河、大地湾、马家窑、马衔山等著名部落。

由于怕冷，他不敢向西越过龙门山。

后来，仓颉偶遇黄帝的车队。

黄帝问："孩子，你小小的身躯，如何能背得起你母亲？"

"很简单，她是伟大的母亲！"仓颉自豪地说，"尽管这个年龄段主要任务是吃奶和啼哭，但母亲患了严重的惊厥症，卬一定要找到良医。"

黄帝和蔼地说："哦，让朕用针灸治疗吧。瞧瞧，这根红铜针是用十二头黄牛换来的，质量上乘，请相信朕的医术！"

仓颉清楚地记得，黄帝扎了二十八针之后，毓土康复。她还能坦然地接受仓颉的四目八瞳和不足半岁就具有超强记忆力、出色的语言表达能力、严谨敏捷的处事能力的现实。

毓土没有自豪感，常常从梦中哭醒："唉，可怜的孩子！才多大的人啊，表情严肃如山，深沉似海！卬不该祈祷，卬害了他！这个年龄应该无拘无束，睡觉、吃奶、啼哭、撒娇……"

仓颉束手无策。

黄帝劝慰他："不要在意。没有人能替她，终久需要她自己释怀。"

黄帝派人驾牛车送毓土回到兴隆沟，造屋养老。

三岁时，仓颉升任左史官。不久，他就得了职业病：因专心致志履行公务，沉浸在历史书写中，他竟然记不起母亲的模样，常常误将别的女性当成母亲。

四

仓颉的忧郁布满天空，星月无感，禽兽不觉。女人忙着锄草、喂奶、挠痒痒；男人专心收割、剥兽皮、绘陶或磨制石器，没有闲情逸致发呆走神。

山山相连，没完没了。仓颉翻过一座又一座山。路人提醒他远离渭河，防止洪水再次暴发暴涨。鼙鼓则鼓励他继续前进。有时路人明确地说前面畅通无阻，鼙鼓却说请掉头，或重新设计路线。

仓颉内心淡定。不管四目八瞳提供的信息有无价值，统统屏蔽，只与鼖鼓单线联系。若需要散心，让他们以监察员的身份沿着鼓声的路线轮流观光、巡游。效果不错。如秋分那天，鼓点在阴山与阳山对接的地方，徘徊不前。仓颉先打发两只眼去探查，没回复；又派第三只眼去探查，鼓点依然彷徨不定。仓颉干脆命令他们一起出动。

转瞬间，他们回来报告：共工遇到大片沼泽地，懵了。不过现在问题已经解决，我们几个想办法让乌兰布和沙漠与鄂尔多斯高原隆起，堵截共工。

仓颉不相信四目八瞳会有这种非凡能力，他紧皱眉头，严厉告诫他们不要染上好大喜功、弄虚作假的毛病。四目八瞳不做辩解，齐刷刷地放下六个陶鬲。陶鬲的器形略有差异，但出自不同的制陶匠之手。煮奶、煮黄米粥、煮草药的陶鬲正冒着热气。

"这种鬲只有鄂尔多斯制造，其他地方尚未流行。这些证据能不能打消您的疑虑？"

仓颉诧然："这东西……卬从来没见过，无法证明与鄂尔多斯是什么关系。卬熟悉的器物是仰韶鸮首罐……"

话音刚落，六个鸮首罐几乎同时摆在陶鬲旁边。

仓颉逐个拿起摩挲，琢磨。

它们确实来自陇山以东至龙门山之间的地域。

仓颉喃喃自语："不可思议，真是不可思议！"

他清楚，四目八瞳受过严格的史学训练，表现卓越，不会沾染上满嘴跑马、信口开河的恶习。任何质疑都是对这些忠诚伙伴的亵渎。他们从局限的史学叙述语境中解脱出来，走向气象万千、纵横捭阖的广阔天地，凭借深厚的积淀表现出卓越才能，无可厚非。

如此一想，仓颉欣然笑了："快将陶鬲还回去，别忘了我们的主要目标是前往圣山。"

有一位少女站在葫芦河边微笑。

仓颉正要说话，却发现这是一只人头形彩陶瓶。打水少女在河边戏水。青春靓丽的身体像鱼儿，欢欣跳跃。仓颉打发四目八瞳寻找合适的位置欣赏，以便专心致志地与陶瓶对话。四目嗖地飞走了，双瞳则关切地说："消除棱角去做人很痛苦。我们清楚您思念母亲，这好办，卬目睹了您出生的全过程，印马上情景再现。"

仓颉连忙阻止，可是迟了，在陶鼓、陶铃及人们的合唱声中，双瞳推出女人半蹲式产子的情景……

仓颉害怕面对母亲痛苦变形的表情和撕心裂肺的哭号。他上移视线，将视线聚焦在毓土肚脐眼以上，尽力回避生产的情景。两只肥硕的乳房生机勃勃，蓄势待发。乳房像树上的成熟果实，散发着醉人的醇香。脸部诸器官尽管扭曲变形，但快乐、痛苦、欣悦的表情异常清晰，如同彩陶橙黄色肚腹上对比强烈的黑红线条。涨落有序的鼓声支持仓颉的判断，又推介更多以黑红为主色调的装饰图案。

仓颉坦然接受令人浮想联翩的黑色和具有强烈冲击力的红色。

五

仓颉伫立葫芦河畔，看见一位身材窈窕、婀娜多姿的少女微笑着向他走来。少女的微笑摇晃着，荡漾着，越来越近，轮廓越来越清晰。少女眉目清秀，短发齐耳，两串玉珠、绿松石耳坠及胸前的海贝、铜珠等串饰欢快地激荡着，互相配合，发出清丽悦耳的声响。

仓颉被迷住了。多年来，他首次坦然地面对他一直逃避的鲜艳色彩。少女像一朵彩云，飘然而至。花叶若有若无地遮掩裸胸，鹿皮裙带在肚脐眼处打了个漂亮的纽结。微笑的气息生动可感。仓颉紧张得满脸通红、呼吸急促，内心的堤坝轰然坍塌，长期禁锢的感情如洪流般奔腾而下。他觉得面部表情不再是数年如一日的严肃刻板。他情不自禁地微笑起来。

成功了！

他笑得自然、舒畅、灿烂。

这是仓颉第一次以抒情式微笑回应抒情式微笑。他联想到自己创造的特指成熟女人的专有名词——"图腾 & 禁忌"。"图腾"表达对母亲的感恩；"禁忌"表达对很多相似的表情符号的困惑。前者是传统，后者是现状。前者接受，后者认知。仓颉只能与母亲"图腾"发生特定联系，同时，要向同质近似母性的符号由衷地表达敬意。任何具有亵渎倾向的念头都是对神灵的不恭……

无边无际的纠结中，仓颉陷入沉思。众多部落的美女却认为他寡言少语、老成持重，心生仰慕，将他奉为偶像。

黄帝有意将女儿嫫许配与他。

仓颉被充当媒人的朝臣围追堵截，惶惶不可终日。逃避中，他脱口而出："嫫长相奇丑无比，袒露身体，两目上翻，行走如风，耳坠混响，所到之处，赤地千里……"

众臣大惊失色：嫫是闻名遐迩的贤淑美女，怎会被如此描述？

无论如何，此言论出自史官，不能收回或更改，必须载入历史。

仓颉变得沉默寡言。他千万次懊恼。他承受着内心的暴风骤雨。此后，对与史实无关的事必须表态时，就让黑、红两色线条交错构成"卐"形符号，在橙黄色肚腹上飞舞。所有历史都能抽象为色彩对比鲜明的两道线条。通过石器、陶器的形状、钻孔、圆点、刻痕、线条、纹饰、色彩，他轻而易举地还原与之相关的部落活动及复杂表情。比如，短时间内，他能梳理出石刀、石斧、石磨盘、石磨棒、石镰、石坠、石纺轮及各种彩陶纹饰的口传史、编年史、断代史、国别史、纪传体通史或五花八门、千奇百怪的野史。

群众将线条的内涵解读为风动、男巫舞蹈、女巫舞蹈、纠结、挣扎、两条交尾的蛇、山川河流、从悬崖坠落的猎物等等，随他们吧。

……

仓颉内心翻江倒海，少女始终微笑着。鹿皮裙被秋风撩起，露出白嫩而富有弹性的秀腿、美臀、腹沟。黑色"卐"形符号旋转。仓颉迅速提出三角纹和斜线纹组成的抽象图案，脱离腹沟，落到浑圆、光洁、玉润的红色肚腹上。为强调这个印象，又衍生出系列连续变体的"卐"形纹饰图案，命名为花叶、风轮、圈圈、蛙纹、漩涡……

无论仓颉怎样逃避，都无法抵御这种灼热的表情。

他们行房了，相当欢悦，相当愉快。

少女既要欣然配合，又要掩饰羞怯，索性轻声哼唱：

　　登昆仑兮食玉英

　　玉英不可见兮美人忧

　　美人忧兮玉英现

玉英现兮神人舞

歌声中，闪闪发光的交索纹从少女微张的红唇间流出，在葫芦河畔轻盈飞舞。四目八瞳倏地飞回，及时捕捉到这奇异的景象。正当其时，葫芦河突发洪水。四目八瞳一边在浪涛的驱赶中逃避，一边好奇地问少女："你吃的是什么呀？好香！"

少女笑意盈盈："神珠薏苡，是美容价值很高的药用食品。"

"我们也要吃！"

少女咯咯直笑："会怀孕的！你们不能吃……"

"脩己妹妹，我们就是想吃！不怕生孩子！没有'图腾'，可以背剖而生！"

宇宙倏地寂静。

任性欢畅的葫芦河似乎也停止了流淌。

继而，鼓声突然连续爆响。

没有交索纹，也没有少女。一尊少女形红陶瓶站在山冈。她的眼眶用红色泥条圈贴而成，炯炯有神。四目认为两束神光属于姮娥，而双瞳一口咬定是脩己标志性的忧郁。四目统计出陶瓶中装有80000粒碧玉，而双瞳坚称只有3500颗薏苡。

仓颉则表态：作为物质存放时是8万粒碧玉；作为粮食时才是3500颗薏苡。

双方仍然存在分歧。

仓颉说，求同存异吧。

大家安静下来后才知道，发洪水的不止葫芦河，还有渭河、洮河、大夏河、祖厉河等大小河流及其支流。众多常年干涸的山沟也哗哗奔流。洪水越来越凶猛。人们带着黍和种子驱赶着家禽往高处迁移。野兽惊慌失措，四处逃奔。大小河流漂浮着被恶浪冲毁的草棚构件、动物尸体、皮裙皮帽……

唯独黄河异常平静，像鼗鼓有礼有节。

六

仓颉虽然已卸任史官，但仍在履行职责。

因为没有合适的人能胜任他的岗位。

北方大荒少年夸父充当驿使，在仓颉与帝都之间来回奔波。这项任务秘密进行。仓颉通过结绳、图画、线条、色彩、纹饰、装置等符号系统与夸父保持联系。

为确保史实精准可靠，仓颉对四目八瞳培训后让他们搜集古往今来的所有信息。

仓颉离开葫芦河畔时捡到一个彩陶面具。显而易见，是鲧按照自己的形象设计制作的。仓颉灵机一动，戴到脸上，正好遮掩因纠结"生动少女与红色陶瓶究竟哪个真实哪个虚幻"而紊乱的表情，对外则宣称是为了阻挡强烈的阳光。

四目八瞳心领神会，说不会向夸父泄露哪怕只有草尖露水那么小的信息。

仓颉认真地说："你们不要想得太复杂了。洪水暴发的时间与行房的时间高度重合，印是责任人。造字完成后，印述职时一定详细地重述事发过程。"

接着，他指挥四目八瞳，以抢救鲧制造的历代仿真彩陶为由，从洪水中捞到葫芦形网纹彩陶壶、四大漩涡纹双耳彩陶壶、蛙神纹双耳彩陶盆、草叶纹锯齿状附加堆纹彩陶钵、篮纹双耳红陶壶、附加堆纹双耳红陶鬲……

丰富多变的形状、色彩、纹饰令人眼花缭乱。

各类陶器样品3000件，时间跨度3000年。

平均每年都有一件代表性器物产生。

旺盛的创造力！

四目八瞳将红陶瓶及其纹饰、表情、内容（碧玉粒或薏苡）隐藏其中。

他们稳步前进。

节奏分明的鼓声中，四目八瞳忠于职守，密切监视陶瓶。

仓颉觉得越来越接近黄河源头了。

夸父不离不弃。

此前，交接任务时长不会超过三个鼓点。这次，在鸟鼠山下，该交代的交代了，该强调的也强调了，他却寸步不离，妨碍仓颉与四目八瞳交流、磋商。

鸟鼠山是基本呈东西向并列的鸟山和鼠山。黄河从两山之间穿过。当上游特大洪水暴发时，鸟鼠峡来不及泄洪，洪水就向北绕过马衔山，向沙漠地区漫流。

为了甩掉夸父，仓颉先到了南边的鼠山峰顶。天清气朗，视野开阔。西边，银川河与大夏河汇入黄河的景象，西北边马衔山的姿影看得清清楚楚。仓颉满心欢喜，纵情骋怀。

夸父虽忧心忡忡，但也跟着纵情骋怀。

一群灰天鹅嘎嘎叫着从北向南飞过。

仓颉咳嗽一阵，咳得满脸通红。他冷冷地望一眼夸父，乘木筏过河，登上鸟山。

夸父轻松跨过鸟鼠峡，早早地到达了鸟山峰顶。

仓颉稍事喘息，回首眺望。

夸父随之回首眺望。

仓颉不满地说："印看见走过的路线与鼓声在广袤的高原上划过恢宏的轮廓，酷似盘古开天辟地的玉斧，你看什么看？"

夸父吭吭哧哧，欲言又止。

四目八瞳大声喝问："夸父，你听说过玉斧吗？"

夸父摇摇头，欲言又止。

四目八瞳向他普及玉斧的知识，借机炫耀仓颉出任史官前，在黄帝和朝臣的观礼中对着玉斧宣誓的荣耀时光。夸父听说过许多聪慧人士想方设法把自己打造成史官或朝臣，以便瞻仰那件象征最高权威的圣物的风采。但大部分人都未能如愿。仓颉却凭借超群的才华直接赴任。不过，他对玉斧并不在意。他认为玉应该朴素无华，直通心灵，过分夸大任何一种功能都脱离现实。仪式开始后，仓颉被玉斧纯洁无瑕的质地和温润秀美的光泽深深折服。他目睹了玉斧的美丽风采，在古老悠长的欢呼声、歌舞声、叹息声中，多维文化层和超现实图景无限叠加。仓颉怦然心动。

他相信众多神灵与日月星辰一起注视着大地，注视着海洋，注视着人类及万物。沟通天地人神，非玉莫属。

……仓颉向来冷静、客观。现在，迎着猛烈的秋风，在人迹罕至的鸟山之巅，他让念头像洪水一样冲向夸父，试图把他冲回到原来的节奏。

但夸父欲言又止。他插不上话，只能不断重复这个动作。

又一群灰天鹅嘎嘎叫着从北向南飞过。

夸父一边欣赏灰天鹅飞翔，一边欲言又止。

仓颉满脸通红，忍耐到了极限："史实如流水，必须随时记录、整理，否则就成了遍地生长的野草，成了四处冲撞的洪水！"

夸父烦躁地说："是的，没错，卬也这样想……卬要带走息壤，鲧和脩己的婚礼仪式已经开始了，卬要把息壤作为彩礼……"

"什么？你是说鲧和脩己？"仓颉简直不敢相信自己的耳朵，"他们结婚？"

夸父最怕看到这位资深史官的凝重表情，急忙解释："是这样的，脩己在漫游中融会贯通，坚持不懈地学习各地礼俗和方言，与此同时，她将随身携带的美玉慷慨赠予走访到的部落；离开时，也获赠该部落珍藏的最美玉石。如此反复，赠送和获赠的都是玉中精品。人们争相用各类奇崛生动的方言给她讲故事。截至目前，脩己已经牢牢掌握多种方言。良渚、驩兜、三苗等著名部落的首领曾诚恳地表示，他们十分乐意将全套祭祀的玉礼器交给脩己掌管，并让出王位。脩己婉言谢绝了。"

四目八瞳急不可待地问："为什么要谢绝？"

夸父满脸焦急："脩己说'简单而有序，即是一种美'，这句话感动了鲧，他们就结婚了。现在，卬要把息壤带走！"

"息壤？什么意思？"仓颉问。

"它们在红陶瓶里……"

四目八瞳用深沉的男低音问："搞错了吧？什么瓶瓶罐罐的？"

"就是你们放进堆积如山的陶器中的那件脩己头像的彩陶瓶！"夸父说着，敏捷地从繁杂的纹饰中准确无误地挑出"卍"形图案的陶瓶，欣喜地说，"卬带走了！"

之后，他像风一样消失了。

仓颉表情凝重："究竟是怎么回事？"

四目八瞳用洪亮的男高音回答："交织是一门学问，是一门艺术，是人生最美好的精神享受。"

鼛鼓高调应和，鼓声昂扬，惊天动地。震荡中，纹饰纷纷离开彩陶，像一片片黑色的云、红色的云、橙黄色的云，飞向马衔山飞向层层峰峦，落入山山沟沟。鼓声愈来愈烈，陶器被震裂、被震破、被震碎、被震成粉末，滚滚而下，形成无数围堰堤坝，牢牢锁住疯狂肆虐的洪流。

一切恢复到泰然祥和的状态。

千沟万壑，绿意滔滔，黄河平静，小河温婉。

洪水骤然暴发，又骤然消失。

仓颉和四目八瞳观察得很细致，无暇细究诡谲奇崛的魔幻现实。

七

夸父每天往返一次，准确传递信息，从未出过差错。他的身影从东边地平线、山头、山沟、河边突兀而出，眨眼间，像闪电般从山峦间大踏步跨过，沿途台地上晒太阳的人来不及细看，他的背影就消失在西边的地平线上。脚步声沉重而浑厚，踩踏的余音很久才消失。奇怪的是，竟然看不到他的脚印。巫师卜骨求解夸父不停奔跑对采玉治玉、人口生育、庄稼收成、饲养家畜、种麻织布、编织渔网、制造弓箭、出行狩猎的影响，并将每次占卜的结果用石质尖状器在树上刻划箭头、"T"字形、"丰"字形之类符号……

夸父奔跑不是偶发事件，也不像太阳那样有规律地运动，占卜结果前后矛盾。巫师疑惑不解，十分尴尬。为此，阳城、龙山、半坡、庙底沟、师赵村等部落的金牌巫师在陇山召开会议进行商讨。

3500 名资深巫师及数名小部落巫师列席。

大家各抒己见，会议持续七天，没有达成共识。

最后一天，必须得出结论。大家正在激烈地讨论，夸父恰好跨过陇山，抛下一句话：

"糟糕，印把息壤当成薏苡了！"

声音清晰，具有金属般的穿透力。话虽简短，信息量丰富。众巫师按照各自部落的仪轨反复占卜，结果惊人的一致，详细情况如下：

秋分那天，驩兜把良渚、涂山、河姆渡、防风等部落的 3500 颗优质薏苡装在泥质黑陶柱足盉、黑陶高圈足镂孔豆及黑陶高颈贯耳壶中，委托夸父带给脩己，作为新婚贺礼，同时对她慷慨赠玉表示感谢。夸父要求标明礼物的名称与数量。几位部落首领说，脩己能读懂黑陶上的弦纹、竹节纹和多种形态的镂孔纹。夸父表示从不传递模糊信息。驩兜只好对纹逐条饰解释：脩己曾赠送给他们多种昆仑美玉，激发涂山能工巧匠的创造激情，让他们创作出玉璧、玉琮、玉钺、玉璜、玉冠形器、锥形玉器、玉镯、玉环等精致玉器，边角料也被磨制成玲珑剔透的坠饰。全部数量达 3500 件。他们报以同等数量的薏苡。这有什么好隐瞒的？夸父百思不得其解。他打算在葫芦河畔与仓颉对接完公务就绕道石纽将薏苡交给正在那里筹备婚礼的脩己。是日，他早早出发，提前到达大夏河与银川河汇入黄河的三角洲——凤林川。从这里可以遥遥看到神山的姿影。满川都是繁忙的收获场景，人们忙忙碌碌，分成多个小组捶打粮食。山脚下，沉着老练的制陶人开采陶土、捶打陶泥、制作陶坯、绘画上彩、鼓风烘烧……仓颉到来时，似乎满腹心事，在两河流域低头沉思、徘徊。夸父不便打搅。忽然尿急，他不得不放下黑陶，匆匆撒尿。瞬间，倾泻如注，洪水因此暴发。夸父担心黑陶被冲走，立即"关闸"。受堵截的半泡尿恼羞成怒，冲荡咆哮："凭什么它们先出去！凭什么？"夸父两眼喷黑，出现百年一遇的眩晕，以致错将"卍"形图案的陶瓶带给了鲧——当时，鲧正同四岳激烈地辩论："印刚刚进入状态，正陶醉于陶器的设计制作中，又叫印治理洪水，这是折腾人还是干事业？"四岳和颜悦色地耐心解释……解释中，鲧看到夸父怀抱"卍"形图案的陶瓶，眼前一亮，忽地跳起来劈手接过陶瓶："印听你的！不用再磨嘴皮子了，既然息壤能制作陶器，为什么不能用来治理洪水？"夸父看他走远，才忽然想起陶器本来是要送给脩己的。

……巫师对占卜的结果深信不疑。他们认为鲧和脩己在表演双簧。如果不是突发洪水，阴谋就成功了。他们前往帝都告状。帝都怎么也找不到。难道会神奇地消失，或从人间蒸发？

四岳说受洪水威胁，尧帝三次迁都，因信息未能及时发布，让巫师走了不少冤枉路，他为此道歉，同时劝诫他们，尧帝轻装简从巡视天下，顺路考察人们传诵的圣人，不要找了。

"圣人叫什么？"

巫师们问。很多人大声嚷嚷，跟着追问。

四岳威严地说："无可奉告！"

聪明的巫师绝不会采取导致分歧的占卜形式。他们用陶铃、陶角、陶鼓、陶镛、陶埙等陶乐器代替共工带走的谏鼓，集体发声，表达三个诉求：

一、禁止共工散布"洪水威胁论"；

二、脩己将神圣的玉石世俗化，导致洪水频发，建议严惩不贷；鲧私自动用神圣的制陶专用神土息壤堵截洪水，导致陶器整体没落，也要严惩不贷；

三、请尧帝颁布法令，严禁进口铜，严禁开采铜矿，避免冒犯神灵。

巫师宣布完毕，震耳欲聋的铜鼓忽然响起，同时伴随着共工愤怒的控诉：

"是谁让洪水淹没了朕的铜矿？是谁摧毁了朕的冶炼基地？朕一定要严惩不贷！"

陶乐器犹豫一下，加大打击力度。

铜鼓沉着冷静，不急不缓。

两种声响搜索信息跟踪四岳到姚墟。重华已秘密迁往负夏。它们继续追踪，与四岳几乎同时到达正计划继续迁移的重华面前。

它们屏住呼吸，等待事态的发展。

四岳代表尧帝赐予重华牛、细葛布衣、琴，以及修筑仓房所需的费用——相当于六个壮汉六个月的劳动量，即六枚小玉坠。

然后开始测试。

四岳提问："请您综合分析一下最近一次大洪水的成因及预防措施，并对鲧和脩己的婚事进行客观评价。"

重华彬彬有礼地回答道："曹不敢苟同目前广为流行的'物欲横流导致道德沦丧继而导致洪水频发'的观点。各部落纷传在昆仑山看守神火的祝融助力鲧，提供了过量神火，从而融化雪山，烤焦大片良田。也有人认为火灾是共工诱发的。根据 3500 名朝山幸存者证实，他们围绕一座巨大的圣山祈祷时发生雪崩，周边众多小雪山也被巨大的轰响震塌。雪崩冲毁山川河流，大地一片狼藉。那天，本来是年龄最小的太阳值班，但九位兄长出于好奇，全部跑到天空探察，十个太阳的热力瞬间将千年的冰雪融化……因此，把洪水归咎于祝融、共工、鲧、脩己等人毫无道理。曹最担心太阳兄弟把失去理智的任性当成常态。至于鲧和脩己的爱情，应宏观地看，而不是断章取义摘取一段。鲧是高尚的，他与姮娥的感情纠葛无关他人。鲧都放手了，旁人更没必要喋喋不休地非议。人之为人，在于理性和自制。男人若听任性情，自由选择女性，在追逐中选择，在选择中追逐，就会回归到伏羲、女娲之前的生活状态。河水不能倒流，人类岂能倒退？鲧果断放弃姮娥后并没有立即接受脩己，这证明他高尚且有自制力。后来他们才互相接受。总而言之，鲧与脩己的爱情故事只不过是历史长河中许多偶发事件中的一件，与物质何干？与红铜流行何干？鲧和脩己都是对任何事都全力以赴的人，希望所有谣言就此终止。请大家送给他们祝福的花朵和语言吧！"

四岳接着提问："请谈谈您对物质的看法。"

重华坦然回答："关于物质，曹一点都不倡导执着，但若强烈排斥，就会陷入另一种执着。人不能空活，拒斥物质是虚伪且可耻的。自古以来我们就崇敬物质并努力保持和谐，从果实、粮食、草木衍生到日月星辰、自然万物，都是如此。物质的玉石、粮食、山川被赋予神性，这是大传统；贝壳、绿松石、铜等进口物品则属于小传统。不管大传统还是小传统，毫无疑问都属于物质范畴。既然同属物质，既然铜器发挥的作用强于石器和陶器，何必视铜为洪水猛兽加以排斥？目前，尚无证据表明铜器可以通灵，那更没必要担心它能动摇美玉的神圣地位。铜也可能是有益于我们的好物质。黄帝曾经用铜针治好包括毓土在内很多百姓的疑难杂症。至于贩铜者，通过长途跋涉和辛勤劳动获得巨大财富，没什么不好。尊敬的四岳，您似乎想知道曹为何不愿做费尔干纳商客的宣传代表？很简单，曹只是一个极其普通的人，最适合像妫水一样安安静静地在河床中流淌。"

四岳继续提问："经过我们多年的了解，您无论到哪里人们都愿意追随您，一年所居成村落，两年成邑，三年成都，群众基础很好。如果您能进入禅让对象候选人名单，请问您会采取什么施政措施?"

重华神态自若，回答道："总的来说，要励精图治。首先，曹要重新修订历法，保障农业生产正常开展；其次，要严格规范朝山和祭祀天地四时及山川群神的周期与仪程；最后，要大胆任用民间贤士。如高阳氏有苍舒、颓挨、梼戣、大临、龙降、庭坚、仲容、叔达八才子，天下谓'八恺'；高辛氏有伯奋、仲堪、叔献、季仲、伯虎、仲熊、叔豹、季狸八才子，天下谓'八元'。他们都是久负盛名的旷世奇才，现在却处于隐居赋闲的状态。当然，举贤荐能的同时，也要对帝鸿氏子混沌、少皞氏子穷奇、颛顼氏子梼杌、缙云氏子饕餮等臭名昭彰的纨绔子弟严惩不贷!"

最后一个附加题："无论最终结果如何，您会怎样对待竞争对手鲧?"

重华诚挚地回答道："鲧的格局大、魄力大，他更适合治理天下。如果曹继承帝位，必定请他主管制陶业和水利业；如果鲧继承帝位，曹定当殚精竭虑协助他做好力所能及的工作。"

四岳不置可否，回帝都复命。

陶乐器和铜鼓都不知所措，自行解散。

第三章　阆风苑

一

山丘连绵，沟壑深邃。小河潺潺，黄河滔滔。树木茂盛，野草葳蕤。麋鹿成群，虎豹避让。飞鸟成列，云蒸霞蔚。

凤林川，朝山者陆续往河边集合，每个人脸上都洋溢着满载而归的喜悦。他们举行祈祷仪式、顺着黄河冰层返回的时间在冬至。尧即位前，朝山者祈祷寒冷早点降临，以便河水快速结冰；庄稼人则盼望太阳热力继续发挥作用，确保黍与稷颗粒饱满。双方往往为争夺时间惨烈厮杀。尧确定以冬至为界后，双方再无较大争议。

仓颉原以为昆仑山是具体的山，阆风苑也是具体的苑，到达昆仑山东缘九道坪下的凤林川才得知，昆仑山只是一种概念。从九道坪往西，黄河北岸的山脉从浪塘山开始，向西延伸的山脉被称为祁连；更多高大雄伟的山脉被称作昆仑，险峰无数，河流万道，世人很难到达。而且，山峰间游荡着千奇百怪的野兽，有的喜食人的眼睛，有的喜食人的心肺，有的喜食人的骨髓……

因此，朝山者只在九道坪周边向无边无际的昆仑朝拜。

仓颉的四目和八瞳飞到莽莽苍苍的雪峰间观察。

他们被这迥异于中原地貌的壮阔气象震撼到了，回来后都不敢轻易表态。

如果就此止步，与普通的朝山者无异。仓颉思虑再三，决定立冬那天出发，从幽深曲折的炳灵峡溯流而上，继续西行。

这个季节的这个冒险举动让人震惊。大家仔细打量仓颉，忽然，有人惊呼起来：

"天啊！神人！四目八瞳！"

他们还看见仓颉双手捧于胸前的玉牙璋。这件玄玉神器柄与器身一侧各钻一圆孔，两阑出扉牙，两面磨刀刃，光洁鉴人，做工精巧绝伦。

朝山者也捕捉到玉牙璋的熠熠光泽，纷纷拿出珍藏的美玉同玉牙璋进行对比，都黯然失色。

震惊中，他们神情肃然，仰起头，张开双臂，将眉心、手心、善恶心、寻求心、染净心、分别心一起对准玉牙璋，祈福祈寿祈平安，祈祷来年庄稼丰收。

仓颉张开双臂旋转一周回应众人。他放下手臂，众人也跟着放下手臂。仓颉掬起河水浇到玉牙璋上，又用玉牙璋慢慢抹在额头、眼睛、鼻梁、嘴唇、心口等各处。最后，他掬起一捧水洒向朝山者。河水分解成晶莹闪亮、吸收天地之气的粒粒玉珠，飞向虔诚的脸，飞向渴盼的心，飞向欢欣鼓舞的希望。

四目八瞳屏住呼吸，惊讶地观看。仓颉一丝不苟。不是表演、重复或模仿。绝对属于偶发艺术行为。他们激动得热泪盈眶。

鼍鼓深受感动，突然爆发。陶鼓、陶铃、陶角、陶铺、陶埙等陶乐器也受到感染，同时爆发。铜鼓尽管处事冷静，还是送来张弛有度、清脆震撼的金属撞击声。

仓颉在三类乐器交织的背景音乐中，离开人群，缓缓走进九道坪与浪塘山之间的炳灵峡。这道峡谷两边都是悬崖绝壁，险象环生，远非龙门山、陇山、鸟鼠山可比。实际上峡谷中没有路，根本无法通行。四目八瞳飞到空中探看，发现只要穿过这段幽深曲折的峡谷，前边就逐渐变得开阔起来。

仓颉决定继续前进。可是，他在绝壁间攀缘三天，才走出九步。他筋疲力尽，心脏无力地跳动着，发出浑浊不清的沉闷声响。心脏还在跳动，证明没掉进水流湍急的谷底。仓颉忽然发觉鼍鼓失声了。陶鼓、陶铃、陶角、陶铺、陶埙等陶乐器也失声了。峡谷中只有心跳声慢悠悠地回荡。他忽然被一种从未有过的恐惧震慑到了。

"伙计们，在场吗？"

四目八瞳齐声回答："在场，我们无法帮您，干着急……"

仓颉闭目喘息。

峡谷中，河水开始结冰。浪涛的咆哮声越来越微弱，心跳声却越来越强烈。声响继续增强，无限增强，仿佛成千上万人在崖壁间开凿，又像制陶师挥舞陶拍奋力拍打陶泥。这就是陶拍拍打陶泥的声音。沉稳有力的声响在崖壁间开拓出通往九道坪的蜿蜒山道。仓颉沿着陡峭的山路攀缘到云雾缭绕的九道坪顶，长长地呼出一口气。

这是银川河与炳灵峡之间的九座台地，地势高巍，视野开阔。九座台地被深沟隔开，相对独立，雄伟险峻，是天然的部落中心。每道坪之间又有山脉逶迤连接，形成气势雄浑的整体。仓颉站在头道坪，向西仰望，众多肃穆挺拔的雪峰像莲花般指向碧蓝的天宇；向南驰望，川道与垄冈相间，像壮美的大海上的波涛一样一浪推着一浪；向东眺望，层层山脉随同马衔山远去，直到被陇山隔断；向北遥望，河水汹涌澎湃，穿过炳灵峡谷在鸟鼠山受阻后爆发出猛兽般的吼叫。

坪顶坦荡开阔，可俯瞰大河峡谷、银川河谷及凤林川。仓颉没有豪迈感，相反，恍惚感觉自己与九道坪在下沉，周边山地、雪峰、高原、河流在不断拔高。他情不自禁地张开双臂，仰对神山。

仓颉关闭眼睛，沉思。九道坪人迹罕至，地势高峻，又紧邻黄河及朝山者、庄稼人，难道不是最佳的造字基地？

这个念头刚跳出来，陶拍忽然重重地响了一声，地动山摇。沉寂许久，又咚地拍一声。两声之间间隔很久，似乎隔着渺无边际的深渊。两次声响似乎代表着发声和落地，第一声在实际所处的位置，第二声则到达期望的位置。

"怎么回事？"

四目八瞳沉默片刻，说："目前还不能解释为什么会这样，只能寻找可靠证据，证明这些信息全是真实的。"

言毕，第一只眼带来红山数十只各种玉料神鸮、煤精石质圆雕雄鹰、巴林石质圆雕鹰、玉鸮形神人面及两只绿松石神鸮。仓颉顷刻间泪流满面：它们都是母亲的手艺啊！

第二只眼带来石家河玉蝉、玉鸟、玉玦、玉璜、人面玉雕像、兽面玉雕像及抱鱼跪坐的人物、鸟、鸡、猪、狗、虎、象、猴、龟、鳖等陶塑。仓颉很快就考证出人面玉雕像以黄帝为原型,抱鱼跪坐人物陶塑则以脩己为原型。

第三只眼不甘落后,带来刻划良渚符号的陶器、玉器。

第四只眼向西凝望着说:"她确实驱赶着一群会走路的玉石,正在走来。哦,那位少女多像红陶瓶!交织是一门学问,是一门艺术,是人生最美好的精神享受。"

随后,八瞳眺望东南方:"哦,蚂蚁一样的人群!对了,驩兜与三苗的部族朝神山走来了。非常缓慢,每个人的步子似乎都是被迫迈出,极不情愿,不像前来朝山……"

鼓声继续在两点之间起落。

根据现场记录,发声地从下游往上游,依次为五佛津、索桥津、鹯阴津、祖厉津、大峡津、什川津、青白津、东岗津、拱心津、盐场津、土门津、安宁津、钟家津、金城津、沙井津、青石津、八盘津、京玉津、莲花津、唵歌津、凤林津;落声地均在玉石津——仓颉期待共工回归主流的地方。

那里也是凤林川人顺河而下的起点。

二

冬至,瑞雪飘飘,大地银白,天寒地冻,黄河结了一层厚厚的冰。朝山者唱着歌,踏上回程,欢腾和叫啸在河谷里舒畅地流淌。

冬至,陶拍声落到玉石津后就再未响起。找遍山山沟沟,都没有。

冬至,仓颉迷路了。因为头道坪与二道坪之间沟壑太深、太宽、太险。走到沟底,仓颉听见冰层的开裂声及河水在冰层下桀骜不驯的喘息声。洪水要冲进沟壑,后果还敢想、还用想、还来得及想?慌乱中,他找不到路。

冬至,仓颉慌乱中绕过二道坪,抵达三道坪。他祈祷千万别绕回头道坪,甚至绕回凤林川、大夏河、洮河、马衔山、渭河、陇山、尧都……那就荒唐了。

还真得有鼓声指引。他悄然肯定鼓声在长途跋涉中的引导作用。鼓声真神奇，仅用有序的起落就塑造了完整的立体世界。

雪越来越大。三道坪覆盖上厚厚的白雪。忽然，鼓声响起。其实是陶拍声。陶拍音量充足、饱满，似乎近在咫尺。

黄河冰床与岸边台地上，九只火红色的大鸟飞上高空，舞蹈。

仓颉在忘情地欣赏。

这时，共工敲打着鼍鼓从黄河峡谷的冰层上走来；鲧用陶拍打着陶泥从九道坪的山脊上走来。

四目八瞳焦急地呐喊道："大家判断一下，鼓声来自鼍鼓，还是陶拍？"

仓颉仰望天空，浑然不觉。

鼓声说，如果你不过来，印就过去。鼓声真的过来了。雪野中，两道鼓声指向三道坪。

鲧彬彬有礼，挥舞着陶拍击打陶泥，发出急湍般的轰鸣声；共工高大雄伟，不断用头撞击鼍鼓，发出哀恸入骨的震撼声。

东边的马衔山冰清玉洁，西边的昆仑雪峰凹凸嵯峨，似乎也随着两种声响跳跃。它们步步逼近。

四目八瞳惊恐地发出警报："水火难容，这次碰撞肯定会激怒上天，必将降临洪水！"

仓颉还是无动于衷。

共工的鼓声（夹杂着水音）从左耳进入，鲧的鼓声（夹杂着土音）从右耳进入，轰的一声在仓颉的脑际剧烈相撞，共工与鲧同时瓦解、散逸，继而又重新聚合成制陶男，九只凤鸟变成火苗在他前面跳跃。

两种鼓声分别弹到昆仑山和马衔山，被反弹回来，在制陶男与陶器之间相撞；又分别反弹到九道坪与河床上，再次被反弹回来，在熊熊燃烧的火堆里相撞。

四目八瞳证实所见所感非虚幻。

制陶男专心炮制陶土，似乎刚才发生的一切与他无关。

仓颉疑惑不解，这突然出现的制陶男是鲧还是共工？

制陶男兴奋地说："这是印亲手制作的最后一件漩涡纹彩陶瓮，留给脩己储藏苡米。"

他的声音、动作、表情属于鲧，形体特征则像高大威武的共工。

脩己满脸幸福，陶醉在拍打陶泥中。

制陶男边上彩边同脩己聊天："朝山的路并不长，仓颉竟然走了九年。他这么磨叽，打破纪录了。"

四目八瞳立刻纠正："还不到两年好不好？夸父，您可以做证，对不对？"

夸父无奈地说："仓颉确实走了九年。"

"九年？可能吗？"

四目八瞳怒火冲天。

"没错，是九年！"夸父愁眉苦脸，"印任期已满，现在根本不可能在尧帝禅让前返回，重华继任大帝后肯定会让印再干一届。这工作辛苦、单调、乏味，长年累月回不了家……"

仓颉被屈辱的瀑布浇灌着身心，愤怒得想哭。

四目八瞳沉默不语。

制陶男继续旁若无人地叙说："陶瓮取材于黄河里的红陶泥，拍打千万次，陶泥变成平底陶胚。印模仿脩己的形体，在瓮口处安装四只对称的小突錾，又在丰腴的腰部设置四只耳朵。如此，脩己就不会再梦游了；如此，脩己就能安然享受慢节奏的生活；如此，脩己无须在唇部摩擦迷茫的音节；如此，脩己白玉般的脖颈再也不怕烈日曝晒，再也不怕狂风暴雨；如此，脩己圆润的肩部能够扛起所有遭遇；如此，脩己浑圆的腹部在鲜花般绽放的细节中慢慢收缩，最终收束于稳健厚实的臀部。印和脩己的所有细节神圣而崇高。陶胚在印和脩己的激情燃烧中成为陶器。印要用最美的花卉纹装饰陶器。为了最大限度地表现丰美神圣，同时阻止尔等胡思乱想，印将信息均匀地分布在前胸后背，让波浪像甜美的乳汁，滔滔不绝，波澜壮阔，形成陶器的大太阳、小太阳，足够养育我们的娃娃了。"

那时，云开雾散，万道阳光照射傲然独立但又互相连接的雪峰。它们气定神闲、自信从容。脩己曾历尽艰辛到达看似最高的雪山，远眺家乡，但很快发觉她与雪山一起被围拥。失望而归。现在，她又恍惚觉得自己站在雪山之巅。天空的云团如同野马奔腾，顷刻间跑得无影无踪。朗朗乾坤下，七座雪峰高耸，像大地上盛开的洁白莲花，白色光线像玉带交织在莲峰之间，交织成白熊。

确实是白熊。

脩己依稀记得曾带着这种梦象离开母体。多年来，她寻找的正是这个梦境。

是白熊。玉熊！

脩己热泪盈眶，情不自禁地向神山敞开胸怀。丰腴白皙的玉胸、玉臀、玉腿、玉臂、玉手、玉容、玉颜同七座莲峰交相辉映。神鸟延颈而鸣，舒翼而舞。四目八瞳、制陶男和夸父仿佛偶遇神人一般，顶礼膜拜她从忧患转为欢喜的表情。

仓颉想起葫芦河畔的红陶瓶。

制陶男默默祈祷那种洋溢在新娘身心的幸福能够持续、驻留、扎根。

云雾缭绕中，白熊变成白虎，比脩己见过的最大的山还要大。脩己内心喜悦，仿佛要变成一座巨大的莲峰，徐徐升起。她觉得脱离山川，像神鸟自由飞翔，像星星俯瞰大地。她发出梦幻般的呓语："终于找到了！白虎七宿其实是七座玉华莲峰，奎宿、娄宿、胃宿、昴宿、毕宿、参宿、觜宿！五十四朵美玉花瓣，七百朵美玉花叶，昴宿被簇拥在七朵莲花的最中间。鲧像吉祥的黄龙，飞进昴宿。印要给昴宿修建四个阆苑、四个玉栏杆、四重玉门，上四道铜锁，让四位玉山般壮实的武士把守，让四条比黄河还大的玉河围绕……咦，黄龙怎么突然飞走了？鲧要离开吗？"

天地阒然。

一道白光从莲峰飞来，进入脩己的身体。

脩己浑身一震，幸福的表情瞬间凝固："鲧！你不能走！不能走！"

制陶男说："印得向尧帝述职。放心吧，最迟下个冬至就回来。"

猛地，仓颉抓住制陶男的双手，问："你究竟是鲧，还是共工？"

制陶男微笑道："这很重要吗？明年春分，冰雪消融，九道坪周边将砌起高大的城墙，建筑纹饰取自盘古开天辟地以来玉石激发大小部落创造的橙红色、黑色纹饰及绳纹、刻划纹、石纹、岩画等。你知道，它们在庄严的仪式中诞生，进入历史，进入深渊，进入废弃与遗忘。这些陶器纹饰、泥塑及玉器的形状脱离本体存在。有些被大风和洪水冲出地面，大多数深埋地下。从几千年前的地层中打捞出来，还要归类整理，工作量超过盘古开天辟地以来朝山活动付出精力之总和。但印不辞辛苦，逐一打捞，并在黄河边洗去污秽。唉，这段时光应该陪伴美丽善良的脩己。兄弟！比洪水更可怕的是不可阻挡的红铜时代，印只能用传统纹饰建造一座城，取名'阆风苑'，如何？仓颉啊仓颉，你意志坚定而又智慧无边，你用这些纹饰创造文字，黄河的涛声也要融入。"

仓颉将右手靠近心胸，深深点头："印能！"

"英雄就该这样！"制陶男欣喜地转向脩己，久久凝望，似乎要把她装进眼里、装进心里，"你永远是印的女人！"

脩己悲恸抽泣："印刚拥有你，为什么要突然离开？"

"印从来不会离开。"制陶男慢慢站直，将视线投向高耸入云的神山，说，"印得到你，就像得到了全世界。江湖流传很多与印有关的传说。呵呵，世间究竟有多少事如同浮云变幻？为何表象与真相总是大相径庭？是什么导致巨大偏差？印没兴趣探究，印只期盼用文字理性规范洪水猛兽般的感性。由于这个缘故，印不得不在洪水暴发时违背尧帝的命令，拒绝参加新都有唐城的设计，在九道坪为仓颉修建一座宏伟壮观的阆风苑。你知道现在印的内心有多充实、多安详吗？"

脩己泪花闪闪，不断点头。

"记住，九道坪曾是黄帝的花园，能种各类奇异的玉树琼花。当年，蚩尤私自贩红铜，被黄帝追捕，蚩尤恼羞成怒，捣毁冰山，诱发洪水，冲毁花园。山沟里至今仍有大量厚厚的冰层，但它们会滋养这座城。"

制陶男突然转身离开。

仓颉分明看见制陶男分裂成鲧和共工：共工敲打着鼙鼓向西而去，鲧则像风一样消失在东边。

四目八瞳说陶瓮是真实的，火苗是真实的。

鲧、共工和鼓声都是真实的。

夸父将全部苣米放进陶瓮也是真实的。

"印再也不干这枯燥无味的差事了，印想母亲了！"夸父眼泪汪汪，瓮声瓮气地说，"印把苣米带给脩己就安心了。仓颉从尧都走到阆风苑的总步数是80000步，减去犹豫徘徊的步数，有效步数剩3500步。印在仓颉与帝都之间往返的总步数也是 3500 步。交代完毕。现在，印要回家，即便是九头牛也休想拉住印！"

夸父离开后，脩己迷茫地问仓颉："那么，印去哪里？"

"石纽？"

"印要等鲧回来一起去那里。"

"那就常住阆风苑吧。"

"这是鲧为你创造文字修建的城。"

仓颉灵机一动，说："可是城墙里已经注入了你们的真挚爱情，从精神层面来讲，阆风苑属于你，就叫'悬圃'，如何？"

脩己凝望着东方思考许久，百感交集，"印现在才体会到鲧的爱是多么宽广、深沉。印就住在'悬圃'吧。印是鲧的女人，只能住在他的城里，为他欢喜，为他忧伤，为他祈祷。建筑阆风苑之初，鲧担心共工的鼓声把你引向铜，嘱托印用陶拍声跟随，持续不断地纠偏，确保你顺利到达阆风苑。"

仓颉恍然大悟："难怪呢！九年来，印总觉得共工的鼓声中隐藏着什么玄机，原来是陶拍声啊！那是大地的声音，是天籁，是流水，是慈悲，是关怀，是母亲的呼唤……"

"可是，很多人把阆风苑描述成野兽出没的危险之地。"

仓颉语气坚定地说："印决定在阆风苑实施造字工程。"

九道坪、雪山与黄河之间开阔的台地上，自从当年炎帝朝山以来，历代朝山者和商户挑选昆仑山和马衔山玉料时废弃的石头日积月累，形成逶迤相连的山丘，凤林川人笼统称为"大昆仑山"和"小昆仑山"，它们隔着黄河与浪塘山遥遥相对。

浪塘山下是几乎与世隔绝的开阔盆地，共工将那里开发为炼铜基地，并且取名"浪塘"。

脩己每天从阆风苑西门出来，沿着山脊走到昆仑山下，选取九块石头，然后再花半天时间背回阆风苑。回城时已是深夜，星河灿烂，冷月无声。

仓颉无法理解这种形式与内容几乎完全相同的图景，只是对四目八瞳做具体分工："第四只眼继续观察'会走路的玉石'，双瞳密切关注东南方向；其余三只眼和六只瞳轮流值班，守护脩己。"

三

客省庄人信守承诺，始终与仓颉保持最少三天的距离。

他们获知仓颉要长期驻留九道坪，便分散在渭河、洮河、大夏河、银川河、清水河、祖厉河流域。当时，因为洪水灾害，人口锐减，客省庄人发现这里有草滩与河谷，气候温和，便招来故乡部落的人，充实在河流沿岸及河旁台地上，种植，狩猎，到马衔山采玉。

每年秋天，各道河里的客省庄人都用篮纹灰陶罐、绳纹灰陶罐、灰陶刻划三角纹双系罐、折肩小平底瓮盛着粟、黍和各种山果到阆风苑，由衷感谢仓颉。也常常带来品质优良的马衔山玉料。

凤林川人称客省庄人为"弃家人"，意为背弃家乡的人，后来，就慢慢变成了"齐家人"。客省庄人称当地人为"夏人"。而外来客商分不清他们，混叫。

第四章 七种谤声

一

汾河湾，帝都有唐城。

尧："仓颉恃才傲物，一再违背诏令，是可忍，孰不可忍？"

重华："慎重起见，还是继续观察吧。"

尧："创造文字，乃是从黄帝时代就确立的神圣大事，而仓颉目无法纪，拖延至颛顼时代，又拖延至帝喾时代，拖延至今，不但没造出半个标点符号，反而造成很坏的影响！各部落首领如果都以为帝王法令可以任意违背，天下岂不大乱？朕禅位前，一定要严肃处理仓颉造字拖延推诿事件！"

重华："仓颉乃是天降奇才，不能以常人等闲视之。"

尧："朕着急啊！由于连年天灾人祸，百姓大都信仰动摇、道德沦丧、言语混乱、行为失范，各种丑恶陋习如滔滔洪水，泛滥成灾。可怕的是大臣中也有堕落丧志者。如果没有文字承载的律令约束朝野人士，国将不国，臣将不臣，民将不民。朕怎能眼睁睁地看着朕苦心孤诣经营的和谐世界变成污秽沆瀣的罪恶渊薮？"

重华："有些保守派将社会风气变坏归咎于铜的引进，诬蔑神圣的铜鼓释放人性的罪恶。这些谎言会像秋天的杂草一样随着天气转凉而衰败。曹相信，物极必反，故意误读纹饰者，曲解圣意者，浑水摸鱼者必将自取灭亡，圣上勿忧！"

尧："仓颉究竟有没有能力创造出文字？"

重华："曹坚信他是迄今为止最适合的创造者。圣上放心！"

尧："朕的九个儿子丹朱、监明、开明、启明、胤明、觉明、卧明、晦明、源明虽然没什么本事，但忠诚厚道，让他们协助仓颉造字，如何？"

重华："仓颉个性很强，会以为九兄弟监督他，估计不会接受。"

尧："能否以志愿者身份参与？"

重华："顺其自然。"

尧："如何处置鲧呢？"

重华："这也是一个难得的人才。"

尧："难道朕要继续被洪水追着跑？朕已被迫迁都九次，希望有唐能成为永久的都城。"

重华："敬诺。"

尧："朕反复思虑，觉得鲧的问题必须解决。他个性张扬，为所欲为，祭天、祭神、祭山、祭海、祭星、祭河、朝会、庆典等重大活动统统不参加。让他干啥偏不干啥，不让干啥偏干啥。如果当初能够及时有效地控制洪水，不至于引起后面的系列灾难。遇见狼群谁都知道躲过风头，洪水浪峰岂能堵截？鲧明明知道这个浅显的道理，却非要一再拖延，等洪水灾害最强烈时——也就是民众恐慌达到极限时才开始平息，试图借此赢得人心。他没想到洪水发展到不可收拾的程度。"

重华："天气反常、连年暴雨也是导致洪水特别严重的原因。"

尧："鲧必须承担责任！如若纵容，会让民众误以为贵族是不受王令和道德约束的！"

重华："能不能再给鲧一次机会？"

尧："数名朝山者在谤木上状告鲧和脩己公然冒犯神山，亵渎神灵。"

重华："曹的父亲瞽叟、母亲及弟弟象曾经朝山，他们说神山周围常年被狂风暴雪占据，恶龙乱飞，怪兽横行，偶尔晴天丽日，山峰也会被冻成冰柱，自古以来，没人能登上山顶。"

尧："鲧胆大妄为，动用息壤在神山旁边修筑阆风苑、悬圃两座城，以黄河为护城河，规模远远大于有唐城，这怎么解释？"

重华："曹已经落实清楚：阆风苑、悬圃是一座城的两种叫法。哦，不能算作城，它其实是仓颉的造字基地。目前，那里只有仓颉和脩己居住。"

尧："良渚、驩兜、防风、三苗人在阆风苑下的凤林川设立榷场，专门进行红铜交易，不但不交贡，还将神圣的昆仑美玉也作为商品进行交易，成何体统？奥库涅等西方贩铜大户已经在谤木上留言：如果再不禁止，将对中土进行贸易制裁……"

重华："这个榷场与共工在某座神山附近发现铜矿有关。"

尧："是吗？为何现在才告诉朕？"

重华："圣上莫要生气，第一批发现的九处铜矿已毁于洪水。共工最近又找到了富矿。"

尧："哦，是吗？为何不告诉朕？"

重华："圣上，您千万别生气，是曹遮蔽了信息。共工年轻气盛，暗恋姮娥，发现铜矿后，他来不及冶炼，抱起一块铜矿石就往帝都跑，打算献给姮娥。"

尧："姮娥是不是像民间传说的那样放荡不羁？"

重华："曹实在太忙，没有工夫细究这个问题。"

尧："你得考虑考虑这个问题。有时，女人会像洪水一样带来巨大灾害。直言不讳地说，不能让祝融、大羿这样的才俊受到诱惑。"

重华："诺！"

尧："其实，朕也非常爱惜鲧这样的人才。鲧若出现在以武治世的黄帝时期，他完全有能力率领以熊、罴、貔、貅、䝙、虎为图腾的诸部落，建功立业。可惜，现在是以文治世，朕不愿看到部落冲突演化为惨烈的战争。无论如何，天灾要比人祸损失小得多。"

重华："敬诺！"

尧："最近这些事很恼人，既然你已有了应对之策，朕就不过多插手了。"

重华："敬诺！"

尧："你知道朕禅让之后最想做什么吗？"

重华："圣意高难问……"

尧："回到朕的家乡。"

重华："可是陶及其后来的七个都城都被洪水淹没了……"

尧："是啊，回不去了。即便未淹，也回不去了，就像老人回不到少年。这是自然规律，但确实令人伤感。唉！"

二

汾河湾，有唐城。

鲧："印没机会当面向尧帝述职吗？"

重华："是的。上朝用的信圭遗落在何处，恐怕您已经忘记了吧？"

鲧："印作为信物赠给了脩己。当时只有这件玉器。"

重华："这个错误行为后果很严重。"

鲧："爱情让印忘记一切。"

重华："很抱歉，在这个问题上印无法安慰您。"

鲧："……四岳呢？也不能见？"

重华："他让曹转告您：除了叹息，还是叹息。只能叹息！"

鲧："哦。现在开始述职。很简单，就两个关键词：爱和义。"

重华："难道不涉及红铜？不涉及洪水？不涉及悬圃？不涉及昆仑山与马衔山的纠结？"

鲧："可以那样理解。"

重华："曹无法理解，像您这样出身高贵、才华横溢又老成持重的名流，竟然做出一件又一件令人匪夷所思的事。您知道您的任性会给自己带来怎样的灾难吗？"

鲧："印喜欢活在当下的感觉，印对虚幻的未来毫无兴趣。"

重华："您向来自以为是。没有人怀疑您智慧超群。当年，尧帝在陶都即位时期望您用息壤制造出能够融合四方的陶器，而您却用息壤把河曲三足鬲与牛河梁尖圆底腹罍结合起来，彩绘龙纹，那时，谁不赞美您超常的创造力？您享受了多少荣誉？奖赏的细葛布和美玉，您能数得清吗？"

鲧："当时也有很多大臣严厉批评印反传统。"

重华："任何荣誉过度消费就必然走向反面。自那之后您把制陶当成表演，沉醉其中，一意孤行，甚至玩忽职守，违抗帝命，任洪水流溢，迫使尧帝迁都九次。"

鲧："哦？这究竟是共工刻意渲染的洪水，还是处处与尧帝为难的洪水？是现实中肆虐的洪水，还是各种邪恶念头的代名词？"

重华："印对此类事情保持沉默。"

鲧："以往，卬从不理睬这种指责，可是现在，面对未来的新帝王，卬有必要陈述基本事实。尧帝的即位仪式与洪水同时发生乃是巧合，就像现在——请你抬头看天空，正巧有四只大雁从太阳旁边飞过；与此同时，天下各类大小事都在进行中，不快不慢。它们之间没有任何因果关系。同样，尧帝继位时的大洪水被某些大臣、部落首领及商人过分解读，那种情况下，卬不得不将主要精力投入并不喜欢的陶艺中。"

重华："哦，是吗？曹无法理解。"

鲧："洪水不断挑战尧帝，迫使他率领文武大臣迁都。很多人都从自身利益出发，因此慌不择路，狼狈不堪。如果卬成功地治理了洪水，是不是意味着卬比他们还厉害？根据惯例，接下来是不是就该尧帝禅让帝位了？而那些觊觎王位的大臣、部落首领及大小商贩是不是要拉开阴谋诽谤之弓，将恶毒佞邪之箭射向卬？"

重华："有那么复杂吗？"

鲧："岂止复杂？比洪水更可怕的是剑拔弩张的钩心斗角！"

重华："看来您确实不了解伟大而朴素的尧帝！他茅茨不剪，采椽不斫，粝粢之食，藜藿之羹，冬日裘，夏日葛衣，严于律己，宽以待人，心同明月，德比美玉，以文心治天下，又不畏强暴，敢将作恶多端的猰貐、凿齿、九婴、大风、封豨、修蛇等贵族流放，如此英明的君主怎么可能容不下一位普通伯爵？"

鲧："问题不在尧帝，而在于那些心怀叵测之人。假如卬治水成功，不管尧帝是否禅让，卬都会被暗杀；与卬同名者、形象相似者也会受株连。局势忤逆发展，必然引发暴乱，生灵涂炭，数以万计的百姓失去生命。是不是这样？"

重华："曹从来不朝这方面思考。"

鲧："你以孝道闻名天下，这让人遗憾，让人忧伤。因为孝道是人生必选项，但不是唯一选项。"

重华："还是继续述职吧。您为什么要在昆仑山与马衔山之间的黄河边建造一座城？并且城墙和九个城门都用美玉镶嵌，奢华如此，岂不是明目张胆地打帝王的脸？"

鲧："误读至此，何需解释？卬不做有违律令刑法的事，也不会拒绝任何人给即将诞生的文字注入新的内涵。印始终认为新文字在继承传统纹饰的同时吸收绿松石、红铜、颜料、香料之类物品的气息，从而具备开放、包容、优美、理性等多种特质。"

重华："谤木上有很多留言揭发您私自收税。"

鲧："这很荒唐！收税干什么？印在乎财富，在乎爵位吗？"

重华："您好像对那些没兴趣。"

鲧："是啊，当印专注地打捞彩陶纹饰、修筑悬圃时，一群精明人（历朝历代总有数不胜数的精明人群体）嗅觉灵敏，会操作，会炒作。"

重华："您能说权场与您毫无关系吗？"

鲧："本来，印想打造一座悬圃，让脩己——印的可爱女人终止流浪，终止提心吊胆，终止被庸俗伤害。这是印最本真、最单纯的想法。动工之初，祁连山下的浪塘盆地被共工开发成冶炼作坊。共工以防止遭受洪灾为由，将大半喇家居民强行迁往乌鞘岭以西。印建造悬圃耗时九年，而冶炼作坊以每年九座的速度在增加。炳灵峡极其险峻，常人很难通过。因此，风林川成为权场是必然。"

重华："风林川权场与悬圃究竟是什么关系？"

鲧："印的美好愿望和行动被精明人利用了。他们发布公告说尧帝为躲避洪水，要迁都到神山东侧的九道坪，而风林川将是红铜的销售中心。"

重华："据说共工冶炼出的是青铜，并非红铜？"

鲧："印聚精会神修筑悬圃时根本不会在意铜！当初，印修筑完悬圃才发觉九道坪周边安逸、宁静的环境已经被风林川权场和浪塘冶炼场破坏，围墙再高再结实也阻挡不了喧哗与骚动。可是，印不忍心看到脩己失望、忧郁的表情，印要让她永远生活在希望里……"

重华："哦，您能做到吗？"

鲧："印曾以为能做到，但一个个拔地而起的冶炼场摧毁了印的自信心。不过，正当印犹豫彷徨时，仓颉适时出现了，他点亮了印内心的神灯。于是，印果断把高悬在九道坪上的悬圃更名为阆风苑，赠予了他。"

重华："不管是悬圃，还是阆风苑，曹想知道，您是否曾宣称过它是天帝在人间的新都？"

鲧："什么意思？"

重华："谤木上至少有八十一种纹饰刻划如下内容：'海内昆仑之虚在西北，帝之下都。昆仑之虚方八百里，高万仞。上有木禾，长五寻，大五围。面有九井，以玉为槛。面有九门，门有开明兽守之，百神之所在。在八隅之岩，赤水之际，非夷羿莫能上冈之岩。'描述的大城应该就是悬圃。"

鲧："呵呵。"

重华："据说从昆仑山、马衔山俯瞰，悬圃像黄河之南供奉的一件巨大的玄色玉圭。"

鲧："是吗？"

重华："您的标识为什么不用传统的熊或龙的图案，却要别出心裁地设计成'卍'？"

鲧："'卍'更接近卬对历史和现实的深切感知，或者说它最接近客观事物本来的面目。卬并不反传统。谁也反不了。"

重华："既然不反传统，为何要标新立异？"

鲧："不少以继承传统为幌子的人背地里做什么事，你不可能不知道吧？"

重华："曹即位后，要做的第一件事，就是把诸侯的信圭收集起来，沐浴，祭祀，然后择定吉日，召见各地诸侯君长，举行隆重的典礼，对德才兼备、敬奉神明者重新颁发信圭；对那些胡作非为、违法乱纪的人，永久剥夺信圭。"

鲧："这很好啊。"

重华："作为世袭王族，您不该和脩己多次亵渎圣山。"

鲧："只要胸无秽念，心骨皆清，没什么不可。"

重华："你可知道这样做的唯一后果是……"

鲧："你不用说，卬心知肚明。"

重华："那您有没有想过与脩己隐遁到祁连山之西，或者更远的昆仑墟？"

鲧："卬没错，脩己也没错，为什么要做可耻的流放者？卬信守承诺，冒着巨大的风险前来述职，乃是对公共法则的尊重，至于如何评价，那是你们的事。"

重华："不少正直的人对您的命运表示同情。"

鲧："没什么大不了，你们不用为难，更无须悲戚。印做梦都想不到最后的竞争对手不是共工和仓颉，而是自穷蝉起连续五世都是平民的重华！恕印直言，印记不住这个过于普通的名字，很抱歉。"

重华："曹为历代先祖的平民身份向您致歉。"

鲧："印没兴趣听这些絮叨，印很累，要休息了。"

重华："实际上，曹更愿意躲藏在平民身份里。曹不明白是什么浪涛将曹推进这个危机四伏的漩涡。不过，请您相信，曹有能力做好所有事情，包括搞清楚昆仑、祁连及马衔山之间的关系。"

鲧："祝贺你！请问，何时何地执行？"

重华："朝野之人都在等待消息。"

鲧："述职结束了。"

重华："鲧，您确实是条汉子，可惜了！曹毫无办法。四岳也无可奈何。尧帝只能深表惋惜。既然尧帝封您为伯爵，就该到封地崇履职，而您却公然违背王令。您是那么聪慧，应该清楚身体和灵魂只能有一样在路上。"

鲧："探讨这些有什么意义？那些人的暴怒源自他们内心的自恋与排他，与印有什么关系！"

重华："唉！那就这样吧，朝臣主要指责您治水不力——"

鲧："是什么罪名就是什么罪名，何必遮遮掩掩？印从来没有想过治水，那些堤坝只是印打捞、挖掘各类纹饰时堆积的副产品。"

重华捶胸顿足，仰天长叹："天真！真是天真！触怒神灵的罪名会祸及无辜！"

鲧："你出身卑微，却有高贵的同情心，难得！那好吧，印提些要求。"

重华："请讲！"

鲧："不管用石刀、玉刀、弓箭还是铜匕首，请不要伤害到印的心脏。"

重华："为什么？这是你们贵族子弟的什么礼仪？"

鲧："因为那里面坐着印的女人脩己。哦，得澄清一下，朝野人士都盛传印曾与娥皇、女英等名媛有暧昧关系，那不是真的。"

重华："既然与您无关，为何不申辩？"

鲧："既然与印无关，为何要申辩?"

重华："……哦，曹明白了! 就这样决定了。"

鲧："决定什么?"

重华："恕曹直言，曹已经收到数量不菲的上好白玉料，还有绿松石和铜。曹会让两位爱妻带领 81 位妙龄女子把它们磨制成殉葬品。"

鲧："你敢吗?"

重华："平民的智慧也是智慧啊。"

鲧沉默许久疑惑地问："难道印的三观错了?"

重华："没错。在曹看来，贵族就是贵族，平民就是平民，与他们所处的社会地位及拥有财富的多寡无关。曹真心敬佩您。记得当年洪水泛滥，尧帝召集朝野人士演讲，大家异口同声推举您。盘古开天辟地以来，这样深得人心全票通过的情况实属罕见，是孤例。那时，大家公认您将是未来的帝王。唉! 谁能想到……"

鲧："所有荣耀的背后都是艰辛和冤屈。"

重华："可是，谁能想到以谦和、善良闻名于世的重华竟然要当刽子手，而且处死的第一个人竟然是黄帝的后裔鲧!"

鲧："那有什么关系呢? 请便!"

重华："可敬的大英雄! 大限将至，您应该对死亡表现出少许尊重吧!"

鲧："哦，如何表现?"

重华："多多少少应有些失望、沮丧、悲观、恐惧、悔恨之类的情绪，否则，曹心不安。您的轻松无畏增加了曹的负罪感，压得曹喘不过气。"

鲧："需要印安慰?"

重华拿出一块沉甸甸、金灿灿的玉圭形状的东西递过去："见您之前，曹被迫收到一件礼物，据说价值远远高于玉石和红铜、青铜，曹打算作为殉葬品赠送给您，但不知道该怎么用。"

鲧熟练地将它拧成熠熠生辉的"卍"，又还了回去："可以放在印的胸口处。"

重华："这种会发光的柔软物质还没有名字，曹想了两个名字。一是'昂贵'，对曹的部族来说这是最好的两个字;二是'黄金'，因为它是黄色，又是玉石之外纪念黄帝血统的最贵重的金属物质。请您选择！"

鲧："如果必须得选，那就选后者吧。"

重华："敬诺！"

三

昆仑山下，黄河边。

共工："还认识印不？这么多年过去了，你还是那么年轻、漂亮，驻颜有术啊！"

脩己："印的爱是一条河。"

共工："当年，印为了向你献殷勤，不惜将名为'洪水'的红铜鼓从冰河上滚下，你却置若罔闻，眼里只有鲧。"

脩己："印的爱是一条河。"

共工："你非要说河？那好吧，印陪你说：盘古开天辟地时，神山圆润如天柱，终年飘雪，是人间到天界的唯一路径，自从四面八方的朝山者前来采玉后，你看看，神山东南快被挖空，不周不合，摇摇欲坠，十分危险哪。狗发起疯来，兔子要遭殃。神山若倾倒、坍塌，堵塞黄河，会是怎样的恐怖场景？"

脩己："印的爱是一条河。"

共工："仓颉倒有范儿，不挖山脚。哦，你每天背一回玉料，到底要干什么？尧的九个儿子干什么？麻烦你给仓颉捎个话，历史必须重写，只要他将印年轻时的不良记录删干净，印给他从圣山上挖很大一块优质美玉！"

脩己："印的爱是一条河。"

共工："仓颉真落伍了！彩陶已经悲哀地衰落了，任谁都无力回天。毫无疑问，玉石也要迅速衰落，连尧都急得团团转，仓颉又怎能奈何得了？即将到来的是沸腾的青铜时代！不是红铜，是万人瞩目的青铜！"

脩己："印的爱是一条河。"

共工："费尔干纳的冶炼合成技术再稀罕也不过是软实力，硬实力永远主宰软实力。印用比铜更硬的头颅探测铜矿坑，行走 80000 步，碰头3500 次，为练就硬实力患上了严重的脑震荡，不过，现在已经没有不适感。正是脑震荡告诉卬铜矿与玉料、石头的细微区别……得，不费口舌了，你们不懂。哦，尧什么时候将帝都迁到了九道坪？怎么没有一点迹象？"

脩己："卬的爱是一条河。"

共工："请不要张口闭口爱呀，河呀，爱情不靠谱。仓颉更不靠谱，竟然说是卬的鼓声把你引到了九道坪。卬寻找铜矿怎么会如此高调？卬是在故意释放假信息啊，奈何还是没能把他诱入沼泽地。鲧也不靠谱，还死心眼！脩己啊脩己，你这些年的美好时光都让他给消耗了，值吗？哦，鲧到有唐城干什么去了？别说述职或例行公务，卬不信！"

脩己："卬的爱是一条河。"

共工："卬的爱是九座铜山！"

脩己："卬的爱就是一条河。"

共工："哈哈哈！这些天，卬什么事都不干，专心致志等待好消息。唉，好消息到底是好消息，慢慢悠悠，急煞人！卬的爱是九座铜山。哈哈哈！"

脩己："卬的爱确实是一条河。"

共工："哦。再过几天，神山下将举办与卬有关的盛大庆典，届时要废弃所有拗口难记的昆仑山名字，确定不周山是它唯一的尊称！等着瞧，卬说了算！届时卬邀请你参加，如何？每位嘉宾都获赠一个精致的青铜方鼎——听清了，不是陶鼎，是铜鼎！"

脩己："卬……卬……卬是一条爱的河！"

共工："哈哈哈！你走神了吧？"

脩己："卬想知道，怎么会有那么多昂贵的铜？"

共工："猫死于好奇！最好别提问。卬送你一只用本地铜熔铸的青铜釜，拿着！它煮出的苡米要比陶鬲煮得香。"

脩己："怎么会有那么多昂贵的铜？"

共工："哼！你以为就那点资金啊？祝融多聪明啊，他拉混沌、穷奇、梼杌、饕餮四大公子入伙，然后大量……嗯？卬说什么了？卬什么也没说！卬在禅让仪式上会将一座富矿赠送给尧，让那帮迂腐的大臣羡慕得眼睛喷血！"

四

浪塘盆地。共工、混沌、穷奇、梼杌、饕餮。

共工："晚上，印发现阆风苑上空有亮光，比最亮的星星还要亮。有时白天也能看见。印怀疑奥库涅团队同仓颉有秘密合作。"

穷奇："仓颉四目八瞳，自带光芒，看见的人很多。"

共工："脩己也有光。那不是我们关注的范畴！如果阆风苑冶炼出铜，而且矿石取自昆仑山，那么，印发誓，一定用头把你们撞成碎末！"

混沌、穷奇、梼杌、饕餮："大小积石山都是朝山者废弃的低端玉料，不可能炼出铜。"

共工呵斥："难道你们没听说过金玉共生？万一仓颉把美玉炼成铜呢？大小昆仑山有取之不尽、用之不竭的石头，阆风苑距凤林川很近，到时候我们的优势会变成劣势！"

梼杌："……我们刺探过多少次了，空荡荡的城中就仓颉和脩己两个人。每天早、晚冒两次烟，那是他们在煮稀饭吃。"

共工："吃什么？"

梼杌："仓颉什么都吃，稷、黍、粟、菽、苡米，煮啥吃啥。脩己只吃苡米。"

共工："唉，苡米！让人伤感的苡米！那曾经是朕的主食……"

饕餮："那个彩陶瓮好像是无底洞，苡米多得吃不完。我去抢来？"

共工："印不吃苡米，印不想回到痛苦的过去！这些年，印总在路上徘徊纠结，纠结徘徊，尧没完没了地迁都，撕裂印的记忆，让印想不起出发地，也找不到目的地。你们体验过内心浸泡在盐碱水中的滋味吗？迁都难道不算重大事件？该不该写入历史？难道因为顾忌尧就绕过？什么造字工程，什么引进冶铜技术，都是转移民众视线的烟幕弹！印想回家！印常常梦中听见母亲在呼唤：孩子，回家来吧！印做梦都想回去，可是，能回去吗？印……"

混沌、穷奇、梼杌、饕餮："您怎么了？如果伤心，发泄出来就好了，反正没外人。"

共工："哦，都是可恶的苡米扰乱了印的思绪。印本来要说拒绝一切妨碍铜业发展的事情！你们不要再张扬，要低调。大家都要低调，不能功亏一篑啊！"

混沌："印本是高贵的王族，却被您忽悠成矿工、冶炼工！印想回家，过逍遥自在的日子。"

共工："哪有什么逍遥自在，不过是印替你们承担了滔天巨浪。现在时局类似黄帝时代，各部落之间互相倾轧，阴谋阳谋，什么损招都想得出。千万别躺在贵族的泡沫里做梦，这个时代看谁有钱，看谁的胃口大、拳头硬、牙齿厉害。当然，这些还不够，最终还得看谁的弓箭和匕首厉害。"

饕餮："您的意思是要打仗？"

穷奇："谁怕打仗啊！"

梼杌："印最喜欢玩那残酷的游戏！"

共工："不要蠢蠢欲动。现代打仗与黄帝时代不可同日而语，除了无坚不摧的铜，还得有以柔克刚的智慧。"

混沌、穷奇、梼杌、饕餮："那些东西我们多的是。"

共工竖起大拇指："这是印愿意与你们合作的根本原因。尽管奥库涅铜业商会穷凶极恶，将混沌丑化成巨大的狗，赤如丹火，六足四翼；又诬陷穷奇是生有翅膀的大虎，歪曲梼杌人头虎腿长有野猪獠牙，诬蔑饕餮是人头羊身并且腋下长眼睛！"

饕餮："羊是什么？没听说过。"

共工："哦，那是奥库涅的运铜工具，必将被我们收购。"

穷奇："印的形象如此丑陋，将来如何出任朝中大臣？"

共工："这不是你们的真实形象，是面具！奥库涅铜业商会机关算尽太聪明，免费给我们制作虚假面具，反而保护了我们。"

混沌："印还是想回家。能不能把冶炼基地搬到黄河下游啊？"

共工："愚蠢！"

穷奇、梼杌、饕餮："其实我们也想回家。无论如何，不会再向西走半步。更不会到昆仑山西边去，绝对不会。不能离家再远了！"

共工："朋友们，兄弟们！作为新兴的冶炼团队，我们取代奥库涅铜业商会是必然趋势。奥库涅垄断铜的时代将一去不复返。正如诸位所了解的，浪塘以下黄河两岸及其支流大夏河、洮河、渭河、祖厉河流域不但有丰富的水源和铜矿、陶土、玉料，而且还有广袤肥沃的坪地、塬地、台地，可种粟、黍、稷、菽等粮食，也可以捕猎鹿、野驴、野猪、野兔、野牛、雪豹，我们有信心把浪塘打造成顶级的冶炼基地。接下来，垄断凤林川商贸活动的设想指日可待；然后，浪塘与凤林川相互支撑，可将九道坪打造成政治、经济、文化中心……最后，你们会重新回到权力中心……"

混沌、穷奇、梼杌、饕餮："我们……"

共工："以后谁都不许说泄气话。黄河不能倒流，大伙必须往前走，无法回头！"

混沌、穷奇、梼杌、饕餮："我们……"

共工："现在回到本次聚会的主题上。随着冶炼的规模不断扩大，对燃料的需求猛增，消耗劳力太多。卬昨夜受到神人指点，知道了获取新能源的方法。"

混沌、穷奇、梼杌、饕餮："什么？我们正为此犯愁呢！"

共工："你们抬头看看，太阳兄弟有十位，每天只能出来一位，其他九兄弟闷在扶桑树上，憋得发慌；从市场角度来分析，属于资源配置浪费。如果能将九个太阳请来或者买断，那么热源问题就能彻底解决，冶炼与铸造所需热量的瓶颈就突破了。"

混沌、穷奇、梼杌、饕餮："好啊！好啊！"

共工："现在就需要派可靠的人到旸谷同帝俊、羲和商谈。什么条件都行，先答应下来。"

饕餮："有个名叫夸父的少年，跑得比风和虎都快。"

共工："那个死脑筋，靠不住。只能从你们四位中选择一位。"

混沌、穷奇、梼杌、饕餮："是不是祝融的身份更适合？"

共工："他目前不宜出面。"

混沌、穷奇、梼杌、饕餮："我们四兄弟是发小，从未分开过。"

共工："哦，挑战自我，挑战未来。抓阄决定谁去吧。"

五

马衔山，共工与水神冰夷等。

共工："齐家人每年都要顺着渭河到陇山之东的客省庄探亲，他们是最好的铜产品宣传队。"

冰夷："宣传效应发挥出来了，已经对奥库涅方面构成了很大威胁。"

共工："冬天，奥库涅顺着结冰的河道运输铜产品时，如果你巧妙地让冰层塌陷……"

冰夷："那可不行！冰道上还有不少朝山人和运玉的山羌人！"

共工："黄河很长，弯道很多，你有充足的时间实施计划。尤其是九道坪以上的河段，基本上只有奥库涅、山羌两支商队。"

冰夷："无论如何，朕——哦，不，鳌是黄帝亲自封的水神，主要职责是保护运玉队伍在迢远黄河段的安全。鳌深悉自身毛病很多，但绝不会做超出底线的事。齐家人会帮助你们挤垮竞争对手，你要感谢仓颉带来的这帮人。"

共工："你境界高！总体来说，我们配合得还算默契。成功在即，尧禅让后，究竟谁即位，这个棘手的难题得提前商量商量。"

冰夷："好商量！好商量！"

共工："上次继帝位的本该是朕，只怪朕当时贪玩，不仅逞强、逞能，还喜欢表现，非要一口气捕杀九只世人从来没见过的大鼋，结果耽搁时机，让尧抢先了。朕无颜见江东父老，不得不委曲求全，听命于尧。你策划实施的大洪水让尧焦头烂额。朕制作一只大鼋鼓，让鼋鼓指引他寻找新的都城。兄弟，你真是智慧超群、演技高超的水神，鼓声到哪里，你就让洪水淹到哪里。人们疲于奔命，怨声载道。朝野人士非但不怪罪你管理不力，相反，都同情你！朕无暇思考这种文化现象，只知道少部分人埋怨尧德不配位，大多数人抱怨鲧治水不力。老顽固四岳说罪在鼋鼓。哼！朕偏要敲鼋鼓给他看！朕敲着鼋鼓，离开陶地，走过仰韶，走过龙山，到达汾河湾高巍的有唐台地。尧对新帝都有唐非常满意，朕由此确立在尧及众大臣心中的崇高地位。"

冰夷："您资历深！"

共工："不瞒你说，朕并不在乎帝位，只是对禅让仪式兴趣浓厚。朕的想法是，尧将帝位禅让给朕之后，你发动大洪水，然后高调治理，那么，朕就以治水有功，将帝位禅让给你。如此，朕的人生就完整了！"

冰夷呼吸急促，满脸通红。

这时，混沌牵着宠物——头长四角的萨摩兽闯了进来："小弟走到青石津，黄河两边支流多得数不清，不知道该怎么走，为了不耽误重要使命，只好原路返回。"

共工："冰夷老弟，你能不能将黄河向北伸展的支流堵塞？"

冰夷："黄帝与蚩尤大战时洪水冲出的河道，鳌不能轻易改变。"

共工："真顽固！那就让穷奇执行任务吧。"

冰夷："哥哥能力强！"

共工："朕即位当天就宣布你为继位人，如何？朕精减所有测试、考察环节，如何？朕与你共同摄政，如何？三年期满，朕就禅位给你，绝不食言！"

冰夷："沆瀣！沆瀣！"

共工："嗯？沆瀣是什么意思？"

冰夷："就是荣辱与共的另类表达。"

共工："你的表情和眼神里弥漫着狐疑、犹豫、恼怒、嫉妒、愤懑、纠结……兄弟，没必要这样。两位帝王共同摄政虽然史无前例，但这不是突发奇想。黄帝痴迷玉石，但不妨碍他亲自冶炼红铜，铸造大鼎，多么了不起的创新！现在，我们怎么就不能开创先例呢？难道继承帝位非要竞争，非要两败俱伤？"

冰夷："'纹'无定法。"

共工："朕披星戴月不辞劳苦地寻找铜矿时无意间走到天的尽头，发现两根像山一样粗、像云一样高的白色神柱，神柱周边有星星般密集的泉眼，泉水流溢出来形成黄河。山羌人把两根神柱称为扎陵和鄂陵，说它们支撑起了天庭。朕无法判断这种说法的真伪，但朕推测，当年黄帝、炎帝与后来的蚩尤朝拜的所谓神山或许就是那两根神柱。"

冰夷："鳌糊涂了，您究竟要表达什么意思？"

共工："神柱能支撑天庭，我们为何不能像两根神柱那样支撑起代表部落联盟的帝位？"

冰夷："您英明！"

共工："朕偶然发现神柱，欣喜若狂，同时伴随着沉重的担忧与焦虑。"

冰夷："为什么？"

共工："朕怀疑那两根神柱是冰雪冻结而成，如果天气变暖或者遭遇地震，神柱崩塌怎么办？尤其可怕的是，崩塌时正举行禅让大典……四岳等歹毒的大臣会借机造谣生事，说我们继承帝位触怒神灵，那我们岂不是前功尽弃？因此，朕希望你说服你的孪生兄弟祝融，不要在高寒遥远的昆仑执守，温暖湿润的浪塘协助我们冶炼足够用的铜，铸造两根天柱，怎么样？"

冰夷："好大的气魄！"

这时，穷奇牵着宠物——长着翅膀的巨鬣狗闯了进来："小弟走到八盘峡就迷路了，转来转去转得晕头转向，不知道该怎么走，为了不耽误重要使命，只能返回。"

共工："那条路卬走过，绕到马衔山对面的九州台就通畅了！"

穷奇："小弟绕了九九八十一圈，晕头转向，清醒后才发现又盘回来了！"

共工："朕正忙，梼杌，还是你去吧。冰夷，你领会朕的创意精神了吗？"

冰夷："跟哥哥相比，小弟的资历简直不值一提。小弟虽然与祝融为孪生兄弟，但自小就水火不容。祝融钻木取火，以火施化，并且从天庭偷来感人肺腑的神曲《九天》，帮助人们驱除内心的恐惧和寂寞，因功被召入朝，封为赤帝。小弟愚讷，甘愿忍受寂寞。祝融迷糊多年才明白'赤帝'是虚职，妻子离他而去，己、董、彭、秃、妘、曹、斟、芈等八个子女也悄悄改换门庭。"

共工："你提这些作甚？"

冰夷："鳌是想通过这些事实表明，小弟并非贪婪之人。您继承帝位后，如果能让大臣和部落首领像农夫那样规规矩矩行事，不争不抢，小弟甘愿做默默无闻的水神！"

共工："朕保证不让老实人吃亏！"

冰夷："不过，在继续担任水神职务前，让小弟也过一把瘾。我们按照尧帝制定的二十四节气轮流坐庄，好不好？从您开始，立春即位，雨水禅让，小弟同日即位，惊蛰禅让，同日您即位，春分禅让……如此循环，每人每年各有十二次即位机会和十二次禅让机会。"

共工："有那么多？朕算一下：清明即位，谷雨禅让，立夏即位，小满禅让，芒种即位，白露禅让，好像不对，寒露谁即位？大寒谁禅让？"

这时，梼杌牵着宠物——人面虎足披毛犀闯了进来："小弟走到永靖峡了，尽管没迷路，但峡谷两边奔跑着巨型蜥脚类、兽脚类、鸟臀类、翼龙类等大型怪兽，它们吼声如雷、面目狰狞，吓得小弟跑回来了。"

共工："前进？即位？后退？禅让？梼杌，怪兽到底有多大？"

梼杌："无限大！小弟往前走吧，小命难保；退回来吧，辜负您的信任！犹豫徘徊，苦闷彷徨，愁煞人！为了不耽误重要使命，只好返回来请示，是进还是退？"

共工："算了，还是让饕餮去吧。"

冰夷："您不用烦恼，鳌把即位、禅让的次序刻在人迹罕至的昆仑山，如何？"

共工："如果石头被洪水冲走呢？"

冰夷："那就铸造大鼎，把节气刻在鼎上！"

共工："朕想想，鼎放在哪里最稳妥……禅让与即位期间，土地种什么？朕禅让后等待继位期间做什么？总不能找矿、冶炼吧？"

冰夷："休假啊！我们轮流休假，轮流执政。哪天乏味了，不想轮了，就让混沌、穷奇、梼杌、饕餮轮流执政。"

共工："还是你脑子灵活，想法多。就这么定了！不管尧是否如期禅让，朕都要在阆风苑建都！谁敢不服从，朕让锐利坚硬的铜箭头找他们磋商……"

这时，饕餮牵着宠物——大头阔嘴的剑齿虎闯了进来："小弟经过长途跋涉，终于见到帝俊、羲和及太阳九兄弟，他们说愿意合作。"

冰夷："租金多不多？对利益分成有什么意见？"

饕餮："人家很开明，租金无限少，让给我们收益无限大！"

共工拊掌大笑："太好了！大功告成！"

饕餮："他们希望您两位前往签订合作协议。"

共工："……"

冰夷："……"

六

有唐城。朝会。尧双手执尺二寸镇圭，衣带间插三尺大圭。四岳执九寸桓圭，衣带间带尺二寸之玠。皋陶、伯益、三苗、驩兜、防风、契、夔、龙、垂等大臣及部落首领都手执与身份相对应的玉圭。

贤士手持石圭列席。

尧："请诸位讨论一下何时何地殛杀鲧为好。"

四岳："……圣帝啊，殛杀英豪恐怕……能否让鲧戴罪立功？"

执九寸桓圭公皋陶、伯益："虽然洪水对农业造成极大损失，但给鲧仓促治罪太草率。"

执九寸桓圭公巢父："鲧未用一木就能建造城池，人才难得啊！"

尧："鲧的罪名已定，不必再纠结。"

执九寸桓圭公后稷、契、夔、龙、垂等："即使治罪，应召回羲仲、羲叔、和叔、和仲参加讨论。"

执九寸桓圭公三苗："鲧谋反，造帝都，是死罪，证据确凿，无须讨论。"

尧："是的。"

四岳："臣可否先行告退？臣患了重感冒。阿嚏！阿嚏！"

皋陶、伯益、后稷、巢父："臣等也伤风，尽快离开为好，避免传染。"

执九寸桓圭公驩兜："诸位已经到会，就不要回避了，勇敢面对吧。众所周知，四岳对彩陶的情感像大海一样深沉，同时又以执法严明声名远扬，后稷的威望像陇山一样高，你们若中途退席，乃是对尧帝不恭啊！"

尧："大家围绕主题进行吧。阿嚏！阿嚏！"

巢父："阿嚏！阿嚏！"

执五寸信圭侯防风："根据谤木反映的多重信息，羲仲、羲叔、和叔、和仲不专心搞专业，蠢蠢欲动，觊觎王位，可在海滨旸谷、交趾明都、幽都、昧谷四个地方选择一处殛杀鲧，以儆效尤！"

尧："羲仲、羲叔、和叔、和仲多年来埋头做学问，兢兢业业，怎么可能……"

执五寸躬圭伯："奢侈品铜器的泛滥导致物欲横流，人人心浮气躁。

四位贤臣尽管远在四方，也难免受到世俗污染。"

尧："……如此遥远，劳民伤财，成本会很高。"

执七寸信圭侯："鲧敛财无数，他自己承担这项支出比较合理。"

后稷："阿嚏！阿嚏！阿嚏！"

执五寸躬圭伯："鲧的财产理应没收充公。"

执九寸桓圭公："今天的议题是何人、何时、何地处死鲧。"

尧："朕没说要讨论'何人'执行。"

执九寸桓圭公："但这是首先必须确定的！我提议，程序简化，先推选执行人，然后由他自己尽快确定时间、地点，如何？"

执七寸信圭侯、执五寸躬圭伯等："我们赞同！"

四岳、巢父、后稷等："阿嚏！阿嚏！阿嚏！"

尧："哦？什么？阿嚏！"

执九寸桓圭公："那么，我提名祝融，他既有冶炼经历，又有管理经验。"

四岳："祝融远在昆仑山西端管理阿什库勒圣火，不在考虑范围。"

巢父："仓颉要造字，不能回朝。"

后稷："共工散布洪水谣言，制造恐慌，不足信。"

执九寸桓圭公："优秀的神箭手羿最合适不过。"

四岳："他太年轻了。"

执九寸桓圭公："看来只能从混沌、穷奇、梼杌和饕餮中推举。这四大公子出自名门，家学渊源，人脉积淀深厚。更为难得的是，他们志虑忠纯，谦逊温和，行事稳重低调。"

四岳、巢父、后稷等："阿嚏！阿嚏！阿嚏！"

尧将镇圭高高地举过头顶："朕庄严推荐重华。"

执九寸桓圭公："重华？什么人？出自哪个氏族？"

尧："重华五代之内都是平民。"

执九寸桓圭公、执七寸信圭侯、执五寸躬圭伯等："重华懂得管理吗？懂得玉圭、玉璧、玉琮、玉璜和玉璋五种重要瑞玉礼器的辨别和准确使用方式吗？懂得朝聘、祭祀、丧葬、朝山各项礼仪吗？懂得祭天、祭神、祭山、祭海、祭星、祭河的程序吗？"

尧："四岳，是公布重华事迹的时候了！详细点。内容较多，诸位大臣要有耐性。"

四岳："敬诺！重华生于姚墟，妫姓，名重华，字都君。自五世祖穷蝉起皆为平民。重华父瞽叟，本以磨制狩猎用之石球为生，力大无穷，被推选为鼓手试敲新铸铜鼓，他用石棒仅敲打一下即被震瞎双眼。重华的母亲本名枭苴，出自粗麻、粗葛布的纺织工家族，出嫁时更名为嫘妹——因为她狂热地崇拜蚕丝的发明者嫘祖。嫘妹起早贪黑，勤于纺织，以至最亲近的乡邻都不知道她长什么样。嫘妹仅有的一次休息是玉雀撞入怀中，她在惊骇中受孕。接着转为欣喜，她边纺织边在心底悄悄说：'孩子，妈妈要让你光彩照人！'重华出生时竟然睁着眼睛，并且双眼都是双瞳仁。嫘妹惊喜地唱道：'哦，重华！妈妈要为你织出锦、纱、罗、绫、缎、绸、绒、缂丝！'话音刚落，瞽叟猛敲的铜鼓骤响，嫘妹惊厥昏死。先帝在妫汭给他们补偿了良田。瞽叟宣称嫘妹在嫘祖家族中最漂亮，要求赔偿同样的女子为妻。瞽叟向来诚实善良，没有人认为他敲诈。可找到这样的女子实在太难。驩兜、三苗、防风提议从他们的部族中找一位寡妇取名嫘妹，赔给瞽叟。先帝非常生气，呵斥道：'朕岂能欺骗盲人？朕的一世英名怎能被芝麻小事毁掉？'他立刻收回信圭，将三人放逐半年。之后，举国上下开始征寻采桑女'嫘妹'。半年内，九十九名年轻的采桑女自称嫘妹，前来应征。有资格甄别的只能是瞽叟，但他什么都看不见。年幼的重华仅凭出生时刹那间的模糊印象就辨别出了真正的嫘妹。先帝祭山、祭地后让她与瞽叟完婚。至此，铜鼓赔偿事件应该就此画上句号。孰料，瞽叟变本加厉，贪得无厌，记录其玄幻怪异言行用完了三座大山上的石头……为避免污染世风，将永久封存。这里简单介绍一下后果。首位嫘妹在新婚之夜就逃奔，第二位递补，旋即逃奔。又递补，又逃奔，如此反复。短短数月，九十九名采桑女从人间蒸发。远近部落的采桑女纷纷改行，嫘祖生前勤勉推行的桑蚕业因此萧条败落。关键时刻，混沌、穷奇、梼杌和饕餮请石匠雕刻成名为华胥的女子，嫁给瞽叟。十个月后，他们将四名弃婴统一命名为象，说是瞽叟和华胥生的四胞胎。也有人说四象是混沌、穷奇、梼杌、饕餮与采桑女结合生下的孩子，待考。"

执九寸桓圭公："阿嚏！阿嚏！阿嚏！"

执七寸信圭侯、执五寸躬圭伯等："阿嚏！阿嚏！阿嚏……"

尧将镇圭高高地举过头顶："阿嚏！"

四岳："阿……嚏……阿……嚏！诸位可能要问，正式介绍重华之前，为何要以如此复杂的历史背景作为铺垫？因为，这些细节对重华品格的形成有决定作用。瞽叟敲响铜鼓，标志其人格裂变，铜鼓的响声不但害死其发妻，而且也让他从此陷入漫无边际的黑暗。重华作为第一次铜鼓震响中诞生的婴儿，竟然奇迹般地化解了尖利刺耳的金属声，同时记住了母亲临死前灿烂温馨的笑容；他继承了父母勤劳善良的优秀品质，又摒除了瞽叟的恶劣基因。如果说这是偶然，那么其后发生的事就是客观翔实的注释。华胥嫁进瞽叟家，重华视为生母，毕恭毕敬，早晚服侍。家里大小事都会与父母商量。耕作时也将石母背到田埂边。有只喜鹊落到华胥头上，重华不但不驱赶喜鹊，倒毕恭毕敬地说：'喜鹊啊喜鹊，石人是卬妈妈，请别在卬妈妈头上拉屎！'人们开始讥笑他装模作样。但是看他坚持布施仁爱之心，从不苟且，大家慢慢都理解了。尤其令人敬佩的是，重华为满足父亲带领华胥和四象朝山的愿望，辛勤劳作，积攒路费。可以说，瞽叟在不断冲破人性之恶的底线，而重华将人性之善发挥得淋漓尽致。重华的行为深深地感染着人们。他在历山耕种，历山人相互推让地界；在陶河滨制陶，河滨的陶工都不再偷工减料；在雷泽捕鱼，雷泽人温和谦逊。人们都愿意追随重华，无论他到哪里，都一年所居成村落，两年成邑，三年成都。重华的威望越来越高，处事依然低调，孝心不减。父母带着四象朝山时，他留守妫汭，耕种时看见喜鹊飞过，联想到朝山的父母、兄弟，潸然泪下，伤心地唱《神鹰歌》：'昆仑高巍兮河水长，神鹰振兮远翱翔。上有天兮下有地，日与月兮驰如电。念父母兮思且忧，与神鹰兮齐归！'重华坚持自我磨砺，以孝道闻名天下。"

执九寸桓圭公："阿嚏！阿嚏！阿嚏！……"

四岳："重华的非常之处在于其敏锐果断的管理能力和协调能力。后期，其家庭关系相当复杂，重华凭借孝道、善道和智慧处理得井井有条。这方面的个案不胜枚举，任意选出一件都堪称治国齐家的典范。总之，重华胸怀宽广，富有牺牲精神，善于教化人心、团结人民、凝聚共识，有望成为创造新纪元的部落首领。"

执七寸信圭侯、执五寸躬圭伯等："首领？阿嚏！什么意思？"

执九寸桓圭公："重华的事迹早有耳闻，真假难辨。据说他的孝心感动了华胥，有一次重华被瞽叟虐待时，她竟然开口劝解：'娃娃犯了什么错，至于往死里整治吗？'大家谁听过石头会说话？"

四岳："是亲自调查还是道听途说？"

执九寸桓圭公："多位部落首领联名反映的情况，应该属实。"

尧："哦？请讲出来！"

执九寸桓圭公："当年，臣奉命主管铸造铜鼓及相关事宜，见证了各个环节。众所周知，在奥库涅等西方贩铜大户的鼎力支持下，铜鼓在黄河上游祁连山下的浪塘秘密铸成，并由共工负责顺着冰河秘密滚运到中原，又历经艰险，转运到帝都。可是，没有鼓手敢冒险敲响铜鼓，都担心触怒天神。他们改行或以朝山的名义远行。共工心高气傲，不愿屈尊为鼓手。这给名不见经传的平民石匠瞽叟带来了机遇。瞽叟置换身份时误以为临时鼓手会获得帝王赐赠玉圭，入朝为臣，离家时对即将临产的嫘妹说：'朕将成贵族，再不能过平淡无趣的平民生活！'铜鼓震响的瞬间，瞽叟被震瞎，他以为贵族就是大睁两眼却又什么都看不见。从此，他生活在想象中。他讨厌平民嫘妹生下的平民儿子重华，只承认华胥生下的儿子四象——哦，这里得澄清一个事实：当年，嫘妹被震昏死，七天后复活，只不过被瞽叟当成贵妇人，成为'华胥'，要求甚严。华胥为了重华和四象，谨小慎微，忍气吞声，不苟言笑，收敛表情，最终变成石人，因此才有诸多版本的《华胥故事》。四象也不是四兄弟，而是独子。这孩子聪颖过人，自幼充当盲父的耳目，瞽叟摸到的任何东西他都能恰如其分地描述出来。瞽叟干脆称他为象。乡邻佩服象的孝心和表述能力，尊称他为四象。有人说瞽叟期望孩子成为主镇四方的大臣，故名四象。四岳兄前面所述很多传说都真实可信，不过传主是四象而非重华。请圣主及诸位同人明察！"

执七寸信圭侯、执五寸躬圭伯等："赞成。阿嚏！"

尧："桓圭公！这些信息从任何渠道传来，朕都要认真核实。但是，现在就不用浪费心思了。你知道朕何时开始不信任你了？"

执九寸桓圭公："阿嚏！！！"

尧："始于你拿到朕赐赠的九寸玉圭之后。你城府太深，过于精明。当年，你欲壑难填，获赐玉圭后清楚朕不能当庭出尔反尔，你公然把神圣的玉圭当成普通工具挠痒痒、逗宠物、打老婆。有一次，举行庄严的祈福盛典时，你竟然把玉圭拿颠倒了。这些，朕看在眼里，记在心里，却从未提醒过你。帝王纠正自己亲自选聘的大臣如何正确使用玉圭，那是荒唐透顶的糗事。你说是不是？"

执九寸桓圭公："这，阿……嚏……"

尧："本次朝会后把桓圭交回，你将会被送到距离帝都500里之外的地方。"

执九寸桓圭公："诺……"

四岳："敬诺！阿嚏！！！"

尧将镇圭高高地举过头顶："朕要在此发布《罪己诏》！想必诸位都记得标志着大洪水时代来临的铜鼓震响吧？没错，朕是首位肇事者！为警示后辈，在此解密：朕在陶都即位之初，励精图治，期望人民安居乐业，商贸持续繁荣，设公、侯、伯、子、男官职，制定墨、劓、刖、宫、大辟五刑，同时奖励军功，封征战有功者为官并赐财物。为精确掌握民众的真实心声，规范言行，特设立谏鼓，让所有人都有机会发声。可是，传统陶鼓、鼍鼓、鼛鼓、木鼓和石磬音量有限，传播范围很小。因此，朕听从共工的建议，用奥库涅铜业商会朝贺的重礼——六头黄牛所驮载的红铜铸造铜鼓。朕原本打算铸造3500个小圆铜鼎赏赐给各部落首领熬粥喝，不过，铸造谏鼓更有意义。于是，朕命共工在昆仑山对面马衔山秘密设计、铸造铜鼓。铜鼓铸造完成时，正值冬天，黄河结冰，他将铜鼓顺着冰道滚滚而下，发出恐怖的混响，沿途撞伤无数朝山者，碾碎无数美玉。唉，这些事朕后来才知晓，痛心疾首……诸位都清楚，人们费尽九牛二虎之力才将铜鼓运抵陶都。诸位为寻找鼓手费了不少周折，因为人们纷纷传唱歌谣赞颂朕'其仁如天，其知如神，就之如日，望之如云'，所以没有人愿意敲打铜鼓对国事发表不同意见。朕认为，既然将在昆仑山注视中铸造的铜鼓作为谏鼓，就必须发挥劝谏的作用。但事实是，铜鼓成了摆设和人们猎奇参观的对象。铜鼓的功能被解构了。这很可怕。法度岂能松弛。于是，正如众人所见证的，很快就有了那惊天动地的破裂声……铜鼓被震成碎片和粉末，继而发生严重哄抢事件。与此同时，洪水暴发了。哄抢声与洪流声的交响中，双胞胎娥皇、女英出生了。后来，不断有人在谤木上留言，说敲铜鼓是为了庆祝朕的两个爱女出生。在此，朕郑重其事地辟谣！朕不是推卸责任，而是实事求是，为历史负责……后来，朕努力弥补损失，基本上无济于事……法度松弛，道德沦丧，唯利是图，矛盾重重。大臣纷纷提议禁止进口铜，朕清楚，这与铜之属性无关，乃是符号与意义不和谐所致。这点必须明确。大洪水时代，朕忧心忡忡，悔恨不已，从那时开始朕就注重选拔、培养青年才俊，一旦时机成熟，便引咎辞职。诸位要听清楚：朕打算引咎辞职，而非禅让。朕引咎辞职后，要从政务、祭祀等繁忙的活动中解脱出来，扪心自问，忏悔反省！"

众臣："圣上……"

尧："经过层层选拔，重华进入最后阶段的考察环节。朕将爱女娥皇、女英都嫁给重华，零距离考察他的个性和品德。殛杀鲧非常棘手，朕打算借机测试重华的行政能力。"

执九寸桓圭公："诺！阿……嚏……"

四岳："敬诺！"

众臣："阿嚏！"

列席人员："阿……嚏……"

七

妫汭，大房间旁边的茅草棚内，瞽叟、华胥、四象及没面人席地而坐。

没面人："朕是谁，你们、不必、知道！但朕要郑重提醒你们，想象可以虚空，走路必须扎扎实实，一步一个脚印。想象的桥梁甚至连一只蚂蚁都通不过。想象中的生活与现实不可能完全相同。"

瞽叟："老夫只关心巢父亲自设计的大房子，届时，老夫要搬进去，安度晚年。"

四象："那是给重华修建的好不好，跟您有什么关系？"

瞽叟："嗯？重华敲响过铜鼓吗？"

没面人："时间紧迫，朕没工夫跟你废话。尧已将娥皇、女英嫁给重华。鲧被殛杀。大殿落成之日，她们就来妫汭完婚。极有可能还要举行禅让大典。"

瞽叟："杀鲧祭天地？禅让给朕？幸福来得也太快了吧！"

四象："跟他没有共同语言，能不能让他回到井底去？"

华胥："妈妈要朝山！"

没面人："阿嚏！尧选中了精明能干的四象，可是，老贼四岳从中作梗，偷梁换柱，将重华推为候选人，实在可恶！不能让四岳的阴谋得逞，不能让尧被蒙蔽！"

四象："怎么办？"

没面人："瞽叟、象，不是朕鄙视尔等，天下没有比你们更愚蠢的人了！瞽叟让重华修补仓房的屋顶，乘着风势在下面纵火，眼看重华要葬身火海，他竟然靠两只斗笠作翼，像鸟儿一样从房上跳下，毫发未损！瞽叟让重华掘深井，瞽叟和四象已经把井填堵上了，但为何没能把重华活埋在里面？尔等反思过吗？"

四象："怎么办？"

华胥："妈妈要朝山！"

没面人："这是最后一次机会。大殿落成之日，重华与娥皇、女英举行成婚典礼。尧为考验重华，将祖传的红色丝绸一分为二，盖在两女头上，入洞房后由重华揭开。"

四象："……丝绸是什么？当斗笠？怕雨淋！"

没面人："顽货啊顽货，你的名字除了叫四象还能叫什么呢？"

瞽叟："顽货是谁？朕见过没？"

华胥："妈妈要朝山！"

没面人："成婚典礼上将有重要嘉宾参加，并且围着火堆跳舞。半夜，重华入洞房时茅草棚将发生百年不遇的大火。重华是孝子，必然来救火。他奋不顾身，跳入火海。记住，跳入火海的是重华，大火熄灭后出来的则是四象；入洞房、揭开红丝绸盖头的也是四象。接下来，参加禅让大典的理所当然是四象了！"

四象："……这么复杂的程序，我记不住啊！"

没面人："就当自己是木偶得了。"

四象："我喜欢玩木偶！"

没面人："天哪！朕的名字叫悲观绝望吗？冒天下之大不韪的代价太大了！朕还是回去当粗陶制作工吧！"

华胥："妈妈要朝圣马衔山，寻访杜鹃花！"

第五章　文命是一条龙

一

仓颉每次都尽可能多背石头回来。

负重行走时，他心无旁骛，酝酿造字方案。四目八瞳善解人意，全力配合，摒弃干扰。

丹朱、监明、开明、启明、胤明、觉明、卧明、晦明、源明九兄弟提出当志愿者，遭到拒绝后，就自作主张，隐藏到九道坪的九个出口兢兢业业执守。

共工戏谑地说要赠送一只铜镜，让仓颉照照因深度思考而隆起的眉头和千沟万壑的脸。八瞳发出八道比寒冬还冷的威严光柱，使他不敢靠近。

驩兜、三苗、防风等部落商队到凤林川换青铜，返回时邀请脩己同行；多个部落首领以为仓颉被尧帝流放在阆风苑，聘请他出任史官；奥库涅铜业商会的兴都库什率领多名商家要同仓颉探讨阆风苑的租金问题，因为长途运输至此的铜矿石和红铜滞销，他们要囤积起来待价而沽……

诸如此类的干扰很多，四目八瞳费尽口舌地解释，累到脸部抽筋。

其实，也解释不清楚。他们认为创造文字是托词。是否愿意出租只是价格问题。各行各业、形形色色的人都不断抬高租金。竞争愈演愈烈。四目八瞳超负荷工作，劳累过度，未能及时发现一群在昆仑山下黄河边喝水的雪豹。

仓颉背着石头从豹群中走过。豹群受到惊扰，围着他转圈，打量，嘶叫。仓颉坦然自若，往阆风苑走去。豹群愤怒至极，嘶叫着，冲向仓颉……

豹王闪电般地冲到仓颉背后，仓颉仍安然若素，稳步向前。

豹王望着缓慢移动的背影，疑惑不解。

四目八瞳感觉周围有无数阴险之弓拉成满月，恶毒之箭随时会射向仓颉，射向倄己。尧帝尚且九次迁都，造字为何不能改变地方？

仓颉却异常执拗："豹子有什么可怕的！"

"……它们会吃了您啊！"

"吃就吃了，何必大惊小怪！"

四目八瞳哑然无语。

仓颉依然如故，每天到昆仑山、马衔山山下背石头。

三月三的早晨，他却睡过头了。

倄己半夜时分醒来，走到西城门口，痴痴地凝望神山，似乎有所期待。

太阳出来，金光万道。人们到湖泊、天池及大小河流里洗浴。

昆仑山、马衔山与黄河之间的滩地上，九头非狮、非虎、非豹、非象、非熊、非罴、非貔、非狨、非狂、非牛的高大动物威风凛凛地站成一排，精神抖擞，仰望着阆风苑。灿烂的阳光下，它们浑身闪耀着火焰般的绚丽光芒。倄己对色彩丰富而又深刻的认知来源于玉石，她很快就分析出它们有火赤、渠黄、白骊、黑光、骅骝、绿松、青骢、蓝宝、棕栗九种色彩。

一位少年沿着仓颉背石头时踏出的道路走来。

"我是费尔干纳王子，希望没有打搅您！"

倄己疲惫的脸上掠过几丝微笑："印梦见一群羊，却来了九匹马。这是不是梦？"

费尔干纳微微弯腰致意："这是真真切切、实实在在地存在。九匹骏马分别是浮云、赤电、绝群、逸群、紫燕骝、禄螭骢、龙子、嶙驹、绝尘，合称'九逸'，同我一起长大。这次我随商队来到东方，顺便遛遛它们。这些贪玩的家伙喜欢上了洁白的雪山和柔软的草滩，可是我得按时返回！我不想强迫'九逸'，请您代为照顾，如何？我会赠送您九种宝石作为谢礼。"

倄己快乐地说："好啊！印非常喜欢它们！"

少年拉过倄己的手背，亲吻一下，转身离去。

仓颉睡到正午才从梦中惊醒，他来不及清嗓子、伸腰、展腿、调息，霍地起身，走到草棚外面。

"这是什么声音？"

脩己微笑着说："它们统称'九逸'，跑起来如同闪电……"

四目八瞳焦躁不安，忍不住叫喊起来："脩己，应该先请示尧帝……"

仓颉关闭他们。

沉默片刻，他重新睁开眼睛，问四目八瞳："你们相信印吗？"

"雪豹、嘶叫、恶毒的弓箭、阴谋……"

"你们对外能看到日月星辰和四极八方，对内，能看到印的心灵吗？"

"正因为看不透才担心……"

"那好，以后每天早晨放'九逸'出去撒欢，黄昏时分回阆风苑。"

"谢谢您收留这些生灵！"脩己望着仓颉，热泪盈眶，"昨晚印做了一个梦，印和鲧相约爬玉山，他从东坡往上爬，印从西坡往上爬。风很大，雪很大，天上很多星星，没有太阳和月亮。但印能听见鲧在对面山坡呼喊印的名字。印也喊他。声音越来越近，我们同时到达玉山之巅……但是，印爬的是昆仑山，鲧爬上的是马衔山，我们隔河相望，忽然鲧变成一条黄龙倏地飞走了。玉山变得异常安静，只有一群羊从阆风苑的东门鱼贯而入时发出的拥挤声。这个梦，可能预示着鲧快回来了……"

东边传来沉重的脚步声：咚！咚！咚！

仓颉敏锐地捕捉到只有夸父才能踩出的震撼强音。他不是辞职了吗？

脩己显然也惊觉到脚步声，惶恐地望着东方。

转瞬间，夸父已经来到他们跟前。

仓颉惊喜地叫起来："夸父！果然是你！你不打算辞职了？"

夸父满脸愧疚，低着头，局促不安："印看得清清楚楚，明明是闪着新鲜光泽的饱满苡米，印翻来覆去也想不通怎么就拿错了……都怪印，全都怪印！"

"说梦话吗？快讲，你找到妈妈没有？"

夸父用力搓着双手，泪流满面："几场大洪水冲毁道路，山崩地裂，大地变了形状，印找不到回家的路……"

说着，他猛地抬起头，愧疚地望着脩己："你要怪就怪印吧，印带来了很凶很坏很冤枉很残忍很悲痛很无奈的黑色消息……"

脩己忐忑不安，紧张到极点："什么？快说！哦，别说！您不能说！卬不要听！"

夸父痛苦地抱着头蹲下："卬，卬不想辞职了。卬仍然是史官信使，按法令必须如实说……刚刚，鲧被重华殛杀在羽山了！"

脩己睁大双眼，问道："重华殛杀鲧？为什么？"

"事情是这样的……"

"稍等！"脩己深呼吸，拿出胸前佩戴的耒锤，咬在嘴里，示意夸父开讲。

仓颉也被这突如其来的噩耗震住，静静地听。

夸父哀伤欲绝，叙述道："……鲧是顶天立地的英雄，他轰的一声躺倒，视死如归。重华庄严肃穆，进行如下仪式：左眼塞圆角长方形苍玉，右眼塞圆角长方形碧玉；左鼻孔塞圆柱形赤玉，右鼻孔塞圆柱形紫玉；左耳孔塞八角棱形白玉，右耳孔塞八角棱形青玉；嘴里塞上新月形黄玉及玉蝉、玉鱼、玉珠、玉贝、玉玦等，后窍塞进椎台形黄玉，根部套上短琮形、一端封闭之玄玉。左手握兽牙、玉璜，右手握贝壳、玉豚。然后，给他全身覆盖2030片鱼鳞般的白玉，只在心窝位置留出'卍'形空隙。鲧的心窝像山丘一样舒缓起伏。重华拿出一只'卍'形黄金，放置进去，起伏停止……"

叙述声忽远忽近，缥缥缈缈。

四目八瞳密切关注着脩己的表情变化。

脩己坦然自若地取出耒锤，抓起陶瓮中的苡米，狠狠往嘴里扔。那是未蒸熟的苡米啊，她咀嚼的津津有味。一粒接一粒，速度极快，苡米连成一串闪闪发光的珍珠项链。脩己眼神空洞，狠狠地咀嚼。苡米的清香弥漫扩散。城外传来"九逸"高亢的嘶鸣。脩己忽觉体内有些异样。她停止咀嚼，仰望天空，谛听肚腹里发出的细微声响。鱼在游泳？涟漪在碰撞？都不是。是天空中黄龙划过昴星团时的摩擦声。声音顺着目光滑进内心。这个短暂的过程中，制陶原音、黄河流淌、骏马嘶鸣等发音方式转换自如、和谐统一。脩己相信自己的判断。她甚至能清晰地辨别出声音与目光快速摩擦时飞溅出的急促音节，那是她最熟悉的分解极品美玉时的伴音。沉重与轻盈像荡秋千，像雪融、草长、花开、结果、成熟。以后，就通过这种涛声排遣悲苦吧。涛声是唯一的精神支柱，就像神山支撑天庭。暂时不探究鲧被谁杀、为何被杀、何时何地以何种方式被杀……

她宁愿相信那是幻觉，是诅咒。

陶瓮空了。苡米吃完了。

脩己依然做着往嘴里塞苡米的动作，依然形成一串闪光的珍珠项链。

仓颉凝望昆仑山，喃喃自语："文命，文命……"

四目八瞳痛心哭泣："不能再吃了！半年的粮食被你瞬间吃完，会撑坏肚子……"

突然，脩己将耒锤扔进嘴里，滑进肚腹。

四目八瞳大惊失色："耒锤不能吃啊！"

脩己勉强挤出几丝苦笑："玉兮美兮，不我悦兮。玉兮美兮，不我成兮……"

"想哭就哭吧，哭出声来好受些。"

"卬哭不出来，心里像压了座石山。"脩己茫然地转过头，望着冷漠的群山，"鲧没犯罪，他不会被杀。他在雪峰那边爬山呢，卬要到那里等他。

她向城外走去。

仓颉默默地跟在后面。

脩己回过头："仓颉兄，卬只需要昆仑山的抚慰。"

仓颉面无表情，只是静静地望着她的背影发呆。

脩己走出城门，沿着山脊走向远处，直到消失。

夸父瓮声瓮气地说："卬得返回了！尧帝让卬把新造的字带给他，有没有？"

"有，就是'文命'！告诉尧帝，这是新造的首批文字！"

仓颉头也不回地说。

二

当夸父的叙述在仓颉脸上激起悲伤绝望的表情时，脩己反倒异常平静。

她决定给涛声取名为文命。文命就是浪与浪相激相推相撞相融的涛声，至于是大海的涛声还是黄河的涛声，抑或内心纠结的声音，脩己还没琢磨清楚。但她深知涛声是客观存在的，并且与她密切相关，所以才取这个名字。

此前，她曾反复斟酌过苡米、昂星、黄熊、夏后、高山杜鹃，等等。

她对着周边圣洁的雪峰默默祈祷：卬没有被噩耗击倒，卬依然带着文命行走！

脩己从来没有这样充实过。多年前，文命存在的状态像毕毕剥剥的燃烧，像窸窸窣窣的剥离，像哗哗啦啦的撕裂，像帝俊同日神羲和、月神常羲在扶桑举行盛大婚礼时的忙乱……对，就是在那场旷日持久的忙乱中，脩己被悄然放进树洞。

当年，人声如潮，她在文命温馨的抚慰中沉沉入睡，又在文命如泣如诉的抚慰中醒来。

当年，脩己除了倾听文命的抚慰，就是安静地睡觉。

显然，遗弃者想通过遗弃的方式让脩己成为羲和或常羲的合法孩子。但是事与愿违，羲和生了十个太阳兄弟，常羲生了十二个月亮妹妹，名额已满，没有脩己的份。

这个大家庭对树洞中的脩己浑然不觉。如果不是西陵部落年轻貌美的首领嫘祖偶然发现，脩己不知要酣睡到什么时候。那年，羲和、常羲邀请闻名天下的纺织师嫘祖参加桑果节，嫘祖散步时意外发现扶桑树上白玉般的蚕宝宝。她细心观察，专注倾听。她敏锐地辨析出掺杂在蚕食桑叶声中的文命。捕捉信息的刹那，她以为是大风吹来的海涛声，但很快又否定了。她循声找到了洁白如玉的脩己。脩己在酣睡中露出甜美的笑容。嫘祖也甜美地笑了。脩己睁开双眼，笑得更甜更美。嫘祖伸手过去，脩己快乐地张开双臂。

嫘祖微微一笑，缩回手："等等，卬要送你一件丝绸衣裳作为见面礼！"

此前，嫘祖纺织过树皮、麻、葛、蜘蛛丝、牛毛、皮毛等各类材质的作品，这次，她要展现才艺，用光线般精细而有弹性的蚕丝织出衣服，赠送给帝俊的第二十三个孩子。

嫘祖心灵手巧，织出轻盈美丽的彩衣给脩己穿上，然后抱着她走到大殿。

主宾都焦急地等待着。

看见彩衣，羲和、常羲惊叫一声，像鸟儿一样飞过来；接着，她们发现彩衣里的脩己，又像鸟儿一样叫起来："哦！坏妹妹！你竟然以这种方式给大家一个惊喜！不，是两个惊喜。卬从来没见过这么精美的衣服，也没见过如此漂亮的孩子！"

脩己欢欣雀跃。帝俊和众宾客围过来，纷纷用最华丽、最真挚的语言赞美她。嫘祖以为大家赞美她纺织的作品，神采飞扬。当羲和、常羲询问孩子的名字、父亲、出生等信息时，她觉得莫名其妙，只能含糊应答。越是闪烁其词，她们追问得越紧。

嫘祖不知所措。现场解密可能会让帝俊异常尴尬，或者引起误解，与其引发纠纷还不如将错就错。于是，她机智地说："今天我们参加帝俊与羲和、常羲共同举办的桑果节，不适合发布个人信息。真相本身远不及探秘真相的过程有趣，希望下次聚会时在座的各位都能穿上丝绸彩衣倾听真相，如何？"

大家热烈鼓掌。

事情就这么掩饰过去了。但直到桑果节结束，也没有人来认领脩己。树洞也已弥合，不留痕迹。嫘祖只好抱着她回到西陵。

不久，黄帝听说了这件事，坐着牛车前来求婚。

嫘祖面无表情："听说圣上的部下风后、大鸿、力牧等名将在阪泉与炎帝部落苦苦争战，而您竟然赶着牛车千里迢迢来到西陵，只为一己之私，就不怕天下耻笑？您以为卬未婚配却抱着婴儿就可以做出违背常理之事？"

黄帝正襟危坐，坦诚解释："炎帝部落的绝大部分青壮年朝山去了，所剩皆是老弱病残。更何况仁义之师，不以武力取胜，而要以德化之！"

然后，他恭恭敬敬献上玄玉圭和两串由玉蝉、玉蚕、玉珠及天青石、玛瑙石、绿松石、煤精、铜珠、琉璃、象牙珠组成的项链，希望迎娶她到轩辕丘。

嫘祖还在犹豫，脩己一把抓过玄玉圭。

随臣喝彩。

　　嫘祖只好答应求婚。她详细地介绍了发现脩己和发明蚕丝彩衣的过程。

　　黄帝真挚地说："朕不在乎脩己是否出生于扶桑树洞抑或为帝俊私生，只期望你能推广种桑养蚕之法，完善抽丝编绢之术，让天下人都能穿上美丽温暖的衣裳。"

　　使臣前来报告说炎帝答应结为联盟。

　　黄帝喜出望外，决定开源节流，将联盟仪式和婚庆大典合而为一，同时进行。

　　举行隆重庆典的过程中，脩己与嫘祖形影不离。黄帝和嫘祖带领大臣进行各项庄重的祭祀仪式，脩己却饶有兴味地把玩挂在嫘祖洁白脖颈上的项链，并将目之所遇、耳之所得、心之所感同步传给文命。来自西地的奥库涅、巴克特里亚、马尔吉亚那、纳马兹加、锡亚尔克、苏萨、蒙迪加克、扎曼、希萨尔、巴巴等嘉宾纷纷献上工艺精美、图案新奇的带柄铜镜、圆形牌饰或铜泡。黄帝接过，转交嫘祖，嫘祖点头致谢后按照常规要交给礼宾，由左史官登记入库。没想到脩己霸气地增加一道程序，在礼宾之前抢过铜镜，观察材质，欣赏纹饰，沉着冷静，全神贯注。

　　脩己清清楚楚地听见文命赞美她："妈妈！好样的！卬为您感到自豪！"

　　脩己爱不释手。每样铜器都是精品。但为了拿到下一件铜礼品，脩己不得不放手。抓到奥库涅敬献的太阳纹铜镜时，她被中间有乳钮、四周布满尖角放射状光芒纹与叶脉纹组合的装饰风格深深吸引，反复摩挲。

　　庆典卡住了。

　　脩己抬起头，眼巴巴地望着嫘祖。

　　嫘祖转向黄帝，满脸愧疚。

　　黄帝望着脩己，满脸狐疑。

　　大臣和嘉宾都默不作声。

　　空气凝滞。

　　这时文命焦急地大声喊起来："妈妈，该放手时要放手啊！"

　　大殿中所有人都听见了。

　　大家放松，深呼吸。

　　礼宾宣布庆典结束。

　　嫘祖面对黄帝，低声说："圣上！实在抱歉……"

黄帝温和地说："千万别这么说，朕接受你，就会接受一切！"

嫘祖还想进一步解释，年轻帅气的奥库涅走了过来。

"尊敬的东方大帝！我能否就商贸计划单独与您深入磋商？"

黄帝严肃地说："朕对家人和臣民都没什么隐私，请讲！"

奥库涅略显尴尬，浅笑道："太阳铜镜就当是我送给蚕宝宝的见面礼吧，我还有一件更为珍贵的礼品，现在送给新娘子！"说着，他从檀香木盒子中取出红铜牛首七弦琴，"这是琴中精品，琴面板是质轻而传音良好的桐木，琴底板是坚实但又不过硬的梓木。琴身选取松、桑、柏、杨、柳五种优质木材。琴身为本，制作技术完全遵循东方传统工艺，共鸣箱前的精致红铜牛头形装饰物则体现出奥库涅王族在红铜冶炼、铸造技术方面的最高水平。请看，牛头基础使用我族标志性红铜，但坚韧而有光泽的牛角尖及牛头前额像黄河波浪般的卷曲毛发，还有优雅如同黄河瀑布般的胡须，则用目前最时髦、最贵重、最流行的青金石镶嵌，牛的两双慧眼使用的则是青金石和昂贵贝壳。优良材质决定着优美音质，这张琴音色纯正，最适合表现东方大帝的雄才大略和英雄气度！"

黄帝微笑不语。

嫘祖摩挲着琴身和红铜牛首，爱不释手。风后、大鸿、力牧等名将与炎、熊、罴、貔、貅、貙、虎等部落首领纷纷围过来观赏，啧啧称奇。

奥库涅得意地说："这张名贵的七弦琴乃是祖传宝物，原打算在贵部落军事联盟平定蚩尤叛乱的庆功大典上呈送，今天看到这么可爱的孩子，使我不由得想起家人，因此要把它送给孩子的母亲。"

刚宣布完，文命就大喊："不能接受！"

尽管他声嘶力竭地呐喊，但这次只有脩己能听到。因为其他人的注意力都集中在红铜牛首上。

黄帝沉思良久，说："蚩尤八脚，三头六臂，铜头铁额，刀枪不入。他使用的铜刀、铜斧、铜戈等武器不知何人提供。唉，物质的铜，做什么不好，非要用于战争！制作成这样的七弦琴岂不更妙！琴者，禁也，禁人邪恶，归于正道！"

奥库涅诚恳地说："大帝所言极是！蚩尤之祸，不在红铜本身，而在于人心，在于铜市场管理混乱、以次充好、恶性竞争。奥库涅家族冶炼的红铜在原料、选矿上严格把关，冶炼、铸造等方面更是远远超过不良开发商。"

炎和熊、罴、貔、貅、貙、虎等部落首领依次提问。

奥库涅耐心解答。

文命的呐喊声被越来越激烈的问答声淹没。

新婚之夜，黄帝在与众部落首领起草《关于用粟、黍、菽、兽皮、粗葛布、细葛布换取奥库涅红铜协议书》中度过。

天亮了，他愧疚地对嫘祖说："消灭蚩尤后，朕休假一个月，专门陪你……"

嫘祖努力笑笑："以国事为重！圣上能记得印是女人，是您的爱妃，而不再是西陵女王就好！"

文命疲惫至极，睡着了。脩己也相继进入梦乡……她被涿鹿战场的浓烈血腥气熏醒了。那时，涿鹿之战已经持续了三年，黄帝九战九败，难敌蚩尤率领的太皞、良渚部落盟军。

即将溃败，军火供应商奥库涅紧急求见："至高无上的东方大帝！两河乌尔的贵族信义如天，奥库涅家族的红铜无坚不摧，为何不使用我们的红铜武器？"

黄帝仰天长叹："承天施惠，修德明道，唯仁是行，唯义是举……"

奥库涅眼睛喷射出古铜色的愤怒光芒："虚伪道德毁了世界上最美的红铜！"

黄帝低下头，羞愧地说："朕生而神灵，弱而能言，幼而徇齐，长而敦敏，成而聪明，但这次错误判断了形势！朕以为红铜的神性足以威慑蚩尤……手足相残，实在不忍！当年即位，施惠承天。一道修德，唯仁是行。宇内和平，未见凤凰。唯思其象，夙寐晨兴……"

接着是一连串石鼓般的沉重叹息。

嫘祖听到叹息，放下熟睡中的脩己，抱着七弦琴走到黄帝的大帐，款款说："印弹奏您作曲的《云门》，为圣上解忧！"

嫘祖调琴时，脩己被惊醒。她不知身处何处，只听到四面都是野蛮的喊杀声、飞矢的交错声、铜器石器的碰撞声、骨骼的断裂声、怪兽的惨叫声……她恐惧至极，大声呼喊，没有回应。恐惧慑住了她的身心。

文命也陪着她瑟瑟发抖，文命哀求道："妈妈，赶快逃离！即便漫无目的，也要逃离！"

脩己挣扎着爬出襁褓，向外面爬去。

大雾弥漫，飞沙走石，天昏地暗，去向何方？她不知道。

脩己在血雨腥风中蹒跚学步。

七弦琴在玉磬、骨笛、陶铃、陶哨、陶埙、石磬等乐器的伴奏中悠扬响起。天空逐渐变得晴朗起来，大地慢慢恢复宁静，所有秩序都在琴声中梳理、调整、归位。雾霾徐徐散开，原野辽阔无垠，天地澄清，琴声飞扬，浑朴灵透，凝重苍劲，仿佛巨龙巡视天下。鸟停止飞，云停止动，河流停止流淌。一切都凝滞了。

敌对双方都发现了形单影只的脩己，她与雄赳赳、气昂昂的雄壮将士形成了强烈反差。

双方僵持、迷茫、震惊、停滞。《云门》却忘乎所以，时而激扬，时而低沉。

脩己步履蹒跚、跌跌撞撞，艰难地迈出细小的步子。坎坷阻挡，她重重地摔倒。喘息片刻，向前爬几步，歪歪斜斜地站起来。站而未稳，趔趔趄趄，向后倒去。她慌乱地挥舞双手，试图抓住云朵或鸟翼，但都滑脱了。她仰天摔在地上，碰出金星无数。短暂头疼夹杂着短暂眩晕。她爬起来，晃晃悠悠站稳，跟跟跄跄向前。迈出几步，被裸露的树根绊住，磕磕碰碰，向前栽倒，脸触碰地，鲜血直流。她气息奄奄，昏厥过去……

《云门》如泣如诉，如怒如歌。

"妈妈，您没事吧……"

空阔的旷野中，所有人都听见了这微弱的伴随着痛苦呻吟的声音。

脩己被唤醒。她喘息半天才挣扎着坐起来；继续喘息，喘息半天才挣扎着慢慢爬起来。

《云门》连续蹦出一串串响亮的清脆高音，好似青金石、美玉、绿松石在互相撞击。

脩己纤弱的身影再次战栗、移动。《云门》的旋律紧紧护卫着脩己。她充耳不闻。她的眼里只有太阳纹铜镜——它已经被撞成碎片。方唇框沿、光芒纹、叶脉纹、八角星纹遍地都是。脩己悲伤难过，不断抹眼泪。

她要凭记忆将铜镜复原。

四只火红色凤凰飞临四个方位围观。

脩己确定作为中心的铜钮位置——那里站着铜头铁额、八肱八趾、人身牛蹄、四目六手的蚩尤。他像一座山峰，盎然挺立，六只手分别执拿沾满鲜血的铜剑、铜斧、铜刀、铜鞭、铜戈、铜锤。

众目睽睽之下，脩己磕磕绊绊地走向蚩尤。蚩尤喘着粗气，像洪水暴发一样。

风后、大鸿、力牧拉满弓，搭上箭，密切关注着。

《云门》尾音降落时，矮小脆弱的脩己正好走到高大威武的蚩尤脚下。

文命深情赞叹："妈妈，您真棒！妈妈，卬爱您！"

脩己轻轻放下铜钮，转身，跌跌撞撞，找到第一缕光芒纹。如何拼？她迷茫了。努力想，记不起来。寻求帮助，抬头看不到蚩尤，回头看不见嫘祖——不过，嫘祖这时发现了脩己。她大惊失色，急忙双手捂住嘴，以防惊扰蚩尤。

脩己四顾茫然，求助无门。

忽然，蚩尤扔掉六种铜兵器，仰天长啸："该结束了！无休无止的战争！野兽般咆哮的战争！除了丧失八十一位好兄弟，我得到了什么？如果连牙牙学语的小孩都要卷入战争，即便强大如山，又有什么意义？该结束了！"

蚩尤躬身帮助脩己拼接铜纹饰。他见敌对双方都在狐疑观望，说道："看什么看，有意思吗？"

嫘祖首先跑过去。风后、大鸿、力牧紧随其后。对方阵营也陆续有人过来。大家一起认真比对、探讨、拼接，组合成完整的太阳纹铜镜。

黄帝诏令举行盛大庆典，封嫘祖为正妃。

宴会中，黄帝与炎帝、蚩尤等部落首领发出倡议："从此以后，我们的部落联盟以'华夷'统称；将天下兵器都收集起来，在荆山之下铸造三个大铜鼎，都命名为'华夷'，刻划地理风物，以象天地人；烹牲牢于鼎，以祀上帝鬼神，显现天下各部落同心同德，如何？"

众人欢呼，热烈响应。

黄帝郑重其事地宣布："如今天下和谐，应倡导各地人民顺应时序，规范行为！是故，朕倡议制定阴阳合历，以建子之月（北斗斗柄指子，包含冬至之月）为一年开始，开观象授时之起点，以帝俊与羲和生下的十个儿子及与常羲生下的十二个女儿相互搭配，十子依次称为甲、乙、丙、丁、戊、己、庚、辛、壬、癸，十兄弟名'日'，又称'金乌''太阳''十天干'；十二女依次称为子、丑、寅、卯、辰、巳、午、未、申、酉、戌、亥，十二姐妹名'月'，又被称为'银乌''月亮''十二地支'，他们按固定顺序互相配合，组成天干地支相配的纪年历，表达阴阳五行，以闰月定四时，成岁，根据天干地支相互配合六十年一轮回。如何？"

《黄帝历》在众人的欢呼声中诞生了。

蚩尤却沉默不语。

黄帝慷慨地说："兄弟，现在我们是一家人了，有什么不同意见，尽管提出来！"

蚩尤犹豫了一会儿，低声说："此历法甚好，可是元年从什么时候算起为好？我担心它可能让人们失时混乱，因为各地太阳出来的时间并不完全相同。"

话音刚落，群臣大声说："这好办！干支纪法元年从黄帝登基之日算起！"

奥库涅站起来拍拍胸脯，大声说："我们供应最好的红铜来刻写《黄帝历》。"

黄帝庄重地说："作为国之重器，必须用本土原料。"

"从技术层面来说，有可能吗？"

黄帝胸有成竹："多年来，朕从未放弃探索铜矿。估计不久的将来，你会用首阳之铜铸造的高柄杯代替现在手中拿的大汶口黑陶镶空高柄杯喝酒。"

奥库涅大笑道："如果真有那样的铜杯，愿一醉方休！"

众人举杯："预祝铜鼎'华夷'早日铸造成功！"

三

那天晚上，大家喝着各种果酒。

脩己在漫山遍野的酒香中悄然离开会场。与涿鹿战场因恐惧而逃离温暖襁褓不同，这次她目标明确：朝山。

脩己创造了盘古开天辟地以来年龄最小的朝山者纪录。那些年，朝山路上，人们纷纷传颂脩己的故事，溢美之词像黄河波涛，滔滔不绝。

脩己很不自在："印没那么伟大，印只想让破镜重圆！"

朝山者望着弱小如猫般的脩己，无论如何也无法与万人颂扬的英雄联系起来，他们哄笑说：

"你？哈哈哈，你是谁家的弃儿？"

脩己在众人的嘲笑声中成功朝山，安全返回，在轩辕之丘找到了嫘祖。

那时，嫘祖的长子少昊已经两岁。

嫘祖喜极而泣："这三年你去哪里了？你不知道我们多么焦急！圣上亲自为你画像，在大小部落张贴，也请奥库涅帮忙在商道沿途张贴……哦，得解释一下，圣上明明画的是你，有些心胸狭窄的家伙非要说画像中的人是蚩尤。现在好了，不去管了，回来就好。以后和少昊玩耍吧，他很懂事，会照顾你。"

嫘祖正怀着次子昌意。她忙于纺织研发业务，匆匆表达完关心，就钻进了桑园。

黄帝巡游回来，看见脩己，招手致意。

脩己正要跑过去诉说漫游生活，大臣鱼贯而入，排队汇报工作。脩己插不上嘴，只好走向太子少昊。他正与天空中飞舞的红、黄、青、白、玄五只凤凰对歌，脩己也插不上嘴。

脩己郁闷、惆怅、失落，晃晃悠悠路过桑树下，一阵清亮悦耳的诵读声引起了她的注意。

诵读者是婴孩——准确地说，是四目八瞳的神童仓颉。他苦思冥想的成熟表情与实际年龄反差很大。脩己积压在心头的不快顷刻间土崩瓦解，她忍不住放声大笑。她呼喊几声，仓颉置若罔闻。正巧，两颗熟透的紫红色桑果掉落，她捡起，自己吃一颗，另一颗塞到了仓颉嘴里。仓颉脸上露出缕缕憨笑。他们全神贯注地品味桑果的芳香。消解完毕，脩己看见熟透的鲜嫩桑果在枝头流光溢彩，正要伸手去摘，仓颉忽然惊叫："你打断了印的背诵，那就从头开始吧……少昊建立的国家要让各种鸟担任文武百官，凤凰总管百鸟，燕子掌管春天，伯劳掌管夏天，鹦雀掌管秋天，锦鸡掌管冬天。五种鸟管理日常事务：鹎鸪掌管教育，鸷鸟掌管军事，布谷掌管建筑，雄鹰掌管法律，斑鸠掌管言论；九种扈鸟掌管农业，五种野鸡掌管木工、漆工、陶工、染工、皮工；麻雀、喜鹊、孔雀也都担任重要职务……”

仓颉像沉沉入睡的困乏者，侕己根本无法唤醒。

侕己意识到，轩辕丘每个人都慌慌张张、忙忙碌碌、往来穿梭，比鸟还忙。她觉得自己被疏离、被忽视。她愤愤不平。卬不是侏儒，卬只是生长缓慢而已。她尝试搞些事引人瞩目。大家都机智灵巧地躲避。侕己百无聊赖，猛地想起光彩照人的玉圭。黄帝只有举行重大祭祀、庆典等活动时才高高举起它，万人瞩目。活动结束后又放回庙宇。其实玉圭也饱受寂寞。她决定找玉圭玩耍。庙宇内外有士兵昼夜执守，老鼠都跑不进去。观察半个月，机会来临：连续干旱促使四岳率领大臣请求举行祈雨仪式。黄帝批准。仪式中要用大汶口背壶从黄河中取净水，通过大汶口雄鹰形象三足陶鬶注满钵型鼎、高柄杯、镂孔豆、彩陶豆，然后供奉到庙宇。侕己乘人不备，钻进大腹背壶中，被抬进庙宇。众人散去，侕己从背壶中爬出，拿起玉圭模仿黄帝表演。很快被人发现。这是严重亵渎神灵的事件。可是，侕己身份特殊，不能惩罚。陶工根据大臣动议，烧制九个陶侕己，举行庄严仪式后用玉刀砍掉其头颅。

侕己受到严厉警告，活动范围限定在桑园。

嫘祖挺着大肚子纺织。她想安慰侕己，可是停不下来。她在百忙中投来一瞥微笑，没等侕己接收就迅速转回头。

侕己走到她身旁，怯怯地说：“能不能稍停片刻？卬只想告诉您，黄河源头的神山是多么壮美……”

嫘祖头也不回，愧疚地说：“稍微推一推，等忙过这阵，好不好？——喂，蜀山、弱水、青衣、溱水、洧水、双泪河，再加把劲，很多人等着穿衣服呢！”

侕己委屈得想哭。想撕心裂肺地大哭。她要让眼泪比洪水还大。

“您别苦恼，别忧伤，别流泪，妈妈，卬不愿看您满脸愁容的样子。”

这是文命的声音。他哀求道：“卬最怕见您流泪，妈妈，卬怕水！妈妈，印陪您玩，印听您讲朝山的经历，好不好？只要妈妈不哭！"

脩己觉得很新奇："怎么？你也看见印朝山了？"

"印既是见证者，也是参与者。"

脩己说，你重述出来，让印听听。

于是，文命开始叙述。尽管声音稚嫩，但叙述清楚，内容真实。很多珍贵的细节都是脩己视而不见或者无意中忽略的。

朝山经过文命的重述变得如此生动、如此美好！

文命的叙述像回家。脩己渴望在重述中再次朝山。她想走出桑园，走出轩辕丘，再次踏上朝山的路。她向嫘祖告别。

嫘祖愣了片刻，离开纺织机，想站起来。但身体太沉，很吃力，没站起来。她满脸愧疚，从腰间摸出与玉圭形状相似的黄玉配件，招手让脩己靠近："这是帝王让印转赠的礼物，希望你喜欢！上次发生的事情，帝王也过意不去，一次出巡时看到一条五彩黄龙在大汶河里游玩，走到跟前，却只见这块形状非常像玉圭的石头，两边是天然的图案，正面龙，背面熊。圣上说国之重器不可轻慢，但这块石头你随便把玩。圣上给这石头赐名'耒锤'，让印送给你。这阵子忙疯了，印忘了，实在抱歉！"

耒锤光泽温润，浑朴大气。脩己愉快地接过。想到这是永别，她不由得泪光闪闪："印不知如何表达内心的感激！"

嫘祖抚摸着脩己的脸颊，微笑道："每个人的脚步都是自由的。无论走到哪里，都要带上自己的阳光。"

然后，她回到纺织机旁，转瞬间物我两忘。

脩己走出桑园，穿过丛林般的忙碌身影，离开轩辕丘。

从此，她置身于朝山的路途中。她关注每座山丘。不管高低，不管是否有名，不管距离有多遥远，也不管道路多么崎岖，她都双手秉持耒锤，风尘仆仆地前往，虔诚地朝拜。她与文命朝夕相处，亲密无间，交流对山川、地理、风物、人种、动物等的感知与认识，其乐无穷。

尽管脩己成长得比深山里的松柏还要缓慢，但毕竟也在生长。当她出脱成亭亭玉立、光彩照人的少女时，几代人都老去了。江湖上流传着黄帝、嫘祖、炎帝、蚩尤、少昊等人的传说，也夹杂着脩己的种种传说，但再也没有人能认出传说中的主角。脩己心安理得，不急不躁。她始终与文命不离不弃。当耄耋老人在古树下悠悠地讲述黄帝与蚩尤大战的故事时，她也会耐心地倾听，除了微笑还是微笑。

如果不是意外碰到鲧，或许她至今仍然沉浸在梦幻般安逸的生活中。鲧出现后，文命消失。接着，鲧像昙花一现，也消失了。很长一段时间，文命都未出现。朝山一如既往。她成了孤独的行者。她被抛入迷茫的深渊，周围是无边无际的黑暗。从此她不再微笑，忧心忡忡，狼群碰见她都吓得远遁。寒冷的冬夜，空旷的沙漠，茫茫的雪原，荫翳的森林，广阔的草原，她无数次焦急地呼唤文命，却无人回应。她悲伤绝望，对着耒锤回忆过往的一切。她让耒锤在眼睛、耳朵、口鼻、脖颈、乳房、心窝、后背、腰肢、臀部等身体各处搜寻文命，无踪无影。她开始认为自己游走在虚幻的梦境中。

文命似乎根本就没存在过。以前不存在，现在不存在，将来也不会存在。

浪涛就是浪涛啊，浪涛是文命。文命是泡影，是幻觉，稍纵即逝。

文命不可见，就追寻鲧吧。经历千山万水和千辛万苦，终于举行了只有她和鲧参加的盛大婚礼——仪式完全是黄帝和嫘祖婚庆大典的复制。

脩己似乎听见虚空中飘荡着文命的祝福声。但仪式结束后文命再未出现。入洞房时，他也没出现。缠绵欢爱时，文命仍未出现。

不过，她有鲧了！

脩己爱怜地抚摸着鲧的头，喃喃地说："如果文命出生，也会长得像您这般高大英武！"

"文命是谁？"

脩己甜甜一笑："那是印内心深藏多年的梦想！"

"哦，让印进入你的梦想吧。"

"文命是印给我们的爱情结晶准备的名字，遇到你以前，很长时间都寄托在浪涛上……"

他们沉浸在柔情蜜意中，直到三天后大洪水暴发。

四

文命再次出现时，夸父正在描述鲧被殛杀的情景。

巨大的悲伤与巨大的惊喜瞬间交融。

脩己失魂落魄，茫然无措，沿着陡峭的山路走进清冷空阔的雪峰间谷地，仰望高耸入云的冷峻峰顶，想痛痛快快、酣畅淋漓地大哭一场。

文命惊恐地叫起来："妈妈，别哭，印怕看到您伤心！"

脩己忽然愤怒了："你是谁？"

文命伤心地大哭："妈妈，印是文命啊，您怎么不认识印了？"

"这么长时间你到哪里去了？"

"印在您内心，一刻也不曾离开！"

"哦，是吗？为何长期沉默？"

"印不愿惊扰您的新婚生活……"

冰雪消融，溪流淙淙。几只雄鹰从雪峰之上的蓝天滑翔而过，悠然飘然。

这一切不是梦幻。

脩己不敢轻信："三月三的午后，印不小心将耒锤吞进了腹内，你看见没？"

文命说："印看见耒锤掉下来，怕伤着您，就紧紧攥在手里了。"

"……你说说看，它是什么样子？"

"妈妈，印刚吓坏了，忘了看，现在印仔细瞧瞧。哦，这件耒锤像玉圭，边缘线是黄河流淌的样子。正面是舞蹈的龙，背面是蹲着的熊，图案出自天然，不像人工雕刻的。"

"耒锤是什么材质？玄玉？红铜？青金石？绿松石？玛瑙石？贝壳？"

文命欢快地说："不，是大汶口河里的黄玉！它是被洪水从昆仑山的群峰间冲过去的。"

脩己厉声说："你撒谎了吧！印在阆风苑，每天抬头低头都能看见玉山，它被冰雪覆盖，万年不化，怎么可能有黄玉？"

"妈妈啊，玉山很高很大很长，方圆数千里，山峰连绵不断，其中两座雄峰高耸入云，西边天蓝色的一座叫查灵，是智慧的化身；东边玉白色的一座叫柏灵，是品德的化身。两座山峰之间布满各种颜色的美丽玉石。"

"查灵也叫昆仑山？柏灵也叫马衔山？"

"昆仑山就是马衔山，马衔山就是昆仑山，因为是真玉山，所以不分彼此！"

"你究竟是谁？怎么知道这么多？"

文命大哭起来："妈，印始终都伴随着您啊，从扶桑到轩辕丘，从轩辕丘到各种玉山，之后又到过很多地方，最后才落脚阆风苑……妈，您真的忘了文命？您带印去过哪里，讲了哪些故事，您都不记得了吗？还有什么比这更让人伤心？……"

脩己抬头看看天空，四只火红的凤凰正在太阳周边飞舞。

她定定神，问："好吧，如果你能带印到黄玉的原产地，印就相信你。"

"印带妈妈去。那条路印记得清清楚楚。现在雪开始消融，很难走，要小心啊！"

他们出阆风苑，翻越昆仑山，沿黄河溯流而上。

途中，岁弊寒凶，雪虐风饕，野牛成群，恶狼遍地，都化险为夷，平安通过。他们绕过七个险峻陡峭的河湾，穿越七个狭窄逼仄的峡谷，翻过七座横断天际的大山，转过七个美若碧玉的湖泊，经过七片辽阔平坦的雪地，经过艰难跋涉，终于到达黄河源头。

天气已经转暖，绿草如茵。

脩己惊喜地看到两座巨大的山峰拔地而起，支撑天庭。

两座山峰之间只有洁白的动物安安静静，悠然吃草——脩己取名为"羊"。

文命问："看到了吗，妈？是不是有很多玉石？"

脩己闷闷不乐，说："这里除了两座被冰雪覆盖的高大山峰，就是漫无边际的草地。一粒美玉也没有。指甲盖那么大小的都没有。"

"怎么会呢？印记得上次到达此地时您不断发出喜悦的赞美声，您说这些五彩玉石是天河从仙界冲荡带来的……"

"住嘴！"脩己打断他，厉声说，"你究竟是什么人？什么时候偷偷钻进印的身体？从哪里钻进去的？眼睛？耳朵？乳房？鼻孔？嘴？……"

文命伤心地哽咽道："印只知道印伴随妈妈一起诞生。妈，印没撒谎，您说过这里常人难以到达，除了洪水，没有谁能带走这些美玉……"

"可是现在这里只有羊群。哦，远处还有一位牧羊女，她正向这边走来。"

"羊群？羊是什么样子？"文命噙着泪水，不解地问。

脩己说："它们都是四条腿，身体比牛小很多，丰满肥美，体毛洁白如玉，绵软细密。雄羊有螺旋状大角，对称优美。还有一个下垂阴囊，卬听见里面羊水在荡漾；母羊有一对丰硕健壮的乳房，卬听见里面有羊膜在摩擦。母羊仅有细小的角，或者没有。卬从来没见过这种动物。它们性情温顺，目光里没有丝毫凶恶。它们不停地咀嚼、咀嚼。只有吃鲜美的苡米才会有这种幸福惬意的表情。"

牧羊女走来了。她头发蓬松，顶戴玉胜，上身披虎皮褂，下身围豹皮裙，三只凶猛的青鸟在她头顶盘旋飞翔，不离左右。

脩己好奇地打量着这位装束奇特的少女。

牧羊女冲她微微一笑。

脩己回以微笑。

接着，她们开始了如下对话——

牧羊女："您什么时候到的？"

脩己："卬刚到。"

牧羊女咧嘴笑笑："我们也刚到。"

脩己："你从哪里来？"

牧羊女："三年前，我从盐泽出发，横穿敦煌湿地，穿越当金山口，然后穿过漫长的荒滩，又经过很多海子，穿过很多山口，才到了这里。"

脩己："你来干什么？"

牧羊女："漫游，没有目的。"

脩己指着羊群问："这是什么？"

牧羊女："我们祖祖辈辈都称作'羌'，您可以任意命名。"

脩己："卬叫'羊'行不行？"

牧羊女："行。"

脩己："你是谁？"

牧羊女："我的名字也叫'羌'。"

脩己："是不是传说中掌管玉石的山神西王母？"

牧羊女："我只知道自己叫羌，你们的称谓只适合你们。"

脩己："为了区分你和羊，叫你山羌，可以吗？"

牧羊女："很好啊，有何不可？"

脩己："这里的美玉是不是被羊吃掉了？"

牧羊女："以前从来没有这种事，不知道以后会不会发生。"

这时，文命突然插话："妈，羌和羊长什么样？卬想出来看看。"

牧羊女："哦？您还带了小孩子来？我怎么没看见？"

脩己满脸通红："哦，不好意思……其实，卬正在纠结这个问题……"

牧羊女："有孩子好啊，快让我抱抱，他在哪里？"

脩己满脸羞愧："卬还是回阆风苑吧……"

牧羊女："我能用你们的第一人称代词——'卬'吗？"

脩己："……可以吧。"

文命大喊："妈！卬看见了两个巨大漩涡！"

牧羊女："孩子在哪里啊，'卬'怎么看不见？"

脩己羞愧交加："这个话题好尴尬，卬恨不能用头去撞玉石山……"

话音未落，晴空霹雳，大地震颤，查灵、柏灵两座神山巍巍摇晃。群羊停止咀嚼，纷纷抬头向四处张望。短暂的寂静中，脩己肚腹里传出文命焦急的呐喊声："妈，一群凶残的狐狸、豺狼等野兽号叫着从长满松树的山坡上冲了下来。妈妈不要怕，卬会举起两座雪峰驱散它们。"

接着，响起急促的砍砸声和敲击声。

剧烈的疼痛猛烈袭击，脩己无处躲藏，昏死过去。

敲击声昼夜不停，连续响了六天六夜。

第七天鸡叫时，脩己右边肩胛骨处豁然出现一个深不可测的大洞。洞内光芒四射，仙乐阵阵，奇香飘扬。

脩己渐渐苏醒过来。

文命手持耒锤，从脩后背上走出来，慢慢爬到她的肩膀，然后转到前面，双手搂住她洁白的脖颈滑到她的胸前。

文命落地时身高两尺，名字开始叫"禹"。

乳房馨香芬芳，流光溢彩；雪峰雄伟挺拔，晶莹剔透。

乳房与雪峰庄严肃穆，交相辉映，光芒四射，禹情不自禁地走向脩己，同时赞美首次看到的景象："喀拉，喀拉……"

"喀拉是谁?"脩己惊问。

"是伟大,是妈妈……"

脩己羞愧万分,将禹推开:"你是谁?你怎么会在印的肚腹里?"

禹伤心大哭:"印在扶桑之前就伴随着妈妈,印……"

"印早就说过禹是一条虫!"脩己懊恼、愤懑,"你这条虫子搅扰印多年,就此打住!印要与你分道扬镳,印心中只有鲧。印要找他去。印要随他而去。"

说完,她捂着肩胛处的伤口,转身就走。

脩己步履蹒跚、跌跌撞撞,艰难地迈出细小的步子。坎坷阻挡,她重重地摔倒。喘息片刻,向前爬几步,歪歪斜斜地站起来。站而未稳,趔趔趄趄,向后倒去。她慌乱地挥舞双手,试图抓住云朵或鸟翼,但都滑脱了。她仰天摔在地上,碰出金星无数。短暂头疼夹杂着短暂眩晕。她爬起来,晃晃悠悠站稳,踉踉跄跄向前。迈出几步,被裸露的树根绊住,磕磕碰碰,向前栽倒,脸触碰地,鲜血直流。她气息奄奄,昏厥过去……

羊群的叫声如泣如诉、如怒如歌。

三天后,山羌关切地问:"孩子,你没事吧……"

所有人都听见了这微弱的伴随着痛苦呻吟的声音。

禹被唤醒。他喘息半天才挣扎着坐起来;继续喘息,喘息半天才挣扎着慢慢爬起来。

山羌抱起禹,跟在脩己后面。

禹望着脩己的背影深情赞叹:"妈,您真棒!妈,印爱您!"

他挣脱山羌的怀抱,努力追赶脩己。

尽管只有一步之遥,但禹走得很漫长。

他边哽咽边呼唤:"妈,您不要像蚩尤那样凶狠,印怕!妈妈说印是一条虫印就是一条虫!印叫禹行不行?只要妈妈不生气!"

脩己犹豫彷徨,站住。

禹跌跌撞撞跑到脩己面前,张开双臂,期待她的拥抱。

脩己狠狠地甩开他,转过身继续走。

"妈妈,等等禹,等等禹……"

　　山羌默默地看着眼前发生的一切，默默地走过来，默默地抱起禹，跟在脩己后面。

　　脩己边走边喃喃自语："卬是谁？卬在哪里？黄河有多少孩子？大地有多少玉山？有多少是马衔山，又有多少被称作昆仑山？……"

第六章　劝奶谣，候人歌

一

仓颉翻来覆去地观摩禹右手中的耒锤。

当年，母亲背着他四处逃难时，在大汶口河边洗澡，清清楚楚看到黄龙与黄熊嬉戏，跑过去，却只看到这件耒锤。他想作为玩具，母亲担心它带来灾祸，匆匆离开。

现在，耒锤竟然在禹手中，并且与手心相连。

四目八瞳确证仓颉记忆无误。

山羌在旁边默默坐了许久，内心焦急："您这大史官怎么重物轻人？当下要事是给禹哺乳，如果脩己乳汁不能尽快畅通，她就会紊乱无序，如同大地洪水泛滥……"

仓颉从沉想中醒来，百思不得其解："脩己温良慈善，怎么会拒绝给亲生孩子喂奶？"

山羌说："这种现象在牛、骆驼和羊群中并不稀奇，但在人类中很少见。估计她最近遇到了什么悲伤的事情。"

"哦，对，确实是这样……"

"禹已经没有力气哭了！不能再耽搁，还是劝奶吧。"

"……怎么劝奶？印该怎么做？"

"您怎么什么都不懂？"山羌奇怪地看着他，"印唱歌，您不要让禹睡觉，看到脩己流泪了就把孩子抱过去。这个动作能及时、顺利地完成吗？"

仓颉机械地点点头。

山羌调整情绪，集聚气力，开始反复吟唱《劝羊歌》：

· 102 ·

"啊，托—依—克！啊，托—依—克！啊，托—依—克！……"

曲调高亢婉转，苍凉凄美。

羊群停止咀嚼，慢慢围过来。每只羊眼睛里都噙满泪水。

仓颉禁不住热泪盈眶。

脩己却茫然痴然，无动于衷。

山羌喘息片刻，对着雪山深深呼吸几口气，吟唱《劝驼歌》：

"啊，却—依—克！啊，却—依—克！啊，却—依—克！！……"

腔调同样婉转凄凉，山羌悲伤欲绝，几度哽咽。

羊群流着泪不安地躁动。

仓颉惆怅难过，泪水涟涟。

脩己依然懵懵懂懂，茫然咀嚼。

山羌的声音变得哀伤沙哑，慢慢低沉下去。

她失望地垂下头，啜泣一阵，重振精神，唱起《劝牛歌》：

"啊，奥—布！啊，奥—布！啊，奥—布！！！……"

音调嘹亮哀婉，一唱三叹，如泣如诉。

羊群里浮起一片参差不齐的哀叫声。

仓颉泪雨滂沱。

脩己目光空洞、表情凝滞，似乎被隔离在很远很远的地方。

山羌不断增加音量，直到嗓子发不出完整音节。

脩己仍然像雪山一样无动于衷。

山羌深深埋下头，伤心地哭泣："……印能唱哭熊，却唤不醒脩己……前些年，部落的猎手射杀母熊，带熊崽回草原。熊崽没奶吃，快要饿死。母羊死活不肯喂奶，印就唱劝奶谣，才唱两遍母羊就喂奶了。熊崽长大后离开了草原。很多年没见。有一次，印和羊群被许多黑熊围困在敦煌河上游盐池湾，危急中，印唱各种版本的劝奶谣，气势汹汹的熊群忽然安静下来，它们听着听着就流下泪水，接着，呜呜咽咽离开……"

抽泣一阵，山羌似有所悟，猛地抬起头，眼睛放光："印知道了！只有禹深情地唱劝奶谣，才能冲破重重遮蔽，到达脩己内心深处！母子连心，禹的歌声一定能唤醒她！"

仓颉怔怔地看一眼山羌，哑然失笑："禹怎么会唱劝奶谣？他已经饿了几天，气息奄奄……"

"不管是禽是兽还是人类，只要明白要去拯救母亲，就会有无穷无尽的勇气和力量！"山羌坚定地说，"卬清楚如何救活脩己母子，您就当旁观者好了。"

她牵来一只肥硕温顺的母羊，将羊奶挤进陶鬲，煮开，灌进陶盉，凉了后倒进陶豆。

她用兽骨片磨制的餐勺喂禹羊奶。

仓颉以为山羌要施行什么巫术，没想到是喂羊奶，他大惊失色："不能吃！我们的经验中从未提到过这种食物！羊奶会不会有毒？禹吃了会不会变成羊？"

四目八瞳听到仓颉的言论瞬间脸通红。这位学识渊博的资深史官在生活方面如此刻板、无知。

山羌狠狠看一眼仓颉："真是书呆子！"

说完，她和颜悦色地将羊奶递给禹。

禹紧皱眉头，转过脸，果断推开。山羌从怀中取出蚌壳盛羊奶。又被断然推开。山羌坚持不懈，有条不紊地换上贝壳餐勺、长条形白玉餐勺、刻鸟纹紫檀餐勺……直到换了太阳光线纹饰红铜餐勺，禹才愉快接受，尽情吮吸起来。

山羌幸福地笑出了声："卬赶着羊群到过很多没有名字的地方，收集了各式各样的餐具，难道就没有一款适合你？哼！"

禹首次吮吸，有板有眼。舒畅惬意的吞咽声飞离喉咙，在羊群、城墙、石堆、丘陵、沟壑、草树等构成阆风苑的所有元素中传遍。

脩己神情恍恍惚惚，对这些声响毫无感知，只是机械地往嘴里塞苽米。

仓颉忐忑不安，密切关注禹的表情变化。禹没有表现出丝毫不适。

一勺接一勺，不知不觉，禹喝光了羊奶。山羌意识到禹饭量惊人时陶豆已经底朝天——那些羊奶本来是为自己和仓颉、脩己、禹准备的早餐。初生的婴儿不该有这么大的食量！她有些惶恐。

禹吃饱喝足，打个哈欠，恬然想进入梦乡。

轻微的哈欠让仓颉悬着的心放下来。他出城背石头去了。

山羌清楚此时不能让禹睡，要将超量羊奶消化掉。她附在禹耳边说：

"羊娃啊羊娃,印知道你是聪明懂事的孩子!"

禹疲惫至极,渴望入睡,但被"羊娃"这个疑惑问题纠缠得睡意全无。他思索半天,睁开眼睛问:

"羊娃是谁?"

"哦,就是你!就当印赠给你的乳名,好不好?"

禹觉得新奇,睡意全无:"好啊好啊,要印干什么?"

"你把记忆中有关妈妈的事全部讲出来——"听到"妈妈",禹泪流满面,伤心地抽泣起来。山羌急忙亲吻一下他的额头:"哪个母亲不喜欢自己的宝宝?你的妈妈被梦魇缠住了,神志不清,才对你无情冷漠,你不要怪她。"

禹撇撇嘴,啜泣道:"印原来记得很多很多美好的情景,可是想到妈妈凶神恶煞的样子,印脑海里就一片空白。不过,印要是想起来,就讲给妈妈听!"

"真是美玉一样纯洁的孩子!"山羌泪光闪闪,用额头碰碰禹的额头,"羊娃,印相信你的孝心和聪慧,现在,跟你妈妈说话吧,想说什么就说什么,不要停。如果什么都想不起来,就说此时此刻你看到或想到的一切。只要你发出真实的声音就行。哦,对了,你妈妈还在梦魇中徘徊,如果她对你凶,一定要挺住。孩子,只要连续讲述七天七夜,就能把妈妈从梦魇中拽出来。"

"梦魇?拽?"禹疑惑不解地望着山羌。

"好比引导迷路的人走出深渊。"山羌耐心地解释,"孩子,这件事只有你才能做到!"

禹似懂非懂,点点头。

山羌抱着禹坐到脩己面前。她先唱了一曲愁肠百结、情真意切的传统劝奶谣。

羊群停止咀嚼,眼泪汪汪地围过来。

脩己木然茫然,机械地往嘴里塞苡米。

禹眼里也噙满泪水。

山羌热切地望着禹,悄声说:"羊娃,该你了!"

禹抽泣着,开始叙述:"妈,印第一次知道玉山,是您告诉印的。您从未怀疑过印的真实性，从来不问印任何问题，只是充满爱意地回答印的各种琐碎提问。很多时候您也迷茫、纠结、困惑，但是为了解释清楚哪怕一个毫无意义的问题，您都要问很多人，走很多路，甚至品尝各种果实、各种石头、各种泥土……哦，妈，印想起来了，当年，您还未睁开眼睛就被抛弃到扶桑树上，您无依无靠，印不陪伴您谁陪伴啊！那时，您还未察觉到自己被抛弃了。哦，'抛弃'这个词应该被抛弃。妈妈不是被抛弃的，因为当时正在打仗。妈妈的妈妈，印记不得她的模样了，只知道战争异常激烈，她在扶桑树下生下妈妈，喂饱仅有的一次乳汁，然后把妈妈放到树上，一步三回头地离开了。她边走边说：'脩己啊脩己，你不要哭闹，妈妈打完仗就来接你回家！'您当时在酣睡，什么都没听见。您的名字还是印记下来的。您真能睡啊，好像平静的大海。后来大海涨潮了，发出野兽般的咆哮声，您还在沉睡。印担心下暴雨，就央求那些玉石一样的蚕宝宝帮忙，啃噬出一个让妈妈躲避风雨、防止暴晒的树洞。再后来，嫘祖唤醒您，您欣然同意被她抱着参加聚会、祭祀等各项活动。可是印着急啊！尽管印记不清妈妈长什么样子，但印可以肯定，嫘祖不是您的妈妈。印小声提醒您，让您等着您妈妈回来。您听不见。印不断提高音量，高到不能再高，喉咙都喊破了，出血了，您还是听不见，或者不在意。妈妈的妈妈回来找不到孩子，该多么痛苦啊！"

脩己停止咀嚼，循声回过头，紧紧盯着禹，眼睛放射出清泉般的亮光。

山羌用手敲击扇子形状的鼓，轻声哼唱：

"候人兮猗！"

禹继续讲述："有一次，涿鹿之战平息后的庆功宴上，您受到高朋满座气氛的感染，似乎想起扶桑树洞。那是您最初的家啊！印不失时机地催促您：'妈妈，回家吧，回到自己的家！'您似乎听清了，您毅然决然地穿过觥筹交错的醉影，走出人声鼎沸的宴会。印欣喜若狂，印记得回家的路，印有信心带您回家。可是，您没有南下前往扶桑，却一直顺着桑干河向西行进，直到被王母山挡住。您时而仰望高山，时而回头远眺，犹豫徘徊。印呐喊：'妈，回家吧！'您却听不见。您踌躇到天黑，月亮升起时涉水进山。您循着水声前进。这座山层峦叠嶂、川谷深幽、群峰巍峨、怪石嶙峋，到处都是哗啦哗啦的流水声。您选择了最大、最响亮的水声。您还是迷路了。好在山里有党参、丹参、黄芪、柴胡、何首乌等多种食物。您在寻找出路的过程中穿过军都陉、蒲阴陉、飞狐陉、井陉、滏口陉、白陉、太行陉、轵关陉太行八陉,也在沁河、丹河、漳河、唐河、滹沱河等河流中洗浴。在滹沱河嬉戏后,您曾满意地说:'玩尽兴了!'然后兴致勃勃,寻找滹沱河的源头……印玩味很长时间才明白,其实您并未迷失方向,您只是在王母山中游玩。难怪遇到老虎、豹子、狼群时您依然坦然自若。不过,现在乘着您还在迷离状态,禹要抱怨:既然您那么自信,为何不告知印?为什么让印提心吊胆?好了,您眼睛眨了一下,似乎要抗议,印不抱怨了……"

山羌淡淡插话:"这条路印走过,只是方向正好相反。印还游历过滹沱河的支流阳武河、云中河、牧马河、同河、清水河、南坪河、冶河,美得很。"

脩己停止咀嚼,沉思半晌,忽然发问:"你去那里干什么?"

"在您出生之前,我们就给东方各部落供应优质美玉了。"

脩己苦思冥想,想不清楚,又开始狠狠咀嚼,似乎要把所有谜团嚼成碎片,消化干净。

茫然痴然的表情再次弥漫在她脸上。

禹放声大哭:"妈妈,您不要像蚩尤一样思考,印怕那种表情……"

山羌轻轻揪揪他的耳朵,微笑着说:"羊娃别怕,接着说。"

禹点点头,几颗晶莹的泪珠带着光亮弧线飞出。

他抽泣着,努力回忆:"妈妈,不要像蚩尤一样思考,印怕阴冷的洪水……"

山羌安慰他、引导他:"羊娃慢慢回忆,你妈妈是不是到了滹沱河?"

"妈妈,不要像滹沱河一样思考,印怕洪水……"

山羌深深地埋下头,无声地啜泣一阵,强忍泪水,抬起头,仰天长啸:"都怪印啊!"

仓颉背石头回来,听见山羌的长啸,吓一跳。

原本温顺羞涩的山羌忽然爆发雷霆之怒,愤懑、痛苦使她姣好的面容扭曲变形,暴露出猛虎般坚硬的牙齿,兽爪似的手指刺向天空。凄厉的啸声撕心裂肺,玉胜随之在发际间剧烈颤抖。三青鸟激动不安,围绕着她鸣叫。哭泣声、山羌的啸声、泪奔声、鸟鸣声以及脩己的咀嚼声交织混合，灌满阆风苑，溢出城墙，四处震荡。

仓颉被震撼了！山羌只不过是一位普通的牧羊女，她为了将初生的婴儿从野外送到阆风苑，克服艰难险阻，又因劝奶失败而痛彻心扉，悲伤难抑。

她真真切切地为两个毫不关己的生命担忧！

仓颉情不自禁，满怀深情，向她走去。

忽然，山羌狠狠地撕开虎皮褂，在洁白如玉的胸脯上划出十道血痕。

仓颉急忙抓住她的胳膊。

山羌痛苦地叫啸，奋力挣扎："卬无能啊！"

禹走到她跟前，怯怯地嗫嚅道："妈妈，您不要像蚩尤一样泛滥……"

山羌一愣，停止挣扎，缓缓低下头，爱意汹涌："羊娃，你在叫卬吗？"

"妈妈，您不要像铜兵那么狰狞……"

山羌紧紧抱住禹，喜极而泣："羊娃皎洁似月，卓越如玉。好孩子，卬太急躁了，卬相信，你一定能回忆起所有的母爱细节！"

仓颉恍惚觉得山羌很像葫芦河边的红陶女。

四目八瞳小声嘀咕："其实，红陶女就是以她为模型塑造的。"

正当此时，夸父急促、沉重的脚步声从东边山谷间传荡而来。

脚步声越过阆风苑，又被玉山反弹回去。来回反复七次，夸父站在了仓颉面前。

他焦急地问："这次，卬能不能带着新造的文字回到有唐？"

"无可奉告！"

"尧帝说这次必须带回至少一个字……"

仓颉指着脩己说："你睁大眼睛仔细瞧瞧，脩己的乳房肿胀得如两座山丘，乳头涨得通红，像太阳，像玛瑙。堵塞让她彻夜难眠，胀痛让她痛苦难耐。你再睁大眼睛，仔细看看禹，他出生后就没吃过一口母乳，饿得气息奄奄，要不是羊奶，他早就饿死了！"

那时，禹全神贯注，用耒锤在石头上画出由两个向外翻转羊角、肥美躯体及下垂尾巴构成的图案。四目八瞳看见了，大叫道："有了，有了！"

仓颉问："什么？"

他们指着禹，异口同声地说："羊图案！这难道不算文字？"

仓颉定睛观赏片刻，连声赞叹："大巧若拙，生动传神！禹真是天才！夸父兄弟，你快点回去交差吧，这次，尧帝和朝臣肯定喜欢！"

夸父看着羊图案，憨憨笑出声："开眼界了，新颖别致，有意思！"

他想起来时看见重华背着华胥朝神山走来，便告知仓颉这个信息："尧帝派重华检查造字进展情况，估计半年后就到了，您得多准备些文字。不成熟的也行。卬不便多说，但你们可要想到。"

他飞快地跑了，带着沉重的足音，由强到弱，直到消失。

脩己被胀痛折磨得憔悴不堪。

仓颉目不忍视，对山羌说："是不是挤掉一些？"

"挤？叫共工给您挤挤，试一试！"山羌面如冰霜。

"你不是给羊挤奶吗？"

"那不一样。"山羌忍不住笑了，"母亲的头奶很重要，得让禹吃上。"

"唉，欲盖弥彰的呻吟像针扎着卬的心……"

"难道禹对您的创造力没有启悟？"

"什么？卬没注意。"

"东方大帝怎么会选您这样愚顽的人造字？明天，卬赶着羊群下山帮您驮石头，您照料禹吧。"山羌叹息道，"明天是最后的机会，您再不开窍，脩己会胀死，禹会饿死。"

"……要不，卬举行一次盛大的祭祀活动，祈求神灵帮助脩己恢复记忆力？"

山羌说："不是有很多部落举行过祭祀活动了吗？有用吗？这个灾难只有禹唤醒母爱才能消除。"

仓颉局促不安地说："那卬尽力而为吧。不过，卬心里没底，你还是早点回来吧。"

山羌说："禹手中的工具并非普通石头，那是盘古开天辟地磨制玉斧时留下的老玉料，遗落在马衔山、石峁、花地嘴、阳城、大汶口等地。卬看到这块有盘古时代包浆的美玉，异常亲切，才愿意帮助禹和脩己的。叫耒锤太俗了，您满腹才学，得改个好名字。"

仓颉像孩童一样拍手大笑："卬一直在想这个问题呢！耒锤能像牙齿

一样在石头上咬噬出'羊'字，就叫'牙璋'，怎么样?"

"佶屈聱牙，不好听! 为什么要把简单的事情复杂化?"

"哦，造字是要高度提纯，让印再考虑考虑……"

"您慢慢想吧，印要给羊群饮水去了。"

二

早晨，金光洒满阆风苑。

山羌驱赶羊群出城。

脩己砍柴，生火，盛水煮苡米。

仓颉走过去，坐在她旁边。脩己转过头，冲他淡淡一笑。

火苗热烈地舔舐陶翁，跳跃扑腾。苡米的香味弥散空气中。

仓颉犹豫彷徨，不知如何开启话题。

四目八瞳耐不住性子，直接问："脩己，您到底在虚空，还是在尘世?"

"什么意思?"脩己惊讶地望着仓颉，微微一笑，"您觉得印在装傻? 鲧无缘无故被殛杀了，印能天天对着黄河唱歌吗?"

"印想知道你拒绝给禹喂奶的症结究竟是……"

脩己惊得睁大眼睛："禹? 喂奶? 怎么回事?"

仓颉指着趔趔趄趄走过来的禹，说："难道这不是你生的孩子?"

脩己神情大变，怔了一会儿，忽然放声大笑："鲧都被殛杀了，印又成了单身，怎么会生孩子? 您想举报印? 想让尧和重华殛杀印?"

仓颉确信脩己病了。四目八瞳催促他尽快撤离，因为脩己可能会掀翻陶翁。

禹闷闷不乐，左手拉住仓颉，右手用耒锤指着陶瓮说："走! 走!"

仓颉随他过去。

禹盯着陶瓮上的漩涡纹饰比画一阵，要用耒锤敲击。仓颉急忙阻止。禹大哭。四目八瞳说，那么多石头，让他随便拿一块敲着玩。仓颉把石头放到禹面前，禹停止了哭泣。他用耒锤在石块上慢慢刻划，并自言自语："妈妈始终行走在圆圈里，不管从何地出发，不管绕多么大的圈子，都要找回来，然后进入另一个圈子。妈妈生活在各种玉石之间。妈妈到过昆仑山、祁连山、马鬃山、马衔山、岷山等150座产玉石的大山，并且跟随玉料到过无数地方，也到过许多大小部落使用玉龙、玉璧、玉琮之类礼器祭祀的山脉和河流。妈妈游历范围东抵大海，西至流沙，南到交趾，北至幽都。总之，她能克服重重困难，到达任何有真玉存在或曾经存在过的地方。只要有真玉，哪怕是极微弱的一点气息，妈妈也能及时捕捉到。妈妈天资聪慧、心地善良，没人欺辱她，也没遇到什么危险。"

仓颉紧急召集四目八瞳，忧虑地说："禹到底是懵懂无知的婴儿，卬被迫参与他的重述活动。既然参与，就要进入历史。卬虽处江湖之远，但不能玷污史官的神圣职责。你们要认真核实禹提到的地方是否存在，牵连的事件是否发生过。"

四目八瞳领命而去。

禹边絮叨，边陶醉地在石头上画出一个个漩涡纹。

脩己停止咀嚼，晃晃悠悠地走过来，饶有兴趣地看着禹刻刻划划。她吃力地回忆，喃喃自语："太阳纹？等等，让卬想想，太阳纹……"

禹沉醉在刻划中，咿咿呀呀地叙道："没错，是太阳纹，也可以叫漩涡纹！妈妈喜欢所有圆圈类的东西：天空、太阳、月亮、山丘、眼睛、漩涡……特别是水变幻莫测的漩涡。卬很长时间都不明白漩涡何以让妈妈那样狂热地痴迷。卬曾以为是鲧身上的波浪形纹饰激起妈妈内心的涟漪，后来才知晓，事实并非那么简单。哦，要说清楚这个话题，还得回到黄帝与炎帝、蚩尤等部落混战时期。当初，盘古开天辟地后就把玉斧交给燧人氏作为替天行道的信物；同时规定统一标识'鹳鱼玉斧'。图案内容要求具备以下要素：右边须画装有木柄的竖立玉斧，斧头孔眼、符号及紧缠绳子都必须用真实、细致的黑线条勾勒出来；左边须画圆眸、长喙、健美的水鸟，它昂着头，身躯稍微后倾，衔着一条大鱼，面对竖立的玉斧……开始的几个时代，帝王和诸多部落严格遵守约定。传到前黄帝时代，某些觊觎帝位的部落首领胆大妄为，设计出与玉斧形状相似的石钺、玉钺，假传王令，欺凌周边小型部落。面对部众，他们宣称是玉斧；当天朝命官来巡视，又解释成玉钺。进入中黄帝时代，不断有人举报。黄帝天性光明磊落，不生疑心。仿冒现象越来越严重，各级部落首领争相用石钺、玉钺标榜王权，后来衍化成石器、玉器、陶缸、陶罐上的八角形、斧子形、漩涡形之类纹饰。神圣规矩被打破，人们肆意妄为，覆水难收，黄帝才追究责任。但无人理睬，他不得不大动干戈。后来，他与蚩尤、炎帝等部落盟主达成协议：废除标识'鹳鱼玉斧'，以民意为主导，将玉斧更名为玉钺，帝王以下二级部落、三级部落、四级部落、五级部落都可以使用，但规格必须严格区分，由帝王统一在朝会时逐级颁发，并且记录在案。为防止各级部落首领擅自解读新规，避免历史悲剧重演，黄帝颁布诏令，让仓颉和沮诵创造一种全新文字，在这之前对纹饰类型暂时不做要求。"

仓颉惊讶地发现，禹并不是手持耒锤在坚硬的石头上刻划取乐，图案渐渐呈"钺"形。

四目八瞳怀疑这是巧合。禹刚出生不久，肯定没见过斧头和玉钺、石钺，怎么可能想象得出如此精确的钺形图案？

这时，禹似乎要打消他们的疑虑，他认真审视一会儿，之后敲敲打打、修修改改，精简成比较清瘦的"王"形图案，然后回过头笑笑："是不是这样的？"

仓颉含糊其辞。作为严谨的史官，他不能贸然肯定，也不能武断否定。

脩己看得入迷了，如痴如醉。

"印要用四条波浪线代表妈妈和鲧。"禹受到鼓舞，挥动耒锤，边加工边说，"妈妈十六岁那年，三月初三，洪水暴发，黄河暴溢，致使部分水流向北巡视到阴山，受堵南下，在晋陕大峡谷与秃尾河相遇；与此同时，您和鲧也在那里相遇。当时，您已经走完能够搜寻到真玉信息的所有山川、河流，突如其来的洪水让您误以为又有一条新的河流诞生。您打算溯新河而上。两股强大的水流交汇成巨大的漩涡，您欢喜极了。您看得太入神，不小心栽进了河里。您整个身体像羊角那样旋转，旋入河底。岸边的人难以理解，不干涉。只有顺着秃尾河从石峁城走来的鲧发现您处在极大的危险中，他毫不犹豫地跳进激荡的河里救您。您被浑浊的浪涛呛得眼花缭乱，恍惚看见一只黄熊从空中跳下。那是您对鲧的第一印象。慌乱中，您张开双臂，你们紧紧相拥。您像白鱼，鲧像黑鱼。两条鱼合而为一，像龙嬉戏。漩涡将你们旋出水面，抛向天空，在众人的惊呼声中又落回漩涡，再次沉入水底。就这样，您的困境被轻松化解，自然而然转化成惊险刺激的欢爱。像鱼交尾，像龙缠绕。哦，对了，就像仓颉在葫芦河畔那样，咯咯咯……"

四目八瞳惊讶地问："禹，你怎么知道？"

"那天妈妈正好经过葫芦河，看到你们耍得很精彩！"

仓颉尴尬地偷望一眼脩己，满脸通红。

脩己两肩剧烈颤抖，泪水涟涟："没错，就在那次的凶猛漩涡中，妈妈开花了！"

禹忘情地说："妈妈以漩涡为依托，以飞溅的浪花为背景，充分享受出世以来最大最激烈最有层次感的欢愉。新河之外的人以为您被熊袭击，投石叫喊。当你们筋疲力尽，手拉手走到岸上，围观者惊叫着跑进森林和深山，像一群惊慌失措的狐狸。众所周知，三月三这天男女结合不受婚姻的约束，因此，鲧打算离开。您急中生智，跳进另一个漩涡。鲧跟着跳入漩涡，欢爱。如此反复。你们以另类的激情方式溯流而上，到达圣山。转完山，立冬前，鲧不辞而别。那时妈妈仅仅知道鲧属于名为'夏'的部落——它包括夏后、有扈、有男、斟鄩、彤城、褒、费、杞、缯、辛、冥、斟灌十二氏族，要找到他，如大海捞针。况且，无人相信黄河溢出的新河能流淌那么远。他们众口一词，认为那是您的梦境。但您不弃不舍，在美玉上刻划出高昂头颅、两手张开、双脚站立的鲧形象。您毅然踏上遥遥无期的寻访征程。每年的三月三，您都能得到鲧出没的信息。这些信息表明，鲧的活动范围在黄河、渭河中上游及葫芦河、洮河、大夏河、银川河、祖厉河、清水河一带。您总觉得鲧在眼前，每次满怀希望，却又屡屡扑空。立冬与立春之间是您最难熬、最悲伤的痛苦阶段，因为鲧似乎整个冬天都在蛰伏，杳无音信。随着春天的来临，鲧的信息复苏了，您又重拾信心。您不怕走冤枉路，不怕失望。有一年冬天，大雪纷飞，您前往扶桑访谒旧居，意外发现鲧酣睡在那个熟悉的树洞里。您激动不已，喜极而泣。鲧被惊醒，他从梦幻状态迅速转入惊觉，又迅速调整到大奔模式，瞬间跑得无影无踪。那是您最后一次见鲧。江湖上流传着很多有关鲧的传说，主流版本源自黄河两岸，鲧被描述成一只力大无穷、异常凶猛的黄熊，在水里变为鱼，上岸后变为熊，不但袭击朝山者，还抢劫女人。民间猎人自发组织多次捕熊行动，都被它逃脱。

还说黄熊在逃离围追的过程中毁坏数座堤坝，导致洪水泛滥，朝野震惊。人们说鲧是黄熊，共工是红熊，驩兜是黑熊，三苗是棕熊，他们危害天下，合称四凶。尧帝起初不相信几头熊危害如此之大，但灾情报告不断，民间捕熊行动自然而然升格为部落联盟行动。于是，鲧被勇士、陷阱、牛皮绳、藤索、铜箭及无数猎犬围困在羽山之下的旷野。双方僵持四十九天，鲧精疲力竭，拖着伤痕累累的躯体爬上高巍的羽山，向着黄河源头方向长嚎三声，然后用双爪划开胸膛……"

四目八瞳惊讶地冲仓颉微微点头："情况属实。"

脩己泣不成声。

禹叙述的同时在石块上画成像人又像熊的图案："知母莫若子，印知悉妈妈所有的喜怒哀乐。但印对鲧的印象确实比较模糊。对印而言，鲧是一种强大而恒久的力量。遇到他之前，印仅仅是一条像妈妈一样的白鱼，永不生长。当鲧像黑鱼一样横空出现，你们互动的瞬间，印产生一种强烈冲动，想脱离母体。您说外面乱象丛生，让印老老实实在安乐窝里待着。印当然听妈妈的。可是，前不久，印发觉一群凶残的狐狸、豺狼等野兽号叫着从长满松树的山坡上冲下来，将妈妈团团围住，十分危急，印才自作主张跑了出来……"

阆风苑中只有禹的叙述声和脩己的抽泣声。

山羌进了城，后面跟着羊群。它们肚子滚圆，活蹦乱跳，每只羊背上都绑着两块石头。

脩己深情地望着禹，泪水在眼眶里翻滚。山羌轻声唱起劝奶谣，羊群跟着围过去。

炽烈凄婉的劝奶谣与含蓄稚嫩的叙述交织在一起。

脩己望望天空，望望大地，望望四个方位的玉山，目光越来越清晰。

山羌边唱边抓起羊奶抛洒出去，形成一道道闪亮的光线。

脩己的表情像鲜花般绽放，洋溢着幸福、喜悦。

她眼睛里的雾霾徐徐散开，眼神越来越明亮。

她面色红润，目光明亮如太阳，神采奕奕。

脩己望望山羌，望望仓颉，望望羊群，最后目光长久地驻留在禹身上，深情凝望，越来越浓的幸福潮水般漫过身心。

"候人兮猗！"脩己将禹紧紧搂在怀中，失声痛哭，"这不是文命吗？你在印心中驻留了3500年，好孩子，你正是妈妈想象中的威武样子！"

禹号啕大哭："妈妈，印饿坏了！"

脩己将饱满欲飞的乳头送进他嘴里，抚慰。禹的气流被阻断，深呼吸，香甜鲜美的乳汁飞流直下，通过咽喉，滋润心肺，幸福感袭遍全身。

禹异常兴奋，吸一口奶，双腿猛地一蹬，身高净蹿一尺；又吸一口奶，双腿又猛地一蹬，身高又净蹿一尺；再吸一口奶，双腿再猛地一蹬，身高再净蹿一尺。

他的身高已达三尺二。

脩己紧紧搂住他，喜不自胜："妈妈真是糊涂了，经过马衔山玉石峡，忽然觉得从悬崖上扑来一只凶恶的大黑猫，妈妈害怕伤着你，危急中抓住黑猫的前爪，奋力摔过头顶，扔进深渊……印觉得就这么点工夫，你就长这么大了！妈妈好幸福啊，再也不离开你了！"

脩己肿胀的乳房和肿胀的表情逐渐松弛。

仓颉紧张的心情也渐渐松弛下来。

他惊讶地发现脩己的后肩胛骨已经完好如初。

四目八瞳疲惫不堪，睡着了。

禹吃饱后也沉沉入睡。

他几次从梦中哭醒："妈妈，印还饿！"

忽然，共工怒气冲冲地闯进阆风苑。

他谴责山羌的劝奶谣和禹的哭声、叙述声导致三处铜矿被洪水淹没，接着向仓颉强硬提出，要租用"九逸"，以最快速度向尧帝敬献一种贵重的新型铜产品。

双方激烈辩论。

仓颉："'九逸'是费尔干纳委托脩己照看的，印无权支配。"

共工："脩己承诺时站在阆风苑城门口，而你是阆风苑的城主，应该有决定权。"

仓颉："印只负责造字。"

共工："朕明天就把'九逸'牵走。"

仓颉："那是你的自由，何必向印说？"

共工："你同意了？"

仓颉："卬什么时候同意了？"

共工："你刚刚说了。"

仓颉："你的行为自己负责，为什么征求卬的意见？"

共工："朕不希望你用新创造的文字记录的历史中多一名小偷。"

仓颉："只要事实发生，必须如实记录。"

共工："是吗？走着瞧，朕有能力让你乖乖改写历史。哼！"

三

脩己每天喂奶七次。另有七只母羊专职供奶。

禹茁壮成长，身高已达六尺。

脩己不动声色地递减喂奶次数，增加羊奶次数。

禹对造字工程表现出异常浓厚的兴趣，问题如同急流中的漩涡，一个接一个。

禹智力超群，理解力也超强。仓颉不断地提高思维层次，禹都能轻松跟上，有时还出其不意抛出一些新鲜有趣的奇葩问题，仓颉乐此不疲地解释。禹对答案仔细辨识，同时自言自语："这个妈妈见过。""那个妈妈没见过。""这个妈妈听说过。""那个妈妈没听说过。"……起初，仓颉根本不在意，慢慢地，他发现禹判断有据，很专业。他疑惑不解，这孩子怎么会掌握如此丰富的知识？每次对话，他们更像高手过招，仓颉都要集中精力，否则会被禹逼到死角。

有一次，关于"死"字，仓颉认为只需一个字代表万物生命消失即可，禹却提出一连串疑问："有的人老死，有的人被狼咬死，有的人被山鬼吓死，有的人被水淹死，有的人犯罪被杀死，总之，不同的人死法不同，用一个字如何能分别？更何况，有的人看起来死了，实际上没死，只是以另外一种形式活着，这怎么说？"

"哪有人死了尸体不腐的？"仓颉机智地回避此话题，以免陷入漩涡，"灵魂要么离开身体上天，要么入地。"

禹自信地反问："要是有例外呢？"

"卬自黄帝时代起就担任史官，闻所未闻！"

"您没听过就能证明不存在？鲧已经在羽山躺了三年,尸体不腐,怎么讲？"

"鲧被殛杀还不到半年。夸父见证了殛杀鲧的情景。"仓颉一边应付,一边密令四目八瞳飞快到羽山探个究竟。

禹穷追不舍:"难道现场看见的就是事实？"

资深史官仓颉觉得被戏弄了,有些恼怒:"这还质疑？你认为真实情景是怎样的？"

禹胸有成竹地说:"卬当然清楚了！只是,目前还没得出最终结论,有一系列问题困扰着卬。如'音',指声音,可是,盘古磨制玉斧、燧人氏钻木、教人们给石头钻孔、马衔山玉器加工场的切磋、黄河流淌波涛激荡、结绳记事、雕刻纪事、图画纪事、兽吼鸟鸣、风雨、步调、燃烧等等,这些稍纵即逝的行动都伴随着稍纵即逝的声音,千变万化,层出不穷,卬想不明白如何定义它们的内涵。"

"如果这样思考问题,世界就成混沌了……"

"卬是认真的！"禹不满地说,"三年前,鲧被迫深陷连环糟糕事件之漩涡,死罪难免。重华知道他冤枉,但也无可奈何。重华既要遵守诏令,又不能违背道德,便让他在常人难以到达的羽山悄然沉睡三年,届时自有分晓;同时又让祝融持红铜刀执守,严禁任何人靠近。可是,就在刚刚,祝融获得一把青铜刀,羽山下除了沼泽地就是深渊,找不到试刀石。他想起了鲧的尸体上覆盖着很多玉石。他费了九牛二虎之力爬到山顶,见鲧心窝处放着一件'卍'形器,金光闪闪。他用青铜刀刃挑金器,刚触及,轰然一声,'卍'形器平地飞起,分解成一条黄龙和一只黄熊。倏忽间,黄龙飞上天,黄熊跳进深渊。鲧的尸体也荡然无存。您说说看,这种死应该如何表达？"

仓颉哑口无言,极为尴尬。

这时,四目八瞳返回。

他们证实,禹的叙述丝毫不差。

仓颉万分惊讶:"禹啊禹,你究竟是人还是神？怎么了解得如此详细？"

禹坦然说:"这些并不重要。重要的是谁也无法改变的事实,更重要的是,那个事实多少年前就存在卬的记忆中了。难道您没有？"

"坦诚地说，史官不能描述或记录常人无法接受的事。"

晚上，仓颉辗转反侧，对着北斗七星失眠了。

四目八瞳伴随仓颉多年，从未见他内心如此慌乱，即便遇到最棘手的难题，他都能冷静分析，妥当处置。现在，却为禹的超常智慧犹疑不定。

他们安慰道："大人，史官贵在严谨，可是生活总是超出寻常，请少安毋躁！您出生后不也曾饱受质疑和歧视？"

仓颉长叹一声，说："你们不明白，禹的表现让印惊喜万分！创造文字，就需要这种大气磅礴的奇才！可是，他的卓越才华确实与年龄反差太大，远远超乎我们的认知，这越发让印焦灼不安。你们知道，创造文字在天神、天帝及万物生灵的注视下进行，一旦完成，将传之千秋万代。我们必须保证每粒文字承载信息的真实性，否则，贻害无穷啊！"

"大人从这个角度思考，也无可厚非。我们通过经验、口传文献、纹饰文献、实地考察等多重证据反复校对禹的叙述内容，发现没有丝毫差错，确实令人震惊！"

仓颉思虑半晌，说："大概灵异处在耒锤——它本来应该属于印，由于母亲保守，失之交臂。耒锤辗转落在禹手中，并与他血肉相连。现在，只能解释为天神让我同禹一起完成创造文字的使命。"

四目八瞳齐声说："无论如何，我们都竭忠尽智，全力协助大人！"

第二天，仓颉将造字的设计方案和盘托出：

新创文字应该是时间与空间的复合体，时间根据太阳、月亮及金、木、水、火、土五大行星的运转来确定；空间须以黄道、赤道附近二十八个星宿作为标志。纹饰在空间中的建构从二十八宿中的角宿开始自西向东排列，与日、月视运动方向相同。

东方青龙七宿包括角木蛟、亢金龙、氐土貉、房日兔、心月狐、尾火虎、箕水豹，至少有三十类，300个文字。

南方朱雀七宿包括井木犴、鬼金羊、柳土獐、星日马、张月鹿、翼火蛇、轸水蚓，至少有四十二类，500个文字。

西方白虎七宿包括奎木狼、娄金狗、胃土雉、昴日鸡、毕月乌、觜火猴、参水猿，至少有五十四类，700个文字。

北方玄武七宿包括斗木獬、牛金牛、女土蝠、虚日鼠、危月燕、室火猪、壁水貐,至少有六十五类,800 个文字。

木正句芒与后稷提供树木、灌木、藤类、青草、蕨类、绿藻、地衣等各类生物名称总共 35000 个,种类繁多,无法面面俱到,精简为良木、恶木、益草和恶草。良木大约 2455 种,包括桑树、梧树、棠梨树、酸枣树、野枣树、枸杞、杏树、桂树、木瓜树、海棠、牡丹等;恶木包括芨、芫、黄棘等 375 种;益草大约 1885 种,包括稷、黍、菽、稻、粱、蘬、韭菜、葱、祝余、白菅等;恶草包括菁蓉、无条、芒草、莘苓等 2285 种。这批植物类文字大约有 7000 个。

金正蓐收、土正后土提供山脉大约有 6000 座,包括昆仑山、阿尼玛卿、唐古拉、龙门山、荆山、羽山、首阳山、岷山、马鬃山、马衔山、陇山、大言山、会稽山、熊耳山等,这批字至少 3000 个。其中 550 座山被历代帝王祭祀过;又有 146 座山产美玉。

水正玄冥提供大小河流、支流共约 5000 条,包括河、江、太湖、渭河、湟水河、大通河、汾河、葫芦河、祖厉河、洮河、广通河、大夏河、银川河、清水河、岷江等。这批字至少 2420 个。其中 300 条被历代帝王祭祀过。

火正祝融提供动物及神怪异兽 6266 种,包括猪、鸡、牛、狗、羊、马、鸥、当扈、白狼、白虎、白鹿、白雉、白翟等。这批字至少 1666 个。其中帝王亲眼见过 400 多种。

另有四十多个持玉圭的方国首领刻在牛、猪、鹿、象、龟等动物骨头及玉石、陶片、石块上的图画及竖、横、斜、竖钩、箭头、倒钩状、树义状、乙字形、丰字形之类符号共计 1600 多个。根据这批符号创造的字至少 3698 个,还有用石质尖状器在树上刻划每次占卜结果的符号和鲧搜集整理的彩陶纹饰共 64916 个。

根据以上方案计算,新创造的文字至少应该有 85000 个。

仓颉陈述完毕,得意地问:"禹,你有什么要提问吗?"

禹憨憨地笑了:"大人,您眼睛里的血丝和满面倦容表明,印的问题让您困扰了整整一夜。其实没必要纠结,您直接问印好了。答案很简单,就是真诚。"

"真诚?"

"是啊。卬长年累月在母腹中蛰伏，被真诚最大限度地滋养；出世后，遇到了纯洁无瑕的山羌，接着遇到了真诚的大史官！"

"卬一直处于矛盾纠结中……"

"史官理应如此！"禹毕恭毕敬地说，"作为华夷的首席史官，学识渊博，资历深厚，但能够真诚地面对处在婴儿状态的禹，证明您很伟大！难怪当年黄帝要委以造字重任！卬只要思索清楚昨天提到的那些问题，就协助您完成造字。"

仓颉高兴地说："孩子，卬曾经思考过，现在还没理出头绪，只是觉得那些事物应该可以归类提纯为表象和实质，表象是外在的一切物化形式，总是变化，而实质则是推动各种物象变化的背后力量，恒定不变。"

"文字就是表象与实质的高度统一？"

仓颉豪情万丈，喜形于色："青出于蓝而胜于蓝，卬纠结的一些问题，你肯定能破解！我们一起在思考中创造，创造美玉般通灵的文字。孩子，你有信心吗?"

禹疲惫不堪，说："卬饿了，要吃奶!"

然后，他用尽力气，吟唱道：

"候人兮猗!"

这是禹发出的吃奶信号，脩己和羊都很熟悉了。

四

来自黄河两岸及葫芦河、洮河、大夏河、银川河、祖厉河、清水河等支流地域的马衔山、齐家坪、师赵村、石峁等大小部落的朝山人听到禹出生的消息，齐集阆风苑祝贺。

共工派四位特使前来贺喜。

在凤林川经商的莫菲维麦业商会、水洞沟莜麦商会、滇缅锡业商会、昆仑美玉商会、西奈碧甸子绿松石商会、玻斯青金石商会、帕米尔身毒海洋贝壳红玛瑙商会、叶纳亚商团、乌拉尔商团、鲍里什梅斯卡商团、叶鲁尼诺商团、奥库涅铜业商会负责人及良渚、盘龙湖、广汉等地的商队代表也纷纷前来贺喜。

时隔不久，大通河、湟水河、庄浪河、石羊河、黎园河、弱水、圆沙湖、罗布泊等地的牧羊人获悉后也赶着羊群,驮着上好的玉石,辗转到阆风苑。

山羌主持盛大宴会。

来客席地而坐,吃肉,喝酒,唱歌。

受脩己委托,四目八瞳统计礼品清单如下:

共工赠送红铜甗、红铜釜及红铜餐具四件;

莫菲维麦业商会赠送本地特产小麦五皮袋;

水洞沟莜麦商会赠送本地特产莜麦、燕麦各三皮袋;

滇缅锡业商会赠送三叉格铜柄剑和双圆饼首铜短剑各姨把;

昆仑美玉商会赠送各种美玉共3500块,西海特产大麦六陶瓮;

西奈碧甸子绿松石商会赠送绿松石超过羊头大小的一块,未超过的十三块;

玻斯青金石商会赠送青蛙大小青金石一块、镶嵌绿松石熊形铜牌六块;

帕米尔身毒海洋贝壳红玛瑙商会赠送蚀花肉红石髓珠、天河石、红玛瑙、天眼玛瑙珠、玉髓各一块;

叶纳亚商团赠送阶梯篦划纹圜底造型陶器一件、穿孔石斧一件;

乌拉尔商团赠送刻划压印纹圜底罐一件;

鲍里什梅斯卡商团赠送红铜扁斧一件;

叶鲁尼诺商团赠送压印水平锯齿纹平底造型大口罐一件;带圆雕手柄青铜刀、权杖及铜装饰品等共计十五件;

奥库涅铜业商会赠送骨雕刻人像、红铜鱼钩、结网用匕首形骨器、鸟骨制品各一件,铸造红铜斧及红铜锻制鱼钩、刀、锥、针筒、鬓环等各一件;

白龙部落代表赠送白玉璧、玉玦、玉环各一件;

应龙部落代表赠送红玉串饰、玉璜各一件;

黄龙部落代表赠送碧玉琮、黄玉管串饰、白玉珠串饰各一件;

苍龙部落代表赠送苍玉璧一件、白玉笄二件、黄玉串饰二件;

石家河代表罗家柏赠送玉雕凤鸟一件;

石峁代表赠送虎形玉器一件；

陶寺代表赠送玉人像一件；

宝墩代表赠送玉人头像、玉凤鸟各件；

各河川齐家人赠送礼品分别为：骨角器、石铲、玉铲和骨铲各五件；陶纺轮、石纺轮及骨针各六件；装满黍的三角纹高领双耳罐二件；装满菽的菱形双大耳罐四件；装满黍的水波纹高领双耳罐二件；石刀、石镰、石磨盘、石磨棒、石杵、石斧、石锛共四十九件；花尾巴黑牦牛一头；捕获之鼬、鹿、狍、兔等共七只；红铜器刀、锥、凿、环、匕、斧、钻头、泡、镜和铜饰件等共 166 件；

各部落赠送马衔山美玉无数、肥羊若干；

……

山羌热情接待，同他们一起唱歌、喝酒、跳舞。

禹作为主角，备受关注。脩己担心他被人拐走，寸步不离。她看着3000 多只羊遍布阆风苑各个山岭与山沟，焦躁不安。

待最后一位牧羊人离开后，她忍不住问山羌："那些牧羊人去了哪里？"

"不知道。"

"还回来吗？"

"不知道。"

脩己忧心忡忡，沉思片刻，说："你和羊群救了印和禹，印非常感激，可是现在，羊群又让印提心吊胆……禹是印的命，他当着众多客人的面喊你妈妈，好像你是亲娘。尤其是那些牧羊人，都亲热得像哄自家孩子一样。以前，只要印唱一声'候人兮猗'他就欢快地跑来，现在唱几次他都置若罔闻。唉，印既高兴又担忧，不知如何是好。"

山羌一脸茫然："这很好啊，为什么要忧虑？"

脩己说："禹活泼开朗，不认生，让印高兴，但印怕他断奶后跟着贩铜人、贩玉人、贩盐人消失得无影无踪。当年，印跋山涉水追寻鲧，备受煎熬之苦。现在印再也不想在思念中度日。"

山羌怔怔地望着她，忽然大笑起来："您怎么会那样想？"

"印也不知道怎么回事……"

"看来,卬该离开了。"

她挑出自己的羊群,吆喝着向城外走去。

仓颉正在石头堆里挑挑拣拣,看见山羌在傍晚赶羊出城,觉得奇怪,大声问道:"是不是又要去驮石头?不用了!那些牧羊人驮来的玉石足够好、足够用了!"

山羌微笑着向他招手:"卬要离开你们的城。"

"离开?为什么?去哪里?"

"不知道。"

仓颉大步走过来挡在她前面:"你都不知道要去哪里,为何要离开?"

山羌平静地笑着:"我们世世代代都是这样生活的!"

仓颉盯着她,脸涨得通红:"你……还回来吗?"

"不知道。"

"……那你能不能不走?"

"卬好像没有留下的理由。"

"你走了,如果禹不吃奶了,谁唱劝奶谣?"

"脩己的'候人兮猗'也算劝奶谣。"

"'候人兮猗'是像风声一样的天籁之音,恐怕不起作用。"

山羌笑了:"您不用担心,卬不管走多远,劝奶谣都能飘过来!您知道,这段时间不断有人从东边各地来到阆风苑,说卬的劝奶谣让他们的女人、孩子、牛、鸡、猪都舒畅了。哦,就在昨天,有位名叫皋陶的男子还说劝奶谣让他豢养的独角兽獬豸懂人言、知人性了……"

仓颉严肃地说:"卬是严谨的史官,不会相信劝奶谣会传播那么远。"

"时候不早了,卬得走了。"

"……卬……卬……卬……"仓颉的脸更红了,吞吞吐吐半天,挤不出一句完整的话。

四目八瞳难以忍受生命中之吞吞吐吐,集体跑到北城墙上呐喊:"大人不该掩饰内心翻滚的波浪!大人不该把谈恋爱当作重述历史!大人应该唤醒内心酣睡的雄狮!"

仓颉猛地拉住山羌,直抒胸臆:"你和羊群在阆风苑,卬就觉得日月轮回,自然美好;你突然说要离开,卬觉得整座城瞬间变空!洁白的雪山变成了灰色，黄河失去了往日的涛声，'九逸'出其不意的嘶鸣声也听不见了。更可怕的是，印心神错乱、惶恐不安，心志首次离开那些酝酿构思的文字。可是，你无缘无故要离开阆风苑，这个消息像猛浪，印像被猛浪打晕的鱼，恍恍惚惚……"

四目八瞳仰天长啸："天帝啊，请把大羿能言善辩的嘴借给大人吧！"

禹跑过来抱住山羌的腿："妈妈，印也要跟您走！"

脩己走过来，尴尬地笑笑，说："大家都舍不得你离开。印只是说出自己的担忧，只有母亲才会有的自私和担忧。"

山羌望一眼仓颉，笑道："如果没碰到，根本无法想象天底下会有您这种男人。"

"劝奶谣让印意识到岁月流逝得太快，"仓颉泪花闪闪，一句一顿地说，"造字工程结束后，印坚决不再担任史官。印真诚地希望带着你和你的羊群回到家乡。印的妈妈从来没见过羊。"

"印真心请你留下！"脩己说，"客人给禹送来这么多礼物，印必须回礼。印要赶着羊群，驮上最好的马衔山青玉，根据礼单上的记录送到各个部落。"

山羌惊讶地说："有必要吗？你们怎么这样较真？"

"印实在不想离开阆风苑、离开大家！"脩己仰望蓝天，以免泪水掉落，"唉，如果鲧活着，这些事情就由他去做，印只陪着禹慢慢长大。可是，禹失去了父亲，只能由印去还礼。来而不往非礼也，这是底线，印必须让人知道禹自强自立，知道感恩，活得有尊严！再说，印的乳汁已经清如泉水，没有什么营养价值了，空耗下去也没什么意义。好在羊奶很充沛，印不用操心。"

禹哭着问："妈妈，印想您了怎么办？想父亲了怎么办？"

"孩子，你已长成六尺高的男子汉，该断奶了！如果妈妈在你身边，你永远觉得自己是个长不大的小孩。"脩己微笑着捏了捏他的脸蛋，"好孩子，任何时候，男子汉有血往外流，有泪往心里流，记住了吗？陶瓮和里面的苡米留给你，从明天开始，夹杂着吃苡米，你的筋骨很快就会强壮起来。"

禹停止哭泣，重重地点点头，几颗泪珠被抖落。

修己搂过禹:"印也不想让你断奶,更不想离开印的心肝宝贝。但没有什么比以身作则更重要。这么多素不相识的陌生人主动向你表达祝福,是我们的荣幸!印必须还人以礼。"

禹哭着问:"妈妈,印想您了怎么办?"

"你只要低声吟唱'候人兮猗',就能感觉到妈妈在你身边。"

"印怕歌声有去无回……"

修己牵着禹的手走到陶瓮旁,指着一块长三尺三、宽两尺三、厚半尺三的青白石板,语重心长地说:"这块石板出自昆仑余脉积石山,得神山灵气与黄河涛声滋养,质地坚硬细密,音色淳厚古朴,印花了九年才寻找到。现在,它仅仅是半成品。妈妈离开后,会有一段精神断奶期,你用耒锤将石板加工成形状规整、薄厚恰到好处的石磬,以排遣思念之苦;之后,你要从小印走向大印,根据天气、物象及心理变化在大石磬中找到最佳位置打孔,把石板变成石磬,悬挂在楠木架上,用耒锤在各个部位敲击成乐。孩子,仓颉造字乃是天地人神共同关注的伟大工程,必须伴以离磬合奏之雅乐!"

禹疑惑不解:"妈妈,这只是一块石板……"

修己微笑道:"好孩子,像盘玉那样敲击石磬,遵循时序,顺应人道,磬声典雅,能促使仓颉心神趋于专一,能量趋于凝聚。与此同时,磬声还会飞出阆风苑,飞向黄河两岸及其支流的大小部落。若磬声纯洁无瑕、典雅有礼,必会感染他们,继而,应和你、追随你。磬声如同天池中的涟漪,向四周扩散。于是,石磬就从特磬变为气势雄浑的编磬!"

禹沉醉于想象中,情不自禁地拍手赞叹:"太美妙了!"

"这样坚持下去,石磬就会变成玉磬,质地和音色随之沉雄如山、灵动似水、深厚宽广、意蕴无穷,石磬也就可以称作'黄河磬'了!哦,孩子,'黄河磬'以后还会变,但那是很遥远的事,妈妈就不说了,届时你自然明白!"

禹盯着泛着玄色青光的石板思忖一阵,忽然问:"妈妈,印在什么地方钻孔合适呢?"

修己深情地亲吻禹的额头:"孩子,钻孔时段、技术、位置直接影响'黄河磬'的音质,但自伶伦开始,就没有固定标准。各地的石头材质不同、气候物象不同，如果规定标准，势必走向刻板僵化和墨守成规，从而与社会发展不协调。因此，要追求心灵的标准。孩子，这个过程中若有一次乱音，就会前功尽弃！"

禹犹豫不决。

脩己鼓励他："妈妈给了你最好的工具和最好的石材，只要你心中有大爱，肯定能制作出完美无缺的'黄河磬'！孩子，你参与造字工程，是千载难逢的美好机遇，你要感谢天神，感谢仓颉，感谢山羌，感谢神山圣水！常怀感恩之心，没有什么事能难倒你！"

禹似懂非懂，点点头。

"不能因为思念妈妈就急于求成，乱了方寸！孩子，记住了吗?"

"记住了，妈妈！"

山羌拿出一支七孔骨笛递给脩己："这是西王母用三青鸟的翅骨做的神笛，离开阆风苑后，您肯定会没日没夜地思念禹，难以忍受时吹响它，风会把您的思念带给禹。"

脩己接过骨笛，翻来覆去打量一阵，忽然说："真奇怪，鲧当年赴任治理洪水前，把尧帝赠送给他的七孔骨笛送给了印，印实在看不出它们有什么不同！"

"哦，是吗?"山羌沉思片刻，肯定地说，"三青鸟有两只翅膀，您说的那支神笛应该是西王母用另外一根翅骨制作的，她曾作为贵重礼物敬献给了黄帝，据说皇帝后来又传给了尧帝。那支神笛在何处?"

脩己羞愧地低下头："当初，鲧离别前将神笛送给印，说想念他时，不管任何时候，不管他在哪里，只要吹响神笛，他就会立即回到印身边。可是，印那时年轻任性，不相信神笛，没在意。后来，可能在经过沙河、泥河、灰河、澧河时遗失了……"

"哦，这支神笛可要带好啊！"山羌满怀深情地说，"陶埙并不鲜见，用大型禽鸟的肢骨制作的骨哨也比较常见，用大鹏、丹顶鹤、雄鹰的翅骨制成的两孔、五孔、六孔骨笛则非常罕见。而西王母制作的三青鸟七孔骨笛，一雌一雄，更是传世绝品！您丢失的那支骨笛是雌笛，音色高亢嘹亮；这支雄笛则低沉浑厚。它有两个八度音域，并且音域内半音阶齐全，声音能够穿越时空，到达你想到达的任何地方。"

"神笛给了印，你怎么办？"

"印与仓颉在一起，就不需要神笛了。"

脩已接过，紧紧捂在胸前。

傍晚，大家围在篝火旁吃烤羊肉，喝酒。黄河的涛声从谷底隐隐传来，沉雄浑厚。月光下，巍巍雪山肃然而立，清幽的笛声飘出城墙，飘向远方。

山羌唱了很多欢乐与忧伤夹杂的歌。

禹难抵困意，沉沉睡去……刚入梦境，就听到行云流水般的切磋声和钻磨声在阆风苑回荡。循声而去，远远望见大石板旁有位窈窕少女用舞蹈般优美的动作在雕刻。切磋声和钻磨声被陶瓮充满、放大、扩散，音质浑厚饱满，像大河奔腾。他情不自禁地向美丽的背影走去。走了很久，距离还是那么远。他跑了起来，越跑越快。他和背影之间的距离依然没有丝毫缩减。禹急了，拼命奔跑……

当他气喘吁吁地从梦中醒来时，脩已已经赶着羊群离开了阆风苑。

禹回味一下梦境，爬起来跑到青石板前。

石板上确实有清晰的雕琢痕迹。

梦中的丽人是谁呢？

五

阆风苑空寂恬静，仓颉聚精会神地在石头上雕刻，山羌用陶纺轮专注地纺织羊毛线。羊群遍布山山沟沟，默默吃草。

一切都显得安泰祥和。

禹每天晚上都重复这个梦。

他醒来后便跑到青石板前观察。雕刻的痕迹与梦中所见完全相同。他坚信梦中的丽人不是虚幻，也不是仓颉或其他人。尤其是风吹过陶瓮时的浑厚摩擦声和钻磨声完全不同于被陶瓮扩充后的尖利切磋声。

这也算是清晰确凿的证据。

这样连续三年。

秋分的早晨，吃饭时，仓颉忽然发问："禹！你真勤劳！每天早出晚归，从城墙上挑挑拣拣、拣拣，遇到合适的彩陶纹饰就筛选出来，送给印。印从未见过你对青石板切割整形，它怎么越来越像曲尺了？"

禹说："印一直在心里构思，同时敲敲打打寻找合适的打孔位置。"

仓颉神秘一笑："你可以的！"

正午，太阳的热力达到最盛时，禹忽然听到熟悉的切磋声。

与梦境中不同，切磋声不是来自青石板，而是来自阆风苑东门口。

禹飞一般地跑向城门。他要捕捉萦绕他三年的切磋声和钻磨声。他恍惚看见一个似乎用力长啸又像深邃嘴唇的半圆形红色陶塑在缓慢移动。

难道风与微微开启的陶器会摩擦出切磋声？

到了城门口，红色陶塑分离成两副陌生面孔：男人的眼睛有闪烁奇异光彩的双瞳，他背上的女人却是五色石人。

禹在城内，陌生面孔在城外。

寂静中，切磋声和钻磨声像大风中的雄鹰，在阆风苑上空展翅翱翔。

男人双眼中明亮的四瞳流溢出四条洁白的河流，在城门口交汇为一，滚滚涌来。禹本想追逐切磋声，却不由自主地想到仓颉四目八瞳的明亮、山羌的明亮、嘉宾的明亮、羊的明亮、日月星辰、山川万物……

禹从明亮中挣脱出来，寻觅切磋声和钻磨声。

切磋声与钻磨声遁入九天云霄，杳无音信。

他与男人互相打量。

男人温文尔雅、举止有度："曹叫重华。曹背着母亲华胥沿黄河走了整整三年，终于抵达阆风苑。始终萦绕的'劝奶谣'和'候人兮猗'就是从这里传向我们的。'劝奶谣'像切磋声，'候人兮猗'像钻磨声。可是，就在刚刚，它们都戛然而止了。"

禹喃喃自语："重华？切磋声？钻磨声？"

这时，切磋声和钻磨声凝聚三年之力骤然响起，有礼有节地冲向青石板。

禹若有所悟，朝重华拱拱手："请稍等，让磬声迎接你们！"

他飞速跑向青石板。他看见切磋声和钻磨声变成大鹏的两翼，从天而降，闪电般地冲向青石板。禹奋力奔跑，他的脚步声与大鹏的振翅声在阆风苑交响。

大鹏收敛双翅，伸出尖利的喙部，瞄准曲尺形青石板脊背俯冲。禹一边加速，一边目不转睛地盯着距离青石板越来越近的大鹏。即将抵达青石板的瞬间，霹雳一声，大鹏的身体迅速缩小，像一道黑色闪电击穿石板，发出雄厚奔放的乐声；接着，又是一声霹雳，一只五彩凤凰从青石板背面飞腾而起。

大鹏穿透石板变成了艳丽的凤凰。

一个圆孔赫然出现在青石板脊背上，那正是禹想象中的位置。

禹迅疾用羊毛绳从孔中穿过，系牢，然后迅疾把青石板悬挂到楠木架上。

第一声磬音必须敬献给伟大的母亲。

禹敛气凝神，用耒锤敲击他认为的心脏位置。

"当——"

乐声铿然，宏远深沉，飞出阆风苑，向四维空间传递。

很快，骨笛声从昆仑山、马衔山等的群山间回应而来。

禹隐约听见母亲吟唱"候人兮猗"，又仿佛看见母亲的笑颜。三年来，这是禹首次与母亲交流。禹激动得热泪盈眶。

第二声得迎接来宾。

禹用耒锤敲击心肺位置。

脩己的骨笛声传来欣悦赞许的信息。

四目八瞳齐奏箫、管、钟、鼓等乐器，与磬声、笛声协调汇合，分布在黄河上游两岸支流的各个部落也传来石磬声，所有声音汇聚成庄严肃穆、有礼有节的雅乐，雄浑舒缓，飘向西城门。

和谐悦耳的乐声中，华胥离开重华背部，回到地面。触地的瞬间，她心灵释放，表情绽放，抖落风尘，调试四肢，张开双臂，微笑着向石磬走去。

重华惊得目瞪口呆，母亲能够独立行走！他担心母亲摔倒，紧随其后，亦步亦趋。

他们庄严肃穆，在古朴典雅的乐声中走进阆风苑。

执守西门的开明、启明、胤明第一时间发现了重华，但不敢贸然上前确认，迅速唤来丹朱、监明、觉明、卧明、晦明、源明六兄弟。他们围过来，仔细辨认。

眼前这位朝山者除了炯炯有神的眼睛和标志性双瞳，比普通人还普通。

他们不由自主地问道："重华，朝中发生了什么事？"

"一切正常！"重华低声说，"该干什么还干什么，不要声张。"

"您自己出行？"

"没看见还有曹的母亲？"

"您已经参与政事，至少也得按照传统仪礼出行啊……"

"通往圣山的路上只需要一颗虔诚的心！"重华说，"尧帝对你们恪尽职守非常满意，让曹转达慰问之意。娥皇、女英也很想念你们。"

"据传新婚之夜发生火灾，我们好担心！"

重华脸上浮现悲戚的神情："父亲救火时不幸遇难，弟弟四象受了重伤，曹很难过。"

"听说是共工遣人放的火？"

"那是诬告！曹不相信。你们也别信谣传谣。"重华示意他们尽快离开，"请你们迅速回到自己的岗位！"

九兄弟只得恋恋不舍地离开。

山羌走过来，站在重华对面。

他们互相打量彼此。

忽然，重华双瞳放射出异样的光芒："曹曾陪同尧帝招待过您……啊，您是西王——"

山羌微笑着打断重华："您可能记错了，卬叫山羌。在西部，名叫山羌的女性不少。"

仓颉走过来，陪他们走到石磬前。

禹毕恭毕敬："阆风苑用'黄河磬'主导的雅乐迎接贤人！"

重华微微点头，欣慰地说："质胜文则野，文胜质则史，文质彬彬，然后君子。曹相信，仓颉前辈率领你们创造的文字必将与日月同明、与天地同寿！"

仓颉邀请重华、华胥等人走到大棚下，席地而坐。

山羌用双耳折肩罐、陶鬲及铜鼎煮羊奶。

共工带着四位魁梧大汉飞扬跋扈地径直闯进来，傲慢无礼地问："重华，有朕的座吗？"

重华不动声色,微微颔首:"请便!"

"浴火重生,应该讲点排场啊,你就悄悄地来了?"共工嬉笑道,"朕清楚你在刻意隐瞒,不想让朕知道你的行踪,可是,你还没迈出朝山的第一步,朕就已经得到消息了。"

"随便!"

禹搬出罐、瓶、杯、壶、豆、盘、碟、碗、盆、钵、盂、鬲、甑、鼎等餐具放到他们面前,问道:"你们用什么喝羊奶,自己挑!"

"我们带着餐具呢。"共工摆摆手,从怀中掏出一只铜碗,"这是我们冶炼熔铸的新产品,大家别看走眼啊,这不是红铜,是青铜!质地比最好的红铜还要好很多很多!"

众人回以微笑,没有出现共工期待的好奇围观场面。

山羌给每个人盛上羊奶后,重华朝大家微微一笑:"曹此行主要是陪伴母亲朝山。之所以冒昧到阆风苑做客,乃是慈母要当面向吟唱劝奶谣的女神表达真挚的谢意!"

仓颉举起双手,掌心朝天,指着山羌:"她就是你们要找的女神。"

山羌咯咯笑起来:"印并非什么女神,印是牧羊女。"

重华点头致意:"曹第一眼看见您就觉得您气息如虹,非同凡响,不是普通的牧羊女。"

"每个牧羊女都会唱劝奶谣。"

重华真挚地说:"您的歌声唤醒了慈母被蒙蔽的心灵,劝奶谣让慈母从僵硬古板的石人回归到活动自如、能说会笑的自然人,曹无法表达内心的感激!"

华胥诚挚地说:"是啊,以前的印,跟石头一模一样,整天浑浑噩噩,在蚕茧似的僵壳中昏睡多年,生命在无知无觉中流逝。如果不是重华,印至今还是一块冰冷的石头!如果不是您连续三年持续不断地唱劝奶谣,即便重华辛辛苦苦把印背到阆风苑,印还是没有灵性的石头啊!"

仓颉很纳闷:"山羌只唱了三首歌,怎么可能有三年?"

"不会错,印记得清清楚楚。"华胥肯定地说,"没错,就是三年!声音、腔调和歌词印也记得清清楚楚,第一年唱'托依克',第二年唱'却依克',第三年唱'奥布',对不对?"

仓颉、重华等人点点头："是这样。"

华胥接着说："歌声缠绵悱恻、凄婉悲凉，像玉匠开凿、雕刻，把僵硬的外壳一层层剥离，又像慢慢抽丝，把蒙在三魂七魄上的蛛丝一根根抽走，于是，印的眼睛逐渐明亮，能看清五彩缤纷的世界；印的耳朵慢慢能听见黄河的涛声和禽鸟的叫声；印的鼻子逐渐恢复了嗅觉，能闻到大地万物的丰富气息；印的嘴唇也逐渐恢复知觉，不但能自由表达思想，还能品尝黄米饭、各类果实及美酒。现在，印又在神山下享受着新鲜美味的羊奶，印真是太激动了！请你们相信，印没有半句空话。这些年积累的话很多很多，都说出来，恐怕得三年时间。印只想强调一件事，那就是，女神的劝奶谣确实在印耳畔萦绕三年！印再三思索，就算印听错了，一次错，两次错，怎么可能反复出错，错一路，错了三年？实际上，此次朝山，我们被劝奶谣引导着走古老河道——就是盘古开天辟地时黄河首次向北抵达阴山，然后南下晋陕大峡谷的那条快要被世人遗忘的河道，而非那些被洪水多次改变的河道。没有劝奶谣，重华不可能找到老河道。重华，是不是这样？"

重华感激地说："三年前走到龙门山时，印一想到母亲要永远驻留在神山里，就心如刀割，因此选择了最远、最北边的古老河道，想尽可能在路上多陪母亲度过一些时光。印公务繁忙，返回时走渭河道。以后，仰仗各位照顾母亲了！"

共工忽然须发皆张，跳起来，大声嚷嚷："哎哟，是谁想烫死朕吗？这羊奶怎么比青铜汁还烫？重华，听说你忍辱负重，承受力异乎寻常，你能不能把滚烫的羊奶一口气喝了？"

"这是小事，"重华微微一笑，"如果不是母亲和山羌、仓颉以及禹在场，印立即这样做。但印怕他们受不了。"

共工冷笑道："是嫌观众少吧？你背着老娘朝山巩固了孝名，表演很成功。"

重华站起来，向众人深深鞠躬："实在抱歉，印做得还不够好。"

共工仰天大笑一阵，面朝玉山，气势汹汹："在朕看来，重华是天底下最会演戏的演员！花三年时间朝山，意义何在？三年时间能种出多少黍、多少粟、多少稷？能织出多少粗葛布和细葛布？能找到多少座铜矿，冶炼出多少优质铜？在座的各位都会算这个账，对不对？重华即将赴任摄政王，白白浪费这么多时间，还要找些冠冕堂皇的借口，虚伪！难道双目是掩人耳目的渊薮？"

禹用耒锤敲击"黄河磬"的七个不同部位，发出冷峻严肃的音乐，迫使共工停止说话，然后，他像稳重练达的成年人，慷慨陈词："事实摆在眼前，何须求证？印刚刚见证了，老阿妈在阆风苑东门外时，肢体还僵硬如石头，面无表情，进城后却突然变得感情充沛！进门前后确实迥然不同，难道您想用呆板的逻辑改变生动的事实？"

共工傲慢地说："你这小娃娃懂什么？普天之下，背着石头人到处转，只要愿意，谁都可以做到，而有些事并非所有人都能做到，如造字、治玉、冶炼……重华，你知道哪些山里有铜矿吗？你能冶炼出坚硬的青铜吗？朕和你比试比试，请仓颉当裁判，如果你冶炼出比青铜更好的铜，朕就口服心服！"

四目八瞳冷笑道："共工啊共工，您竟然还不如一个三岁的小孩子沉稳，可惜啊。"

"够了！别以为阆风苑牢不可破，又自恃执行特殊使命，就不把朕放在眼里！"共工青筋暴绽，叫嚣道，"朕的忍耐力有限！谁要激怒了朕，朕就让这四位大力神触倒柏灵、查灵两座神山，让天庭坍塌，让洪水咆哮着冲毁阆风苑，把黄河两岸所有山野丘陵都变成渺无边际的水乡泽国！"

禹疑惑地望着共工，他不明白这个人面蛇身、长满红色头发的男人性情为何如此暴躁。

"不管你们称作昆仑山、马衔山、祁连山，还是积石山，不管有多少山，它们本质上只有一个名字，那就是玉山！众所周知，是玉山支撑着天庭，朕撞毁它们，易如反掌！"

重华平静如水。

四目八瞳叹口气："追随仓颉多年，我们从未见过像您这样不懂规矩的朝臣。"

"你只是气愤难平！难道朕的资格不如重华？尧骗人！如果他敢将王位禅让给重华，朕就要搞出些大事来让他们瞧瞧。哼！"共工狂野地怒吼道，"有人造谣说朕与祝融水火不容，真滑稽！重华，请你转告尧，朕与祝融合作非常愉快！朕就像铜鼎里的羊奶，祝融就像铜鼎下面的旺火，没有我们的密切合作，大家只能像羊羔一样跪着吃奶。……"

共工似乎忘了台词，脸一红，顿一下，指着两旁的四位随从，说："这几位是朕的亲密伙伴，这次专程朝山，朕觉得现在非常有必要隆重介绍一下！"

他拉过左边人面蛇身、长着九个脑袋、全身青色的男子："他就是大名鼎鼎的相柳，以性情残暴、凶狠贪婪闻名天下。有关他肆意杀戮、荼毒生灵的传说像乌云笼罩，无须啰唆！"

相柳吼吼吼叫嚣几声，双手向空中一甩，无数野鸽子纷纷掉落。

共工又拍拍右边男子的肩膀："各位已经被他绿光闪闪、凶神恶煞般的长相吓得瑟瑟发抖、心跳不止了吧？他就是掌握施蛊术的杰出异人浮游，他能看透任何人与神的心思，从而精确地施蛊。前不久，脩己被蛊惑的情景大家都看见了吧？"

浮游猛地打开陶钵，让七条七寸的毒蛇气势汹汹地向禹爬去。

禹岿然不动，无所畏惧。

七条蛇变得无精打采，悄然溜走。

共工干笑几声，指着紧挨相柳的男子说："康回，你站起来亮亮相，秀秀髦身朱发和铁臂虬筋。康回曾经轻松拉开两头打架的牛，然后两手各抓一头牛，像抛掷陶球那样轻松地扔过三座山头。大史官显然质疑，那好，让康回把您扔出阆风苑，扔过昆仑山，怎么样？"

康回笑嘻嘻地走向仓颉。

四目八瞳发出威严冰冷的亮光。

康回浑身一震，愣住。

"康回，休得无礼！你怎么当真了？仓颉是朝廷命官，岂能冒犯？"共工话锋一转，指着浮游旁边的男子说，"这位大力神身份特殊，朕不能泄露他的大名。朕是朝廷命官，懂规矩！"

共工介绍完毕，示意大家归位："朕渴坏了，得喝一碗羊奶。现在，谁有问题，尽管提。沉默多时的重华可以优先！"

禹忍不住笑起来："印也渴坏了，也要喝一碗羊奶！"

大家轻声笑起来。

禹喝完羊奶，说："共工前辈，卬有三个问题想请教。"

"哦？朕太高兴了，朕精通天文地理，随便问吧，越难越好！"

"您在昆仑山与马衔山之间对面的浪塘驻留多年，卬就提问这附近的山川地理，如何？"

"随便！越难越好！"

"昆仑山有多高？"

"没量过……"

"昆仑山由多少座山峰组成？"

"没数过……"

"那么，从昆仑山与马衔山之间流出昆仑的黄河究竟有多长？"

"……你这小耒锤提的什么问题？黄河每年、每月甚至每时每刻都受到洪水的逼迫而不停地变化，怎么测量？以哪一时刻为准？"共工暴怒了，"你要敢戏弄本官，朕轻而易举就能把你研磨成齑粉！"

禹不慌不忙："卬更相信道义和品德的力量。"

共工怒火中烧："装吧，你真的不怕？"

"为什么要怕？有什么好怕的？"

"朕发大洪水，能淹没阆风苑！"

禹挥挥耒锤："卬用它治理！"

共工凝视片刻，忽然大笑起来："就你？就这小耒锤？"

狂笑一阵，他又换上暴怒的神情："你必须怕！"

他的四位随从也恐吓、威胁禹："你必须怕！"

禹镇定自若："共工前辈！卬没有妄语，卬确实不怕，怎么办啊？"

共工和四位随从怔住了。

这时，夸父忽然出现了——因为共工的叫嚣声太强烈，直到夸父走近，大家才发现。

共工惊慌失措，问："你怎么来了？你想干什么？"

山羌对共工说："大人，您的铜碗借给卬用一下，可以吗？卬想让夸父用它喝羊奶。"

"好吧……"

山羌接过青铜碗，用指甲在碗外缘四面刻划龙、虎、凤、蛇线描图，然后盛上热羊奶。

夸父万分惊喜，接过来打量半天才一饮而尽。

共工说："夸父，你带一把我们铸造的青铜刀给尧帝，怎么样？"

"印是尧帝指定的专职信使，不干其他事！"夸父直截了当地拒绝。

共工和他的四位随从表情凝重起来。

山羌说："仓颉今天待客重华，还未造出新的文字，夸父，您带上一碗热羊奶回去交差吧。"

夸父犹豫不决，征询四目八瞳的意见。

仓颉思忖一阵，发话："按山羌说的办吧。"

重华从木匣中取出五弦琴，轻声说："来而不往非礼也！母亲因山羌的劝奶谣启悟，无以回报，曹制作的这把五弦琴音色尚可，沿途一直斟酌，不知以什么曲子答谢，今日偶聚阆风苑，有感而发，演唱曹在中条山下盐湖边创作的《南风》，伴奏助兴！"

山羌欢欣雀跃，拍手叫好。

重华焚香沐浴，祭拜天地及四方，正襟危坐，抚琴而歌：

南风之薰兮，
解吾民之愠！
南风之时兮，
阜吾民之财！

琴声悠扬高亢，歌声慷慨悲壮。

在座者怆然戚然，泣泪飘零。

弹奏结束，华胥拉住重华的手悄声问："朝山与摄政、禅让有何关联？他们真要发洪水？你要扪心自问，怎么就惹恼了这些歹人？"

"目前还没发觉哪里做得不合适。"

"那共工为何只冲你发飙？总有缘由吧。"

"请母亲放心，曹会做好自己！"重华站起身，走到禹跟前，说："曹知道你的身份，也深知你的卓越智慧。事实证明，鲧被冤杀了。尧帝和四岳、后稷、巢父等大臣都深感内疚。面对鲧的遗腹子，曹很难过、很羞愧。曹会建议尧帝追封鲧的灵魂为河伯，主管黄河及众多支流事务。"

禹站起身："谢谢您和尧帝！"

"按照惯例，鲧的爵位由你承袭，这个曹可以做主！你虽然年幼，但宽厚仁义，知晓事理，深孚众望，曹加封你为夏伯，封地在阳城。不过，按规定，你在举行完成人礼后才能正式履职。在这之前，鉴于你参与造字，就把黄河、渭河中上游及大夏河、银川河、洮河、葫芦河、清水河、大通河、湟水河、庄浪河、石羊河全流域也划给夏伯吧！你管理的主体是这些河川与山地上生活的夏人。"

禹精神抖擞，身体猛增到六尺："叩发誓，造字工程不结束，坚决不回阳城！"

重华在身上摸索一阵，忽见玉耒锤已在禹手上，自嘲地笑笑："瞧曹这记性！"

他给禹脖子上挂上一串由玉佩、玉珠、瑟瑟、海贝、石珠、兽牙、化石、卵石、鱼骨、贝壳、绿松石、青金石、玛瑙、彩珠管组成的花瓣状项链，在他头上缀上七颗绿松石珠，胸前挂上一块镶嵌着绿松石的熊形铜牌，腰部两边各系一只铜铃，左手腕戴青色玉珠串，右手腕戴黑色玉珠串，左脚踝戴黄色玉珠串，右脚踝戴红色玉珠串。另外赠送多孔玉刀、玉镰、玉斧、玉钺、玉铲、玉牙璧、玉璜、三个斗笠形白陶器、色彩鲜艳的漆器及其他铜器、玉器、绿松石器、陶器等。

重华有条不紊地完成这些程序，然后走到仓颉跟前，躬腰致意："您是德高望重的史官，可能看出了曹封禹为夏伯程序与以前不同。您清楚，这是特殊情况，并非草率行事。如果您能用新创的文字记录今天与禹相关的事实，曹将感激不尽！"

仓颉躬下身："敬诺！"

重华走到共工跟前，躬腰致意："非常愧疚，因为曹的摄政，让您情绪产生波动！曹只能表达歉意和遗憾。您的团队不辞辛苦，风餐露宿，在西部大地找到多处铜矿，不但能冶炼传统的红铜，还研发出品质优良的青铜，切切实实促进了农业生产，为农业发展做出了巨大贡献。从实际贡献而言，曹自愧不如。遗憾的是，尧帝和众大臣了解这些尚需一段时间。不过，曹会如实向尧帝和朝臣汇报你们的卓越贡献！"

"你真的会那样做？"共工将信将疑，"谁能保证你能安全回到有唐城？"

重华笑了："曹从来没有考虑过这方面的事情，曹不明白，你们既然能够冶炼出坚硬的红铜和青铜，为什么内心总是疑神疑鬼，缺乏自信？"

共工语塞，尴尬地低下头。

重华转身对华胥说："母亲，现在，我们回家吧！"

"印觉得阆风苑更像家。"

重华跪倒在地，潸然泪下："母亲……"

华胥抱住他，悲伤啜泣："娘前半生误入歧途，做了很多糗事，追悔莫及，后半生，娘要对着圣山忏悔，让清冷的雪水洗涤污垢和罪恶。"

重华号啕大哭起来："无论如何您得回家，娥皇、女英等着侍奉您呢……"

"重华啊重华，你是不是孝子？"

"是……"

"娘的话听不听？"

"听……"

"那么，现在就离开阆风苑，往回走，不要回头！"

重华面对华胥磕了三个头："……听娘的！"

仓颉走过来，轻声说："重华，脩己委托印向您转赠'九逸'，它们会弥补您来时耗费在路上的时间。"

重华咽泪入心，连声说感谢。

他站起来向众人一一告别，然后向东门走去。他已经走出很远，从背影看还在不停地啜泣。

共工带着四位随从悄悄起身，从阆风苑西门跑了。

山羌拉着华胥往棚屋里走去。

仓颉静静地端坐着。

禹面带愧疚，走到他跟前："大史官，印曾以为通过逻辑推理就能抵达事物的本源，刚刚，关于劝奶谣持续时间长短的分歧让印猛然醒悟，不能随着没完没了的漩涡转圈，必须跳出来。三年前，印不该用漩涡般的问题难为您。"

　　仓颉凝望从昆仑山巅徐徐沉落的夕阳，慷慨激昂："印出生不久即开始逃难生活，不久，因为各种机缘，跳过丰富多彩的童年、少年生活，直接进入沉稳持重的成人世界。四目八瞳给了印无边无际的智慧和见识，但也让印专注记录而无暇顾及生活。若按照普通人的标准考量，印孤独寂寞，损失太大太多。印曾想独自承载人类的所有苦难，让其他人尽享安逸，万万没想到，你竟然又要经历印的生活……难道每个时代都必须有这样的殉道者？禹伯，既然如此，福不唐捐，就听从命运的召唤吧！不要忧郁，不要彷徨，竭尽全力做好自己。"

　　禹似懂非懂，点点头："现在，印很怀念妈妈。印很久没有听见'候人兮猗'了，心里很焦急，就像着了火。"

　　仓颉长长叹息道："脩己是伟大的女性！你出生前，她就开始为你积累功德。鲧被冤杀后她承受撕心裂肺般的痛苦，几乎精神崩溃。如果不是你带来光明和希望，她可能永远停留在懵懂状态，即便八方来风掠过大地，持续不断生发出铿铿锵锵的声音，恐怕也难以拂醒她。脩己孕育了你，而你又拯救了你的母亲。多么美好！我们创造的文字也应该这样：它们是宇宙万物和人神共同孕育的孩子，要从瞬息万变的表象中捕捉到永恒的灵智和神采，如此，就能够突破以往鸟迹、兽踪、结绳、各类纹饰及骨刻记事的局限。"

　　"印充满希望，印要用创造出的文字赞美妈妈，书写印对她的思念。"

　　大手和小手紧紧握在一起。

　　仓颉沉思片刻，说："禹伯，你得向印承诺一件事！"

　　"什么？"

　　"文字创造完毕，印要带着山羌离开阆风苑。"仓颉深情地望着东方，"印是最优秀的史官，但不是最优秀的男人。禹伯，你要记住，将来，无论你干什么事业，首先必须找到称心如意的新娘，像鸟一样先建筑小家，然后再为大众谋福利。"

　　禹狡黠地笑着问："您是不是懊恼姮娥嫁给了射手羿？"

　　"小坏蛋！"

　　仓颉撵走禹，责问四目八瞳："没规矩，是你们泄露的消息吧？"

　　四目八瞳说："羿不就是懂点射箭技术，不就是年轻点吗，他凭什么总那么幸运?"

仓颉生气地说:"你们如果觉得委屈,请另谋高就!"

四目八瞳急忙说:"我们微不足道,也永远不会受封赏,但不乏忠诚、敬业和尊严。众所周知,跟着您干活很累很寂寞,但我们从未发生过扯皮、抱怨甚至诋毁现象。坦诚地说,多年来各部落首领、巫师、商团为了争取我们,明争暗斗,像波涛、像漩涡一样,不曾断过。但我们心如磐石,知道使命所在。"

山羌走过来,轻轻依偎仓颉坐下:"印愿意跟您去任何地方。"

"印不知如何表达内心的感激!印要在新文字中融入你充满慈爱与安慰的歌魂,让它滋润世世代代的人!"仓颉的泪水在眼眶里翻滚,他拉起她的手亲吻,"多年来,印一直在犹豫彷徨中构思文字,忘了岁月、忘了生活,几乎变成没有血肉的石头人。遇到你和禹以后,印豁然开朗,终于明白新创立的文字应该是什么样子。现在,印就像众多昆仑玉山一样充实!"

禹敲响了"黄河磬",很快,鹰笛声、陶鼓声、箫声、钟声、铃声、管声、琴声、瑟声等乐声有条不紊地汇入;风声、水声、草声、花声等天籁也情不自禁地融入。

各种乐音层层渲染,热烈烘托,由衷礼赞这美好时刻。

黄河上游各条支流的齐家人受到感染,也演奏其古老的乐器应和。

于是,以阆风苑为中心,强大的声流随着黄河的涛声滚滚东去,随着逶迤的昆仑浩荡西行,向东方越过马衔山、陇山,也随着四通八达的商道蜿蜒传递。

六

重华骑乘驰骋如飞的"九逸",腾云驾雾,翻山越岭,九天后的午夜,到达有唐城。

尧帝立即接见。

"重华啊重华,有关你的传言满天飞,真让朕担忧!"

重华四瞳放出奇异光芒:"曹苦思冥想,终于找到了治国安民的良策!"

"哦?是不是与青铜有关?"

"青铜毕竟是冰冷的物质,不可能让国家长治久安。"重华一改往日谨慎内敛的表达风格，慷慨陈词，"曹天资浅陋，却承蒙圣上垂青，夙夜难眠，经常思虑如何为天地立心、为生民立命。此行朝山，收获颇丰！从阆风苑到马衔山、陇山、龙门山一带的黄河、渭河两岸，沟壑纵横，丘陵连绵，森林密布，实乃天赐的良田美地！因此，盘古开天辟地以来，民众倚重嘉禾，辅以狩猎。然农事受制于天时，历代先贤虽勤勉祭祀天地山川诸神，仍有忤逆不虞，致使威灵震怒，洪水频仍，旱灾不断，百姓丧失家园，颠沛流离，凄苦惨状难以尽述！"

"难道有什么妙法能制服洪水，避过旱灾？"

重华信心满满："虽说不能一劳永逸，但也能事半功倍！"

"你打算推荐谁治理洪水？"

"马和羊！"

……

"曹在表述时过于激动，请圣上谅解！"重华谦恭地说，"曹找到了让历代帝王苦苦追寻的治国良方：驯养马和羊，畜牧蕃息。马体型高大、性情温良，适应性极强，跑起来速度快，既可役使，又能套车，大量引进、繁殖，可大大加快华夷子民的信息交流与货物运输。曹朝山西行耗时三年，返回仅仅用了九天！如此神速，除了夸父那样的特殊人才，谁能匹敌？"

尧帝喜形于色："善哉，朕无忧也！"

重华接着说："羊的优势更多。这种动物虽然体型不及牛马，但繁殖速度快，容易起群。羊就是会走路的粮食。它们肉质鲜嫩、乳汁鲜美，且皮毛可织衣裳。羊食用草类极其广泛，对地理环境、气候条件也不挑剔，养殖面很大。如果每座山头都跑上可爱的羊羔，那是多么繁盛的景象啊！另外，羊不怕旱灾，不怕洪水，还能预知灾害天气，早早躲避到安全地方。也就是说，羊能给华夷子民发出预警信号，防患于未然！"

尧帝拊掌大笑："善哉，朕可以安心禅让了！"

"禅让一事等曹先安排好畜牧蕃息，如何？"

"你打算让谁主管畜牧蕃息？"

"圣上有无合适人选？"

"先说说你的想法。"

重华迟疑片刻，说："……曹觉得鲧的遗孀脩己可以胜任，她游历广泛，尤其在夏地拥有良好口碑。夏地是较为合适的畜牧蕃息地。"

"可以考虑她。不过，目前不宜。哦，事已至此，朕得向你和盘托出所有的计划了！"尧帝表情变得严肃起来，"朕殚精竭虑，毕生致力于天下太平，碍于天灾人祸，至今愿望未能实现。现在，朕年事已高，力不从心，唯一能够做到的是挑选好继位者。在你之前，我们也曾考虑过共工、祝融、三苗、防风、鲧等部落首领。他们能力超常，却都有致命弱点，往往执着于一事，不懂权衡利弊，缺少大局意识，不适合做最高部落联盟首领。可他们偏偏又都强烈渴望登上帝位。如果其中一位当首领，其他几人必然联合反对，最后必然导致战乱。战争的破坏力远远超过洪水猛兽。因此，朕千方百计让具有极大破坏力的负能量在矛盾漩涡中彼此消耗。这样做似乎不道德，可是，比眼睁睁地看着血流成河、饿殍遍野要好很多。无论如何，只要发现可能导致大面积杀伤的潜在破坏力，必须及时、果断消解！"

他从玉石匣中取出一把光滑锃亮的青铜剑："这是华夏本土铸造的第一把剑，朕取名为'避水剑'，比共工号称天下第一的青铜刀要早一些。"

"还有比共工更专业的铸造师？"

"共工包括为数不少的打着共工的旗号进行铜产品营销的商团，只是在世俗层面谋求最大利益，他们存在的最大意义是帮助朕消解了共工、三苗等强大的政治符号。现在，真正的共工到底是谁、身在何处、他与帝王的关系究竟如何等等，这些问题已经不重要了！"尧帝盯着"避水剑"，面无表情，目光冰冷，"如果朕被青铜绑架——或者说被铜刀、铜戈、铜箭头之类的冷兵器、硬兵器绑架，禅让制就会像朽木一样弱不禁风。告诉你，重华，铜矿和专业技术团队仍然牢牢地掌握在朕手中，不过，这些机密要在禅让大典中同玉圭一并交给你。"

重华心情变得沉重起来。

尧帝滔滔不绝地叙述，忽高忽低的声音在重华耳际汹涌澎湃、冲刷激荡："鲧必须被殛杀，并非朕的决定，也不是众大臣能够决定的。是什么决定的？这需要你自己思考。什么时候悟透了，你就会成为称职的帝王，就能游刃有余地处理各种政务。"

"有人说鲧和共工实际上是同一个人……"

尧帝避而不答,反问:"你曾在龙山制作过陶器,对不对?"

"是的。"

尧帝继续说:"当初,你炮制好陶泥后,本来打算制造一批黑陶尖底瓶,因为泥质、火候等因素,结果却烧成灰陶、红陶、黄陶或白陶折沿盆、敛口罐、高柄杯、敞口盆、碗、盆、罐、瓮、豆、单耳杯、鼎、鬲等陶器,色彩、形状变了,实质应该不会变。如果这些陶器过于执着,都想成为黑陶尖底瓶,就会导致很多麻烦,又没什么实际意义。华夷大地幅员辽阔、人口复杂,如果听任陶泥都成为它们想要的样子,会混乱成什么样?"

重华若有所悟,点点头:"曹明白了。"

"这把铜剑赠给你。遇到破坏力不可遏制的时候必须用它。能做到吗?"

重华看一眼寒光刺目的铜剑,又看一眼威严的尧帝,不由得浑身打了个寒战。

尧帝威严地说:"重华!正式登基后你必须忘记小我,甚至无我。作为帝王,你只能冷眼俯瞰世界,冷静面对一切,像青铜一样冷静。但在需要绽露寒光的时候坚决不能优柔寡断,否则一切都将成空虚和泡影。"

"请圣上放心,曹明白了!"重华目光逐渐坚定起来,"印还从阆风苑带来了重新注入生命力的礼乐,它们将会成为抚慰人心的重要精神力量!"

尧帝开怀大笑:"重华啊重华,你深谋远虑,过于谨慎!朕以为你只看到了马和羊,就在刚刚,朕的内心经历了失望和纠结的电闪雷鸣!现在好了,一切都烟消云散!"

大殿外面传来"九逸"的嘶鸣声。

尧帝说:"走!去看看那些生龙活虎的宝贝。此前,奥库涅铜业商会带来的马,朕只当成赏玩的宠物、交流的礼品,从来没想过让它们繁衍生息。"

第七章　文字被羊吃了

一

　　早晨，禹用耒锤敲击七声"黄河磬"，让铿锵清丽的乐音伴随太阳从巍峨高耸的马衔山上升起。

　　黄昏，禹用耒锤敲击七声"黄河磬"，让浑厚沉雄的乐音伴随太阳从昆仑山云海间落下。

　　晨昏之间，华胥纺织，山羌放牧。

　　四目八瞳从阆风苑的城墙上找到各种彩陶纹饰，禹用耒锤刻划到石头上，仓颉按照二十八星宿的空间位置陈列。

　　他们配合默契，造字工程进展很快。每造出一个字，禹便用耒锤在"黄河磬"的不同位置敲击，寻找最佳对音，然后由山羌转换成歌声，通过牧羊人、朝山者、陶工、运玉人、磨石匠、种黍人、种粟人、种麻人、织布人、铸铜人、商人传向四面八方。

　　不断有朝山者和操着各种语言的陌生人前来造访、观摩。

　　肢体、歌舞、玉器、羊肉、食物、配饰、纹饰、葛布、氍毹、陶器、铜器、骨器、石器、石磬等元素都成为娱乐、沟通的桥梁。随着来访人群不断扩大，羊群数量锐减。

　　有位名叫"施黯"的男子来过几次后，提出要永久居住在阆风苑。

　　仓颉吃惊地问："难道你没有家？"

　　施黯满脸羞愧，低下头："……菽被部落驱赶出来了。"

　　"为什么？"

　　"菽发明了粟米、黍米的新做法，部落首领总斥责菽违背传统，浪费粮食……"

"能不能说得再详细点？卬听不明白。"

"哦，是这样，"施黯镇定一下，说，"各部落习惯用陶罐、陶釜、陶鼎或陶鬲煮熟粟米、黍米和苦苦菜，或用陶甑蒸熟。薮有一次发现粘在陶器边缘的米汤凝固了，就设想能不能做成片状或条状，想吃时煮熟。薮本来负责用粟和黍到凤林川商埠换铜笄、铜环之类饰品，因为路途遥远，寂寞难耐，没事就琢磨。后来，薮抑制不住想实验的好奇心，就悄悄积攒脱壳、带壳粟和黍，研磨成粉末，反复试验，做成片状、条状的面食，没想到在陶鼎中煮熟后却成了糊糊……被人发现后，部落首领毒打薮，警告说再敢糟蹋粮食就砍断薮的双手。薮伤势恢复后，总结失败教训，尝试在米粉中加盐加碱，通过揉、压、砸、碾、擀、挤等方法制作出米面片、米面条，先蒸后煮，试验多次，终于煮出黄灿灿的粟米饭和黍米饭。薮以为部落首领看了一定欢喜，就恭恭敬敬端给他品尝。没想到，他喊人把薮捆绑起来，先是毒打，然后要用石刀砍断薮的双手。即将行刑时传来西王母吟唱的劝奶谣，部落首领召集几位长老商量后，宣布解散薮的家庭，女人、孩子判给别人，然后在薮的额头烫上烙印，将薮赶出部落。薮无家可归，也没有部落愿意收留，只好找到这里……如果阆风苑肯收留薮，薮保证能做出最好的新式饭！"

施黯说着，忽然跪倒在地，苦苦哀求。

仓颉扶起他，说："你做的是正事，为何要下跪？气宇轩昂地站起来！"

施黯简直不敢相信自己的耳朵："人人都说仓颉四目八瞳、绝顶聪敏，果然名不虚传！"

仓颉哈哈大笑："不过，这会儿小伙伴们正在打盹儿。"

"请相信，薮会给你们做出最好吃的粟米饭、黍米饭，非汤非羹非……薮不知该怎么形容，反正与传统米汤不同。"

仓颉说："卬给你发明的食物取个名字，细长的叫'粟米面条''黍米面条'，短而宽的叫'粟米面片''黍米面片'，如何？"

施黯受宠若惊，喜出望外，连声说："太好了！太好了！"

不久，克里雅河流域的牧羊人前来拜谒山羌。

施黯做出粟米、黍米两种面食招待。

共工得知消息，特地来向仓颉就上次宴会上鲁莽的行为道歉。施黯用粟米、黍米面食招待。但共工没觉得有什么特别。

两个月后，奥库涅铜业商会的兴都库什带领萨彦、阿尔泰等商客来访，山羌宰羊煮汤，施黯做出粟米、黍米两种面条、面片，浇上羊肉汤，主客兴致勃勃，大快朵颐。

接着，大家喝华胥酿造的粟酒、黍酒和果酒，热烈交流。

"阆风苑的新型美食给了我很多启发！刚才我心头还被沮丧、失望、灰色的阴云笼罩，现在，就像周边的玉山一样闪亮！"兴都库什情绪高涨，侃侃而谈，眼睛却一直盯着高大魁伟的禹，"奥库涅铜业商会自从在美索不达米亚成立以来，虽然总部迁过几次，但市场份额总能占到七成以上。从黄帝时代开始，我们一直都是东方的供铜大户。进入尧帝时代以后，情况越来越不利。坦诚地说，'和平'这头猛熊沉睡太久对铜的营销极为不利。更要命的是尧帝不动声色地发展起自己的铜产业，在天山、河西走廊、鄂尔多斯、玉垒山、龙门山、求如之山、昆仑玉山等地都发现了铜矿，并且冶炼出比红铜硬度更高的青铜。尽管我们羡慕嫉妒恨，但内心深处还是为铜产业向前迈进一步感到欣慰！"

仓颉、山羌、华胥、禹等人态度温和，安安静静地倾听。

"但不要以为奥库涅铜业商会被挤兑得一蹶不振，绝对不会！你们要有耐心，再等上几个月，会有震惊世界的新颖铜产品问世！届时，在阆风苑进行宣传，如何？"

仓颉说："阆风苑四面大门从来都是敞开的。"

兴都库什拍拍禹的肩膀："你说呢，小伙子？"

禹谦和地点点头，没说话。

"在经济利益上，我们不会像漩涡那样旋转！不要以为奥库涅铜业商会不远万里，穿越雪山、沙漠、戈壁和草原到东方漫游，仅仅为了黍、粟、葛布之类物质性的东西！"兴都库什喝光高领折肩罐中的粟酒，搂过萨彦、阿尔泰，醉醺醺地说，"今天，可不可以泄露一下商业机密？"

萨彦、阿尔泰："我们的心胸就像道路一样宽广！"

兴都库什扫视一眼众人，略带尴尬地说："你们肯定想不到，我们追逐的不是利润，而是东方的秘密——就像这位小伙子，你叫什么名字？

我忘了！哦，禹？对，刚介绍时就是这个名字。不过，叫什么名字不重要，重要的是隐藏在名字、微笑、玉器、仪式、习俗后的秘密。这个秘密看似简单，仿佛轻易可抓，伸手可触，但实质上，从商会成立到现在，东西往返多少次，走了多少不同的道路，我都记不清了，唯一清楚的是，越来越搞不懂你们的秘密了。"

仓颉疑惑不解："秘密？您为什么要搞清楚属于我们的秘密？"

"坦诚地说，满足好奇心。"

"可是，我们的心灵也是敞开的，没有什么秘密。"

"这正是令人着迷的地方！"

仓颉思忖一阵，说："或许我们创造的文字可以帮忙。"

"文字也只不过是个符号而已！"兴都库什忘乎所以，开怀大笑，接着双手合十，换上严肃虔敬的表情，"铜是从石头中冶炼出来的精华，承载着神的使命，带着梦想和希冀飞向四面八方。品质超绝的铜才是沟通天地神的媒介！铜完全有资格代替历代东方大帝及部落首领，甚至普通民众奉若神明的玄玉！为什么？究竟为什么？为什么东方人要将高贵的铜用于制作刀戈、炊具、配饰之类，而不能代替玉器出现在名目众多的庄严祭祀中？"

"正如我们搞不清你们的秘密一样，你们无法理解我们的初衷。"

突然，兴都库什挥舞双拳咆哮道："奥库涅不会放弃！绝对不会放弃！"

仓颉冷静地说："卬不明白，与铜打交道的人为什么都充满戾气？共工是这样，您也是。能不能像青玉那样含蓄一些、温润一些？"

兴都库什愣了一下，继而换上灿烂的笑容，"瞧我这急性子，不小心陷入让人眩晕的漩涡。大家喝酒，喝酒！对了，差点忘了重要的事情——"他指着禹说，"这位小伙子身材魁伟、目光如炬，是难得的人才，我看上了！商会想请他跟我们共事。至于待遇，尽管开出条件来，肯定会超出你们能够想象到的许多倍。"

"感谢抬举，"禹望一眼仓颉，转向兴都库什，"卬不适合漫游式的生活。卬跟着仓颉造字，很快乐！"

兴都库什吃惊地问："他雇佣你每天早晚敲击那破石头，给你多少工钱？"

"我们不谈这个。"

"那为什么还要干活？难道仅仅因为他四目八瞳？"

"卬刚才说了，卬在这里生活很快乐，仅此而已。"

萨彦、阿尔泰齐声说："作为一个理智的人，在做出选择前，应该慎重思考七天。"

兴都库什说："如果我是你，会毫不犹豫地答应。"

"如果卬是您，也会毫不犹豫地答应。"禹镇定自若。

仓颉笑着说："禹！你是自由的，如果你乐意，随时可以跟他们走。"

"即便卬最思念母亲的时候，也没有离开过阆风苑。"

仓颉对兴都库什、萨彦、阿尔泰说："看好了，卬没有阻拦，是禹不愿意。"

山羌插话说："大家唱歌跳舞吧！"

"在商会发展的历史上，能不为利益所动，这是首例！"兴都库什低着头，沉默许久，对仓颉说，"我们合作一次，怎么样？把你们创造的这些纹饰——哦，文字，刻在我们的产品上，如何？价格嘛……"

"这不是价格的问题。"

"对商会而言，不谈利润，不符合经营规则；而违背规则做事，于心不安。"

"这事其实也不算难，就当互相帮忙！"仓颉狡黠一笑，"卬造完字，请您提供500头牛，将字全部运到有唐城，尧帝验收完毕，牛您赶走，文字随便用，如何？"

兴都库什忍不住笑起来："太划算了！就这么说定了！"

众人也跟着大笑。

喝酒，唱歌，跳舞。

兴都库什看见禹走到北城墙边俯瞰黄河，跟着走过去。

"小伙子，仓颉造字工程结束后，你如何打算？"

禹憨憨地笑："没想过。"

"你的母亲非常了不起！"兴都库什竖起大拇指，"奥库涅铜业商会的影响力只在行业内，新兴的费尔干纳皇家商团也只到处贩运他们的良马，而脩己，仅仅依靠个人坚持不懈地努力和人格魅力为你赢得了良好的口碑。在我看来，尧帝应该将帝位禅让给这位具有远见卓识的伟大女性，而不是始终处于表演状态。"

"重华没有表演。如果您了解他，就不会这样认为。"

"也许吧。"兴都库什叹息一声，"以后，我们的经营目标会转向马衔山及其以东，也就是东方华夷西北、西南地域，你的母亲在这片地域享有极高声誉，希望我们能够切实合作。铜器代替石器、玉器、陶器甚至漆器是必然趋势，其中商机无限。费尔干纳已经从尧帝那里拿到数量可观的订单，但未涉及铜，这就为我们进一步拓展铜产品市场提供了机遇。实际上我们并没有放弃东部的铜市场，这是战略转移。费尔干纳的马匹在华夏地域繁衍生息，达到一定规模至少需要三十年。这期间，速度更快的马车会逐步发展起来，奥库涅优良的铜产品和铜配饰也会迅速占领市场。这些都是高级别的商业机密，和盘托出，乃是基于对脩己的敬重和对你的欣赏，目的还是希望你加入奥库涅团队。"

禹躬身致意："在您之前，美索米亚、青琅玕、藏彝、珣琳、瑾瑜、青黛、吠努离等很多行业的负责人都希望与印合作，印将给他们的回答复述给您，请别见怪！第一，印敬仰母亲，但印不愿生活在母亲的羽翼下，印要独立；第二，印对商业没有丝毫兴趣，目前全心全意协助仓颉造字，那才是印真正感兴趣的；第三，感谢信任，祝愿奥库涅团队能够早日找到称心如意的合作伙伴。"

"感谢你的坦诚。我们还是随时欢迎你加入。"

兴都库什失望地摊摊手，离开。

施黯看他走远，诚惶诚恐地走到禹背后，轻声呼唤："夏伯……"

禹回过头："哦，谢谢您的面条和面片！"

"菽……菽……菽能用'印'吗?"

"没有人说过不让用啊！"

"哦，太感激了，印……"

"您好像有什么事? 尽管说!"

施黯鼓足勇气，说："印不想偷偷摸摸做事!"

禹笑了："阆风苑让您感到压抑?"

施黯却哭了："印只有说很多话才能进入主题，一句半句就像天上的云遇到风，消失得很快。夏伯啊，您平时沉醉在造字中，卬不敢打扰，现在能不能说？"

禹拉着他坐到因取纹饰石头而愈来愈矮的城墙上，指着黄河说："不要紧张，慢慢说，就当面对黄河诉说。"

施黯感激涕零，抽泣一阵才说："很早的时候，羌人背着大麦、羊毛、兽皮之类的物品前来部落换取黍、粟和葛布，后来部落拒绝接受大麦，因为煮熟它们需要很长时间，而且还不好吃。羌人只好将大麦作为交易的陪衬品。阆风苑有六陶瓮大麦和五皮袋小麦闲放着，招惹老鼠，看着痛心啊……"

"把陶瓮搁置到高处不就没事了？"

"不，不！卬不是那个意思。"施黯满脸通红，低下头使劲搓着双手，"卬想把小麦、大麦像粟、黍那样研磨成粉末，煮成面汤或者面片、面条……卬不能偷偷做这些事，又控住不住好奇心，卬担心会做错事。"

禹爽朗地笑起来。

施黯望着他，羞愧地说："您的麦子您做主。卬只是好奇心太强了……"

"这些年，仓颉、四目八瞳在创造可以书写的文字，而您也在创造可以种植的文字，这么好的事情，应该早点说啊。"

施黯恍若梦中，使劲敲打自己的脑袋，又拧拧耳朵、鼻子、胳膊，"这是真的？多少年了，没人敢冒着生命危险去'虐待'粮食，那同冒犯神灵一样严重。夏伯！卬从小参加过无数祭山、祭天、祭粮食、祭石头的活动，从没见过神，如果真有神灵，卬相信就是您的样子！"

他激动地走了。

禹远眺黄河，倾听涛声。随着年龄和身高的增加，他对"黄河磬"的把握能力越来越强，仓颉创造的每个文字他都能在很短的时间内从磬上找到最恰当的位置，敲击出轻重适中、表情达意恰如其分的对音；与此相反，他从黄河波涛中捕捉脩己信息的能力却在不断减弱、退化，直到彻底失联。脩己当年可能没有料想到通过"黄河磬"为文字定位会影响与她的联系。

或者想到了仍然义无反顾？不得而知。

陶瓮、苡米、黄河都不能给他以任何答案。牧羊人、使者、商团、脚户捎带来的各种消息看似真实，却互相抵牾。如藏彝说听闻脩己在马牧河与鸭子河之间的广汉活动，而璆琳带来的消息言之凿凿地认为脩己在西海边牧羊，与此同时，吠努离则说脩己在帕米尔高原用羊群换很多贝壳与红玛瑙，用骆驼驮到水洞沟，全部换成燕麦、莜麦，用牛车转运到有唐……禹不敢轻易接受或拒绝任何一条信息，只能逐句逐条在磬声中辨别、深思。

脩己是不是也在默默观察？她如果看到这些动人的文字，该多么欣喜！

禹想到不能与母亲分享造字的快乐，倍觉孤独。

忽然，深远的夜空中传来异常清晰的吟唱：

"候人兮猗！"

这不是脩己的声音。

谁在歌唱？在哪里唱？为何闪电般出现，又像闪电般消失？

吟唱的音调与母亲完全相同，音质也几乎不差分毫。

这位歌者应该与母亲有某种联系。

禹眼前一亮，内心充满希望。

二

共工对日渐繁华的阆风苑充满种种疑问，加之各种消息传来，令他忐忑不安。

他梳理出五条信息：

一、半年后，尧帝要乘坐"九逸"前往阆风苑参加由重华主持的集会。会议最后一天举行有史以来最为隆重的禅让大典，同日，伯益、后稷、巢父、仓颉等一批诸侯王宣誓就职；

二、尧帝和重华在"畜牧蕃息"的问题上发生激烈争论，尧帝提议罢免重华的摄政王身份；

三、仓颉是最有希望的新帝候选人；

四、尧帝指定禹为仓颉的接班人，让他用强有力的手段推行《颛顼历》，确保征缴税收。

五、蒙、羽、大野、东原、峄阳、泗滨、淮夷等诸多地方都出现了"灵璧磬石"，与"黄河磬"争音。据说是涂山国部落工匠受到三苗、防风的利益驱动，从磐石山开采石头仿制的。

思虑再三，共工以品尝"肉汤麦面条"的名义，带领相柳、浮游、康回等四位随从到阆风苑拜访仓颉。尽管他对造字工程不屑一顾，但看到阆风苑刻字的石块排列有序、阵容壮观，还是感到很震撼。

"仓颉，您将文字刻在石头上，是不是不够安全？"

"这不是普通的石头，晚上会闪闪发光。"仓颉自豪地说，"周边的人以为阆风苑白天开满了各种玉花，晚上堆满了星星，还有很多少女说闻到了奇异的香味。"

共工由衷地竖起大拇指："非常佩服！为了确保万无一失，朕赞助最好的青铜，派最优秀的陶工和铸造匠师帮您制作黄陶夹砂坩埚，把所有新文字铸造出来，万一石头破损了，还有铜文字，双保险，怎么样？"

仓颉不知共工的真实用意，疑惑地打量他。

四目八瞳反复侦查，没有发现异常。

仓颉忽然发问："你想借机推销青铜产品吧？"

共工笑了："仓颉，您也太小看朕了吧？告诉您，朕已经与奥库涅负责人达成协议，他们所有的铜产品由朕负责代销。奥库涅的红铜产品只能运到凤林川，穿过鸟鼠峡谷就算违约，惩罚非常严重，给他十个熊胆他也不敢违约。"

"听说齐家长老去世后'鹿皮裙'嫁给了兴都库什？"

"这跟朕有什么关系？"

"……你为什么要来帮助我们？"

"没有任何理由！"共工豪迈地拍了拍胸脯，"如果非要找一个理由，那就是这些新颖别致、铿锵悦耳的文字感动了朕！"

"这也算理由吗？"

共工拍拍仓颉的肩膀："如果您觉得内心不安，请告诉朕这些石头夜里发光的秘密，朕想知道它们是什么矿石，和铜矿石比怎么样？"

"它们确实是被朝山者丢弃的石头。"

共工急了："难道就没有其他原因？亏您有四目八瞳，怎么就看不清事物的本质？西王母是何许人也，心甘情愿给您放羊，难道不是被感动的？禹出生后，前来贺喜的人不要说渭河、葫芦河、洮河、大夏河、银川河、祖厉河、清水河等地域的部落代表，就连各大商会的主要负责人及商队代表都携重礼专程到阆风苑祝贺，您以为是您的威望高？实话告诉您，人家是冲着西王母来的！"

"西王母？你是指在阆风苑放羊的山羌？"

山羌走过来，温柔地说："仓颉，不要听他瞎说，卬只是您的女人。"

共工奸笑道："不要以为您打扮成牧羊女朕就认不出来了。"

"每位羌女只要心灵纯洁如玉，都是西王母。"山羌依然平静地笑着，"我们只有羊群、歌舞和美玉，不需要法令、威仪和朝堂。"

共工冷笑着说："谁不知道你的住所在昆仑山？谁不晓得你故意制造神秘感，来无影，去无踪，以至于出现无数座昆仑山，却不能判定哪一座才是真的！世间混乱难道不是你引发的吗？"

山羌继续微笑着说："我们往往义无反顾地救急救难，从来不考虑自己的威力和成果，只是表达一种善意而已。因为人间需要善意，就像大地需要阳光。"

共工语塞了，不知如何回答，尴尬地望着相柳、浮游、康回等人。他们也尴尬地互相观望，不作声。

忽然，他瞥见禹正在专心致志地刻字，指着他叫嚣："你们看看，摄政王亲自封的夏伯，没有骑马到各部落巡视，却像普通人一样干重活，难道这不是表演吗？"

禹回过头说："这不是表演卬喜欢干这些活。"

共工恼羞成怒："我们丢了好多件亚腰形开矿石锤，有人看见被阆风苑人偷的！你们的羊群招来狼群、狐狸，使大家不得安宁，我们严重抗议！"

共工转了几个圈，带着相柳、浮游、康回等走出城门，忽然想起肉汤面还没有吃，要转身回去，几人同时劝他："哥！怎么能轻易回头？"

共工呵斥他们："你们懂什么？在江湖闯荡，脸面算什么？"

他进城冲仓颉大喊："喂！您请朕来是吃肉汤面，还是斗嘴？"

仓颉感觉莫名其妙："……你是什么意思？吃肉汤面？卬没发出邀请啊？"

"嘿嘿，难道梦见朕的？这么不给面子？到阆风苑了，难道让朕空着肚子回去?"

仓颉大笑起来:"吃饭可以,但你不能发飙!"

施黯做了粟米汤饭,山羌烤了一只羊。

三

仓颉辛勤工作三年,整理出80000个结绳、线条、图案、纹饰及相关符号,又归类提纯组合成3500个文字。

构筑阆风苑城墙上的所有彩陶纹饰都被抽走。高大雄伟的城墙消失了,禹的身高却增加到九尺二寸。

山羌计划在立秋举办盛大的庆祝宴会,向齐家各部落及各商会、商队长驻浪塘代表发出邀请。

当众人携礼品成群结队地到达阆风苑,尤其齐家各部落人带着陶器、铜器、石器、粟、黍、小麦、大麦、菽等物品一起莅临时,仓颉大感意外——前不久,他们还因为争夺靠近河谷的荒地和丰茂的草山发生过激烈械斗,死伤数人。禹虽为夏伯,但尚未正式履职,于是委托施黯帮他们划定界限。据说各部落仍未和解,还在聘请冶炼匠铸造铜刀,积极备战。

仓颉担心夏人在阆风苑故意挑事,毁坏文字刻石,便将"鹿皮裙"到僻静处,说出自己的忧虑。

"鹿皮裙"装饰着自己的美玉、绿松石、铜环、红玛瑙、金珠等,满身珠光宝气,俨然新贵,与首次见面不可同日而语。

她淡然笑笑,说:"齐家人敬您如神,不会在阆风苑争斗。"

"有人在尧都外谤木上刻划记号,说圣山下安静的秩序让卬破坏了,黄河两岸到处都是乌烟瘴气,昼夜鬼哭狼嚎。"

"都是铜和各种琳琅满目的宝石惹的祸,当然,也有羊和马。""鹿皮裙"神秘一笑,"不过,归根结底还是人们愈演愈烈的欲望惹的祸。最初,我以为女人的欲望是洪水猛兽,到了凤林川之后才明白,欲望其实是各种铜器。我不想认输,齐家人称我'九尾狐',希望用您的文字记下这个美好动听的名字!"

仓颉觉得自己受到了莫大的侮辱,气愤地说:"卬潜心多年创造纯洁的文字,乃是为沟通天地人神,书写宏大的历史,怎么可能浪费在这些琐碎事情上？"

"鹿皮裙"收敛笑容："大人不要生气，我不敢对您有任何不恭，只是觉得阆风苑像一个不可思议的存在。我们本来是客省庄人，背井离乡，踩着您的脚印到达凤林川，却被阻隔在阆风苑之外。当年，长老误读了您的行为，或者听信谣言，才导致举族迁徙。那是多么大的冒险行动啊！幸运的是，我们歪打正着，铜产业和畜牧业让齐家人飞黄腾达！奥库涅铜业商会能到达的地方，齐家人也能留下远行的脚印。藏彝带领商队造访凤林川，齐家人也携带铜产品前往他们的家乡。这是此前世世代代做梦都不敢想的事情，现在却变成了现实。比起这些壮丽的事业，部落间的那些小冲突根本不算什么。"

仓颉叹息道："印只关心文字。"

他让四目八瞳提高警惕，严密监视。

客人散去后，仓颉筋疲力尽。

山羌说："明天，我们可以动身返乡了吧？"

仓颉望着巍巍壮观的文字墙，说："我们要赶着驮载闪闪发光文字的牛群和羊群出阆风苑东门，迎着太阳，浩浩荡荡，一路歌唱，前往有唐城——哦，忘了告诉你，兴都库什购买的 500 头牛因为瘟疫全死了，我们只好再等等。"

"夸父不是已经把文字图式汇报给尧帝了吗？"山羌掩饰不住失望的表情。

仓颉解释说："那是信使的传播方式，印必须向尧帝呈送原件。作为史官，印必须竭尽全力规避传播中造成的误差，文字和发音必须完完整整交给尧帝！"

"我们能不能按照羌人的习俗举行结婚仪式？"

仓颉惶恐地低下头："……作为史官，印不能带头违背法令。"

山羌努力收回失落的表情："那么，印用特殊手段将这些石头运到有唐城？您知道，印能够在雷雨大作、冰雹来袭时给羊群撑起云状保护层，确保它们安然无恙。"

"空中搬运，与夸父传播的效果大同小异，印不放心。"

山羌泪花闪闪，伤感地说："就造字来说，您的这种倔强值得称道，但对生活来说，您这叫不知变通或者说迂腐。"

她疲惫至极，低头啜泣。

"卬此生亏欠最多的是母亲，其次就是你！"仓颉伤感地说，"卬太累太累！卬的年纪很大很大，大得都不敢回头粗算一下。这些年，卬无休无止地书写，离开书写，便无所适从。实际上，卬忘了自己是谁、在干什么，卬内心的痛苦难以名状。现在，终于看到曙光了，相信卬，好吗？呈送文字后，卬就请辞，回到那个安静的部落，白天看太阳，晚上看月亮，悠然品味时光从草山、溪流、树梢上流逝的感觉，好不好？"

"……好吧，卬再相信您一次！"

"卬再求你一件事。"

"什么事？"

仓颉压低声音说："卬此生实在太凄凉，连累四目八瞳饱受寂寞，实在于心不忍！卬知道你有非同一般的能力，请让他们脱离卬，变成独立独行的正常人，开开心心地过上普通生活。"

山羌还未说话，四目八瞳便异口同声地哭喊起来："大人想错了！我们觉得这样的生活很快乐，也很有意义！最艰苦的时候，我们也没动摇过信念，何况现在已经大功告成！"

他们的声音虽然疲惫、沙哑，但铿锵有力。

仓颉百感交集，怆然涕下，低声唱起劝奶谣。

"黄河磬"率领多种乐器形成庄严肃穆的乐声之潮，不断高涨，弥漫昆仑，弥漫马衔山，弥漫黄河。

四

共工专程到阆风苑邀请仓颉、禹到浪塘盆地参加"秋季万邦物华天宝集会"。

仓颉说："卬不属于这个时代，非常害怕面对现实，何必强求？"

"你们如果不出席，就会有不少同名同姓的人现身。"

"为什么？"

"因为创造文字是惊天动地的大事。"

"冒名顶替对他们有什么好处？"禹疑惑不解，"身世也能造假？仓颉举世无双的四目八瞳、印手里的耒锤之类的识别符号也能伪造出来？"

"难怪大家都嘲笑你们不食人间烟火！"共工苦笑一阵，高深莫测地说，"正如你们所知，华夷大地有不少共工，但真正的共工只有一位。如果朕不是部落首领而且在治理洪水方面有特殊才能，就不会有人把'共工'当作商标使用。很多伪'共工'达到目的后就接着使用祝融、驩兜、三苗、康回、混沌、穷奇、梼杌、饕餮之类的名称，除了回归自我，可以选择任何需要的角色去表演。令人费解的是，从来没有一位假共工受到惩罚，相反，还会祸及无辜，鲧就是最惨烈的个案。他为何莫名其妙地被殛杀？难道尧帝和朝中大臣分不清？归根结底，还是鲧在伊洛河流域的势力越来越大！如果他率领的只是一个名不见经传、吃残汤剩羹的小部落，他就会过得很休闲、很滋润。唉，算了，不说那些事了。好在朕已经从铜产业中找到无穷无尽的乐趣，有了寄托，否则，朕真不知道如何继续扮演这个角色。"

禹听不出他究竟要表达什么。

仓颉哈哈大笑："把那些恶行一股脑推给虚拟的'共工'，就撇清了关系？你真聪明！"

"井蛙不可以语于海者，拘于虚也；夏虫不可以语于冰者，笃于时也。"共工叹一口气，"这次集会很重要，你们还是慎重考虑考虑。"

"正如你所说，我们生活在不同的季节，互不干扰。"

共工声色俱厉地说："叶纳亚、乌拉尔、鲍里什梅斯卡、叶鲁尼诺等传统贩铜商团将向奥库涅和朕在浪塘举行隆重的转让仪式，作为史官，您有义务将这件大事载入史册！"

"印如果不去呢？"

"那不可能。"

"正式呈送尧帝前不可能使用文字。"

共工狡黠地笑笑："尧帝几年前就开始使用了，很奇怪，您竟然不知道？或许，您可能会像鲧那样被无辜殛杀，而这套文字的创造者却变成另外的人。因此，您出席'秋季万邦物华天宝集会'相当于举办文字竣工仪式。"

仓颉感叹道："你是不是想抢占尧帝的风头？"

山羌悄声提醒仓颉："凭您的阅历和智商，还怕扯不清？与其被动拒绝，不如主动出击。您可以带些半成品文字去展示。"

"万一半成品流传开怎么办？"

"要么展示146种不同写法的'玉'字？每一个'玉'字对应一种真玉。"

仓颉勉强答应。

共工又提出让禹在集会中用"黄河磬"演奏雅乐。

仓颉肃然说："你是朝廷命官，竟然提出这等毁坏礼乐的建议？"

"别那么较真！"共工漫不经心地说，"尧帝若要追究，朕承担全责，就说是庆祝新文字诞生！"

"这是原则问题，免谈！"

共工只好放弃这个创意。

仓颉让禹留守阆风苑，再三叮嘱他看护好文字。

"秋季万邦物华天宝集会"启动仪式由共工主持。各大行业商会和著名商业团体负责人出席。

仓颉虽然拥有四目八瞳，但自担任史官以来主要关注历史，对现实问题却视而不见。集会上陈列的各类物品令人眼花缭乱，仓颉被深深地震撼了。如果以前对这些外来商品多些关注，文字将会更加丰富，新文字应该融入这些元素。当共工与各位代表讨论合作事宜时，他果断让四目八瞳轮流前往展台，详细记录。四目八瞳向来严格遵守制度，观察范围从来不会超越规定范围，可是这次展览中的三叉格铜柄剑、双圆饼首短剑、铜刀、太阳纹、纵列篦纹等让他们大开眼界，流连忘返。结果，执守秩序发生混乱，仓颉面部出现了三目六瞳、四目三瞳、三目五瞳、四目七瞳及无目无瞳等混搭现象。机敏的商家捕捉到这个奇观，迅速进行市场转化，于是，更多商家、朝山者、牧羊人、赶集人前来观赏。他们议论纷纷。起初，探讨的声贝仅仅超过黄河涛声，渐渐超过牛、马、羊的叫声的总和，最后竟淹没共工聚精会神、慷慨激昂的贺词。共工增加了音量。人群由窃窃私语变成大声喧哗。共工将声腔音量调到最大，近乎咆哮。喧嚣犹豫凝滞，但欲盖弥彰。

仓颉专注构思如何将新颖别致的纹饰和造型融入新文字，对周边环境的变化浑然不觉。

忽然，共工狂躁地吼叫了一声："发洪水了!"

人群寂静下来。遥远的东南方突然传来一声祈祷般的歌声："候人兮猗!"

两种声音风格反差太大，众人忍俊不禁，哄笑起来。

共工愤怒地叫嚣："没有秩序的集会比洪水猛兽危害更大! 你们看看，著名商团的首领带来的商品多么精美、多么新颖，难道它们不比四目八瞳更具有观赏价值? 难道不比仓颉创造的所谓新文字更美观?"

人群继续熙熙攘攘，继续摩肩接踵，继续努力靠近仓颉观赏。尤其是那些多次前往阆风苑参观却被丹朱、监明、开明、启明、胤明、觉明、卧明、晦明、源明等装扮成牧牛人无情阻挡的群众愿望最为强烈。

商家则各怀心思，冷眼旁观。他们的表情就是没有表情。

眼看混乱场面一发不可收拾，共工恼怒地挥舞双拳，高声叫嚣："肃静! 肃静! 如果再喧闹，朕会毫不犹豫地撞毁不周山，朕说到做到!"

"不周山? 什么东西?"

"是朕对查灵、柏灵神山的合称! 是昆仑山、马衔山等玉山的合称。"

众人哗然。喧嚣声涨势越来越凶猛。

四目八瞳终于从陶醉中惊醒，迅速归位。

人群霎时安静下来。

共工不失时机地说："现在，请资深史官、文字的创造者仓颉就商道划分及最新的征税办法向大家作详细说明。"

仓颉站起来，先向四周的人群致意，然后说："想必大家都对卬的四目八瞳很好奇，其实这没什么，只不过数目与常人不同而已，不过还是要借此机会向他们的崇高品德和敬业精神表达由衷的敬意! 多年来，卬和亲密战友四目八瞳像三危山、合黎山之北的沙漠，怀抱着巨大的孤独，坐拥沉默。繁荣时代一个接一个过去，我们依然沉浸在自己的世界；与此相反并形成鲜明对比的是，共工向来不甘寂寞、不择手段，通过任何形式在任何时代、任何场合都要亮相、发声，以宣示自己的存在。卬要竭尽全力固守自己；而共工则不遗余力地彰显自己。我们本来不应该有交集，可是，共工精心策划的集会和琳琅满目的展品以其强大的冲击力涤荡了印的内心！这些陶器、铜器、金器、玉器、石器及各类珍珠宝石造型别致、内蕴深厚，每件物品都承载着丰富多彩的文化附加值，多么壮观的文化现象！这是伟大而鲜活的物之叙事！这是没有任何障碍的文字交流！印创造的文字被无情地淹没了！尽管这有些残酷，但它是事实。现在，印还可以明告诸位，印有信心将新文字创造得更好！"

仓颉发表演讲时四只眼睛一眨不眨。

共工不敢打断仓颉讲话，狠狠地举起羊皮地图，任其哗啦啦迎风飘展。

仓颉指着地图说："现在，印代表'浪塘跨地域合作发展商会'将达成的物贸协议特此公布。此文本最终解释权在阆风苑！"

……

五

雒都谷、宗日、西海、大都麻等昆仑山、祁连山部落首领亲自驱赶羊群驮着美玉、大麦、小麦和青稞，避开瘟疫发生地，来到阆风苑。

羊声沸腾，欢歌笑语。

大家围坐在一起吃肉、吃面、喝酒、唱歌。

宴会中，部落首领用羌语兴高采烈地交流各种见闻，不时爆发出爽朗笑声。山羌见仓颉兴趣浓厚，就充当翻译，介绍谈话内容：邻近雒都谷的氏人部落的羊生下来六条腿；害羞的戎人小伙，由于腼腆，婚礼上竟然忘了歌词；宗日部落派人一直向西行进，在昆仑山与沙漠之间的绿洲追上偷羊贼，让他们认错，又赠送半群羊；西海部落的人多方打听终于找到了偷税漏税的贩铜小商团；大都麻戎人部落有位粗心哥不小心将驮载的小麦撒了一路，结果第二年春天长出了绿油油的麦苗，他却到处诉说羌人侵犯了他的土地。夏天，部落首领齐集大都麻展开调查，粗心哥发现麦子颗粒饱满、青香遍野，他非常高兴，当即宣布和解，反倒赔偿每位部落首领十二只羊……

仓颉喜形于色："山羌，新文字交付完毕，印就帮你们创造'羌文字'，把这些美好的事情如实记录下来！"

"记录？为什么要记录？"

"让后辈在重述的过程中享受美感啊！"

　　山羌惊讶地问："您怎么会那样想？太阳、月亮昼夜交替出现、星星白天睡觉，晚上出来；地上的青草春天长出来，冬天收回去；人、羊、牛、鸟、蚂蚁都在不断繁衍；还有这条黄河，三个季节欢腾，一个季节冻结，周而复始，只要不改变它的流淌状态，只要一切不停止，后人与前人见到的景象大致相同。"

　　山羌和雒都谷、宗日、西海、大都麻人各自唱歌。

　　仓颉酩酊大醉。

　　禹喝了很多粟米酒，醉意朦胧，情不自禁地唱起劝奶谣。

　　华胥和施黯烧火。

　　大家断断续续唱了一夜。

　　第二天，到正午，阆风苑还是阒然无声，异常安静。

　　仓颉迷迷糊糊中被禹摇醒。

　　四目八瞳首先看到一张痛楚焦急的脸，接着听见他哀伤绝望的声音："文字不见了！"

　　"什么？"仓颉忽地坐起来。

　　禹失声痛哭："所有刻字的石头全变得光洁如初！所有刻划彩陶纹饰的石头全变得光洁如初！所有刻划结绳、鸟纹、兽迹、骨纹图式的石头都变得光洁如初！所有的石头都变得赤裸裸！"

　　仓颉尽力放大四目八瞳，忽然，他惊叫一声，猛地翻起身向文字墙跑去。

　　所有刻字的石头全变得光洁如初……

　　所有刻划彩陶纹饰的石头全变得光洁如初……

　　所有刻划结绳、鸟纹、兽迹、骨纹图式的石头都变得光洁如初……

　　赤裸裸的石头泛着赤裸裸的死寂之光……

　　仓颉痛苦绝望，挥舞双拳，叫嚣："这是谁闯的祸？为什么要这样残酷？为什么？究竟为什么？为什么要卑劣地毁灭文字？"

　　山羌、施黯、华胥等人都跑了过来。

　　他们都目瞪口呆。

　　仓颉哭号一阵，朝着九道坪下深沟里的黄河狂奔而去。

　　禹和施黯等人紧随其后，追赶。仓颉像头发疯的牦牛，奔跑速度非常快，把他们远远甩到后面。山坡上，翻卷起数道巨龙般的滚滚尘雾。

四目八瞳百般劝阻都无济于事。眼看就要到悬崖边，狂怒中的仓颉若纵身一跳，不摔成碎片，也会沉入急流中。四目八瞳万分焦急，相约同时关闭工作程序。仓颉眼前一黑，踉跄几步，重重地摔倒在地。他怒不可遏，挣扎着站起来，声嘶力竭地叫啸："关键时刻，你们不要自作主张！立即恢复光明，印要找回文字！"

四目八瞳屏住呼吸，不应声。

山羌步履蹒跚、跌跌撞撞，艰难地迈出细小的步子。坎坷阻挡，她重重地摔倒。喘息片刻，向前爬几步，歪歪斜斜地站起来。站而未稳，趔趔趄趄，向后倒去。她慌乱地挥舞双手，试图抓住云朵或鸟翼，但都滑脱了。她仰天摔在地上，碰出金星无数。短暂头疼夹杂着短暂眩晕。她爬起来，晃晃悠悠站稳，踉踉跄跄向前。迈出几步，被裸露的树根绊住，磕磕碰碰，向前栽倒，脸触碰地，鲜血直流。她气息奄奄，昏厥过去……

她抱着仓颉，关切地问："您没事吧？"

仓颉挣扎着想站起来，可是浑身疼痛，软弱无力。

他眼泪汪汪，哀伤地问："告诉印，文字是不是真的一个不剩？"

山羌不忍看仓颉憔悴的面容，转过脸，抽泣着说："印非常抱歉、非常难过。"

"快告诉印，这是不是一场噩梦？"

"印内心痛苦如万颗狼牙钻过。……"

"究竟怎么回事？谁毁灭的？"

"是羊吃光了所有的文字、纹饰和图案。"

仓颉望着山羌，目光冷漠："你是不是与共工一样，以为印是不谙世事的呆子？"

山羌泪眼婆娑，痛苦地摇摇头："印疏忽了，冰冷的石头因为刻划上纹饰和文字，就有了生命、有了玉性、有了神性，那是羌地所有羊都熟悉的味道。不要怪羌人的羊，好吗？怪印吧！"

"羊呢？它们还在吗？"

"它们跑了，一个不剩。"山羌羞愧地低下头，"不过，印和所有的羌人会找到它们，不会漏掉一只吃过文字和纹饰的羊。"

"等找到羊，已经消解成粪便了！"仓颉痛苦地闭上眼睛，"这些年，印经常梦见母亲站在门前的小山上呼喊：'仓颉，回家来吧！'印不知道什么时候完工，也不敢应声，只能在心里暗暗说，就回来，就回来……现在完工了，印归心似箭，谁知道文字又被羊全吃光了……"

山羌亲吻他的泪眼，柔声说："您要有信心！或许这是天意。羌人的羊世世代代沐浴有玉性的阳光和空气，喝有玉性的雪水，吃有玉性的青草，在它们眼里，刻在石头上的那些文字、纹饰与青草、雪水、阳光、空气一样，都是滋养灵魂与身体的粮食。所以，千万不要责怪无辜的羊，好吗？"

"你用铜刀杀了印吧！"

"印一定会把这些文字还给您、还给华夷！"

"唉……"

"这可能是天意吧！"山羌泣不成声，伤心哽咽，"几年前，看到禹凿开脩己的后背来到世间时，印的耳际飘荡着一个声音：'这孩子集品德、勇气、智慧及神力于一身，他将会促使东方文字诞生并向四方传播。不过，在这之前要经历种种磨难，这些文字将被刻写在常人难以发现的卓越美玉上，吸收日月精华与河魂地魄，等太阳神第1000次出现在东方时就可以收拢起来，开始传播了……或许，这种文字就连天上的众神都羡慕。如果华夷所有部落能真正传扬这些文字所蕴含的深刻智慧，必将成为苍穹之下最幸福的民族！'……实在抱歉，羌人没有时间概念，尽管这个声音经常在印脑海萦绕，印算来算去还是算错了时间，疏忽了！仔细算来，羊吃掉文字和纹饰的那天晚上，正好是太阳神第999次告别阆风苑的时候……"

"不管怎么解释，文字不见了！"

仓颉捧起她的脸，痛苦地挤出几丝微笑。

山羌哭着说："印不愿看到您难过的样子！请相信，印一定能找到那些啃噬文字的神羊，用它们的皮做成鼓，印唱歌，您敲鼓，在不断地敲打中，文字会清晰地显现在鼓面上，而鼓声就是文字的发音……"

仓颉哑然失笑："印一点都不怪你！不要再想方设法安慰印，那样印更难过。"

"您就当印是西王母，好不好？"山羌的眼眶盈满泪水，"印就是东方华夷人传得神乎其神的西王母。不管西王母还是山羌，印就是印，印比伟大更伟大、比平凡更平凡！"

忽然，仓颉冲破烦恼的羁绊，放声大笑起来："难道你忘了印是以严谨著称于世的资深史官？山羌，你很善良，印懂！但不要用这种方法慰藉印。放心吧！印一定能从痛苦中挣脱出来，重新造字，只不过需要很长一段时间。"

山羌止住眼泪，沉静地说："您应该相信印。印如果公布真实身份，就不能跟您回家了！"

……

"您要我，还是真相？"

"都要！"

"那是不可能的。"

"……很抱歉，印是朝廷史官。"

"您应该知晓西王母与历代帝王见面时对答的歌吧？"

"当然。可是他们会面时只有史官和帝王……你怎么会知道？"仓颉狐疑地看着她。

山羌低声唱起来：

> 白云在天，
> 丘陵自出。
> 道里悠远，
> 山川间之。
> 将子无死，
> 能否西来？

唱毕，她问："西王母是不是这样唱的？"

"那么，你知道黄帝是怎么唱的吗？"

山羌接着唱：

> 予归东土，

和治诸夏。
万民平均，
吾顾见女。
比及三年，
将复而野。

仓颉大惊失色："你真是西王……"
"您只需要知道印是仰慕您的女人就行了！"
"还有离别时的歌，你要能唱对，印就相信！"
山羌坦然唱道：

徂彼西土，
爰居其野。
虎豹为群，
于鹊与处。
嘉命不迁，
我唯帝女。
彼何世民，
又将去予。
吹笙鼓簧，
中心翱翔。
世民之子，
唯天之望。

"……果然是的？你真是西王母？为什么要隐瞒身份？"
"大概是思维方式不同吧。"山羌黯然神伤，"我们尽量俯下身躯，关注万物生灵的存在状态，而你们总是仰望天空，追逐神的踪迹。"
仓颉痴痴呆呆，恍若梦中。
"知道为什么自黄帝以后印就很少去东方吗？"
仓颉茫然地摇摇头。

"黄帝之后，所有帝王都重复他的唱词，就连唱腔、唱词都要模仿，实在太刻板。或许，还要永远刻板下去。"

"你知道这么多，看来确实是西王母！"仓颉喃喃说，"当年，黄帝讨伐蚩尤时，你派遣九天玄女给黄帝传授三宫五意、阴阳之略，太乙遁甲、六壬步斗之术，阴符之机、灵宝五符五胜之文，帮助黄帝打败了蚩尤，这些都是重大机密。"

"其实印什么都没做，只是帮助黄帝、蚩尤拨开内心的迷雾而已。"

"……你真的有办法找回文字？"

"做不到的事情，印为什么要承诺？等您伤好了之后，就出发。"

"马上出发！走在寻找文字的路上，印才踏实！"

山羌知道拦不住，便扶他起来，走出棚屋。

众人肃然站在广场上，已经三天三夜。

雒都谷、宗日、西海、大都麻等部落首领围过来要道歉。

仓颉强作笑颜，抬手劝止。

他将禹叫到跟前。

这次偶发事件显然对禹打击很大。他两眼通红，神情疲惫。

仓颉爱怜地拍拍他的肩头："印要同山羌寻找啃噬文字的羊群。你得留守阆风苑，等待文字回归的消息。转告夸父，让他向尧帝说明实情。"

禹沉默良久，坚定地说："不管遇到多大困难，印都不怕。本来，印应该同你们一起外出，可是，印必须等着母亲。造字过程中由于过度专注，印与母亲失联了。最近，印的脑海中常常闪过母亲的影子，或焦灼，或欢快，或失落，或忧郁，来不及细看倏地就消失了，无影无踪，任凭印怎么努力，也拉不回来。如果能抓住两三个碎片，印都有信心把它们串联起来，从而确定母亲所在的位置。可是印做不到。印刚出生时很容易进入滔滔不绝的叙述状态，尽管当时不清楚自己在说什么。现在印知道要说什么了，却无从说起。印必须在阆风苑守候，因为印怕母亲找不到印，印也找不到母亲。而且，印在阆风苑偶尔还能听见有位女子歌唱《候人歌》，那是目前印能与母亲联系的唯一线索。"

"孩子，你做得对！"

禹不禁热泪盈眶："对不起！这些年，我们从未离开过，您像父亲一样关照印长大，这次印不能陪同您寻找文字，内心十分不安！印如果外出寻找文字，若母亲满怀信心归来，就得面对一座充满失望的空城！"

仓颉振作精神，大声说："好了，就这样！这是最好的安排。只要禹在阆风苑，印心里就踏实。其他人自便，可以离开，也可以陪伴禹。"

施黯伤心地哭泣："印哪里都不去，印要在阆风苑种很多很多的粟、黍、莜麦、燕麦、大麦、小麦和青稞，等你们回来做长面吃。"

禹看见仓颉转身要走，急忙上前，问道："您的生日是哪一天？"

仓颉努力回想，说："忘了。你问这个做什么？文字才是大事。大家都要挺住，要在阆风苑等着我们带文字回来！"

华胥说："明天，太阳出来时，印也要离开阆风苑，回到家乡，每天转山为大家祈福！"

已经黄昏，是回家的时候了。

仓颉同山羌互相搀扶，沿着山脊向西走去。

两个颤颤巍巍的身影越走越远。

雪山披着万道霞光，武威神圣。

在众人默默地注视中，他们颤颤巍巍，走进霞光。

齐家男子和少妇陆续踩着仓颉的脚印追随而去。

六

连续多日，施黯心事重重地面对黄河发呆。

禹观察几天，忍不住问他是不是想家了。

"家早就被解散了，想穿心肺也没用。"

"你好像有什么心事。"

"……夏伯，印已经答应了仓颉，不会离开阆风苑，您放心！"

"哦？如果你有更好的去处，可以不考虑这些。仓颉回来后印向他解释。"

"其实……其实……"

"不用那么为难，请直接说吧！"

施黯期期艾艾半天，终于鼓足勇气："其实……印并不在乎他们提出的各种优厚条件，而是担心制面技术失传！它比印的性命还重要，您知道。"

"共工找你谈过？"

"不是共工。卬答应过别人，不能说。"施黯满脸通红，低下头，"主要是卬从小怕狼！现在整天提心吊胆，六神无主！虽然阆风苑没有羊群了，狼依然隔三岔五地来。卬不怕死，卬只是担心做面的技术被狼吃掉……渭河、洮河、大夏河、银川河之间的人都说是卬亵渎粮食，惹怒了天神，天神才收回了文字，他们密谋要绑卬回去祭神。阆风苑的城墙没了，文字也没了，卬没有安全感啊……夏伯！您面对玉山长时间静坐也很危险啊，尤其晚上，狼轻轻松松就能从后面咬住您的脖子。您是夏伯啊，如果被狼伤着，卬还能到哪里去？卬忧心忡忡，严重焦虑。再说，卬得有个新家庭……"

禹盯着可怜巴巴的施黯，笑着说："有什么想法，直接说，没关系。"

"康回再三纠缠，让卬到浪塘盆地做事，据说黑河一带新开发不少蕴藏丰富的铜矿，就地冶炼。民以食为天，吃饭是个大问题，于是共工就想起了卬。"施黯脸上露出些许得意的表情，"还是炼铜人开明！"

"究竟是康回还是共工？到底是谁找你？卬怕你出什么意外，而不是挡你的路。"

施黯犹豫许久，才低声说："其实，在仓颉离开前就不断有商团代表与卬谈条件，还有十一个自称共工的人、四个自称祝融的人和八个自称混沌、穷奇、梼杌、饕餮的人。卬就纳闷，为什么有的人要恶狠狠地禁止卬开发新面食，而有的人却愿意出优厚条件聘请卬传授技术？"

"你这是想象说话呢，还是睁着眼睛撒谎？"

"卬就是有天大的胆子，也不能欺瞒夏伯啊。"施黯急了，语无伦次，"他们竟然以为卬做面的技术是山羌传授的，还有人说你们创造的文字也是她传授的，简直荒谬至极。还有面条，谁不晓得是卬冒着生命危险开发出来的？谁不晓得山羌对面食根本不感兴趣？再说了，当年偷偷琢磨面食的不止卬一个人，不少部落的人都偷偷试验过，要么失败，要么从人间蒸发。"

禹疑惑地盯着施黯问："你究竟是哪个部落的人？"

"卬也记不清了，只记得名字叫阳城，但搞不清楚是中条山、太行山之间的那个阳城，还是嵩山南边的阳城。唉，记忆一片模糊……"

"共工想干什么？你到底受聘于谁？"

"对接人是康回。他自称代表祝融，又说共工赞同这件事，详细情况印还没理出头绪。"施黯沉思一阵才说，"综合分析印近期获得的信息，或许与共工在黑河下游的合黎山发现大型铜矿有关。他与新型的铜业大户安德罗诺沃商团合作，以合黎山为龙头，把黑河流域建成采矿、冶炼和铸造的冶金中心。"

"安德罗诺沃？他是谁？"

"据说他曾为奥库涅商会负责开采铜矿，现在独立了。印只是手艺人，对铜不感兴趣，就了解这么多。印最担心阆风苑有麻烦。听说兴都库什雇佣的人赶着 500 头牛正向阆风苑走来，谁都知道，商人说话像蜂蜜，做事却像毒刺，难缠得很，他们找不到仓颉，就会诬陷他失信。印让康回收购 500 头牛，作为培训齐家人做面食的买断费。"

禹眼睛一亮："这与你有什么关系？"

施黯豪迈地说："谈事时印在场，既然在场，就有义务！再说，印的技术属于阆风苑，应该替你们承担责任！"

说完，他收拾好石磨盘、石磨棒、石臼之类家当，用木棍挑着，向浪塘盆地阔步而去。

不一会儿，又折返回来，"夏伯！印到浪塘后，不管自称用'菽'还是'印'，都不会背叛阆风苑。还有，印从来就不是隐瞒真相的人！印确实不清楚祝融、共工为何要参与这些事，真不知道。"

"印相信你。"

施黯感动得说不出一句话来。

他深深鞠躬，抹着眼泪，抽泣而去。

七

禹每天早、晚都准时敲响"黄河磬"，各个河道的人都庄重回应。

立冬那天，禹在黄河边坐到午夜。

一声撕心裂肺的歌唱闪电般地划过夜空：

"候人分猗！"

正是那位陌生女子的声音！

禹惊悸，辨析，谛听。这个吟唱声与当年梦境中的切磋声、钻磨声似乎有相通之处，也与那个神秘背影有某种联系。

吟唱声再也没有出现，却意外地听到了羊皮鼓声。

真真切切。

鼓声与山羌的劝奶谣杂糅交织，顺着弯弯曲曲的河道流淌而来。

禹追根溯源，歌声来自遥远的昆仑山北麓叶尔羌河畔，而鼓声发自查灵、柏灵。歌声与鼓声在阿尼玛卿山与马衔山之间交汇交融，顺着黄河漂流而下。

尽管河道里充满呼啸而下的朝山人，但鼓声涨落有序，毫不含糊。

第一声刚响起，禹怀疑这是幻觉或期待中的鼓声，同时迅速果断地将目光投向马衔山，而将记忆放置在仓颉叙述的许多史实上，如："洪古时，有物名帝江，状如口袋。其友倏、忽用七天开七窍，帝江死，腹中孕育出盘古，酣睡18000年后醒来，发觉四周都是黑暗，遂拔下玉牙，变成神斧，开天辟地。盘古身体长高一尺，天空随之增高一尺，经过18000多年，天数极高，地数极深，盘古极长。盘古精疲力竭，抛掉玉斧，与世长辞。他嘴里呼出的气变成春风和云雾；声音变成雷霆；左眼变成太阳，右眼变成月亮；头发和胡须变成星星；身体变成东、西、南、北四极和三山五岳；血液变成江河湖海；牙齿、骨骼和骨髓变成地下矿藏；皮肤和汗毛变成草木；汗水变成雨露；玉斧变成黄河源头的诸多高巍雪山。""帝江的精气逐渐凝聚成黄帝。""三月初三有熊氏诞生，不久即能说话，十五岁精通天文地理，二十岁继承姬水流域有熊国君王位，统一黄河下游地域后在泰山之巅会合诸部落，举行封禅仪式，天空忽现大蚓大蝼，色尚黄，于是以土德称王，故称黄帝。""黄帝早年发明轩冕，晚年发明铸鼎。第一个鼎铸造出来时，有金光闪闪的巨龙降临，好像万匹金锻笼罩天空。""颛顼让八条飞龙仿效风声长吟《承云曲》纪念黄帝。他又让鼍翻转笨重的身躯仰卧着，挥动粗大的尾巴敲打鼓凸的灰肚皮，发出洪亮的声音。共工受到启发，用鼍皮蒙成十分贵重的鼍鼓敬献给尧帝。尧帝本想以此为谏鼓，共工却阳奉阴违，私自改变功能，将它作为颂扬功德之鼓。"禹无法证实仓颉重述之历史的真实性，但能够证明重述活动本身确实发生。禹完全可以将类似重述作为第一重证据，又无泄密之嫌。他在玉山、鼓声与重述之间反复求证，确实，鼓声客观存在。

　　禹专注地倾听，第二波鼓声像碌碡，从深沉的地腹滚滚而来。禹忽然想起脩己打捞铜鼎的历史事实。当年，他还在脩己腹中，黄帝铸造的三个铜鼎在一次洪水中神秘消失。朝臣与部落首领、祭司互相指责、互相揭发，矛头逐渐对准炎帝和蚩尤。新联盟面临解体，战争的猛兽蠢蠢欲动。炎帝愤怒地变成牛首人身，亲尝百草，确定治疗战争创伤的草药，又发明刀耕火种及多种农具、陶器和炊具，备战备荒；蚩尤更名为共工，叫嚣着要制造更多铜刀、铜戈、铜箭头。战争的黑云笼罩在华夷大地，并且向周边蔓延。正当此时，脩己高调宣布要打捞鼎。朝野人士都怀着强烈的好奇心看这个弱小的女子如何从汹涌澎湃的激流中捞出铜鼎。脩己首先捞到三个三条腿的非红铜质地古朴陶鼎，体型小且浸满烟熏火燎的痕迹，除了远古时期浸入陶土的淡薄腥膻，根本找不到朝臣要求的龙、虎、牛、马、羊、鹿、熊、人、鸟等各种饰物及龙形纹、龟鱼纹、蟠螭纹、斜纹、六山纹、叶纹等九十九种纹饰。不过最关键的是陶鼎本身，尽管经过古老时光的打磨，又经历很长时段涛浪涤荡呈现出古铜色，但到底不是真铜。被否决后，脩己毫不气馁，继续在黄河中搜寻。各时代大小不等的陶鼎及石质、玉质、陶质礼器、祭器、酒器、盛器和生活器、陈设器、工艺器不断被打捞出来。还是被祭司否定。脩己乐此不疲地继续探寻。禹见证了那些饱受质疑和嘲笑的过程。遗憾的是，出生时由于剧烈震动，禹忘得干干净净。现在，羊皮鼓声重新舒展深厚久远的记忆，那些细节逐渐清晰，让禹倍感温馨，并且作为第二重证据证明鼓声确实存在。

　　陶醉在欣喜中的禹又听到第三波鼓声。他将仓颉对无数图像的解读作为参照。如有唐城竣工之日，鸾雏来集，麒麟来游，祇支国献重明鸟以贺，尧帝诏令国人大量刻铸鸾雏、麒麟和重明鸟形状以驱魑魅魍魉。禹在玉山、鼓声、浪涛、天空、九道坪与图像之间反复比对，确证无疑。很奇怪，随着证据增多，禹反而更加谨小慎微，不敢轻易断定鼓声非虚幻。他忽然想起被朝臣彻底否定的两类器物及图像——他们谓之"饕餮"（相当于后来的X）和"夔龙"（相当于后来的Y）。当年，脩己在伊洛河打捞出三件制作精良、形态优美的弧角长方形牌饰及三件长身躯。牌饰以红铜为衬板用碧绿纯净的绿松石镶嵌出神秘的动物图案，鼻头如凿，眼睛凸出，前爪如蟹螯，前足两侧各有一片浪花状卷云，后面两足是一对极其夸张的蹼。牌饰质地是红铜，器形却不是鼎。祭司欲弃之，好奇心促使他们对这种闻所未闻的图像进行数场鉴定，莫衷一是。签署鉴定意见时，祭司将这件铜牌饰及相近器物命名为"饕餮"。祭司对未知的绿松石镶嵌怪物也存在争议，大致有云、猪、鹿、蛇、玄鱼、蟾蜍六种观点。后来达成共识，全部称作"夔龙"。禹虽然不清楚"饕餮"和"夔龙"的原型是什么，但确实亲历了脩己捞起及祭司鉴定的全过程，因此，可以作为证明鼓声的第三重证据。

有此三重证据，就足以认定鼓声客观存在，然后深入探测鼓声的内涵。但禹仍然不放心。他暗暗发誓：再有一重证据支撑前三重证据，就相信。这样想时，第四波鼓声像雄鹰一样从诸峰之顶滑翔飞来。禹要用脩己的口传资料作为参照物。脩己早年在漫游的过程中从来没有停止过左心房向右心房的诉说。极为隐秘，只想让自己听见，没想到禹也在倾听，并且牢牢记住。禹现在能够轻松地重述她事无巨细的全部诉说，但不能全部复述——脩己的叙说犹如黄河，主流波澜壮阔，浩浩荡荡，一泻千里；而支流弯弯曲曲，缠绵悱恻，涉及无数隐私。只要从叙说的黄河主流中撷取一朵浪花作为证据即可。禹思虑再三，决定选择与黄帝有关的诉说："……黄帝即位以来一直没见过凤凰，内心郁闷，又不好向群臣咨询。有一天，他忽然俯下身问印：'脩己啊脩己，传说中的凤凰存在吗？'印如实告诉他：'其状如鸡，五彩而文，产在丹穴，夫凤之象：鸿前而麟后，蛇颈而鱼尾，龙文而龟身，燕颔而鸡喙，戴德负仁，抱忠挟义。小音金，大音鼓。延颈奋翼，五彩备明。举动八风，气应时雨。食有质，饮有仪。往即文始，来即嘉成。惟凤为能通天祉，应地灵，律五音，览九德。天下有道，得凤象之一，则凤过之；得凤象之二，则凤翔之；得凤象之三，则凤集之；得凤象之四，则凤春秋下之；得凤象之五，则凤没身居之。'黄帝欢快地拍着手说：'于戏！允哉！朕何敢与焉！'他穿上黄衣，戴黄冕，致斋于宫。凤凰遮天蔽日，成群而至。黄帝走下东边台阶，向西再拜，稽首说：'皇天降祉，不敢不承命。'于是凤凰集帝梧桐……"

鼓声与四重证据都能对应上，没有破绽。

鼓声确实存在。

禹决定以四重证据为支撑，打捞失落的文字。

第二天早晨，太阳升起之前，禹果然看到日、月、玉、人等字在石头上闪闪发光。鼓声有条不紊，韵味饱满。每粒文字都随着鼓声以舞蹈般优美的韵律跳跃、变奏。禹惊喜地发现鼓声与自己心有灵犀，对他内心泛起的细微涟漪都能及时捕捉，心领神会，并且天衣无缝地配合他观摩。

他聚焦"日"和"月"，鼓声迅速通过模状、模形、模动、模声、模光、模热、模意象等多种方式立体表现太阳、月亮的功能及文化意义。禹对光热动静之理解非常轻松，太阳圆滚滚、胖乎乎，周边线条象征暖热变化；月亮阴晴圆缺的变化也周而复始，不难把握。这些重现信息与当初他协助仓颉造字时注入的信息几乎完全一致。但增加的很多新意象令禹疑惑不解，再三求证，想厘清它们到底与"日"或"月"有无关联。禹筛选出具有代表性的太阳、月亮意象：有位与脩己相貌极为相似的女神喀拉受到巨蟒追赶，四处流浪，后来登上神山与天神昆仑结合，生下太阳神、月亮神及众星宿。太阳神兄弟甲、乙、丙、丁、戊、己、庚、辛、壬、癸合称"十天干"，他们每天黎明轮流登上太阳金车，巡视天宇，给大地万物播撒光明与温暖。太阳神甲驾驭三足金乌；太阳神乙驾驭三足夒龙；太阳神丙驾驭大象；太阳神丁驾驭狮子；太阳神戊驾驭牦牛；太阳神己驾驭骏马；太阳神庚驾驭老虎；太阳神辛驾驭巨蟒；太阳神壬驾驭公羊；太阳神癸驾驭长着金黄色鬃毛的熊。他们个个精神抖擞、英俊潇洒，头上通常戴着用月桂树、爱神木、橄榄树或睡莲枝叶编织的冠冕，胸前挂着古琴、弓、箭、箭袋和三脚架。早晨从东方大海中的蓬莱出发，晚上抵达西方昆仑众山间的天池，夜里通过幽深的虞渊返回蓬莱，周而复始。人们常用天鹅、鹰、狼和牝鹿献祭，感谢他们带来光明，照耀大地。东夷人还制作三足鸟形象的陶鬶作为重要的祭祀工具。

月亮神是名为梅花、杏花、桃花、牡丹、石榴、荷花、杜鹃、桂花、菊花、芙蓉、山茶、水仙的十二位漂亮姊妹，温柔贤淑，兢兢业业。

鼓声的涨落中，与太阳、月亮有关的意象奇幻多变、异彩纷呈，禹大开眼界，惊叹不已。如鼓声涨起时意象显示有位太阳神辛辛苦苦创造万物，却喜欢搞恶作剧，时常装扮成衣衫褴褛、邋里邋遢的乞丐与诸神嬉闹；鼓声落下时意象显示有位青年樵夫夜晚在竹林中迷了路，忽见前面闪出神光，走近发现芦苇丛中躺着一个十二寸高的小女孩。樵夫非常高兴，为其取名"月亮"，带回家放在竹篮里养。月亮不吃不喝，全靠笛声喂养：夜里听见樵夫吹笛子就长成美丽的少女，白天听不到笛声又变回小女孩。而且，她每天都要听到不同的笛声，樵夫只能不断换笛膜调节发声。月亮最喜欢米白色、较透明的苇膜，笛声清脆悦耳。这种苇膜只能每年小满的前五天采摘，提前太嫩，韧性差，晚了太老，音色次。芦苇还要粗细适宜，不能见阳光。樵夫采割芦苇时总是看到前面有一堆铜，他却视而不见。为了找到合适的芦苇，樵夫走遍了鸣沙山、合黎山、马衔山、昆仑山等大山。在各种芦苇笛膜调节的音声喂养中，月亮出脱成亭亭玉立的美丽姑娘。优美的笛声和窈窕的美少女吸引了不少青年男子。樵夫相中了那位打扮成乞丐的太阳神。他们因为婚礼的举办时间产生了分歧：太阳神坚持要在白天，月亮则要求在夜晚。樵夫变成一只夜鹰，发出笛子般的叫声，让他们在黎明、黄昏约会。

又一阵鼓声涨起时意象显示，太古时期天上有两个太阳轮流照射大地，没有昼夜之分，天气炙热。有对夫妇开荒时将睡着的婴儿放在树荫下的石堆旁，并用树叶遮蔽。但婴儿还是被太阳晒死了，变成蜥蜴，躲进了石缝。父亲十分悲愤，发誓要将太阳射下。他在家门口种了两棵桂树作为标识，分别命名为查灵、柏灵，然后就前往太阳上升之处，在它升起的过程中射中它的一只眼睛。太阳的光芒消失，变成月亮；另一个太阳被吓坏了，不敢升空，大地陷入一片漆黑。有只山羊外出觅食，被飞石击中头部，血流如注。原来人们出门前必须投掷石头，由落地的声音判断前方是深渊还是路。出其不意的石头不断飞来。山羊饿着肚子，又被石头打得伤痕累累，由于生气，声腔变得很怪异，吓得躲藏在山里的太阳赶快回到空中重新照耀大地。月亮传授父亲各种祭典仪式及禁忌：狩猎及播种祭时不吃甜食，否则会有荒年或射不中猎物；月圆时要举行孩童祭，否则孩童会生病、死亡。父亲返回部落，查灵和柏灵已长成参天大树，枝繁叶茂。他教族人用树叶作祭器举行祭祀。后来，查灵和柏灵变成上通天界下通人间的玉树，成了太阳与月亮休憩的家园，而树叶则变成了宝石般闪烁的星星……

　　鼓声时而密集时而舒缓，并且与脩己的叙述交织。禹不敢分心探究。他目不转睛，盯着石头上不断闪现的意象。意象转换到四周是湛蓝海水的岛国。岛上终年温暖，长满绿油油的桂树。部落首领吴刚高傲专横，一天夜里，享受凉爽晚风、仰望夜空时他突发奇想要触摸皎洁的月亮。他立即召集大臣公布想法。众大臣不敢违抗，通宵达旦地商议，天亮时想出了办法：举全国之力在世界最高处昆仑山盖一座让国王能够摸到月亮的高塔。吴刚很高兴，下令砍伐桂树制箱，然后率领岛民翻山越岭、长途跋涉，抵达寒冷的昆仑雪山。他们堆积木箱，愈堆愈高，吴刚迫不及待地爬到顶端，伸手要摸月亮时发现还差点，就向远在地面的国民叫喊再传递一个木箱。但木箱已经用光。吴刚气急败坏，下令把最下面的木箱传上去。臣民不敢违抗，将最底层的木箱抽出来递上去。吴刚踩着它刚接触到月亮，木塔就轰然坍塌。吴刚永远留在了月宫里。他难耐孤独，砍伐一棵高约500丈的神奇桂树，想制作箱子返回人间。可是，他砍下的树枝刚落地又回到原处自动愈合。因此，尽管他昼夜不停地砍，至今仍没做出一个桂木箱子……

　　鼓声携带意象又转换到新的画面：美少女姜嫄朝山时在玉树下乘凉，一只美丽的三足雄鹰将羽毛变成鲜亮而熟透的果实，散发出诱人的香味，姜嫄吃后便怀孕了。过了九个月生下后稷，他哭闹着要见父亲。姜嫄说在雷泽见神人迹而履践之，就怀孕了。后稷哭闹得更凶。姜嫄生气地弃他于朝山的路上。野兽躲避，不踩踏。姜嫄又抱回来，祈求众神三月初三在浪塘集会，告知后稷的父亲到底是谁。众神洗浴干净，梳平头发，穿戴整齐，欣然赴约。他们都希望被她选作丈夫。等众神来到浪塘，姜嫄怀抱后稷说："受人尊敬的神！后稷已满周岁，印还不知道他父亲是谁，甚至无缘见面。印从未与任何男人亲近过，印如何怀孕并生下孩子？请坦率地告诉印，谁是后稷的父亲！"众神面面相觑，难置一词。姜嫄哭泣着说："既然都不敢承认，只好让后稷自己去认！"她把后稷放在地上，孩子跌跌撞撞径直向玉树走去。三足雄鹰飞落下来，后稷立即抱住它健美的双翼。姜嫄羞愧难当，一把抱过孩子，高举起来，哭喊道："难道一位貌比大仙的处女，竟然要孩子去认如此邋遢的鸟做父亲吗？印要跳进黄河让汹涌澎湃的浪涛洗刷印的耻辱!"说着,她绝望地向河岸奔去。三足雄鹰张开双翼,放射出万道金光,向姜嫄飞去。后稷离开惊愕不已的众神,追赶姜嫄。逃避中,姜嫄变成了月亮,三足雄鹰变成了太阳,而后稷则变成了大地上的粮食……

禹确信"日"和"月"就是失而复得的新文字。至于它们如何被群羊啃噬、咀嚼、沉淀、消化、分解、升华,然后被山羌和仓颉还原成新文字,目前无暇深究。禹担心文字再次被羊偷吃掉,于是他灵机一动,何不给"日""月"两字的周边刻划出光线,最好构成漩涡状图案,让羊眩晕,不敢靠近。可是,羊离开文字后继续眩晕,在眩晕中坠入峡谷或迷失方向怎么办?……有了,提取两个漩涡,组合成羊角形图案,让羊误以为这些文字就是它们同类的化身,岂不是两全其美!

这样想着,禹喜不自胜,正要用耒锤雕刻时他犹豫了。耒锤在敲击"黄河磬"的过程中变得粗粝迟钝,如果要在文字周边雕刻羊角纹,必须把坚硬的耒锤磨成骨针那样尖锐,并且要有非常高超的微雕技术。

鼓声不断,意象不断。

文字不断闪现,禹目不暇接,根本没有时间去磨制耒锤,即便有现成的尖锐工具,他也不具备细致入微的雕刻技术。

禹想起了磨制"黄河磬"的那个梦中背影。

她有能力用光线装饰。可是,她在哪里?

忽然,随着太阳冉冉升起,随着"候人兮猗"的吟唱,一位美若天仙的女子从万道霞光中飘然而至。禹被照耀得睁不开眼睛,只能看到模模糊糊的影子。影子降临在"黄河磬"与陶瓮之间的文字石旁边,用舞蹈般的动作在雕刻。切磋声和钻磨声被陶瓮充满、放大、扩散,音质浑厚饱满,像大河奔腾。

禹情不自禁地向倩丽的背影大踏步走过去。

"影子"警觉,正要飞升,禹飞跑过去一把抓住她的裙裾。

手里的确抓着丝质裙裾,不是梦!

禹激动地说:"终于抓住了!印知道'候人兮猗'不是梦!"

女子挣扎几下,脱不了身,羞涩而恐慌地哀求:"松开手,不要影响印雕刻,好吗?"

凤鸟般婉转的美妙声音，非虚幻！

禹抓得更紧了："您转过来，让印看看您是谁！"

"印转过头很容易，但是以后就无法专注地装饰文字了！"女子柔声说，"不要为了满足自己的好奇心而执拗，印可不希望永远是夏伯的梦！"

禹一愣，微微松手："您是谁？从何处而来？您为什么要打磨'黄河磬'，现在又装饰文字？"

"参与崇高而又神圣的事业，需要理由吗？木不雕，不成器；石不磨，不成器；玉不琢，不成器；铜不铸，不成器；人不正，不成器。在创造文字的伟大工程中，印只想完成纹饰这一项！之所以悄悄参与，乃是基于职业素养。既然神赐予印卓越的雕刻技艺，印就必须像太阳、月亮一样把光芒毫无保留地放射出来。但尧帝并未赋予印这项使命。不过，这有什么关系？您参与造字不也是发自内心吗？羊不也参与了文字的纯化？还有斗转星移、暴风骤雨、花开花落、天灾人祸等无数必然或偶然因素都参与了文字创造。其实，大家都是神圣的造字仪程中的一部分，您何必要在意印呢？松开手吧！"

禹欣喜异常："您说出了印想说的话！印想看您的愿望更加强烈了！"

"为了这项活动的神性和庄严性，我们各行其是，好吗？"

"可是，可是……"

女子焦急地说："今天恰逢日月同辉，印装饰了'日''月'，以后，每天工作时间只能是早、晚，印要把最纯洁的阳光和月光刻进文字里。一定要记住，印工作时千万别打扰印，好吗？为了文字，您要克制；为了文字，印也要克制，不然就会使文字出现不纯或瑕疵……"

"印懂了！"禹忽然热泪盈眶，"但印还是担心再也看不到您，印想知道您叫什么名字，来自何处！"

"印说了，您就松开手，好吗？"

"好……"

"印叫女娇，家在涂山国滁河之滨的台桑！"

禹轻声重复："印叫女娇，家在涂山国滁河之滨的台桑……"

说着，他恋恋不舍地松开了手。

女娇在祥云瑞光中梦幻一般消失了。

禹痴痴遥望女娇离去的虚空，惆怅伤感。

丝绸的柔软质感还停留在手中，丝绸味道、桑树味道、桑果味道、发酵味道……多么熟悉的遥远记忆，女娇的丝绸衣裳难道是嫘祖制作的？

禹激动不已，他回过头，审视玉石上的"日"和"月"，它们被装饰成飘逸灵动的漩涡纹与羊角纹组合图案：女娇用双阴夹阳技法刻成的线条从文字周边旋出，向外延伸出弧形双旋，漩涡中心似乎是对称的两只旋眼，它们旁边分别有两只略小的圜眼，每个旋眼和圜眼中有两个清晰的小瞳孔，每个小瞳孔中都有太阳和月亮。

它们满怀喜悦，在神性的光辉中与神对舞！

这正是禹期待中的漩涡纹！

这正是禹期待中的羊角纹！

这正是禹期待中的雄鹰纹！

这正是禹期待中的太阳纹！

这正是禹期待中的兽面纹！

……

这些飘逸的微雕线条激情四射，禹满心欢喜、目不暇接。他祈祷拥有四目八瞳。未果。他祈祷加持夸父那样的奔跑速度，以便追逐活跃的光芒，也未果。他只能聚精会神地追赶无穷无尽的鼓声与意象。鼓声与意象交汇成野兽般奔腾呼啸的洪流，在层出不穷的文字中形成一个个漩涡纹、羊角纹、兽面纹、雄鹰纹……禹觉得力不从心，开始焦灼。他想起当年被脩己无情拒绝的痛苦。他要被鼓声淹没、被意象抛弃。他像鱼一样在漩涡中挣扎。他呛了很多浑浊的水。他即将崩溃，即将窒息。忽然，他耳际传来温柔舒缓的声音："印的线条像爱情一样单纯，是您想复杂了！"

禹觉得有只巨大的手臂把他从漩涡中拉出，镇定一下，发现女娇根据文字特征，有纹饰的一简一繁为一组，有的两繁一简为一组，有的合并为三组，等等，不管如何变化，都以双旋纹为主，而且神秘的旋眼外都环绕左旋、右旋两条旋臂……

禹忽然明白了！

女娇是以这种方式传递她存在的信息！

禹顿时信心倍增。

他与鼓声、意象、文字及变化万端的纹饰和谐共振、完美契合。他同女娇通过线条和切磋声、微雕声不动声色地交流，又像天地万物一样保持和谐的距离。

有时，禹情不自禁地想，如果母亲看到这一切，该是多么欣慰啊！

他不知道母亲究竟在何处。

即便梦中告知也好啊。可是，母亲依然杳无音信。

有一天晚上，他意外梦见华胥。

"脩己让印来代替她看看你，"她说，"脩己说感觉你正在离她而去！"

禹想问母亲在哪里，可是不敢出声。他听见女娇在月光下雕刻的声音，他不想惊扰她。

华胥接着说："孩子，你内心慌乱焦灼时，你母亲强烈地感觉到了，但是现在，你浑身上下都充满自信，印会把这些信息带给她。孩子，为了你的母亲，每临大事要镇静，明白吗？你和重华都有高尚的品德，是顶天立地的好孩子。可是，面对源源不断纷乱复杂的信息，必须精选细挑，否则就会迷失自己。脩己离开你，印离开重华，都是为了成就你们。虽然你出生前在脩己内心驻留多年，到底还是孩子啊，而印是一位母亲，母亲的心都是相通的，也只有母亲才能真正理解母亲。伟大的母亲要把孩子抚育成人，就必须懂得割舍。因此，孩子刚刚独立便忍痛割爱，悄然离开；又不忍心疏远，只好保持距离，默默注视。但若遇到难以想象的危机，母亲又会克服重重困难赶到孩子身边。你能想象出一位母亲承受的巨大痛苦吧？"

"……母亲从未离开，能感受到，她就在身边；感受不到，她就在天边！"

华胥说："仓颉给文字注入无限宽广、无限深厚的内涵，而女娇的微雕线条帮助不断交替中的人如何领会精神和要义，这很重要。关于日、月，有很多意象。华夏大地及产铜地、产贝地、产绿松石地等地域至少有80000个大小部落，都有关于月亮、太阳的意象，都想呈现，你能数得过来吗？接下来还有无数山川、河流、树木、风俗、物产之类，更多更繁，你得抽象、统领这些信息而不是被淹没。像水，疏导好就能洗浴饮用、浇灌庄稼；用不好，就会形成猛兽一样的洪水，造成灾害。"

"卬明白了。文字从来不需要创造，也不会丢失，它们永远存在于天地之间，人类只需要发现它们即可！"

华胥欣慰地笑了："祝福你，聪慧的孩子！卬得转山去了，让你迷途知返费了不少时间啊。"

她轻轻拍拍禹的胳膊，转过身，轻盈地朝巍巍玉山走去。

八

"日""月"之后，连续多天，鼓声传递华美的文字。包括不少生僻字，主要是传说中的帝王、奇人、神兽或动物，如帝江、盘古、神农、炎帝、祝融、蚩尤、少昊、共工、刑天、狌狌、九尾狐、青龙、白虎、玄武、朱雀等。还有零星片段文字，如："钟山之神，名曰烛阴，视为昼，瞑为夜，吹为冬，呼为夏。不饮，不食，不息，息为风，身长千里。""大荒之中，有山名曰成都载天。有人珥两黄蛇，把两蛇，右手操青蛇，名曰夸父。后土生信，信生夸父。夸父欲追日影，与日逐走，逮之于禹谷，入日。"

无论鼓声、意象和纹饰多么复杂，禹都能有条不紊地整理。

尽管如此，他还是如履薄冰，小心翼翼。

夸父每天准时来，每次都失望而归。因为禹不能越俎代庖，把文字交给他。仓颉赋予他的使命是整理和看护。当然，夸父也恪守信使的职业道德，看不到仓颉就心事重重地离开。他的表情越来越僵硬。禹也从不主动搭话。

他们各司其职。

不过，随着文字堆积得越来越多，双方都想打破僵局：禹想分享文字被装饰后的美丽效果，夸父也希望尽快结束使者职务。

他们有与宏大时代主旋律相悖的个人愿望，并且越来越强烈。

可谁都不愿迈出第一步。

他们僵持时，共工来了。他透露自己将要代替重华成为新的帝王，希望将来仓颉继任史官一职，并要力荐禹出任司空、掌华夷水利、营建。

禹沉默不语，举起手中的耒锤，虔敬地晃一晃。

共工不屑地说："重华给你这块破石头算什么，朕即位后，在阆风苑给你铸造六个天下最大的铜鼎，把这些文字、图饰及各种符号全部刻到上面，这个创意如何？黄帝当年才铸造了三个铜鼎！"

禹不置可否，神情专注地望着东边的天空。太阳正在冉冉升起。共工说太阳兄弟对仓颉创造的"日"字非常不满，认为这是偷工减料的劣质工程，已经向天神告状。他们拒不承认，就算尧帝和重华已经刻在玉石上昭示全国，也没用。共工还要唠叨，夸父突然出现。

夸父和禹满怀期望地注视着对方，但他们都失望了。夸父返回，禹转头向西，鼓声也传递而来。新文字开始在石头上闪现。共工熟视无睹。他既听不见鼓声，也看不见文字。禹挥舞耒锤激情舞蹈。共工推测这可能是驱逐魔鬼的巫术，大为光火，他爆出猛料刺激禹："仓颉创造的这套文字被废除已成定局，尧帝计划在阆风苑举行罢黜摄政王的仪式，并且宣布祝融和朕同为新文字的创造人，限一年内完成，根据文字创造情况确定新的摄政王！"

共工见禹不为所动，停止爆料，摇摇头，嘟嘟囔囔地走了。

鼓声清越嘹亮，在石头上洇出各种山的形状及名称：昆仑、洵山、少山、锡山、景山、玉山……

禹一丝不苟地分辨鼓声，理智筛选。

各种玉山令他眼花缭乱却又心旷神怡，陶醉其中。

鼓声激情变奏，层层递渡，传来更翔实的意象：

玉山，是西王母所居也。西王母其状如人，豹尾虎齿而善啸，蓬发戴胜，是司天之厉及五残……

三危之山，三青鸟居之。是山也，广员百里……

鼠鸟同穴之山，其上多白虎、白玉……

槐江之山，丘时之水出焉，而北流注于泑水。其中多嬴母，其上多青雄黄，多藏琅玕、黄金、玉。其阳多丹粟，其阴多黄金银。实唯帝之平圃，神英招司之。

丹水出焉，西流注于稷泽，其中多白玉。是有玉膏，其原沸沸扬扬，黄帝是食是飨。是生玄玉。玉膏所出，以灌丹木。丹木五岁，五色乃清，五味乃馨。黄帝乃取崒山之玉荣，而投之钟山之阳。瑾瑜之玉为良，坚粟精密，浊泽有而光。五色发作，以和柔刚。天地鬼神，是食是飨，君子服之，以御不祥……

竹水出焉，北流注于渭，其阳多竹箭，多苍玉。丹水出焉，东南流注于洛水，其中多水玉，多人鱼……

海内昆仑之虚在西北，帝之下都。昆仑之虚方八百里，高万仞。上有木禾，长五寻，大五围。面有九井，以玉为槛，面有九门，门有开明兽守之，百神之所在……

湖水出焉，而北流注于河，其中多珚玉……

夸父与日逐走，入日，渴欲得饮，饮于河渭。河渭不足，北饮大泽。未至，道渴而死。弃其杖，化为邓林……

……

鼓声悠扬起落，指引禹用耒锤在石头上连续刻划出 447 座山，标识 182 座产玉石的山名及方位。之后，鼓声似乎筋疲力尽，阒然消失。

禹小心翼翼地将 447 块石头摆放整齐，之后遥望玉山，等待新的鼓声传来。在此间隙，他探索"夸父之山……湖水出焉，而北流注于河，其中多珚玉"与"河水出东北隅，以行其北，西南又入渤海，又出海外，即西而北，入禹所导积石山"所蕴含的文化信息。他理不清"夸父之山"与信使夸父究竟存在怎样的对应关系。夸父不再是当年造字之处的那个快乐少年，似乎总是满腹心事、欲言又止。此前，他每次到阆风苑同仓颉对接完信息便匆匆离开，从不多说一句话，仓颉出于职业习惯，也不多问。禹和其他人当然更不可能交流。尽管夸父隔三岔五会到阆风苑与大家见面，但他们像熟悉的陌生人。……这些年，脩己杳无音信，而他也从未离开过阆风苑，除了每天刻刻划划，还有什么？

仓颉曾说文字创造结束后将回归家乡，他呢？将往何处？寻找脩己？

"禹所导积石山"预示着怎样的命运？难道要长久地守望阆风苑，与玉山做伴？

这样想着，禹不由得黯然神伤、怆然泪下。

忽然，一道霹雳般的撞击声在晴空炸响。

禹耳际轰鸣，脏腑欲裂，眼泪化作飞沫。他分不清是鼓声还是夸父紧急奔跑时踩出的强音。撞击声在脑海中嗡嗡作响。

回响声沉淀成山脉和沙漠。

第一声还在踌躇，第二声又传来了。接着是声波在空气中愈来愈弱的震荡。禹凝神敛思，根据多年敲击石头的经验判断，第一声来自西方，第二声则来自东方。它们属于原音与回声的关系：即第二声是第一声的回音；也有可能第一声是第二声的回音。原音呢？或许发自盘古时代吧。是否可以这样理解：鼓声是脚步声的回音，或者脚步声是鼓声的回音？要么是鼓声与夸父的脚步声对撞？

禹乐于实干，不喜欢陷入思考。他要尽快结束疑惑。他暗下决心，这次见到夸父，必须主动打破僵局，请他协助搜索有关脩己的信息。

仓颉即将打捞完所有文字，团队解散后可能永不相见。

鼓声又沉稳地响起，来自西部高山雪峰；继而，东部莽原间的脚步声也传来了。两声之间相距时空与上一组合几乎完全相同。禹听得异常清晰。他甚至推测这两声是前两声的重复。生灭如同后浪推前浪。接着鼓声节奏加快，由舒缓变得密集。禹敏锐地发现，鼓点和脚步声传来时都会在石头上显现出不同的图像，立体感极强，似乎伸手可触。两种声响有意配合，不约而同，很默契。禹努力将每一声起落及其对应图像刻印到脑海中。

他有超强的记忆力，只要记住就不会忘记。

第一声鼓激荡出一块牛眼大小的海贝，与之对应，脚步激荡出一块双熊头三孔玉；

第二声鼓激荡出一块鸽子蛋大小的青金石，与之对应，脚步激荡出一只红色玉熊龙；

第三声鼓激荡出一块鹰蛋大小的蚀花肉红石髓珠，与之对应，脚步激荡出一只白色玉鹰；

第四声鼓激荡出一块狮子眼大小的绿松石，与之对应，脚步激荡出一只黄色勾云形玉器；

第五声鼓激荡出一只天眼玛瑙珠，与之对应，脚步激荡出一只苍绿色玉鸮；

第六声鼓激荡出一只红铜太阳形器，与之对应，脚步激荡出一只镶嵌绿松石和青金石的熊形铜牌；

第七声鼓激荡出一只青铜小四轮太阳车，与之对应，脚步激荡出一套璧、琮、圭、璋、刀、璜等礼器。

鼓声与脚步声越来越密切，前浪带后浪，后浪推前浪。前浪后浪激搏，形成漩涡。浪花在漩涡四周飞溅，形成动感极强的点缀和纹饰。尽管鼓点与脚步声急促，但对应的图像从容不迫地在石头上显现，让禹眼花缭乱、目不暇接：玉玦、玉佩、玉环、绿松石、青金石、水晶、玛瑙、天河石、虎形器、金鼻环、红铜耳环……它们争先恐后，都想叙述各类漩涡式的偶发事件，叙述前生后世、开采、冶炼以及铸造、掐丝、包金、鎏金、焊接、拉丝、扭丝、包镶、抛光、平脱、金缮等名目繁多的加工技术。

它们像飞翔的大雁一样不断变换阵形。

禹淡定从容，仿效鲧当年从漩涡中拯救脩己，将来自鼓声和脚步声的两种意象整合成"卍"形图像，如贝壳与玉珠、绿松石与碧玉佩、金带与玉钩、金权杖与玉杖首、多彩珠管与金属饰件等等，结成一串串项饰、坠饰、串饰、腕饰、腰饰。如八颗白色小玉珠颈琏、一件半圆形两边穿孔的大玉佩、两侧为绿色石珠然后是白色石珠和黑色玉珠的串饰，等等。当然，并非所有零件都能串入，零散的或暂时无法归类的，禹也会贴上标识符号，分门别类：如宗日四十七粒红玛瑙珠；大何庄二粒红玛瑙珠；总寨五粒红玛瑙珠；红缟玛瑙、带状玛瑙、水胆玛瑙、碧玉和蓝色、深蓝、淡蓝及群青色青金石；孔雀石、瑟瑟、乌拉尔祖母绿；宝石绿、鹦哥绿、菠菜绿、蛙绿、紫罗兰和藕粉地翡翠……

零零散散的石珠、玉珠、玛瑙珠、蛇纹玉石管、兽牙、化石、卵石、鱼骨密集如雨点，随同鼓声、脚步声在天空、玉山、高原、黄河、草甸及禹的五脏六腑之间急促交织。

九

祝融看见西北大地多处青铜冶炼作坊火光冲天。

驩兜看见炎黄、华夷部落联盟的仪式在各地被重演。

三苗看见女娇通过吟唱"候人兮猗"在台桑和阆风苑之间奔波。

康回看见一位铜头铁额、红发蛇身的魔君冒充共工氏前往涂山试图与女娇对歌。

相柳看见自称相繇的蛇身九头凶神一路叫嚣，要把敢与女娇对歌的人全部吃掉。

浮游看见一头体格奇大的红熊呼哧呼哧翻山越岭向涂山国跑去，并宣称女娇是其妻。

混沌看见一只巨大的狗试图阻止女娇唱歌。这只狗长毛四足，有目而不见，有两耳而不闻，有腹而无五脏……它遇到有德之人就怒气冲冲地冲过去撕咬，遇到无德之人却摇尾乞怜。

穷奇看见长着一双翅膀和刺猬般毛发的老虎将会唱动听歌曲的人的鼻子咬掉，却捕猎很多猎物送给丑陋的发恶声者，鼓励他们去同女娇对歌。

梼杌看见虎状犬毛、长二尺、人面獠牙、尾长一丈八尺、有四根犄角的獭䮺顽固地阻止女娇的歌声在山林江河间传播。

饕餮看见羊身人面、眼在腋下、虎齿人手的神秘怪物狍鸮强迫女娇把他的形象刻划在良渚的玉器上。

共工看见三苗、康回、相柳、浮游、混沌、穷奇、梼杌、饕餮等爱将竭尽所能，把锃亮的青铜器像洪水般凶猛地传遍大地，各类玉器不堪碰撞，纷纷破碎；又看见仓颉在山羌的导引下敲打着羊皮鼓走遍西北各地有河流经过的草场。

施黯看到阆风苑中一座五彩缤纷的玉山徐徐隆起，直通天际，各种项链在禹的项上、胸前、腕中、腰间层层叠加，令人眼花缭乱……

丹朱看到无数艳丽的凤鸟在阆风苑上空盘旋飞舞。

监明看到多种色彩的巨龙在阆风苑上空盘旋飞舞。

源明看到无数只猛虎在阆风苑四周徘徊咆哮。

启明看到成群结队的鹿群在阆风苑周边嬉戏。

胤明看到漫山遍野的牛群像云朵一样朝着阆风苑汇集。

觉明看到各道山川里的羊群顺着河流涌向阆风苑。

卧明看到稷田、粟田、黍田、菽田、麦田在阆风苑周边台地生机勃勃无限绵延。

晦明看到各条路线上的商队络绎不绝。

开明看到夸父作为向导，重华乘坐由浮云、赤电、绝群、逸群、紫燕骝、禄螭骢、龙子、嶙驹、绝尘九匹骏马驾驶的华车翻山越岭，向阆风苑疾驰而来。

<h1 style="text-align:center">十</h1>

秋分那天，鼓声与脚步声在阆风苑上空戛然而止；与此同时，传来女娇的吟唱：

"候人兮猗！"

与往日朝气蓬勃、洋溢着青春气息不同，这次的歌声让人猝不及防，让人揪心，令人伤感。

禹觉得东南方向的天空中有无数双眼睛含情脉脉地注视着他。

异常真切，他仿佛能感受到"候人兮猗"春花初绽般的潮润芳香。

歌声越来越近，似乎就在高山背后。

禹内心有一种无法遏制的野兽般的冲动。如果要给这头野兽命名，可以叫作祝融或共工、三苗、康回、相柳、浮游、混沌、穷奇、梼杌、饕餮等；也可称作丹朱、监明、源明、启明、胤明、觉明、卧明、晦明、开明。

除了脩己、山羌、华胥，可任意选取物象进行聚合。

禹回头望一眼文字石堆积而成的山丘，踌躇满志：现在，做完了该做的事，以后印让内心潜藏多年的猛兽驮负而行。

哦，女娇是不是以这种方式告别？

禹决定离开阆风苑，到山那边迎接"候人兮猗"。

正当此时，一声沉重的脚步声惊醒了他。

夸父气宇轩昂地站在眼前。

禹向他微笑致意，夸父点头憨笑。

接着，"九逸"驾的华车从远处驰骋而来，转瞬间就到了阆风苑。

重华穿着素服翩然下车，对禹说："曹代表尧帝和众大臣来接仓颉和你回有唐城！"

禹说："仓颉寻找文字去了，还没回来……"

"所有发生在阆风苑及其周边的事曹都知道了，"重华说，"曹还知道你们通过羊的'反刍'让新文字酝酿，让它们变得更有内涵！"

禹欲言又止，重华为何单独出行？难道……

重华似乎看透了他的心思，"这是曹最后一次单独出行。曹特意选择阆风苑，就是想接仓颉和你——哦，还有文字一起回有唐城。禅让仪式精简到极致：整个过程就是验收文字。"

"印不知道仓颉身在何处，他的文字他做主，印只是代为保管。"

重华面露不悦："按照《黄帝历》，今天应该是你们带着文字离开阆风苑的日子。"

"文字其实早已创造完成，只不过出了一点意外……"

"共工擅自使用尚未启用的《颛顼历》，情有可原；你和仓颉既不使用《黄帝历》，也不参照《颛顼历》，我行我素，据传，你们私自创立了一种历法并且擅自命名为《夏历》？你们采用冬至之月为子月作历算一岁开始，历法年则采用以建寅月开始，即寅正；你们大致采用整数366天为一岁，用减差法和正闰余来调整时差，对不对？"

"我们只是按照创造文字的节奏来对应自然万物，以求得最大的真实与精准，这同种庄稼不同……哦，对了，我们换算的日期并没有错，只是文字未能如期呈送，确实有特殊情况。"

"曹不远千里而来，历尽艰辛，难道让曹带着失落的心情返回？"

"很抱歉！"禹喟然叹息，"如果必须有人承担责任，请带印回朝，印愿承受父亲那样的惩处！"

重华遥望玉山及阆风苑四周，沉思良久，慨叹道："多年来，曹只想做一个本本分分的普通人，种粟制陶，孝顺父母。可是，命运却把曹一步步推到帝王的位置，既然如此，就得做与大众福祉有关的事，包括对制度的遵守。不过，此事发生在曹正式登基前，暂且不论。请你转告仓颉，朝野人士高度关注新文字。"

禹点点头："敬诺！"

重华说："此地一别，曹很难见到母亲。除了向她表达深深的敬意，再没什么。大概，总有一部分人的命运都是如此吧。"

看他即将驾车东行，"九逸"对着玉山与西方天空昂首长嘶，泪珠滚落，然后绝尘而去。

　　夸父目送他的踪影消失，回过头，讷讷地问禹："印的职责完成了，现在该干什么？"

　　禹说："记得你是大荒国的王子？"

　　"大荒国已经消失，印回不去了。"

　　"这里有河流，可以捕鱼；有莽原，可以狩猎；有良田，可以耕种；有草原，可以放羊牧马……当然，还有来来往往的商队，他们肯定欢迎你这样的守信青年加入！"

　　"印习惯了奔跑，再也无法停下来。"夸父悲壮地说，"听说太阳十兄弟都想竞争帝位，印喜欢他们的岗位，喜欢永远处在运动状态；可是印也喜欢唱'候人兮猗'的涂山国的美丽公主女娇，你和仓颉都是智慧超群的人，请问印应该选择做什么？"

　　"……这个要你自己做主，听从内心的呼唤。"

　　"内心比印跑得快，印恐怕永远追赶不上……"

　　禹看他忧心忡忡又憨态十足，忍不住笑了："你的心该不会跟着歌声跑了吧？"

　　"……还真是这样。"夸父羞涩地低下头，"女娇柔弱美丽，却又是那样坚韧不拔，不管多么坚硬的真玉，她都有办法解开，并且刻划上精细巧妙的纹饰和线条，人们崇敬地称为'游丝毛雕'。实际上，三苗——尤其是良渚玉工都曾向她学习过技艺，她一边歌唱'候人兮猗'，一边悉心教授，但很奇怪，从来没有人能学到精妙要旨。女娇美丽善良、勤劳淳朴，令很多人心仪，纷纷前往求爱。印的奔跑速度举世无双，女娇的'游丝毛雕'和'候人兮猗'的歌声无人能敌，我们最般配。现在印终于明白了，她的歌声是唱给印的，她要印停下来，印确实也该停止奔跑了。"

　　"印怎么越来越听不明白你的话了？你的叙事模式完全变了。"

　　"哦，是吗？"夸父思索一阵，说，"印最初奔跑的目的仅仅是要跑出荒凉、逃离荒凉。可是，多年来，尽管印练就了超常的奔跑速度，尽管大荒国已不存在，但印感觉印还置身于浓浓的荒凉之中。是'候人兮猗'给了印片刻宁静。只要得到女娇的爱，印就停止奔跑，与她一起过慢节奏的生活。"

禹仿佛受到沉重打击："还在打磨'黄河磬'时，印夜里经常看到'候人兮猗'的背影；后来她装饰文字时，尽管始终没有看清她的面容，但印认定她就是印心中的女神！待仓颉回到阆风苑，印交付文字之后就去找她。"

"如果找不到与虚幻背影对应的女子呢？"

"那就在追寻的路上走完终生！"

"还挺感人，不过，你没有印跑得快！"夸父自豪地说，"大羿、共工都没印跑得快！"

"印要跟你赛跑。"

"你是说，跟印赛跑？"

"对！"

夸父放声大笑："哈哈哈！竟然有人敢跟印赛跑！"

"你不要笑，印是认真的。"

"印跨出小小一步，足够你跑半年，怎么比？"

"看谁先到'候人兮猗'经常登临远眺的涂山台桑石。"

"印不跟你比赛。"

"为什么？"

"胜负显而易见，没有可比性。何况你还要看护仓颉的文字。"

禹犹豫一下，说："印已经对仓颉有了很好的交代，他只需用牛驮着文字到帝都交差即可。何况，仓颉很早以前就对印说，遇到爱情与别的事情冲突时，优先考虑爱情。"

"你应该跟随仓颉前往帝都接受封赏。"

"印要享受生活。"

夸父伤感地说："印已经没有家了，奔跑是印的一切。但跟你赛跑会让全天下人耻笑印，并把这件事通过欧亚大陆上的商队传播到很远很远的地方。"

"除非你认输，否则必须比赛！"

夸父瞬间怒了："没见过这么犟的年轻人！你先跑三年印再起步好不好？通畅的路留给你，印选择偏僻难走的泥沼路或布满荆棘的羊肠小道，好不好？"

禹露出倔强的表情，顽固得像一头黄熊："不行，必须同时起步跑，而且，还得请二十二名裁判员！"

夸父气得叫起来："卬答应！"

他们决定在冬至之月开赛，请十位太阳兄弟和十二位月亮姐妹分别轮班值守白天、黑夜。

共工得知消息，乘坐六匹火红色骏马拉的大车来到阆风苑。

"见过傻的，没见过你这么傻的。"他直言不讳地斥责禹，"你跟着仓颉含辛茹苦地造字，图什么？距离成功还有半步之遥，怎么犯傻了，突然改弦易辙？"

"卬很清醒。"

共工满脸鄙夷，"难怪脩己生下你后不愿喂奶，原来她很早就对你失望了！你舍弃文字而追求什么'候人兮猗'，会遭天下人耻笑的！你稍微有点耐心好不好？尧如果冷落你、轻慢你，朕保证重用你！"

"卬对炼铜没有丝毫兴趣。"

"对王位呢，难道也没有兴趣？"共工咆哮起来，"朕的家乡土地肥沃、人口众多，九个氏族的首领都崇德有礼，朕让你当九州之王，如何？在那里建'夏后国'，怎么样？朕让九个首领的女儿都给你做妻子，满足了吧？"

禹忍俊不禁："什么跟什么呀！"

"你别装！也别不识好歹！朕看你是难得的俊杰，才承诺这些。"

"您还是把这些承诺给大羿、祝融、三苗、康回、相柳、浮游、混沌、穷奇、梼杌、饕餮他们吧，给谁都行，只是不要给卬。您很清楚，卬根本不会接受！"

共工气得脸色铁青："臭小子！等着吧，有你受的罪！"

说完，他气呼呼地驱赶马车扬长而去。

禹本来打算在冬至之月的首日起跑，但每天都有很多操着各种方言的人前来劝说禹放弃比赛。其中三名妇女开始自称是脩己，被识破后又谎称受脩己之托，但又说不出脩己身在何处。接着，越来越多自称脩己的人来苦苦劝说。

卬感到万分奇怪，禹追随仓颉造字时，阆风苑很少有人光顾，为何谈及爱情，却有如此多毫不相关的人前来干涉？他们众口一词，都认为禹应该做治国平天下的大事。

印偏要追求爱情！禹暗下决心，必须在冬至月的冬至日黎明时分起跑。

他郑重其事地告知夸父。

第二天，太阳出来前，正要开跑，又有自称脩己的女人气喘吁吁地来了。

"紧赶慢赶，终于回到阆风苑了！"她瘫在地上，死死抱住禹的双腿，"娘帮你还完所有人情，这几年在不周山培育了一种梨，爱有嘉果，其实如桃，其叶如枣，黄华而赤柎，食之不劳……有这种树照顾你，娘才放心……"

夸父急躁得大声喊："文命，时间到了，你究竟跑不跑？"

禹连声说："马上，马上！"

他回过头问脩己："您说的不周山在哪里？"

"北望诸毗之山，临彼岳崇之山，东望泑泽，河水所潜也，其原浑浑泡泡。"

"印知道了，其实就是查灵、柏灵两座神山，对不对？"

女人疲惫不堪，面容憔悴，她用力地点点头："现在它们已经合而为一。"

禹说："对不起，印现在来不及辨别，印答应了夸父要与他赛跑……"

女人浑身一震："不行！你不能去东夷！不能去涂山国！"

"为什么？"

"那是你杀父仇人生活的地方！"

这时，太阳出山了，天下大白。

夸父急躁地叫喊："文命，你到底跑不跑？再磨叽，印就放弃比赛了！"

"马上，马上！"禹边回答边说，"您松手吧，父亲为了救百姓脱离水火和毒虫猛兽，命神鸟、神龟偷窃能阻止洪灾的神土'息壤'，天帝知道后将'息壤'收回，并派火神祝融杀死了父亲，这与东夷无关！"

"你是娘生的，娘担心、害怕、忧虑、彷徨……"

"不！印是鲧生的！"禹失声叫道。

女人再次浑身一震，万分惊愕："文命，你说什么？"

"鲧死后，尸体三年不腐，冬至月冬至日，肚子突然裂开，印像黄龙一样飞出来，鲧就变成一条玄鱼——也有人说化作黄熊游走了。所以印是鲧生的，而鲧并没有死，他一直在河里游着。"禹痛苦地低下头，泪水涟涟，"印现在心神不宁，无法判断您到底是不是母亲，实在很抱歉！印真的不忍心这样说，可这些信息像洪水一样剧烈冲荡，印苦心孤诣用堙、障等方法堵塞围截，结果疲于奔命，效果甚微，不但没有把信息治住，反而使信息的冲击力越来越强大！与其这样被痛苦所冲刷，还不如疏导开！"

女人愕然，慢慢放开禹的腿，"文命自小懂事，叛逆期到三十岁才开始，这表明夏伯是完整的人，娘高兴……"她掏出一支骨笛放到禹手中，"当年，山羌赠送给娘时，娘不知道它有那么多神奇的故事，涉及创世、造人、开玉、治水……尽管山羌让娘思念你时就吹响它，但娘不愿影响你造字，就忍住了，娘独自承受思念，烈火般煎熬的思念……现在，娘把羌笛送给你，就当是娘和历史陪伴着你。"

禹接过羌笛，长舒一口气，说："果然是母亲！现在印觉得神清气爽、浑身通透，像美玉！"

脩己喜极而泣："孩子，娘还要把有关创世、造人、开玉、治水的历史交给你！"

这时夸父又叫喊起来："文命，太阳升起老高了，你再不跑就算弃权！"

禹为难地说："如果印出生时您讲那些神话和历史，印会欣然接受，印知道它们丰厚、有趣，影响深远，可是现在，印必须确定女娇究竟是不是梦！印要做一回自己，仓颉把时间万象变成文字，印要把梦境变成现实。"

夸父再次叫喊："文命，你要弃权吗?!"

禹说："好，印喊七声就开跑！"

脩己含着泪水向他挥挥手："奔跑吧，孩子！娘再也不阻拦你了！"

看着禹的身影消失，她低声吟唱起劝奶谣。

第八章　共工怒触不周山

一

当禹喊到第六声，当共工率领众多冶炼主纷纷怒不可遏地指责时，禹才发现刻划有各类文字符号的石头竟然堆积成了巍巍高山。

他很纳闷：这些石头全部埋藏在河边台地，怎么就像树一样长出地面，成为通天柱？

"玉树"还在生长。

共工声嘶力竭地叫嚣："你们造这么粗壮的通天柱，想上天是不是？"

与此同时，夸父也急躁地叫喊："文命，你到底跑不跑？"

禹不顾一切地大声喊："开跑！"

夸父起跑，风一样，倏地跨过太子山，不见了身影。天空中只有被撞碎的云片。

共工冷笑着挡在禹前面："你想干什么，朕心里清楚，别耍花招！你乖乖待在阆风苑，休想以赛跑为名逃避！"

"除了寻访歌声，卬什么都没想！"

"你以为朕会信？"

"卬协助仓颉造字，现在完工了，卬的使命也完成了。卬对你们冶炼的各种铜没有丝毫兴趣。"

"真的？为什么？"

"因为铜在烈火中诞生，但离开火，又变得冰冷，没有温度！"

共工百思不得其解："朕不想绕口令！"

禹面朝阿尼玛卿圣山凝神敛气，先向右边的昆仑山抬右脚迈出一步；

共工和众多冶炼商站成一条长龙，堵住他；禹接着抬起左脚，向前迈进，与右脚并在一处。

共工怒吼："你想硬碰硬？我们的铜器坚硬如山，轻轻松松就能撞破你手中的耒锤和那些玄虚玉器！"

禹微笑着向前迈出半步。共工不得不后退半步。冶炼商不知所措，前拉后拽，纷纷摔倒，队伍大乱，青铜器碰撞交响，河流似乎也动荡不安。

禹朗声大笑："你整治好队伍再阻挡，印等着！"

共工恼羞成怒，冲着队伍呵斥："怎么回事？找矿时的勇气去哪了？冶炼时的协作精神去哪了？铸造时的沉静去哪了？"

冶炼商重新调整队伍，用优质红铜刀组成九道闪闪发光的围墙。

禹扬起耒锤，上身猛地前倾，下身却后撤，退出一步。

中间空出几道峡谷。

共工无法判断接下来禹是继续后退，还是忽左忽右。他犹豫不决，进退两难。

"九道红铜围墙"屏住呼吸，严阵以待。

忽然，禹向左边的阿尼念卿山抬右脚迈出一步，左足紧跟，未等共工他们反应过来，左脚又向前迈出半步，右脚跟上，合并在一处。

禹置脚横直，相辅相成如"丁"字。恍惚间，共工看到阿尼玛卿、昆仑山、马衔山三座大山似乎也呈"丁"字形排列，他不知所措，再次迷茫。

"九道红铜围墙"也随之迷茫。

禹向前抬右脚，左脚紧接着跟从右脚并在一起，站在阿尼玛卿与昆仑山交界的达里加垭口。他回过头，冲共工喊道："来阻挡啊？"

共工怒目相对。

"怎么，现在竟然不会走路了？正道难走，是不是？"禹戏谑他，"爱情让人疯狂，也让人聪明。印把刚才发明的步法告诉你们，来，跟印走！预备，出发！前举左，右过左，左就右。次举右，左过右，右就左。次举左，右过左，左就右……"

共工哈哈大笑："朕偏不上当！朕才不会离开可以随时观测阆风苑的马衔山呢！"

他们眼睁睁地看着禹消失在达里加垭口。

共工沉思片刻，对"九道红铜围墙"说："你们觉得禹挑战夸父是不是一个阴谋？"

"是！"众冶炼商声如洪钟。

"他是不是故意把我们引开阆风苑，以便仓颉接受尧帝禅让？"

"是！"众冶炼商声如洪钟。

"我们可进可退的最佳选择地是不是一河绕群山的阆风苑？"

"是！"众冶炼商声如洪钟。

"那好，请大家各就各位，密切关注时势发展。青铜时代——也就是共工和祝融的时代即将来临，谁也阻挡不了！"

"应该这样！"

共工沉思片刻，叫来浮游、康回、相柳、混沌、穷奇、梼杌、饕餮，吩咐他们每人值班一天，密切关注禹和夸父，看看他们究竟要干什么。

七人领命而去。

二

浮游、康回、相柳、混沌、穷奇、梼杌、饕餮一丝不苟地监视禹的所有活动，记录并画出示意图。他们每人每次值班七天，全部值班材料汇集如下：

浮游值班记录：禹用他发明的奇特步法前进，忽左忽右，忽前忽后，一阴一阳。夸父眩晕、费解、懊恼、沮丧。他认为禹在用行为方式解构这次庄严的比赛，吸引世人眼球，吸引女娇注意。我非常理解夸父的无奈。可怜的长跑英雄！敦厚单纯的夸父怎么能看出禹的圈套？他假装在昆仑山、马衔山、鸣沙山、荆山、岷山、龙门、华阴、熊耳等550座山之间晃悠，实际上主要目标定位在查灵、柏灵两座神山。查灵和柏灵相辅相依，它们是万山之根；不过查灵是玉山，柏灵是金山。柏灵试图将所有山都变成黑金、赤金、黄金、白金，统领天下。

共工批示：什么查灵、柏灵？以后不要再出现这两个名称，统一叫"不周山！"西北海之外，大荒之隅，有查灵、柏灵两山而不合，名曰不周，终年寒冷，常年飘雪。但它是凡间到达天界的唯一路径。禹打算上天？休想！

康回值班记录：实在无法理解禹的行走状态，他究竟要干什么！他在白玉河、碧玉河、墨玉河、青玉河、黄玉河、罗布泊、雷泽、震泽等300条水道之间来回往返，迷惑夸父——这位品德高尚、独一无二的职业长跑者。我不相信女娇会喜欢这种人。

共工批示：这些河流，大都与不周山若即若离，只要他胆敢靠近神山，就地射杀！

相柳值班记录：禹给155座产玉的大山都取了名字，并且画上地形图……

共工批示：那些名称一概不予承认！听说不周山在增高，是不是？

混沌值班记录：禹又给155座产金的大山取了名字，并且画上地形图……其实所有金山都在玉山背后，相辅相生……他到底想干什么？

共工批示：无论如何，所有名称一概不予承认！听说不周山在增宽，是不是？

穷奇值班记录：禹向三苗、羿、三身、巫咸、轩辕、胡不与等众多邦国通报了玉山和金山的名称及方位……

共工批示：听说不周山还在增高、增宽，幻觉吧？

梼杌值班记录：实事求是地说，禹凭借他奇特的步法左躲右闪，成功躲开夔牛、白虎、窥窳、九尾狐、巴蛇、旄马、环狗等怪物的袭击，真是难以想象……

共工批示：感觉不周山确实又高又宽了，不全是幻觉吧？

饕餮值班记录：禹巧妙地"偶遇"西王母、尧、重华、少昊、鲧、颛顼、帝俊、娥皇、常羲、贰负、夏后开、后稷、祝融、义均及马身人面的英招、人面鸟身的毕方、人面龙身的雷神、蛇身人面的白矖等人，并分别向他们详细陈述有关玉山的种种情况……

共工觉得不可思议："不周山到底是虚构的还是想象的？禹究竟想干什么？"

浮游、康回、相柳、混沌、穷奇、梼杌、饕餮异口同声道："现在，禹和夸父几乎同时站在女娇面前了，千真万确！"

共工松了一口气："看他们接下来如何表演。从现在开始，你们同时观察，但值班记录要单独传给朕！"

"敬诺！"

第一天结束，他们记录的情况完全相同：禹到达滁河之滨涂山南坡台桑石时，大地回春，绿染桑林，百花盛开，瑞鸟和鸣，涂山人正在清澈的河水中洗浴。纯洁阳光的男女快乐无比，唱歌，跳舞，狂欢。众多美丽的女子中，只有带着九种白玉的女娇最有神采。禹望着女娇的背影万分惊奇，她就是经常在印梦中雕琢"黄河磬"的女子！她们的背影完全相同！女娇舒展腰肢，载歌载舞，白玉飘摇碰撞，发出祥和悦耳的妙音。英俊的青年男子纷纷敬献花果。她视而不见，将目光投向远处的禹。女娇光芒四射，禹恍惚觉得她还像梦中的背影。他走向女娇，情不自禁地歌唱："吾娶也，必有应矣！"他的歌声独特，身高又达九尺二寸，宛如神人，青年男女目不转睛地盯着他，心旌荡漾。女娇敏锐地发现禹手中的耒锤与众不同——这是玉中精品，品质超过她身上的九种美玉。她迎上去，情不自禁地唱起来："绥绥白狐，九尾疼疼。我家嘉夷，来宾为王。成家成室，我造彼昌。天人之际，于兹则行。"众青年男女围绕他们欢呼："明矣哉！明矣哉！"夸父被歌声和越来越多的人群隔在外围，他惆怅地问："难道印没事了吗？印跑得那么快，怎么反而输了？印不明白！"这时，女娇冲他妩媚一笑，唱道："候人兮猗！"然后，禹和女娇被激扬而又缠绵的歌声拥进了桃树林，在浓郁的花香中用肢体语言宣告婚娶合法……

第二天结束，七人记载的内容竟然完全不同：

浮游记录：禹和女娇在歌声中结合。从月亮升起到太阳升起，他们共醒来七次，又在七次歌声中沉沉入睡。当艳阳高照，天空完全明亮时，女娇首先从酣睡中醒来。她习惯性地仔细打量禹手中的耒锤。它的色彩和光泽温润，并且随着阳光的强度不断变换。耒锤形状极似东夷王的玉圭，正面为舞蹈龙，背面为蹲踞熊，边缘线正是河水流淌的样子。把手处有两个翻转羊角、肥美躯体及下垂尾巴构成的羊图案。舞蹈龙、蹲踞熊及边缘线与羊图案刻工完全不同，前者刀法娴熟、精细密实，女娇甚至能清楚地分辨纤若游丝的边缘线可以析出七条更为纤细的线条，它们独立飞舞又气韵相连。而后者图案粗朴笨拙、憨直厚重，看不到任何彰显匠心的工法。女娇由此断定，耒锤应该是东夷玉圭的前身，那些精致线条只能出自涂山氏族刻工之手！想到这里，女娇情不自禁地凑近，想用洁白如玉、纤巧细腻的双手抚摸耒锤上的线条。忽然，熟睡中的禹猛地抽回手，坐起身来，警觉地喝问："谁？想干什么？"女娇喜极而泣，泪水涟涟："我找到了神工！"禹看一眼耒锤，又看一眼艳若桃花的女娇。此前从来没有人关注过耒锤。女娇情绪激动，语无伦次，声音战栗："您怎么会拥有神工耒锤？"禹羞涩地低下头："卬出生时就在手里……"女娇欣喜地说："能不能让我上手细细揣摩下？"禹说耒锤与他的手连在一起，不怕碰到任何坚硬石头或铜器，但触碰到别人的肌肤，他就会昏死过去，很长时间神志不清，出现各种幻象。女娇惊讶地说："真奇怪，我的双手也是一样，不怕碰到任何坚硬石头或铜器，但触碰到别人的肌肤，我就会昏死过去，很长时间神志不清，出现各种幻象。昨晚例外，我们总共睡着七次，醒来七次。"说着，女娇脸色绯红，像一颗熟透的粉红蜜桃，鲜艳欲滴。禹不忍心拒绝，问她为什么非要上手看。女娇说："我自幼创造出与当时流行线条不同的独特工艺，大祭司、部落首领对我的工艺赞不绝口，但因风格不合流俗，加之世俗的玉工双手都会磨出厚厚的老茧，成为他们切磋加工的有力证据，而我的双手不管怎么摩擦受伤，不管经历多少风吹、日晒、伤痛，却变得越来越白嫩，因此，人们怀疑我从事雕刻艺术的真实性……现在，有了耒锤线条和图案作为证据，我就可以骄傲地宣布：我的创造不是无本之木、无源之水，而是源于神圣的大传统！"禹听到这些话语，感动极了，伸手过去，"既然如此，你就放心揣摩吧！"女娇问："您昏厥过去怎么办？我可不想长时间活在孤独里。"禹愉快地咧嘴一笑："卬不会离开你太久！"女娇仔细观看美若圣器的耒锤，几次欲摸又止："新婚宴尔，不能让您陷入黑暗而痛苦的昏厥里……玉工看到美玉良石，都忍不住想上手，何况这把耒锤呢！好了，我相信自己的眼光和感觉，不用上手了——尽管愿望强烈如洪水猛兽。"两人紧紧拥抱在一起……哦，我所见的耒锤是纯粹的羊脂白，温润和美，柔中见刚。尽管由于各个时辰光影不同而呈现出季花白、石蜡白、鱼肚白、梨花白、月白，有时天空飘过云朵时还呈现出光白籽、秋梨籽、虎皮籽、枣皮籽等白玉籽玉的样子，但万变不离其宗，就是白如凝脂！

　　康回记录：当众人激情燃烧助唱情歌时，当禹同女娇在杏树林的花房中近距离接触时，他们几乎异口同声地惊叫起来："你是谁？"接着两人互相介绍。但与他们此前各自了解到的内容大相径庭。我很烦，他们是新郎和新娘、男人和女人，说那么多题外话干吗。如果不是执行公务，我会催促他们办正事。唉，禹都三十岁了，手里还拿着名叫"耒锤"的玩具，哪像男人嘛。女娇似乎也长不大，她对耒锤十分着迷，问："这是什么山上的石头？"禹仿佛受到了巨大的侮辱，但尽力保持语气温和："有这么掌眼的石头吗？你仔细瞧瞧，这是非常罕见的昆仑玉山黄玉，它能辟邪驱魔，使人消除悲哀，增强信心！"女娇认真端详，还是看不出有什么奇特，坚持认为是普通石头。禹悲伤一笑，说想不到赫赫有名的玉雕大师竟然不识真玉。女娇也悲伤一笑，说从她手里经过的玉料能堆起一座大山，可是，竟然有人拿着普通石头糊弄她。他们像绕口令一样翻来覆去就那几句话。我很纳闷，耒锤确实是地地道道的黄玉，尽管随着光影变化由淡黄到深黄呈现出粟黄、秋葵黄、虎皮黄、淡绿色、淡蓝色、杏红色、橘红色等多种颜色，但本质没有变化，女娇不可能不认识这种优质美玉，不知道她为什么非要说那是普通石头。

　　相柳记录：女娇自从第一眼看到耒锤开始，眼睛再也没有离开过。如果耒锤没有长在禹手上，可能任何人拿着它都可以与女娇进入玉兰花树林里的洞房。这不是玩笑，我亲眼所见。禹同女娇在一浪胜过一浪的歌声中热烈欢爱，不遗余力；女娇却紧紧抓住耒锤亲吻、呢喃。在玉兰花的浓郁香气中，在禹的喘息声中，耒锤由淡青色到深青色，并且显现出虾子青、蟹壳青、竹叶青、淡青、深青、碧青、灰青、深灰等各种光影，直到禹筋疲力尽，沉沉睡去。

　　混沌记录：毫无疑问，女娇与耒锤有着几乎完全相同的青白色。进入蕙兰洞房后，禹左手抓住女娇细嫩柔软的腰肢，轻轻举起，与右手中的耒锤对比。两者都以白色为基调隐隐闪绿、闪青、闪灰，当鲜花的露水滴下来时，露珠凝结，久久不散，女娇由于羞涩，身体随着呼吸呈现出葱白、粉青、灰白等色彩；受其影响，耒锤也如此变化。禹非常惊奇。耒锤与女娇的身体色调越来越趋同。禹啧啧称奇，女娇却娇嗔道："您把我当成耒锤了？"禹仍然全身心地沉浸在欣赏中。女娇的胴体由淡青色变成均匀的淡绿色。禹敏锐地捕捉到这种变化。他发觉耒锤竟然还能酝酿情绪，温润表达。女娇不悦地问："您看来看去，有完没完？以为我真是九尾白狐？"禹说仓颉曾给他讲道："白者，吾之服也。其九尾者，王之证也。"女娇解释："我因胴体随着气候和心情不断变化，人们就叫我九尾白狐。"禹说："卬跑遍550座山，期望找一块青白玉制作对称的耒锤，可惜没有完全相同的玉料。你倒像块极品美玉，只可惜是九尾狐！"女娇忍不住大笑起来："您这人呆是呆，还挺有幽默感！"禹意外撞到女娇火辣辣的目光，他把女娇轻轻放在兽皮毯子上，开始让耒锤在她美丽的胴体上巡游……

穷奇记录：女娇闺房即洞房，禹抵达前三天，她就停止雕刻，开始笑盈盈地唱着歌，用豆瓣绿、四瓣金钗、指甲草、椒草等碧绿色草本植物装饰闺房。女伴嬉笑说："女娇，难道你要招女婿吗？"女娇连连点头："嗯！嗯！"她们又问："这位上门女婿是谁呢？"女娇如实回答："这些玉料的色泽变化告诉我，肯定是我期待的贵人要来。"女伴笑得直不起腰："如果来一头黑熊，你也嫁给它？"女娇肯定地说："会的！"女伴笑弯了腰："像你这样秀美娴雅、远近闻名的美人，会心甘情愿嫁给黑熊？"女娇认真地说："我的制玉技艺来自天庭，那么，我的一切都顺从天意。"女伴围着她做鬼脸，又跳又唱："熊来了，哈哈！熊来了！哎哟哟，熊要干什么？天帝耶，熊要当新郎！熊来了，哈哈！熊来了！"这时，高大威武的禹出现在山冈上。女娇最先发现。她看见九种颜色的龙在禹头顶盘旋飞舞。接着女伴也看见了。她们以为天神降临，停止舞蹈和歌唱。鸟停止飞，树停止长，花停止香，河停止流。所有一切都全神贯注，将爱慕通过凝望呈送给禹。女娇喜不自胜，急忙走上前迎接。禹气宇轩昂地走来。众女伴情急中失声叫喊："我们也要嫁给黑熊！谁都想嫁给这么威武雄壮的黑熊！"女娇和禹眼里只有对方。他们相遇在涂山台桑。禹爱怜地凝望着飘然而至、香气四溢、如梦如幻的女娇。她洁白的胴体若隐若现，隐藏在斑叶型、花叶型、亮叶型、皱叶型花朵缀成的美丽衣服里，散逸着翠绿色的娇艳光泽。女娇也在欣赏禹，全神贯注地识别禹右手高高举起的耒锤。那是她梦寐以求的碧玉，没有黑点和绺裂，柔美滋润，质感细腻。此前女娇以为这种碧玉只存在于想象里……这时，女伴发现女娇正如痴如醉地观赏"黑熊"手中的玩具，她们拼命跳舞、唱歌，都想把禹的目光吸引到自己身上。禹不为所动，他让目光穿过花朵缝隙感触女娇细腻光滑的肌肤。遇到障碍，就剥去花朵。胴体暴露得越来越多，光泽跳跃。女娇还在观摩耒锤——这件碧玉籽料色相庄重，光泽却依然娇艳。如果要说瑕疵，那就是糖色。耒锤还在山料时期就经历多年风吹日晒、寒露冰冻、电击雷震，后来被洪水冲入河中，又经历长时间的水流冲刷与撞击，表面生成石皮。女娇问："这块昆仑璞玉是不是一直期待东夷玉工？是不是在一次洪水泛滥时被巨浪甩到了岸边？羌人的首领西王母得到这块旷世奇玉后是不是通过漠北道、河西道或者羌中道敬献给了黄帝？……"她向禹求证解读成果，可是禹太专注了，他沉浸在喜乐世界，对她的问题置若罔闻。这时，女娇感知到女伴都在嘻嘻哈哈吟唱，变调，复调，强调。她被阵阵快乐的吟唱声淹没："候人兮猗！"恍惚间，女娇觉得洪水再次泛滥，她被强大的洪流冲荡到浪尖，即将触碰到光明辉煌的天宇，又猛然跌进万丈深渊。女娇竭尽全力抓住耒锤，紧张到极点。她快要窒息。耒锤似乎要从她十指间滑走。强大而凶猛的浪涛拍打着，十道堤坝轰然崩塌，洪水奔流，浩浩荡荡。手心被掏空，血脉被掏空，意识被掏空。河流、月光、碧玉、耒锤、色泽、花香、空气、声音等元素全部被掏空，然后，混混沌沌中，洪水慢慢平静。女娇精疲力竭，沉沉睡去。当第一缕光芒射进花房时，她发现碧绿色的耒锤竟然还在手中，只是形状发生了巨大变化……这还是神农揉木为耒的耒锤吗？这不是上有曲柄、下面犁头、形如木叉的耒锤吗？这不是孟春之月天子亲载的耒锤吗？女娇曾见过石质、骨质、陶质、木质及变化前的碧玉双齿耒锤，现在，碧玉双齿耒锤的双齿合而为一，与原来的曲柄浑然一体，成为上圆下方的条状圭……如何解读它的文化功能？朝聘？祭祀？宴飨？丧葬？征伐？都沾不上边！……女娇努力思索时，禹从沉浸中醒来。他看穿了女娇的焦虑："卬出生时耒锤就在右手里，不管变成什么形状，不改耒锤属性。"女娇忧心忡忡："您的玉料，我的刻工，那么多的嘉宾见证了，尧帝很快会知道，私自造圭的罪名要灭九族啊，我们还是赶快用青圭向东方祭祀，请罪吧……"禹问："新婚宴尔，何罪之有？"他抱起女娇，走出花房，向众嘉宾庄严宣布："女娇是卬梦寐以求的女人，她被某种担忧困扰，现在，如果你们都是高尚的人，请凝视这件碧玉耒锤，它参与了仓颉的造字工程，它勘探过550座玉山，它开辟过999条运玉道路，它只是一把普通的劳动工具！"众人缄默无言。女娇破涕而笑："忧愁过去了！有您这番话我就知足了，任何危险都不怕。"他们转身，亲密相拥，进入花房。

梼杌记录：禹见到女娇，竟然莫名其妙地问："你是梦象吧？"涂山国人懵了。女娇以为禹为消除陌生感或惶恐感才这样问，就回以微笑，不置可否。禹面色凝重，继续说："这些天，卬常常看见地面被分割成向东边天际逶迤连绵的一带金黄色和莽莽苍苍的青黑色，偶尔又恍惚觉得自己在黑青色大地与天边一带红云间徘徊，湖泊闪亮如繁星。可是，刚刚卬被大风吹到天空，俯瞰辽阔大地，卬发现无数座原本高不可攀、气势磅礴的玉山竟然像亲密的兄弟一样汇聚排列，气象万千。它们在阳光的照射下熠熠生辉，不断变幻出苍翠、苍黄、苍青、苍黑、苍白等多种颜色。云团在山峰上像野马奔跑，呈现出淡墨光、金貂须、美人、熊龙等各种奇妙形状。卬情不自禁，奔跑起来，由慢到快，激情四射。真是太美妙了！卬在万山之巅奔跑，每一步都踩踏在高巍玉山之巅，每座玉峰都柔韧刚强，它们既能承受巨大压力，又能反弹出强大的支撑力。卬分不清在飞翔还是在奔跑，只觉得天高地远、山峰壮观。卬像雄鹰，像野马，像骆驼，像黑熊，像风，像电，像黄河奔流……"女娇羞涩地笑着问："您是在描述我打磨'黄河磬'和美玉文字的过程吗？"禹表情凝重，努力回忆："那些云雾状、条带状的山峰由白玉向青玉过渡，又到青绿色，再到比较暗的青蓝色，最后又到淡黑色、点墨、聚墨、全墨、墨绿……"女娇说："这里只有黑牡丹、鸢尾花、黑冬麦、黑玫瑰等纯玄玉色花，没有您说的墨绿色……"说着转身要走。禹拉住她："你是卬的梦，请不要离开！"女娇挣扎几下，脱不了身，叹息道："您的梦在右手里呢！"禹望望耒锤，望望女娇，疑惑不解："奇怪，手里怎么忽然多了一个耒锤？"嘉宾哄然大笑。少女们模仿禹的沉思神态，夸张地噘起嘴，拖长音调唱道："咦，奇怪，手里怎么忽然多了一个耒锤？"她们模仿老人肩扛石耜、穿孔石铲、横长形穿孔石锄、三角形石耜踽踽前行的样子，同时怪声怪气地唱道："手执耒锤，以民为先。烧荒垦土，刺穴播种!"……谁都没想到，禹的到来让新式歌舞在狂欢中传遍涂山国，并且呈辐射状向四周传递，已有四十个邦国、550 座山、300 条水道、100 多位风云人物、400 多个神兽受到影响。截至目前，全民狂欢仍像野火燎原，愈燃愈烈。

饕餮记录：当禹风尘仆仆抵达涂山国时，女娇正在漫山遍野挂满紫红色桑葚的桑树林中采摘桑果。少男少女虽然在树林间嬉闹，但时刻关注着女娇——这位闻名遐迩的雕玉才女。禹出现时，他们第一时间发现并围过去。山林里弥漫的桑果香凝滞了。男人怒容满面，打算像驱赶野兽一样驱离陌生闯入者。禹无视紧张气氛，举起耒锤冲女娇挥舞："九尾狐，实在抱歉，印来迟了！"女娇回头看了看这位莽撞的高大汉子，问道："您在跟我说话？您说我是九尾狐？"禹点点头："是的！"女娇扑哧一声笑起来："您为何说我是九尾狐？"禹解释道："在阆风苑装饰文字时，尽管您不让印打扰您，但印还是忍不住偷偷观看，每次都看见您变换九种颜色的丝绸长裙，太美了！您很神秘，来无影、去无踪，印在心里就叫您九尾狐！"女娇忍不住又笑了起来："为什么不是九尾豹、九尾虎、九尾熊，偏偏是九尾狐呢？"禹边擦汗边解释："因为仓颉离开阆风苑后，印独自坚守九道坪，备受孤独寂寞的煎熬，尤其是冬天大雪封山时，万籁俱寂，无依无靠，好在有九只美丽的狐狸经常出来陪伴印，由此心生感激。"女娇嫣然一笑："看得出来，您也备受爱情的煎熬，但表情应该欢欣，您为什么惊惧恐慌？难道掺杂了什么不纯的东西？"禹摸摸脸，说："哦，阿什库勒忠心耿耿守卫昆仑玉山，阿什山、大黑山、乌鲁克山、迷宫山、月牙山、牦牛山、黑龙山、马蹄山、东山等九位金刚卫士环绕着，印靠近时，他们就发出轰轰隆隆的愤怒巨吼，喷射出万丈炽热火焰，地动山摇，非常可怕……"女娇问少男少女："传说西方有四位脾气暴躁的大汉克柳切夫、阿勒山、达马万德山、厄尔布鲁士山，这位冒失家伙是不是他们中的一位？"禹急了，他猛地伸过右手，用左手指着耒锤问："认识吗？"女娇掩口而笑："涂山国人虽以治玉为主业，但每个人都把《耒耜经》背得滚瓜烂熟！"禹说："这叫耒锤，它帮助仓颉刻划文字，开辟出很多运玉、运铜、运马、运牛、运麦、运麻、运布、运帛的道路。印千里迢迢来拜会您，就是要感谢您打磨'黄河磬'，装饰文字！"女娇用纤细的白玉手指指着自己问："您是说，我的切磋和纹饰？"禹点点头："造字工程结束了，现在等仓颉回来送往帝都。您装饰完文字，不辞而别，卬心里很不踏实。您知道，文字一旦正式使用，就会像河流一样昼夜不息地流淌、滋育、承载，因此必须让这些旷古未有的文字保持美玉般纯洁的禀赋！"女娇停止笑："我喜欢所有与玉石有关的话题，可是您的话我没听明白。"禹眼里放射出奇异的光芒："卬已经勘察清楚所有出产美玉的大山，并且熟知它们的色泽和玉性。卬用耒锤刻划了每座玉山的形状、神话、地理、植物、动物、矿物、物产、巫术、医药、民俗、民族及交通路线，请您将这一切凝练成内涵丰富、生命力强大的线条，通过微雕技术嵌入文字中！"女娇收敛笑容，脸上浮现出失望的表情："我只不过是一位普普通通的玉工，当初到阆风苑打磨'黄河罄'、装饰文字，乃是挑战自己的技艺极限。我尽力尽智了，现在只想过像真玉一样实在安逸的生活……您好像忘了在阆风苑说过的话。"禹说："怎么可能呢？这项工作非您莫属。此前，陶匠、石匠、玉匠、木匠、皮匠、骨匠、编织匠，还有青铜匠，等等，各行各业的匠师都想揽这个活。尤其是不可一世的冶铜匠，恨不能把所有笔画都染上铜臭味。卬不能让他们得逞。卬非常清楚，这些人打着冠冕堂皇的旗号，实质上彰显的都是欲望。而您的线条则完全不同，它是流动的心灵、飘扬的激情、宏大的叙事……"女娇泪光闪闪，转过头，"您确实对我的玉工有深刻理解，但那有什么意义？我不需要溢美之词和太多财富，我只要安静地生活……如果说我还有需要，那就是爱情。"禹说："卬能给您爱情吗？"女娇惊讶地望着他："我不敢相信。"禹诚恳表态："卬已经三十岁了，卬的心灵得有安放之处。哦，对了，我们曾经不是相约在台桑相会吗？"女娇羞涩地低下头："您的跳跃式思维令人难以适应，我得考虑考虑。"禹说："我们彼此相托，好吗？放飞爱情，好吗？"女娇含着眼泪点点头："我……我愿意！我愿意与你一起升华文字，朝朝暮暮，永不分离！"这时，禹发现周围有很多男子手持石耜，步步紧逼。他慷慨激昂，高高举起耒锤说："诸位，女娇是一位出类拔萃、美丽卓越的才女，给予她纯洁无瑕的爱情是每一位男子的愿望！可是，女娇只能接受一位男子的爱情！这位男子是谁呢？难道我们要为此竞争，拼个头破血流吗？不！绝对不应该！大家看清楚了，这块独一无二的赤玉耒锤本来是羊脂白，是西王母赠送给黄帝的。当年，黄帝部落在黄河以北和西北区域；炎帝部落在黄河以南区域，他认为自己有尝百草发明农业和医学之功，应该得到这块玉石。黄帝为避免矛盾，将白玉扔到了西北。炎帝却认为他私藏了，双方在中原黄河一带阪泉之野发动战争。炎帝部落一败涂地。战争导致瘟疫向四周蔓延。炎帝怜悯苍生，决心拯救万民。他到昆仑雪山寻找解药，尝遍百草，多次中毒，险些丧命，最终发现一种内热外寒、寒热相容的植物，凭借多年积累的经验，他觉得这种植物能够驱除瘟疫。植物异常柔韧，他用木质、骨质、石质、玉质、铜质等各种耒锤砍挖了三天三夜，都未砍断植物看似白嫩的根茎。正在他急躁焦虑之时，忽见土壤里埋藏着一把洁白的玉质耒锤，便用它砍挖。很快，植物被连根挖起，但耒锤、根茎和周围的土壤却变成了深红色。炎帝将红色耒锤和植物带到了中原。尽管耒锤颜色变成了鲜艳的深红色，黄帝还是一眼认出了这正是他扔掉的美玉。他相信了炎帝的诚意，命人熬药，治愈所有患者。炎黄两大部落重归于好，共治华夷，将红色真玉命名为炎黄赤玉……"说到这里，禹气宇轩昂地环顾四周，说："现在，谁能拿出类似或比这更好的赤色耒锤，谁就去阆风苑与女娇一起，然后在热烈而甜蜜的爱情中向文字注入内蕴！"众人沉默片刻，挥舞石耜，爆发出排山倒海般的呼声："大禹！大禹！大禹！"女娇脸色绯红，拿起一粒饱满的桑葚果，含情脉脉地喂进禹嘴里。桑果香气四溢。他们缓缓走进铺满鲜花的桑树林。

三

　　共工反复比对七人的记录材料，疑惑不解。夸父才是长跑能手，他怎么会输给禹；而且，抵达涂山国后，全是禹在享受胜利的荣誉，夸父竟然不在场！

　　"那么，禹和女娇体验美好的爱情时，夸父在哪里？在干什么？"

　　七人面面相觑，回答不上。

　　是啊，夸父在哪里？他在干什么？

　　此时此刻，他们才想起这个问题。

　　共工咆哮道："禹同女娇合婚可能就是幌子，我们上当了！明天，你们集中精力监视夸父的活动，事无巨细都记录下来，能做到吗?"

"敬诺!"

七人领命而去。

第三天中午，饕餮、梼杌、穷奇、混沌、相柳、康回、浮游惊慌失措，呈送记录材料。

共工惊讶地问："你们怎么这么快就回来了?"

饕餮说："形势万分紧急!"

共工接过记录材料，快速阅读："……找到夸父还真费了些工夫，而在以前，随时都可能遇到他。即便看不见身影，也能听到脚步声。当禹同女娇以七种方式切磋爱情时，出现了既不见身影又无脚步声的黑障时段，依靠太阳、月亮和夸父的脚步声判断时令的神、人、兽、物都无所适从、维度错乱。正当人们迷乱时，传来夸父的朗诵声：'一六共宗，为水居北；二七同道，为火居南；三八为朋，为木居东；四九为友，为金居西；五十同途，为土居中。'我迅速赶到现场，见夸父手里捧着一个巨大的神龟。夸父说：'禹将要抵达涂山时拿出大玉、夷玉、天球、耒锤四样宝贝让卬挑，卬觉得禹的耒锤很神奇，就选择了它。后来，正如你们所见，他抱得美人归，卬只有这个东西，卬很郁闷，打算跑到伊洛河与黄河交汇处扔进急流中。可是，到河边卬才发现手里什么都没有，卬非常难受，正好水神背负着《河图》从眼前经过，卬就朗诵那些文字，排遣惆怅。'我思忖禹的玄机可能在龟背图里，便凑过去看。龟背图是根据五星出没时节而绘成的石磬形——它与'黄河磬'完全相同，'黄河磬'属于阳，《河图》属于阴，它们本为一体，据说鲧与冰夷争水神时失败，脩己就把'黄河磬'带到了阆风苑——哦，还是继续说《河图》吧。它用十个黑白圆点表示阴阳、五行、四象，其图为四方形，北方：一个白点在内，六个黑点在外，表示玄武星象，五行为水；东方：三个白点在内，八个黑点在外，表示青龙星象，五行为木；南方：两个黑点在内，七个白点在外，表示朱雀星象，五行为火；西方：四个黑点在内，九个白点在外，表示白虎星象，五行为金；中央：五个白点在内，十个黑点在外，表示时空奇点，五行为土。其中单数为白点为阳，双数为黑点为阴。四象之中每象统领七个星宿，共二十八宿。我一头雾水，问夸父，你能看懂这些吗？夸父惊讶地看着我，反问道：'这么简单的图，你竟然看不懂？'我感觉他在借机嘲笑我们，不由得怒火中烧：'你不就是小小信使吗，装什么装！'夸父说：'这些地方都是卬按照仓颉的指导认真考察过的。'我讥笑他：'吹牛了是不是？情场失意，拿着这些找自信？好吧，我陪你玩玩。你知道五星是什么吗？'夸父说：'五星又称五纬，是天上的五颗行星，木曰岁星，火曰荧惑星，土曰镇星，金曰太白星，水曰辰星。五星运行，以二十八宿为区划，一般按木、火、土、金、水的顺序，相继出现于北极天空，每星各行七十二天，五星合周天360°。这也是五行的来源。土生金，金生水，水生木，木生火，火生土。土克水，水克火，火克金，金克木，木克土。'我无法判断真伪，便转移话题，透露我们请西方一流匠师为尧帝设计、制造铜车的部分信息：'夸父，您见多识广，说说最奢侈最豪华、最新潮的车子是怎样的。'夸父掰着指头比画了一阵，然后陷入沉思。我苦等，我烦躁，恍惚看见颛顼、祝融、仓颉、西王母、脩己、羿等人的影子在什么地方闪现。我没有工夫去追踪调查。夸父嘴里念念有词，一边掰指头，一边做出皱眉、凝眉、展眉、扬眉等各种奇怪的表情。这位曾以行事果断著称的使臣现在竟如此磨叽。我度时如年。我预感有很多重要的事情在酝酿发酵，却又不得不等待这无关紧要的答案。极度焦虑中，我眼前又出现各种杂乱交错的幻象：鸟惊飞，兽惊奔，脩己从连绵玉山向阆风苑走来，西王母、颛顼、祝融、仓颉、大羿、姮娥匆匆忙忙涌向阆风苑，更多的人，如浪塘盆地及附近地区莫菲维麦业商会、西奈碧甸子绿松石商会、帕米尔身毒海洋贝壳红玛瑙商会、叶纳亚商团、乌拉尔商团的大佬及东夷、三苗、良渚、盘龙湖、广汉等地商队的代表从四面八方纷纷前往阆风苑。但幻象中没有禹和女娇。为了确保判断无误，我以最笨拙但最可靠的陈述进行甄别：'哦，那不是禹，是叶尼塞；那不是女娇，是姮娥……'应该百分之百没有纰漏。更多幻象产生，我正要仔细观察，忽然，夸父猛地跺脚击掌：'非太阳车莫属！'看着他那不容置疑的无知表情，我忍住怒气，说：'狂妄自大、以蠡测海、孤陋寡闻、自不量力……这些成语你听过吗？'夸父茫然地摇摇头。我说：'我来给你讲个故事——黄河首位主管神河伯任职之初，望着滚滚浪涛由西而来，又奔腾跳跃向东流去，骄傲地认为自己是最大的水神。大海告诉他，黄河东边的北海才是最大的，几条黄河的水流进北海都装不满。河伯不信。秋天，连日暴雨后大大小小的河流都注入黄河，隔河望去，对岸的牛马都分不清。河伯得意扬扬，顺流到黄河海口，只见北海无边无涯，汪洋一片。他羞得无地自容……'夸父羞愧得面红耳赤：'你是谁？为什么要揭印的短？印当年不是引咎辞职了吗？'这正是我期待的效果，我故作惊讶：'哦，原来您就是曾经的河伯？失敬失敬！少安毋躁，我们进入正题说说车子。有这样一辆四轮车，它有放射型网状青铜底板，车轴用黄铜牛头装饰，车体中心有位红铜女神雕像，她双手顶着蓝铜碟，铜碟上安放着一只绿铜碗。女神前后有两组对称的黑铜铸像，每组两位黑铜人举着一只黑铜公鹿角。女神身后还有红铜女性和黑铜男性雕像：男性手中挥舞着一把斧头，女性手里拿着一只铜环。车另一头是几位手持长矛的黑铜武士。见多识广的人啊，想象一下，这个豪华全铜马车要送给谁呢？'夸父茫然地摇摇头。我凑到他耳边用只有内心才能听见的细微声音说：'那是共工出行的座驾……'夸父只看见我嘴唇在动，却听不到声音。他努力向前倾听。我继续减弱声音，比最细弱的风还细弱。夸父侧身时正好面向苍茫天空，他的迷茫像天空一样广阔深邃。我享受着江湖漫流般的快感。夸父的迷茫还在扩展，而我逍遥自在，甚至可以远足，去欣赏施黯和面、揉面、扯面、煮面……不知过了多久，夸父自言自语道：'今天正好是秋分，你看，金星现于西方，杀伐之气当令……'他似乎也在报复我，故意降低声音，最终消失。他遥望西边天空，沉默片刻，忽然惊慌失措地叫喊起来：'天象昭示不妙啊，印得看看去！'我以为他觉察到我们的秘密计划，正疑惑不定，朝廷命官乘龙马风驰电掣般而来，说尧帝已经将帝位禅让给重华，命令夸父务必在三天内传达到所有邦国……我迅疾返回，特此汇报！"

七份汇报材料内容完全相同。汗水浸渍位置都丝毫不差。

共工脸色由青变白、由白变绿、由绿变紫、由紫变黄、由黄变蓝、由蓝变黑、由黑变红。

七种颜色缠绕扭曲，像各种颜色的火焰喷薄燃烧。

他与他们七人面面相觑："这是虚幻还是现实？"

"……是现实。"

"当年，刑天与黄帝争夺神位，是不是朕砍断刑天的头，把他葬在了常羊山？"

"……是这样的，没错！"

"刑天是不是以两乳为目，用肚脐作口，操持干戚舞动旋风？"

"没错，是那样的……"

共工愤怒地咆哮如同火山爆发："朕不会接受这个丑陋阴险的现实！朕即便头砍掉，也要像刑天那样去战斗！"

然后劈手夺过的汇报材料，狠狠撕碎……

夸父的脚步声时近时远、时重时轻，在森林、火山、雪峰、丘陵、平原、戈壁、沙漠、沼泽、滩涂及崇山峻岭间回荡。

共工忽然扬起头对着高耸入云的不周山，狂笑不止："朕不会接受这个现实，绝对不接受！朕不服气！永远不服！既然尧忽略朕和青铜的存在，朕就要折天柱，绝地维，让天倾西北，让日、月、星、辰混乱，让百川水潦乱泄！共工羞对弟兄们，以死谢罪！"

说完，他猛地跳起，狂啸着狠狠地撞向不周山。

随着"轰隆"一声巨响，大地震颤、摇晃。

不周山重新分裂成柏灵、查灵两座玉山。

大地继续震颤、摇晃、发抖。天崩地裂的声响越来越大，像无数猛兽齐声吼叫。柏灵、查灵分裂、瓦解，变成更多的玉山。它们纷纷折断、坍塌、倾倒、粉碎。乱石滚落，尘土飞扬。

浮游、康回、相柳、混沌、穷奇、梼杌、饕餮醒悟过来，急忙从冰雹似的乱石中拉起共工跑到阆风苑高地，哭着说："您何必这样？我们同尧战斗到底！"

共工挣扎着叫喊："大洪水马上就到！洪水会淹没所有产玉之山，也会冲毁所有运玉的道路，洪水还会冲毁所有文字，冲毁黄河两岸所有部落！你们快跑！朕接下来要撞毁昆仑山、马衔山，让所有怪兽都去向重华献礼。哈哈哈！松手！怎么，朕的话都不听了？"

浮游、康回、相柳、混沌、穷奇、梼杌、饕餮互相打量片刻，吆喝一声，不由分说，抬起共工就向东南方向跑去。

他们身后，洪流奔涌，浊浪滔天。

第九章　避水剑

一

禹被夸父急促而沉重的脚步声惊醒。

他走出花房，见夸父站在霞光中喘粗气。

看不清他表情。

"昨晚梦见你抢走了印的耒锤，耒锤与印的手相连，你抢不走的！"禹说，"其实，印最担心的是你抢走女娇。"

"共工发飙，触断了不周山！"

"拿出四样宝贝让你挑，非要选择拿不走的。跟你开了个玩笑。"

"洪水泛滥了！"

"等等，你刚才你说什么？"

"暴发洪水了！"

"……真的？"

"印什么时候说过假话？"

"阆风苑没事吧？"

"洪水第一波浪峰到来时就淹没了。"

"……'黄河磬'呢？文字呢？"

"印紧赶慢赶都没赶上！'黄河磬'被浪涛打进水里，印亲眼看见被水神冰夷背走了，文字更是稀里哗啦冲散了，"夸父泪流满面，"世界成了一片渺无边际的汪洋大海，只有昆仑山、马衔山那样为数不多的高山峰顶仍然看得见。暴雨还像瀑布一样疯狂浇灌，昼夜不停，惨状难以言表！"

·210·

禹果断说："印要消除水患！印要找回'黄河磬'，找回文字！"

女娇从梦中醒来，揉着惺忪的睡眼走到外面，看见禹戴着斗笠正要匆匆离开。

"你干什么去？"

禹停下脚步，回过头："印实在不忍心与你分别，但……"

"分别？什么意思？印做错了什么？涂山国人冷淡你了？"

"你和涂山国人令印终生难忘！"

"那是怎么回事？"

"共工撞毁了天柱，天河水倾泻，磬失文字散，生灵惨遭洪灾没……"

女娇怔怔发呆："印不让你走！印在雕刻中期待那么久，终于找到珍贵的爱情，我们要相伴到地老天荒，印不让你走！洪水如同猛兽，谁也阻挡不了，你又不善于治理洪水，印不想眼睁睁地看着你像你父亲一样被残酷杀害……"

禹愁肠百结，痛苦不堪。

夸父低声催促："这是重华继承帝位后首道命令。"

禹亲吻一下女娇的眼睛："别哭了，印柔肠寸断啊！"

女娇噙着泪水摇摇头："印不知道明天和意外哪个先到，印不敢想……"

禹深深叹口气："三天前印走进花房时想，此生只要有你和美玉陪伴就足够了，谁想到突然发生这样的悲惨事呢，印怎么可能安心享受福乐？印熟悉西北山川地理，治理洪水非印莫属。请你相信，印消除水患后就回来接你到阆风苑……"

女娇堵住他的嘴，眼泪汪汪地哀求道："这是新婚第四天，印什么都不听、什么都不管，只要你留下！"

夸父说："有些邪恶的浪荡女和纨绔男乘机散布谣言，说洪水泛滥是因为你们的爱情引起地震，天塌地陷，继而诱发大洪水……"

女娇疑惑不解："爱情？与别人何干？"

夸父嗫嚅道："是这样——"

禹打断他的话："就此打住，夸父！女娇就像鲜花和真玉一样纯洁，不要用那些流言蜚语污染她！"

夸父哭丧着脸说："……违背帝命就是死罪啊！"

女娇眼含热泪，紧紧抱住禹的胳膊，苦苦哀求道："死罪有什么可怕的？印不怕！印只要你留下！朝廷执行官走到涂山国至少需要三年。印同你全心全意享受三年爱情，足够了！"

禹悲不自胜，深深拥抱她："……亲爱的，你困了，好好睡一觉吧，印永远不会离开你的……不会真正离开……"

他轻声唱起劝奶谣。

连续三天的狂喜与骤然而降的悲伤让女娇疲惫不堪，她在哀婉凄美的歌声中沉沉入睡。

禹抱起女娇，蹑手蹑脚地走进花房，把她轻轻放在鲜花丛里，然后轻轻走出去，对着默默围观的人拱拱手，扭头向西北大步流星而去……不知过了多久，女娇从梦中惊醒，伸手触碰到由七孔骨笛、绿松石珠、玉器、铜璧、萤石、叶蜡石、石髓、玛瑙、海贝、蜻蜓眼、天珠等珍珠宝石组合成的花瓣状项链。

她哀伤欲绝，凄厉地呼喊："禹！文命！"

空寂的树林里没有任何回应。

女娇抓起项链，跑出花房，跑到台桑石，向着西北方向远眺。天空阴暗，山野茫茫。

她扬起项链，撕心裂肺地呼唤：

"候人兮猗！"

声音向着远方飘荡而去，越来越弱；过了许久，声音碰到远处众多莲花状山峰，被反弹回来，越来越弱。

女娇痴痴地站着，直到黑夜降临。

身后，传来涂山国人由低沉到高亢的踏歌声：

"候人兮猗，候人兮猗，候人兮猗……"

歌声如潮，雄浑深厚，涨满女娇的身心。

二

帝都，重华主持召开议事大会。

与会的重要朝臣有：

担任"土"、执掌刑法的皋陶。

担任农官、掌管农业的后稷。

担任"秩宗"、主持礼仪的伯夷。

担任"共工"、掌管百工的垂。

担任"虞"、掌管山林的益。

担任乐官、掌管音乐和教育的夔。

担任"纳言"、负责发布命令收集意见的龙。

担任司徒、推行教化的契。

主管教化、人称"八元"的伯奋、仲堪、叔献、季仲、伯虎、仲熊、叔豹、季狸。

主管土地、人称"八恺"的苍舒、颓挨、梼戭、大临、尨降、庭坚、仲容、叔达。

特邀与会代表有：

兴都库什、美索米亚、青琅玕、藏彝、瑾琳、瑾瑜、青黛、吠努离等。

另有丹朱、大羿、应龙、群龙、玄龟、防风、鸿蒙氏诸侯王、部落首领及治水元老代表若干名参加会议。

朝堂内庄严肃穆，朝堂外，阴云密布。

禹和夸父风尘仆仆急奔而来。

他们被司仪引入大殿。

重华亲自迎接："夏伯行动如风，难怪有勇气与夸父赛跑！"

禹拱拱手："圣上，印能否直接切入正题？"

"好啊！"

禹慷慨陈词："仓颉造字过程中印敲击'黄河磬'各个位置校音，印为了分辨，把正面校定详细记录古代帝王兴亡之数和统民治国道法的文字称为《洛书》；把背面校定记录音域长短的日月星辰、山川河流等图画符号称为《河图》。也就是说，'黄河磬'记音，真玉记字。印同仓颉演练多次，即将竣工时却发生意外，导致迟滞；其后印配合仓颉重造文字，储存在阆风苑，没想到被突发的大洪水冲散了！印之意，这次治洪与捞回文字同时进行！"

重华问："仓颉怎么没来？"

"他让夸父捎来一尊由青铜合金制成的礼器豳公盨，委托印转呈圣上。"

"哦？拿来看看。"

夸父小心翼翼地呈上豳公盨。

司仪官接过，摆放在玉质台架上。豳公盨直口圈足，腹微鼓，鸟首双耳，耳圈内衔有附加浮雕纹饰的圆环，圈足正中有尖扩弧形缺。器口沿饰分尾三青鸟纹，器腹饰龙虎熊纹。

重华仔细品鉴。

这件青铜礼器浑厚质朴、庄重大方。重华暗暗称奇。

众臣也悄声议论，叹为观止。

重华揭开盨盖，底部有铭文。

他回头问："禹！这就是仓颉创造的文字？"

"是的。"

"你能当众朗读一下吗？"

"敬诺！"

禹天生对铜过敏，三十年来从未触碰过青铜器。前往帝都的过程中没有让夸父打开盨盖，也不知道内壁还铸有文字。他走到豳公盨前先是深深一揖，然后屏息凝神阅读。

这是仓颉首次使用文字上书陈事，也是华夷有史以来第一件奏事文书，十行九十八字，前九行每行十字，末一行只有八字。

这些文字气度豪迈、超逸优美、行款疏朗、字字珠玑。

禹情不自禁地默读三遍，时而如登临昆仑，玉树临风，时而如游走大荒，心旷神怡。

重华从他的表情变化中推测到文字非同凡响，迫不及待地问："他写些什么？快朗读出来！"

禹发现文字内容竟然是赞美自己！怎么办？如果硬着头皮朗读，除了夸父，再不会有人听得懂内容。但重华和众大臣都敏锐地捕捉到他瞬间发生裂变的表情。

伯益、后稷、皋陶等贤良老臣咳嗽几声，鼓励道："禹，放心朗读，能读多少算多少。任何探索都伴随着风险和失误，不要让顾虑阻挡你前进的步伐！大胆朗诵吧！"

话音刚落，夸父突然大声说："圣上，仓颉特别嘱托让印朗读！"

重华说："准！"

夸父大步流星地走到豳公盨前，看了一眼熠熠生辉的文字，慷慨激昂地朗诵道：

> 天命禹専土，堕山浚川，乃釐方设征，降民监德，乃自作配享，民成父母。生我王作臣，厥贵唯德，民好明德，忧在天下。用厥邵好，益求懿德，康亡不懋。孝友讦明，经齐好祀，无凶。心好德，婚媾亦唯协天。釐用孝神，复用祓禄，永孚于宁。豳公曰："民唯克用兹德，亡诲！"

夸父向来敦厚木讷，进入朗诵后却声情并茂、抑扬顿挫，与平时判若两人。

大家随着他情绪的变化波澜起伏。

朗读结束，余音绕梁，不绝如缕。

重华首先从陶醉中挣脱出来，击掌赞叹："好！很好！如果以祭祀乐伴奏，更能凸显神圣庄严肃穆之气！朕非常满意这些文字的音律，它们承载的内容是什么？"

夸父说："仓颉首先祝贺重华登基，并祈祷上天保佑江山永固。他说他虽然呕心沥血致力于创造文字的宏大事业，但最终功亏一篑，无颜亲自上朝奏事，特用全部积蓄聘请青铜匠师铸造豳公盨，呈献朝廷。他还提到大洪水，祈求圣上选派治洪首领一定要谨慎行事，否则越治越乱。哦，他郑重其事地推荐了夏伯禹。"

重华对伯益、后稷、皋陶等人说："仓颉与你们的想法一致啊！"

然后，回头问夸父："这是豳公盨记录的全部内容吗？"

"还有落款人姓名——侯冈颉。"

"侯冈颉？"

"仓颉原姓侯冈氏，名颉。那些说仓颉在阆风苑自立为帝的谣言，说他拜受天神赐赠《河图》《洛书》的谣言，说他私自冶炼青铜的谣言，都不攻自破了。"

"仓颉身在何处？不会被洪水冲走了吧？"

夸父："仓颉不想离开昆仑山、马衔山等众多山。豳公盨也可以算作他的辞呈。"

重华沉默片刻，面露愠色："我们获知的情报中提到了你和《河图》。"

夸父坦然解释："那是饕餮、梼杌、穷奇、混沌、相柳、康回、浮游为了围观禹和女娇的新婚生活，故意散布的假消息。其实，当时印盯着神龟背负的'黄河磬'在朗诵。"

"但那时还没有发洪水啊？"

"唯一的解释是，水神冰夷在洪水发生前就偷走了'黄河磬'。圣上可能有所不知，'黄河磬'正面是《河图》，背面是《洛书》。"

"何为正面？何为背面？你是说冰夷为仓颉背书？"

"它们本为一体。正面和背面是相对的。"

"冰夷会不会负书请罪？"

伯益、后稷、皋陶等贤良老臣走到重华面前，拱拱手，齐声说："圣上，当务之急是治理洪灾啊！"

重华说："朕向来尊重仓颉，他是庸中佼佼、造字圣人。这不，朕不是看到他创造的文字了？虽然目前还不能深谙其意，但掌握文字是大势所趋，洪灾消灭后，举国上下都要推广。朕相信，夏伯禹有能力将洪水冲散的文字打捞回来！"

禹躬身说："洪水甚烈，众口嗷嗷，事不宜迟，请尽快安排任务！"

"好！"重华精神大振，拉着禹走向圣坛，对众大臣说，"因水神冰夷渎职，暴发大洪水，淹没庄稼，冲毁山陵，给人民带来无边无际的灾难，当前，消灭水患是重中之重的大事，是华夷迫在眉睫、生死攸关的要事。群臣夜以继日，连续磋商三天，公认禹是'金'中铮铮、庸中佼佼，能胜任治洪重任。刚才大家也看到了，仓颉通过重器豳公盨隆重举荐，夏伯禹就是最合适的治水首领！"

朝堂上爆发出暴风骤雨般的欢呼声和掌声。

重华接着说："夏伯禹为人敏给克勤，其德不违，其仁可亲，其言可信。声为律，身为度，称以出；亹亹穆穆，为纲为纪。他的人格魅力、领导能力和执行力都非同寻常，又追随仓颉造字多年，文化素养深厚，他一定能为天下万民兴利除害。"

众人再次振臂欢呼。

"此次治理水患任务重大，影响深远，必须有贤臣辅助他，谁愿与他一起率领工匠躬亲劳苦，同洪水抗争呢？"

伯益、后稷、契、伯夷、夔、龙、垂、益及"八元""八恺"等大臣先后站出来：

"我们愿赴汤蹈火、精诚团结，协助夏伯完成使命！"

重华大喜，声如洪钟："有你们这些智慧超群的大臣辅助，朕无忧也！"

接着又有一批曾跟随鲧治水的长老表示愿意栉风沐雨，治理洪水。

重华高兴极了，对禹说："夏伯！朕的爱子义均生性软弱，贪图享乐，正好借此机会锻炼体魄，让他随侍你左右，如何？"

"一切听从圣上安排！"

"好啊。这个治洪团队如何？你也谈谈高见吧。"

禹作揖拜谢："印整天只考虑如何勤勤恳恳地工作，不知道该说什么。"

"你肯定有了成熟的计划，不妨说说。"

禹先向众人施礼，然后慷慨陈词："大水浩浩荡荡，与天相接，包围大山，淹没家园，人们流离失所。印打算乘坐四种交通工具顺着山路砍削树木作路标，与伯益一起猎获鸟兽，送给民众，让他们恢复生存信念；与此同时，带着尺、绳等测量工具到主要山脉、河流考察，然后集中治水人力，疏通河流，使大水流入四海；还要疏通田间小沟，使积水流入黄河。这样，田野再次露出来，请后稷率众播种庄稼，为民众提供粮食。当然，货物贸易、互通有无这样的传统商业也必将恢复。如此，民众将逐渐安定，各诸侯国的社会秩序就会得到治理了。"

皋陶喜不自胜，赞叹道："苍天补，四极正；淫水涸，冀州平；狡虫死，颛民生；背方州，抱圆天；和春阳夏，杀秋约冬，枕方寝绳。阴阳之所壅沉不通者，窍理之；逆气戾物、伤民厚积者，绝止之。当此之时，卧倨倨，兴眄眄，一自以为马，一自以为牛；其行蹎蹎，其视瞑瞑；侗然皆得其和，莫知所由生；浮游不知所求，魍魉不知所往。当此之时，禽兽蝮蛇，无不匿其爪牙，藏其螫毒，无有攫噬之心。考其功烈，上际九天，下契黄垆；名声被后世，光辉重万物！乘雷车，服驾应龙，骖青虬，援绝瑞，席萝图，黄云络，前白螭，后奔蛇，浮游逍遥，道鬼神，登九天，朝帝于灵门，宓穆休于太祖之下。然而不彰其功，不扬其声，隐真人之道，以从天地之固然！"

重华击掌欢呼："美哉，超绝智慧！妙哉，宏伟蓝图！"

伯益、后稷等人齐声说："高屋建瓴，志在必成！"

重华庄严宣布："朕现在正式任命禹担任司空，治理水土。"

"不遗余力履职！"禹拱手说，"圣上曾任印为阳城夏伯，因为造字，忘了岁月，未能及时赴任，现在又首任司空，治洪迫在眉睫，可否将两个就任仪式一起举行？"

重华犹豫了："哦……"

"这次水患涉及面非常广，治水要想成功，必须得到天下人的拥戴。"禹拿出五面旗帜，"印的新娘女娇用丝帛给每个地方赶制了一面旗帜，以便让印分清各部落的人。旗帜共五面：东方属木，在色为苍或绿，旗以日；西方属金，在色为白，旗以月；南方属火，在色为赤红，旗以蛇；北方属水，在色为黑，旗以鸟；中央属土，在色为黄，旗以熊。女娇昼夜兼程，带着五色旗帜赶到嵩山，交给印。现在，请圣上颁发给五方部落首领！"

重华说："夏伯已任治洪首领，还是由你来颁发吧！"

"敬诺！"

禹在庄严的钟鼓声中颁发完毕。重华招招手，两位壮士抬着一把亮闪闪的宝剑走过来："这是黄帝亲自采首阳之铜冶铸的'轩辕剑'，朕从尧帝手里接过来不到一天就发洪水了。国之重器只有帝王才能触碰，现在事关华夷命脉，朕要赠给司空禹！"

禹急忙拱手谦让："印位卑身轻，不敢接受！"

"你手里的那个末锤不足以鼓舞士气啊！"

"印实在不敢觊觎国之利器！"

"特殊时期，社会混乱，'轩辕剑'可以指挥所有部落！"

禹只好抬起头，祭拜"轩辕剑"。

这把青铜剑由作为把手的剑茎和剑身两部分组成，整体形状像柳叶。青铜剑首端部装饰精湛，由单独铸造成形后与剑茎铸接成一体的多圈高同心度、高凸起、薄壁状凸棱组成。剑身两边开刃，锋利无比，寒光闪闪；它的一面刻划农耕畜养之术，另一面刻划四海一统之策。剑茎与剑身之间有一块凸起的格，从那敦厚的气韵和温润的光泽上可以看出它是极品昆仑白玉，应该是西王母敬贡。

白玉让禹心神安定，他朗声说："圣上赋予印治理洪水之神圣使命，理应接受；但这把'轩辕剑'乃国之重器，代表神灵、天意、威严和秩序，常人接触，无异于亵渎神灵！虽然当下水患严重，但规矩岂能随意打破？圣上当众授予，印若推辞，则冒犯帝威。因此，印建议将'轩辕剑'改为'避水剑'。"

重华微微颔首："到底参与过造字工程，涵养就是不同常人！说说，怎么修改？是不是要重新冶炼、铸造、抛光、装饰？现在大家就议一议。"

禹从容不迫、语调沉稳、声如洪钟："重塑过程并不难，仅仅将剑身的两面纹饰升华一下即可。黄帝冶铸'轩辕剑'时，运筹帷幄，思虑治国之策，而印只想治理水患，可将一面剑身雕刻日月及二十八宿；另一面雕刻山川河流。如此，剑身代表您的旨意和权威，表面纹饰则代表地理星图，作为治理洪水之规范！"

"朕完全赞同！"重华喜出望外，"由谁来绘制图画？在什么地方修改？"

禹说："这是具体工作了，圣上勿忧！我们会选择德艺双馨的匠师，在茅山、苗山、亩山、防山、镇山、覆釜山、宛委山一带完成这项神圣使命。重塑过程中，印同伯益、后稷、皋陶等贤能之士商讨制定治理洪灾的措施。"

重华大声宣布："授剑！"

钟、鼓、磬、铃等乐器轰然齐奏，庄严肃穆、气势雄浑的乐声中，重华带领群臣走出大殿，走上圣坛，苍璧礼天，黄琮礼地，青圭礼东方，赤璋礼南方，白琥礼西方，玄璜礼北方。

最后，传授"避水剑"。

禹毕恭毕敬，双手接过"避水剑"，举过头顶。

重华张开双臂对苍天庄严宣誓："齐心协力，治理水患！"

禹和群臣跟着宣誓，声震朝野。

宣誓完毕，司仪邀请兴都库什、美索米亚、青琅秆、藏彝、璆琳、瑾瑜、青黛、吠努离等人来到重华身边。

重华向他们微微颔首："天灾人祸，朕非常抱歉！不过，你们刚才看到了诸位大臣懿美淳厚、宣传德教的崇高作风了吧，他们是国家的脊梁，值得信赖。尔等在天朝之徐州、扬州、青州、兖州、豫州、荆州、冀州、雍州、梁州、并州、幽州、营州这十二州境内及各部落领地遭受的损失，朕全部赔偿！只是，目前生灵涂炭，无暇顾及，赔偿时间可能要迟滞一些。"

兴都库什、美索米亚等人满脸羞愧，纷纷表态："这次洪灾异常惨烈，损失严重，但华夷朝野人士都泰然处之，信念坚定，乐观积极，我们感触极深！素闻重华巡狩四方，整顿礼制，行厚德，远佞人，直而温，宽而栗，刚而毋虐，简而毋傲，政教大行，八方宾服，四海咸颂功德，百闻不如一见啊！礼仪之邦，可敬！可佩！为表达对贵邦的敬意，对治理洪灾伟业的支持，我们特意从贝加尔湖畔的大草原上挑选了赤骥、盗骊、白义、逾轮、山子、渠黄、骅骝、绿耳八匹骏马，它们奔驰如飞，跨江过河，如履平地，现在借此庄严机会，赠予司空禹！"

重华喜出望外，多日来笼罩在脸上的阴霾烟消云散："神驹相助，洪灾必灭！如此，四海之内咸戴大禹之功，天下明德皆自大禹始！"

禹急忙施礼："圣上为人处世、治国理政皆以德为先导，以和谐为依归，乃吾等标杆！文命有幸身担重任，唯有肝脑涂地以履职，岂敢觊觎功劳！四海之内咸戴帝重华之功，天下明德皆自重华始！"

重华微微颔首。

他让司仪将诸侯的玉璧、玉璋、玉圭、玉钺、玉琮五种祭祀礼器聚敛起来，庄严宣布：

"从今天开始，朕决定把帝都迁往时刻受山洪威胁的阳城，以表抗洪救灾之坚定决心！洪灾不平，绝不还都！洪灾平息，朕在阳城接受四方诸侯君长朝见，并把五种玉礼器发给各位君长！"

三

共工悄然来到涂山国。他看见女娇独自坐在花房中痴痴发呆，清清嗓子，朗诵道："俗人昭昭，朕独昏昏。俗人察察，朕独闷闷。众人皆有以，而朕独顽且鄙。"

女娇无动于衷。

共工自嘲地笑笑："算了，还是来点通俗的吧。朕是大名鼎鼎的共工!"

女娇沉浸在遐思中，置若罔闻。

"共工这个响当当的名字你不可能没听过吧?"

女娇仍然不回头，也无任何反应。

共工恼怒了："你再不吱声，朕就把大洪水引到涂山国。洪水经过的道路与禹追求你的线路完全相同。你能想象得出沿途地区和涂山国被洪水席卷后的惨状吧?"

"你有这么厉害?"女娇慢慢转过身，"你就是泗水河畔出生的共工?你当过水神，是吗?你人面朱髪，蛇身人手足，虽食五谷，禽兽顽愚，堕高堙下，壅百川以为民害!天下之人谁不清楚你好讲漂亮话，心术不正，你有什么脸面趾高气扬地说话?"

这是她从嵩山返回涂山后首次停止流泪、首次开口说话。连日来的伤悲使她憔悴不堪。

此前，共工听过很多人描绘女娇的美貌，没想到初次见面，竟然被她咄咄逼人的光彩灼伤，他自卑了，胆怯了，变得语无伦次："……没错，姐……不，是朕!还有人称朕为烛龙。阿嚏!江湖上，朕还有很多名号!你不可能不知道操持干戚舞蹈的刑天吧?听说他向你母亲求婚被拒后恼羞成怒才造反的。"

"……"

"刑天是天下少有的猛士，打个喷嚏让凶鸟怪兽胆战心惊，是朕亲自冶炼、铸造青铜刀砍下了他的头。后来，祝融又用那把铜刀殒杀了鲧。"

"看得出你是个狠人!"女娇不动声色，"你那么厉害，怎么说起话来却唯唯诺诺、结结巴巴?"

共工被噎住，过了好久才从梦魇般的羞辱中挣脱出来："朕承认当年为你的美貌和才艺心动，也曾托人不远万里求婚，但那已经成为往事!这次朕来特意声明，好汉做事好汉当，不周山是朕青铜般的头颅撞毁的!大洪水是朕引发的，与你和禹的爱情无关!"

"哼!"

"朕还要告诉你，真相并非尧帝和新贵重华诏告天下的那样!"

"印懒得听那些糗事。"

"不！你必须关心！你必须把历史真相糅入你的精细刻工！"

女娇讥笑他："印连爱情都留不住，怎么能承担得起那么沉重的使命呢？"

"朕不管那么多！你必须牢记朕说的每一句话，不然，洪水就会淹没涂山国！要知道，朕曾是资深水神。"共工呼哧呼哧喘着粗气，"黄帝对青铜的认知，始于朕不费吹灰之力砍掉刑天脑袋的那把铜刀。黄帝以后，历代帝王都派朕寻找铜矿，培养冶炼匠和铸造匠，以免耗费大量黍粟、麻布同青铜商人交换那些东西。当然，黄帝和他的继承者也答应让朕做一次帝王。虽然至今未兑现，但朕并不在意。朕最痛恨的人是祝融！"

"是不是又名阿什库勒的火神？"

"那是乳名。"

"住在昆仑山光明宫的那位火神？"

"……你怎么如此清楚？"

"禹同印说起过。"女娇脸色绯红，洋溢着幸福的笑容。

共工厉声说："别再提起禹！朕不能容忍敷衍信息通过你的刻工注入线条！你必须按照朕的叙述模式来领会，如同铜汁被铜范铸造成各种铜器！"

女娇转过头，不作声。

共工继续说："吾弟祝融本来很有同情心，他向人间传下火种，教人们用火烤熟野兽吃，因此赢得帝王和民众的信任。孰料，他生了傲慢心，动辄玩消失，等帝王率领群臣和百姓祭祀时才出现。炼铜必须用昆仑山光明宫里的天火点燃，钻木取得的火不硬气，燃点低，只能煮肉。当我们历尽千辛万苦采到铜矿石，砍伐到足够的万年松柏木，举行完神圣庄严的开工仪式，准备点火时，祝融却骑着火龙消失，并提出各种不可思议的古怪要求。为了冶炼和铸造，朕忍气吞声，他要多少铜器都答应；他让朕在大羿与姮娥之间点火取乐，朕虽然觉得无聊，但也照办；他明知朕的特长是冶炼，可偏偏让朕烧制罐、豆、鬲、甑、甗、斝等陶器送给那些流浪者，朕也委曲求全；他想讨好某些齐家美女，连续三个月让朕烧制磨光堆积如山的薄体大双耳罐和双耳折肩罐……尤其可恶的是他非要让朕重现任职水神时的某次失职——你可能忘了，那次朕被某女士的爱情美酒灌醉，醒来时，大洪水已经漫到昆仑山脚下，朕因此被罢免解职。祝融要揭开朕的伤疤，按照朕往常的火爆脾气，非得撕碎他。可是当时，朕聘请来的匠师已经熔铸好豪华铜车，接下来要熔铸设计精美的铜罐。哦，铜罐简直是一个传奇！罐体是青铜薄板，上面刻划着新潮鹿皮裙女神，王冠高耸，上栖老鹰，双翅展开。女神两手各牵一只兔子，两侧各有一只吼狮，狮子踩在两条长着胡须的蛇身上。罐体肩部有葫芦花和水波纹缠绕，两侧水平提手上也有莲花、牡丹等花纹装饰，四边均刻着蹲狮小雕像。铜车和铜罐凝聚了多少工匠的心血啊！我们打算将其敬献给尧帝和他最宠爱的女人并请他们赐名。可是，点火前祝融再次要挟。朕选择忍了又忍，尽管忍是心头一把铜刀，尽管承受这把铜刀的痛苦远远超过刑天被砍脑袋、鲧被殛杀的痛苦的总和！朕决定求助河伯冰夷。那天，神射手大羿带一块白璧过黄河打算送给姮娥。冰夷暗恋姮娥，他派两条蛟龙掀起大浪，弄翻船。大羿左手持玉璧，右手单臂射箭，射杀蛟龙。冰夷化作蛟龙追过去，又被大羿射伤左眼，他捂住眼睛，痛苦吼叫。朕说明来意，他立刻跪拜前辈，然后迅疾调来五湖四海的大水并亲自带路，向祝融居住的光明宫进发。按照约定，大水到昆仑山脚下就要退回去，谁料我们刚到，刚刚展示滔天巨浪，光明宫周围常年不熄的神火突然全部熄灭，祝融驾一条全身发光、烈焰燃烧的火龙飞到空中大喊大叫：'共工要造反，共工发洪水了！'朕意识到中了圈套，慌忙让冰夷撤退。混乱中，不知谁拦腰撞倒了不周山，天塌了，地裂了，山林燃起大火，龙蛇猛兽也出来吞食人……唉，一切都泡汤了。朕现在百口莫辩，将永远失去继承帝位的机会。不过，朕可以承受比五湖四海还多的委屈，但永远不会认输。你是如此聪明睿智，肯定能想象得到大洪水冲荡以后的荒凉凋零。朕拥有大批采矿师、冶炼匠、兵器匠、驯兽师、商队，朕已经联合三苗、九黎等部落，洪水退去后朕轻而易举就能成为天下霸主了，到时候，朕就封你为首席大巫师，冶铸十二个人一起用力才能摇动的大铜铃，铜舌用尧帝手持的玄玉圭，如何？"

"印对你的宏伟目标没有丝毫兴趣。"

共工恶狠狠地怒吼道："我们正在熔铸巨大的铜罐，届时，浮游、康回、相柳、混沌、穷奇、梼杌、饕餮将抬着它送给你作为聘礼!"

"你为什么要强迫印?"

"这是至高无上的荣耀,只是你认识不到而已。"

女娇忍俊不禁,大笑道:"印拒绝接受,印要去找禹。"

"禹治理不了洪水,他将在与洪水的拼搏中变成既蠢又笨的大黑熊。你即便找到他,也互相不认识!"

女娇从脖子上戴的项链中挑出七孔骨笛,晃一晃:"禹说了,这支大鹏翅骨制作的羌笛是神笛,不管他走多远,走到哪里,印只要吹响笛子,就能找到他!"

共工哈哈大笑:"你以为想去哪里就能去哪里?傻姑娘,还是识时务点,尽快召集你的那帮玉男玉女到新王都,在朕的指导下创造新文字吧!"

四

女娇在茅山的树林中游走,漫无目的,失魂落魄。周边草木葳蕤,风光旖旎,千岩竞秀,万壑争流,水清如镜,云蒸霞蔚。

一串熟悉的脚步声由远而近。

女娇的心悬了起来,紧紧握住羌笛,屏息静听。

脚步声瞬间已经到身后。

"美人迈兮音尘阙,隔千里兮共明月;临风叹兮将焉歇?川路长兮不可越!"

多么熟悉的声音!这是梦境还是现实?

女娇尽力控制因激动而急促起伏的呼吸。

"女娲!"

没错,是禹的声音!姒文命的声音!高密的声音!可他怎么呼唤女娲的名字?

女娇惊叫一声,猛地转身扑到禹怀中:"真是你吗?印不是在梦中吧?哦,不,这种淡泊清雅的玉香、有条不紊的心跳、坚实有力的骨骼、温润敦厚的目光……还有,还有你所过之处与万物共蕴的强大气场,多重证据证明这确实是你。你离开多久了?印感觉好漫长啊,你知道印是怎么挨过来的?你能理解印独自在阵阵凉意中对着秋夜寒星暗泣的痛苦吗？呜呜呜……你乘着印睡熟就偷偷跑了……印边追赶边缝制五色旗帜，印再也不合眼了，印要一直盯着你，不让你离开……"

禹哽咽着说不出话来，只是紧紧地抱着玲珑如玉的新娘。

女娇被他的双臂紧紧箍住，喘不过气来，觉得要融化了，融进他的身体和灵魂。

"女娲！印的女娲……"

女娇浑身一震，用尽力气挣脱出来，推开禹，怒目圆睁：

"你是不是把印当成了别人？"

禹一头雾水："你怎么了？"

"女娲是谁？"女娇伤心地哭泣道，"上次印在梦中朦朦胧胧听见你呼喊女娲，印一直疑心那是梦幻，可是刚才，印听得清清楚楚！"

禹大笑几声，涕泪交零。他再次牢牢抱住女娇，在她耳边轻声说："印的新娘应该有新的名字，二人世界的昵称只能由印在心里独自享用，不可示人，也绝不允许任何人侵犯昵称！以后，你就进入印心中的女娲时代！女娲创造了人，而你创造了新时代！"

女娇被幸福的潮水涤荡，恍恍惚惚，她仿佛看见山谷间彩云飞渡、龙凤呈祥……

缠绵许久，女娇忽然问："你怎么知道印到茅山了？"

"神圣的羌笛！"

"印只是在心里琢磨着，并没有吹啊？印担心引起共工的注意。"

禹用耒锤指着心脏的位置说："心有灵犀，不管相距多远，也不管笛声是否真正发生，都能感知到。"

"印明白了！"

女娇再次深深拥吻禹。

很久很久很久。

禹说："印有十万火急的事要同你讲。"

"印不听！印只要听你的呼吸、心跳……"

女娇再次深深拥吻禹。

很久很久很久。

禹说："仓颉真洒脱，功勋卓著，却毅然决然地远离荣耀！"

"卬只关心你的呼吸、心跳……"

女娇再次深深拥吻禹。

很久很久很久。

禹轻声叹息："世事真荒唐，善恶往往是一山之隔！谁能想到共工在茅山背后搞事。"

女娇惊得坐起来："共工？他在这座山的另一面？"

"对！"

"怎么可能？"

"他计划把茅山作为国都，与重华对抗！"

女娇怔怔发呆，哑然失笑："共工猿清鹤瘦，两颧高耸，面貌黧黑，双颊深窝，人们如何忍受那种毫无章法的构图、线条和肌理？"

禹亲吻憨态可掬的女娇："共工相貌还算奇伟，大概是相由憎恶心而生吧。"

"卬不喜欢他浑身上下弥漫着的铜臭味。我们快点离开吧，卬跟你到阆风苑去！"

"阆风苑被洪水淹没了。"禹戚然说，"你不要紧张，卬有黄帝亲自铸造的避水剑，能劈开共工的邪恶之气，也能指水让路、斩妖除魔。经过淮河时，巫支祁的几位兄弟横行霸道，卬用此剑降服了他们。"

女娇皱皱眉头："能不能别提这把青铜剑？卬难受！"

禹亲吻她的额头，轻声说："卬非常理解治玉人的感受。当下洪水横流，猛兽毒虫肆虐，人们承受了前所未有的惨烈灾难。卬不能只考虑个人感受啊！"

女娇低下头，喃喃说："只要不离开你，卬就尽量忍受一切吧。"

"卬这次来茅山，只停留三天。现在，我们已经度过了一天一夜！"

"什么意思？你还要走？"

"咱俩共同做一件事，作为向崇高爱情的献礼，如何？"

"好啊，做什么？"

禹目光炯炯有神，热烈似火："根据卬同伯益、后稷、皋陶等贤能之士的商议，要想彻底治理洪水，必须做两方面的工作：首先补好查灵、柏灵一带塌陷之天，堵塞洪水暴发的源头；其次，卬对四处漫流之洪水进行排泄疏导！治洪有印，补天，非你莫属！"

女娇浑身一震："你是说补天？让印补天？"

"你的才华、毅力和品德堪当此重任！"

"为了你和你的理想，印愿意赴汤蹈火，甚至不惜失去性命，可是……"

禹用手捂住她的嘴唇："不要这样说！爱情应该让我们变得更加坚强！难道这不是神对我们的考验吗？"

"考验？是不是又要分离？"

"……造字结束后，印曾想就此在江湖销声匿迹，与你共度快乐时光。可是，洪水改变了一切，从重华到普通平民都得接受这个现实。"

女娇眼泪汪汪地哀求道："印不要离别，印要陪着你面对苦难！"

"尽管印全身每个细胞都渴望与你朝夕相处，但那怎么可能呢？印反复斟酌，只能在治洪和补天的过程中重建温馨家园。"

"印不懂……"

"治理洪水和补天的坐标须在阆风苑，那里有昆仑山、马衔山等众多玉山护卫，是造字圣地，也是印的精神家园。只有你在那里冶炼五色石，印才能在治理洪流中充满信心，勇往直前！"

女娇惊喜地说："你是说，我们的爱情小巢建在阆风苑？"

"是的！"禹重重点头，"仓颉曾经嘱咐印，无论干什么事业，都必须给灵魂和爱情找个栖息地，否则，离开执着之事后就会六神无主、手足无措。治理洪水肯定艰苦卓绝，但印只要想到你在阆风苑，心就定了。无论漂泊到何处，你都在印内心深处安坐。印的生命里不能没有你！你是印的光明、空气、粮食、美玉……你无法想象这几天印在浑浑噩噩中是怎么度过的！"

说着，禹情不自禁地啜泣起来。

女娇揪了揪他的鼻子，问："你身高到底是多少？"

"九丈二寸。怎么了？"

禹泪光盈盈。

"你这么高大的男人，怎么还像孩子一样哭泣啊？"

禹羞涩地抱着女娇疯狂亲吻。

女娇依偎在禹胸前，甜蜜地微笑："如果阆风苑是承载幸福爱情的唯一圣所，卬答应。"

禹爱抚她："有位年轻俊美、才华横溢的青年叫施黯，熟悉矿山分布情况，更是精通青铜、黄铜冶铸技术。他曾经被共工聘为匠师，共工撞毁不周山的鲁莽行为让他很失望、很懊悔，他决意补天赎罪。他会坚定不移地配合你。"

"难度不在技术层面，卬只是对地理形势没谱。"

禹从后背抽出"避水剑"，问："你看看，这剑身的纹饰如何？"

"青铜剑确实做工精良，无可挑剔，但纹饰还是别评价了吧。"

禹微微一笑："卬征得重华同意，要在剑身正面雕刻日、月及二十八宿，背面雕刻山川河流。卬当时就想到了你的雕刻技艺。"

女娇面露难色："卬不想让古老温良的神圣纹饰附着在青铜器上……"

禹将"避水剑"背到身后，然后拉住她的双手，"美好的纹饰如同天空中的日月星辰、大地上的山川草木，生发于淳朴心灵，流溢于卓越品德，并不受材质限制，就像你的幸福笑容，并不因为地理气候变化而失去光华。你对自己要有信心！卬跟随仓颉造字多年，几乎考察过所有地方；前往涂山国求婚的过程中又将这些山川地理再次检阅校对，应该不会有太大误差。"

"难怪呢！卬觉得你一年就该到达了，谁知卬等了那么久！"

"当初，卬以为与你婚配后就不再离开涂山国了，卬想把山川地理都牢牢记在脑海里，即便以后不能前往，也能在想象中遨游……谁知，洪水完全改变了大地的模样……女娇，我们心灵相通，请你把卬内心的大千世界，尤其是各种玉山、玉树、玉草、玉花，雕刻到避水剑的两面，就当它们是象征我们爱情的伟大旗帜，好吗？"

"卬希望没有过去、未来，永远沉醉在雕刻的过程中，即便呼吸也要保持同样的节奏，须臾不离！"女娇说着音调变了，泪流不止，"可是，卬清楚你为水患忧心如焚，卬怎么忍心让你单独承受痛苦？放心吧，卬会全身心地投入创作中！"

"雕刻完工需要多长时间？"

"卬会在短期内完成！"

"说具体点，到底多久？"

"至少七天吧。"

"太长了……能不能请你的玉工们帮忙?"

女娇嗔怪道:"他们还没掌握这种高超技术。爱情单纯如美玉,即便在青铜器上雕刻,也不能掺杂外人气息。这样吧,印争取三天三夜完成!"

禹尴尬地说:"印实在不忍心为难你,但我们在茅山只能停留二十四个时辰了!如果超时,避水剑就会失去效力,共工和那帮恶徒可能会发现我们。毕竟,距离太近。"

"……为了爱情,印挑战自己!可是印不明白,近在咫尺,你们为什么不用武力征伐共工呢?或许,这是很多人的强烈愿望。"

禹仰望青天,长长叹息:"鲧曾在梦中多次告诫印:'为善,就是播撒美好的太阳纹,为恶,则是内卷不休的漩涡纹。脱离仇恨漩涡的唯一途径就是宽容。'尽管共工作恶多端,但在举世瞩目的治洪过程中,印尽可能示范世人如何宽容、如何去爱,而不是展示各种也许会引导人类走向邪恶的仇恨方式。本来,这次大会最佳的地点应该在地势较高、洪水威胁不到的九州台,但是,与皋陶、四岳、后稷、伯益等重臣商议后,决定还是向共工伸出善意的双手。我们不想抛弃他。这是印能够接近他的距离。"

女娇深情地凝望禹,喟叹道:"白露暖空,素月流天,日以阳德,月以阴灵,您确确实实是印梦寐以求的爱人啊!女娲是万人仰望的大神,无人能及。但是,我会全心全意,像女娲那样爱人类,爱万物!"

五

耒锤湖清澈幽深,碧波荡漾。湖岸古槐蟠郁,松竹交翠,幽静清雅。

参加治洪议事会的人环湖而坐,他们是:禹、皋陶、伯益、后稷、契等。

还有特邀的七十二位代表——治水长者和曾跟随鲧一道治水的人。

因为时在秋天,他们都佩带赤色玉。

耒锤湖周边茅山、苗山、亩山、防山、镇山、覆釜山、宛委山等七座山尽管云霭缭绕、烟雾蒙蒙,但从山顶升起直冲云霄的巨大烟柱还是异常清楚。那是共工与饕餮、梼杌、穷奇、混沌、相柳、康回、浮游等人召集的匠师在冶炼兵器。

茅山之侧有座小山，名叫"会稽山"，远看隐没在众多高山之间，近观则重峦叠嶂，突兀高挺，有统领天下诸山之宏大气象。黄帝曾在耒锤湖边建"侯神馆"，毁于地震，只有真玉琴台威仪赫赫，完整无缺地安放在古柏树下。

"避水剑"静静地安躺在琴台上。女娇神情肃然垂手侍立于旁。她气沉丹田，凝神敛思，让脑海中所有纹饰和线条都充满勃勃生机，让细胞中的所有创造力都蓄势待发。

她通过心灵向禹发出信号："候人兮猗！"

禹敏锐地接收到。他挺直身体，目如闪电，声如洪钟："诸位贤良！正如我们亲眼所见，猛兽食颛民，鸷鸟攫老弱，火燎炎而不灭，水浩洋而不息，洪灾愈演愈烈，惨状令人悲痛欲绝，寝食难安！众所周知，400年前的今天，耒锤湖畔发生一件具有划时代意义的大事：黄帝召集天下自然、生物、心理、社会等各行各业的智者讨论经络、论治及养生、运气等学说，并且深思熟虑，潜心著述《灵枢》《素问》两部医学典籍，为黎民百姓解除身体病痛。此后，历代帝王都以德为美，关心百姓疾苦，朝野上下，和谐共处。人的肌体发生紊乱尚且痛苦不堪，十二州遭洪灾侵害，惨祸之烈，无法想象！我们特意选择在此召开治洪议事会，意在向先贤表达崇高敬意和深切缅怀，同时，也是观照内心。另外，印也要在此为母亲祈福！当年，父亲鲧专注于治洪，长期忽略母亲，母亲在悲伤中流浪，在流浪中到达这座湖畔，并把无数泪珠洒进湖水里……这次大洪水暴发后，印与母亲失联了。很可能，她像许许多多罹难者一样被洪流吞噬了。作为她的独子，印不能亲往阆风苑寻访，内心异常痛苦。知母莫若子，印清楚，只有消除大众的痛苦，母亲才会安心。因此，根据皋陶前辈的提议，请大家环湖而坐，面对清波，坦诚相见，畅所欲言！我们齐心协力，必将成就一个伟大时代！印建议把这个宏大的工程命名为'九鼎行动'，如何？"

众人热烈响应："齐心助力九鼎行动！重新创造伟大时代！"

禹向大家施礼："地之所载，六合之间，四海之内，照之以日月，经之以星辰，纪之以四时，要之以太岁。治洪之要，首在时序。历法与自然节律和谐无差，民众依历而行，治理洪灾与开荒、种植等所有活动都必须合乎季节时令。洪水之祸严重搅乱时序，为保证治水期间政令通行、步调一致，我们使用《夏历》——就是仓颉造字期间阆风苑周边通用的历法。冬至之月为子月作历算一岁开始，以朔望月为基础，每年分为子月、丑月、寅月、卯月、辰月、巳月、午月、未月、申月、酉月、戌月、亥月共十二个月。大月三十天，小月二十九天，全年354天或355天；闰年十三个月，全年384天或385天。每月合朔之日，称为初一。中气冬至所在仲冬之月为子月，大寒所在季冬之月为丑月，雨水所在孟春之月为寅月。以此类推。置闰法是三年一闰、五年二闰、十九年七闰。"

禹正襟危坐，扬了扬手中的耒锤："这把祖传耒锤根据四季更替，变换四次颜色，春为苍玉，夏为赤玉，秋为白玉，冬为玄玉。每种颜色又要变六次不同的深浅色，每年变二十四次，是为二十四节令。治水期间时序坐标由此确立。"

女娇向来只专注于线条与图案，首次听到这种宏大蓝图，兴奋不已。按照夏历推算，文命首次抵达涂山国的时间是三月十八日！那天正是她的十八岁生日！喜悦感和幸福感在空山幽谷之间洋溢。

皋陶、伯益等重臣表情凝重，沉默不语。

曾经治水的长者和跟随鲧一道治水的人迫不及待、争先恐后地发言：

"洪水泛滥是因为来势凶猛，流不出去。"

"得总结过去的失败教训，寻找根治洪水的办法。"

"水总是要往低处流的。只要我们弄清楚地势的高低，顺着水流方向开挖河道，把水引出去，就好办了。所以首先要进行实地考察，制定切实可行的方案。"

"皋啊，一方面要加固和继续修筑堤坝，另一方面，开渠排水，疏通河道，把洪水引到大海中去。"

······

禹认真听取众人意见，沉思良久才发言："当务之急，先安抚人心，把失去家园者和因洪涝灾害而受到严重创伤的患者迁移到安全地区。根据印对民风、地理、物产、交通等各方面的考察，目前最为合适的地方就是'九州台'，那里有九座逶迤相连的高人坪地，与马衔山隔着黄河遥遥相对，能够承载较多人口。"

众人赞同。

禹威仪赫赫，接着说："日月星辰、山川河流、地理风貌、奇禽异兽、神仙魔怪只是暂时失序，泄洪完毕就会各就各位。崇伯鲧当年采取筑堤堵水之法治洪，效果不佳。时下有人将洪灾的发生归罪于家父率众修筑的诸多堤坝。但根据夸父会前带来的确切消息，华夷各部落首领率众劈山导河，攀越群峰，已完成前期的测量任务，数据显示，鲧所筑的二十二道堤坝中，有一半确因抬高水位使不该受灾的地方也被淹；还有一半则因阻拦住洪水而使许多良田美地（如帝都周边地区）免于灾祸。因此，卬以为，不能因噎废食，'九鼎行动'必须把筑造堤坝与疏浚河道结合，该建筑堤坝的地方必须建筑堤坝，该疏导的地方不管山有多高、石有多硬、林有多密，都必须疏浚。"

皋陶忧心忡忡地说："黄河下游及江淮地区汪洋一片，山川地理漫漶不清，老夫忧心如焚，愁肠百结啊！"

禹微笑着说："大人放心，我们让应龙负责导引江河主流洪水，群龙导引江河支流洪水，玄龟驮着息壤跟随防风等填平深沟，加固堤坝，垫高人们居住的地方。童律、乌木由担当保卫工作，警惕防范歹人作祟。这是治理洪灾的基础，任务艰巨！"

应龙、群龙、玄龟、童律、乌木由齐声道："吾等尽职尽责，随时听从司空安排！"

禹环顾众人，举着耒锤慷慨陈词："接下来协调合作任务更为艰巨，若有人疏忽大意，则前功尽弃！诸位贤士应该熟知盘古开天辟地的故事，也肯定见过他传授给燧人氏的玉斧，卬手中的耒锤与神斧属于同一种玉料，都出自万山之祖、万河之源的昆仑山。当年，盘古磨制玉斧时遗留的石器和边角料被昆仑女神西王母继承，她依托昆仑山、马衔山等群玉之山的美玉资源，率领部族人采玉、治玉、运玉，最终发展成由大大小小部落组成的西荒国，活动领域大致包括昆仑山、马衔山、河西走廊、鄂尔多斯及渭河、洛河等地区。西王母温良贤淑，立国之初即效法盘古贡献玉斧之举，率领童男童女，携带无数美玉，跋山涉水前往东方华夷通好。其后友好事迹诸位贤士都耳熟能详，在此不赘述。燧人氏以后，华夷始有西行朝圣玉山的传统，因天灾人祸，朝山时断时续，加之后来专门运输玉料及其他货物的商团兴起，人们对西荒国的认知仅停留在美玉及各类传说中，对西王母之国土面积大小、部落组成，甚至国都在西荒、山羌、昆仑丘还是流沙等重要信息都茫然无所知。所幸，西荒人多年运输玉料、玉器，熟知沿途山川地理及风俗民情。印觉得有必要强调一下西荒国。这个诸位既熟悉却又陌生的国度处于两大山脉之间：西边是天山山脉、喜马拉雅山脉、兴都库什山脉等诸多山脉汇聚的帕米尔高原，塔里木河、伊犁河、印度河、恒河、锡尔河、阿姆河等发源于此；东边是祁连山脉、西秦岭、小积石山、达坂山、拉脊山等与黄土高原交汇地带，大夏河、洮河、湟水、大通河、庄浪河等汇入黄河。昆仑山、阿尔金山、祁连山、马衔山从西向东伸展到秦岭，成为西荒人运输玉料和玉器的主要地理坐标，玉帛之路基本上分布在昆仑山、阿尔金山、祁连山及秦岭南北两边。西荒夏人从昆仑山、三危山、马鬃山、马衔山开发玉料，就地加工成粗坯、半成品或玉器，向西越过葱岭、天山输送到费尔干纳等地；向东，因运输量大，形成沙漠道、河西走廊道及昆仑山道。沙漠道始于罗布泊，东经马鬃山、大沙碛、河套、龙门等地进入华夷；河西走廊道也始于罗布泊，经阿奇克谷地进入河西走廊，沿着疏勒河溯流而上，横渡党河、讨赖河、黑河、石羊河等，翻越乌鞘岭，进入河湟上游地域；昆仑山道始于塔克拉玛干绿洲南缘，又分为北、中、南三条：北道沿阿尔金山、祁连山从湟水谷底进入华夷；中道从昆仑山主脉延伸到查灵山、柏灵山、积石山等地，沿黄河道进入华夷，或继续延伸到西秦岭，从渭河谷地进入华族；南道沿巴颜喀拉山进入长江流域，再顺流而下到三苗、良渚等地。"

随着禹口若悬河滔滔不绝地叙述，大家眼前似乎陆续展开一幅巍峨高山、广袤草原、浩瀚沙漠及湖泊河流的壮美画卷，其中玉道在山川河流之间飘扬缠绕，悠远壮美。

女娇完全陶醉了，她激情澎湃，手舞足蹈，边吟唱"候人兮猗"，边在"避水剑"上点缀、修改、装饰。

"西荒人徒步肩扛，翻山越岭，艰苦之状难以描摹。截至大洪水泛滥前至少有36501名玉工倒在路途中！"禹表情凝重，语调低沉起来，"这只是有限记录，实际上死于非命的玉工远远超出这个数字。华夷祭祀所用之玉，诸位王公大臣三春所服苍玉、三夏所服赤玉、戊己之日所服黄玉、三秋所服白玉、三冬所服玄玉，还有边角料磨制成的项链、玉镯、臂环等等，无一不是成千上万的玉工历经万难传递而来！凡玉料、玉器所到之处，其地光华温润，信息凝聚，即便遭遇天崩地裂、山火灼烧也不流散，何哉？温润而泽，仁也；缜密以栗，知也；廉而不刿，义也；垂之如坠，礼也；叩之其声清越以长，其终诎然，乐也；瑕不掩瑜，瑜不掩瑕，忠也；孚尹旁达，信也；气如白虹，天也；精神见于山川，地也；圭璋特达，德也；天下莫不贵者，道也！玉华秉承日月灵气、天地精华，厚德载物，在绵长深厚的玉路上遗留隽永信息，尽管天柱被摧，洪水肆虐，怪兽猖獗，但日月盈昃、辰宿列张，大地之形神，山川之状态，玉华都记忆如新！"

皋陶喜上眉梢，击掌欢呼："善哉！壮哉！美哉！"

"太神奇了，难以置信！"伯益举起一只红色玉鹰，站起来说，"这是其氏部落世代传承的黄帝时代玉鹰，印幼时常常听它絮絮叨叨讲述奇人异物、山川脉理、名湖大泽、金玉所有、八方民俗、殊国异域、土地里数及鸟兽昆虫之类，甚觉惊奇！后来，随着年龄增加，叙述逐渐减少。其氏部落以严谨自律著称于世，印虽心存疑问，终不敢妄信妄言，多年来守口如陶瓶。这次陪同司空自帝都南下，所见所闻，耳濡目染，加之司空一番陈述，令印万分惊奇！玉鹰所说内容全部得到印证！如果不是亲耳听到文命如此透彻的演讲，如果在座各位不是贤良智慧之人，在目前洪水横流、万物失序的背景下，印无论如何都不敢披露此事。还有更惊奇的事——南下过程中，印竟然能听懂飞鸟的语言！鸟类都在谈论洪水的话题，并且交流水势漫延情况……印以其氏部落所有人神的忠诚和信仰发誓，以上所言绝非虚妄！"

伯益说完，如释重负。

皋陶神秘地笑笑："其实，你完全没有必要隐瞒这么久。"

后稷也说："我赞同。"

禹盯着伯益，目光如炬："谢谢您给印的重大启发！洪水来临时，鸟儿飞到高处山冈躲避，而人要用水，不得不靠近河流定居，忍受河水泛滥的威胁。能不能想办法在没有河流的地方凿井取水？如此，人们就可以像鸟儿一样自由，去任何想去的地方！"

伯益表态："卬不遗余力落实司空的想法！"

众人沉默片刻，掌声雷动。

禹抬起双臂，示意大家安静下来，详细讲述日月星辰、山系水文、动物植物、地理矿藏、社会文化、经济风俗等自然地理和人文地理方面的内容。

女娇如痴如醉，边歌唱边围绕"避水剑"用舞蹈般的肢体动作构思、雕饰。

忽然，禹看见女娇头顶有四目八瞳伴随她飞舞……

它们不正是仓颉亲密而忠诚的战友吗？仓颉亲临现场了？

禹感动得热泪盈眶，情不自禁地搜索。然而，会稽山没有，茅山没有，苗山、亩山、防山、镇山、覆釜山、宛委山的沟沟岔岔，都没有仓颉的身影。

他明白了，仓颉虽然身在昆仑、西荒、流沙、祁连山、马鬃山或某个神秘角落，但仍然牵挂着洪灾中的人民……

禹继续演讲："诸位对天文地理、山川形势已经熟稔于胸，接下来是实施'九鼎行动'的具体计划。卬认为应该分为三个步骤：首先，卬得爱妻女娇炼五色石补天以绝洪水之源，卬亲自带人疏浚拓宽太史、胡苏、徒骇、钩盘、鬲津、马颊、简、洁等九条河道，把洪水引入瀹、济、漯等黄河支流，最终流入大海。另外还要决汝水、汉水，排淮水、泗水而引导流入长江，使水由地中行，上流有所归，下流有所泄。与此同时，伯益率人焚烧山泽，开辟土地，能驯服的野兽则驯服，驯服不了务必驱赶到偏远山林，百姓可以降丘宅土！"

伯益说："竭尽全力，不辱使命！"

"其次，粮食供应问题至关重要。"禹面朝后稷拱手说，"您贵为天帝之子，为使人民摆脱饥饿，不辞劳苦，奔波相地，因地制宜，教民稼穑，培育出麻、菽、稷、粟、稻等庄稼，又引进小麦，教民收获、脱粒，加工成熟食，天下得其利，人神共悦！目前，大片良田美地仍然是水乡泽国，但众多河流一旦疏通，土地很快就会露出来，请您带人配合伯益全力发展农业生产，确保及时供应所有治洪人员食粮！"

后稷诚恳地承诺："不遗余力，确保万无一失！"

禹仪容庄严，环顾各位贤士："洪水之危害由来已久，在于河源及上游水道弯曲多折。这是治洪的关键部位。黄河、长江下游既定，卬与伯益、夸父等率精锐治水队伍六师北渡黄河，乘坐赤骥、盗骊、白义、逾轮、山子、渠黄、骅骝、騄耳八匹骏马所驾大车沿太行山北上，过桑干河、滹沱河，出雁门，折转向西，再过漆泽、阳纡山，然后在燕然山脚下举行隆重的祭河仪式。然后继续西行，朝山，祭祀，会盟，经河套西段地域，过贺兰山，穿越大沙漠进入河西走廊，将源自祁连山的石羊河、黑河、讨赖河、疏勒河、党河等分别引向大漠中的潴野泽、居延海；之后，出祁连山西端的赤乌，经过截春山、大马庄山、哈尔里克山等进入众多玉山环绕的塔克拉玛干绿洲，自东向西疏浚孔雀河、克里雅河、喀拉喀什河、玉龙喀什河、塔里木河等河及其支流，让它们汇聚到罗布泊（西荒人又称玄池、渤泽、乐池等）。罗布泊广阔无际，浩渺连天，是黄河的发源地之一，其水潜入地下，向东南流淌上千里，从名叫星宿海湿地的扎曲、约古宗列曲及卡日曲三个泉眼复出，流出班多峡谷以后，进入柏灵、查灵两山之间的开阔草原。此地至关重要，必须派品德高尚、忠厚老实的水神执守，令其昼夜观测，天旱时注水，雨多时节水，保证河源水量平稳。我们继续北行到'飞鸟之所解羽'的中亚地区，六师将士齐心协力将源自天山的河流伊犁河、额尔齐斯河及其大小支流向北引向斋桑泊、阿拉湖、巴尔喀什湖、乌伦古湖、赛里木湖、艾比湖、白碱滩等地。于是，塔克拉玛干绿洲与河西走廊形成相对独立、调节黄河上源的内流区。至此，治洪大业已经奠定坚实的基础，六师一分为二：伯益率三师大致沿天山东脉、大马庄山、马鬃山、大红山北麓一直向东行，穿越大沙漠到黄河中游的河套，然后沿太行山南下回到华夷地界；卬率另外三师经帕米尔高原，沿昆仑山昼夜不停地驰骋到阆风苑。在此过程中，伯益要巡视检查已经疏浚治理之河道，夸父要不断报告黄河、长江中下游地区水流、农业生产、牛羊畜牧、社会秩序等信息，如果一切正常，卬便以阆风苑为基地，一鼓作气凿通积石山，排泄因柏灵、查灵——也就是共工所谓的不周山倒塌而形成的巨大堰塞湖，湖水排空，则洪水根治也！"

众人沉浸在禹所描绘的宏阔蓝图中，如痴如醉。

最后，禹提高音量，豪迈地说："印相信玉石有灵、万物有灵！我们一定能驯服洪水，重建美好家园，让万物和谐共处，百姓安居乐业！"

众贤士热烈鼓掌，经久不息。

皋陶喜不自胜，因激动不停咳嗽："十二州民众整装待命，每州动用十二师，共30000人，十二州全加起来就是360000人。治水团队阵容强大，旷古未有！治洪过程中，各州各部落团结协作，汇集智慧，定能建设成疆域辽阔、幸福祥和的伟大时代！可惜老夫年事已高，心有余而力不足，不能与诸位一起四处治水，实为憾事！"

"您老亲临议事会，就是极大的支持。"禹感激地拱拱手，"印建议把整个地域重新划分为冀、兖、青、徐、扬、荆、豫、梁、雍九个大州，便于协调治水，如何？"

皋陶欣然说："好！老夫向重华汇报即可！"

接下来，伯夷郑重其事地表态："随着治洪事业逐步开展，种植、畜牧也将恢复，四方诸侯国前来进贡的道路也会陆续畅通，我们定会理顺各种礼仪关系！"

夔庄严表态："作为乐官，我会一丝不苟地在音乐和教育方面做大量工作，使人民心安理得，让五音在人们采茶、放牧、摇船、种植、插秧的过程中发挥作用：闻其宫声，使人温良而宽大；闻其商声，使人方廉而好义；闻其角声，使人恻隐而仁爱；闻其徵声，使人乐养而好施；闻其羽声，使人恭俭而好礼！"

黄龙、白龙、苍龙都庄严表态："我们准确及时地发布帝都及有关'九鼎行动'各项命令，收集朝野人士意见，同时做好政绩考核、提升或罢免工作，确保政令畅通，庶绩咸熙！"

伯奋、仲堪、叔献、季仲、伯虎、仲熊、叔豹、季狸八位品德高尚、才能出众的才子说："我们一定让人们在洪水中遗失的忠、肃、恭、懿、宣、慈、惠、和八种品德回归！通过主观的不懈努力让绝大多数人忠心奉上，严肃谨慎，临事恭敬，懿美淳厚，宣传德教，慈爱遍民，恩惠百姓，和蔼可亲。"

苍舒、颓挨、梼戭、大临、龙降、庭坚、仲容、叔达八位明允笃诚的才子说："我们竭忠尽智，管理土地，以揆百事，莫不时序，地平天成！"

这时，周围山上浓烟滚滚，夸父面露焦躁之色，禹拱手问："您有话要说吗，夸父？"

"……卬是一名普通的工作人员，"夸父面色通红，语无伦次，大颗大颗汗珠从他额头上滚落，"卬会一如既往地尽职尽责。卬只想提醒一下，您的新娘已经将避水剑纹饰勾画完毕，大家离开茅山的时限不到半个时辰了，您应该有什么话要对她说，至少，您给她生的娃娃取个名字吧。这次分别，谁知道下次见面是什么时候！"

众人哄然大笑，前仰后合。

禹走到防风面前，悄声说："义均跟随您，要确保他的安全。"

防风满口答应。

第十章　补天记

一

　　女娇手持高贵瑞玉，胸前佩戴珠宝项链和羌笛，以雷电为车，应龙居中驾辕，铺上带有眼睛对穿、双翼展翅、胸腹部饰八角纹太阳鸟图案的车垫席，两旁配以青虹，上有黄色彩云缭绕，前面白螭开道，后面腾蛇簇拥追随，神鸟引导，浩浩荡荡出发。

　　历时九天九夜，到达黄海之滨的天台山。这座山长满奇花异草，瑞鸟翔集。"天台山"是华族人的叫法，东夷人称为"扶桑山"，三苗人称为"磴山"，其上有登天之梯和登仙之台，其间有太阳兄弟晚上休息时洗浴的圣地——旸谷。

　　又过九天九夜，女娇在天台山山顶堆起巨大五色真玉为炉；

　　又过九天九夜，女娇取来五色金；

　　又过九天九夜，女娇取来五色木；

　　又过九天九夜，女娇取来五色水；

　　又过九天九夜，女娇取来五色土；

　　又过九天九夜，女娇借来五色太阳神火；

　　又过九天九夜，女娇炼就 36501 块厚十二丈、宽二十四丈的五色玉；

　　又过九天九夜，女娇用 36500 块五色玉将天补好了；

　　……

　　女娇百思不得其解，她计算得严谨周密，怎么会多出一块五色玉？

　　她站在天台山旸谷的顶峰，犹豫彷徨九天九夜，还是想不明白失误在何处。

难道是禹在议事会结束后直接往龙门去，三过其门而不入，令她失望、郁闷和惆怅，从而影响计算？

难道是因为她思念禹而经常吟唱"候人兮猗"导致失误？

都不是。

那么，为什么会出现如此大的失误呢？

女娇苦思冥想时，忽然胎动了。她惊喜交加，悄声告诫胎儿，生长务必计算好时间和节奏，要让禹听到他降临世界的第一声啼哭。胎儿又动一下，似乎表示赞同。

她把最后一块五色玉命名为"熊"，带到阆风苑。禹回家之前，就当它是天，是父亲，是强大力量，要保护她和胎儿。

女娇这样苦思冥想时，脚底下动起来。

不是胎动。

是……巨大的鳌龟！

"你是谁？你怎么会在印脚下？"

"鳌名叫冰夷，是水神河伯，看您上下天梯很吃力，就用身躯高高托起您。"

"……印想起来了，你是不是伙同共工发了大水？"

"鳌被共工欺骗了，现在悔恨交加，鳌悔青肠子了！"鳌伸过头，流着眼泪，"您身怀六甲，还干这么辛苦的活，这让鳌羞愧得无地自容，鳌为您补天尽了些绵薄之力，内心稍安。鳌把您送到阆风苑，然后就去帝都请罪。"

女娇冷笑道："印有雷电宝车！"

"那种车虽然豪华威风，但对胎儿不利。"鳌哀求道，"天虽然已补好，天地定位，洪水归道，烈火熄灭，四海宁静，可是黄河上游有些地方洪水还在横流，浪头比山还要高，很危险。再说，洪水漫漶，您根本找不到阆风苑。"

"你是不是偷了'黄河磬'？"

"应该说是抢救。"鳌似乎受到极大冤屈，辩解道，"得知共工要撞毁神山，印来不及控制洪水，赶在相柳等人之前从阆风苑抢走了'黄河磬'。印虽然私心大，但毕竟也算朝廷命官，不能让雅乐落到佞人手中。

请相信，印送您回到阆风苑后，就驮负'黄河磬'到帝都向重华请罪！"

女娇思忖一下，叹口气，答应了。

鳌果然力大无穷，游动起来如同一座岛屿，遇到再大的风浪都能平稳如山。

他们历经九天九夜到达阆风苑。

洪水稍退，阆风苑顶部裸露出来。

女娇走上禹同仓颉造字的圣地，内心非常踏实。

鳌告辞。

女娇目送它离开。

鳌越游越远。

女娇竟然有些恋恋不舍。

唉，它如果不犯罪多好！

鳌的身影即将消失在水天交汇之际，又返身游了回来。

女娇等它游到跟前，问："怎么，你反悔了？不去二里头了？"

"怎么会呢？鳌虽然未修成正果，但还是顶天立地的水神！鳌给您提个建议，若能给四极立上天柱，有柱子支撑着，天就不会塌下来，天塌地陷之患就根除了！"

"印也曾想到这个问题，只是身体……"

"这样吧，鳌自知罪孽深重，此去帝都，必然遭受重刑，性命难保！鳌死乃是罪有应得，但这日精月华、地脉水气滋养万年的躯体化为尘泥，实在可惜，请您将鳌的四只足砍下来，作为支撑四极的天柱！"

女娇大惊失色："怎么能这样残忍？还不如让印继续炼五色玉！"

"戴罪之身，何必怜惜！"

……

"为了永保太平，请您动手吧！"

"……好吧，印要磨一把锋利的刀，尽量减少你的痛苦。"

女娇流着泪磨了三天三夜，将"熊"磨成一把巨大的七孔玉刀。磨出的五色玉沙堆起一座小山。她的手起泡磨破，血流不止。

女娇虽然是闻名遐迩的刻工，能解开任何坚硬材料，但从来没有伤害过哪怕蚊子那样小的生灵！

鳌鼓励她："集才华、善良于一身的女神！不管人们称您女娇还是娲皇再世，在鳌心中，您就是福佑社稷之正神！看着您因矛盾纠结痛苦，鳌于心不忍，也为您腹中的胎儿担忧！一日七十变必然在内心形成巨大漩涡，胎儿怎能承受如此震荡？再说，以后若遭受狼虫虎豹威胁时，您若心慈手软，如何保护孩子？恳请您动手吧！"

女娇浑身一震。是啊，作为母亲，必须保证自身安全！

这样想着，她鼓足勇气去砍鳌的前左足。她优柔寡断，断断续续地拉扯，鳌痛苦不堪。但它强忍着，并大声鼓励她，女娇终于砍断了它的前左足。

女娇又砍下鳌的前右足和后左足。她的双手沾满鲜血，玉刀也变成红色，半边河岸也浸染成血色。夕阳西下，霞光照射在水面上，汪洋一片鲜红。

女娇忽然觉得恶心、眩晕，脑海里轰然一声巨响，昏死过去。

鳌忍着剧烈疼痛轻轻呼唤几声。

女娇毫无反应。

"您能刻出那么多优美灵动的图案，能炼玉补天，却不能砍下鳌的最后一条腿！"鳌眼泪汪汪，感伤地说，"女神啊女神，鳌实在受不了这疼痛，不能再等了！鳌必须在疼死之前赶到帝都，还有很长的路呢。陶鬲三条腿很稳当，三根柱应该能撑住天吧！"

说完，它呻吟着游走了。

女娇醒来后用鳌足先立北、西、南三极，打算等孩子出生后再炼五色玉，垒成东极天柱。

她坐在地上喘息。

阵阵强烈的腥臊味从身后袭来，越来越浓烈，令她窒息。她忍不住呕吐起来。什么也吐不出来。

回头看，一只中型山一样的罴正张牙舞爪、气咻咻地走过来——阆风苑是它新开辟的领地，见被人侵占，它非常恼火。

女娇恐惧到极点，但想到腹中的胎儿，又充满勇气和力量，抓住七孔玉刀，霍地站起来。

罴怔住了：如此娇小的身躯竟敢对抗？

它发出震耳欲聋的愤怒号叫。

女娇披头散发，持刀而立，岿然不动。

罴气得浑身战栗，咆哮着冲过来。

女娇举起血红的玉刀稳步向前，勇敢迎上去。

相遇的一刹那，罴抬起右前足要踢女娇，女娇玉刀一挥，奋力砍向它的前足。

罴腿上的毛皮厚而坚韧，玉刀砍上去如同蚍蜉撼大树。罴得意地扬起双臂，拍向女娇。女娇感觉一座山朝她压下来。女娇精疲力竭，无处躲避，脑海里闪过遥远的台桑，耳际飘来断断续续、悲伤落寞的吟唱声："候人兮猗！"

危急时刻，又有胎动。

女娇闭上眼睛，溢出悲怆的眼泪。

项链中的鹰笛被风吹出丝丝微弱声响，既不能威慑罴，也不能向禹发出警报。女娇觉得肉体即将变成土地，骨头变成山岳，头发变成草木，血液变成河流。

忽然，"嗖"的一声巨响，罴惨叫着向后重重倒去。

女娇睁开眼睛，只见一位男子手持弓箭笑吟吟地走来。

他自我介绍说他叫羿，人称大羿，是东方有穷氏的首领："卬同姮娥结婚时，用的玉兔出自涂山国女娇之手，刻工太精美了！"

女娇望着这位太阳般耀眼的威武青年，恍若梦幻："您就是神射手大羿？卬的父亲就是猰貐、凿齿、九婴、大风、封豨、修蛇为害时遇难的……"

"听过有关传闻。"

"父亲曾说，即便内心有一丝一毫仇恨，都要打磨光。不说这些伤心往事了。"女娇擦干泪水，"非常感谢您救了我们！"

"何足挂齿，卬得治水去了！"

"哦？您知道禹在哪里吗？"

"我们刚刚到达马衔山。"

马衔山？近在咫尺啊！距离这么近，她竟然不知道！

女娇眼泪喷涌而出。

大羿恭敬地说："司空感到内心焦灼，如同火烧，派印来看望您，您果然遇到危险了！爱的力量真是不可思议！"

女娇仍然泪流不止。大羿以为她还有顾虑，安慰她："黑被射杀在阆风苑的消息很快就会传遍大地，不会再有怪兽危害您！"

眼看他快要消失，女娇急忙问："神箭手，比黑更厉害的猛兽是什么？"

"当然是熊。不过，熊到不了这里，您放心！"

说完消失在山后面了。

女娇痴痴发呆，决定给胎儿取名为"熊"。

然后，她在阆风苑修筑了一座冬暖夏凉的半地穴式房子。

为纪念故乡，她取名叫"台桑"。

刚刚装饰完毕，夸父来了。

由于连日奔波，他满脸疲惫，但看到女娇后，又兴奋起来："天河之岸被补好后，洪水势头减弱了，非常明显！消灭洪灾指日可待！司空让印给您带话，第一阶段议事会结束就赶来看望您。"

女娇疲惫不堪，挣扎着绽出几丝笑容："这些天文命根本就没提到印吧？他是不是说治洪大业任重而道远，号召大家克服各种困难，坚持到底？"

夸父愕然地望着她，不知所措："嗯……"

"您何必撒谎呢？司空没有安排您带口信给印吧？"

"……"

"司空到阆风苑东门外的马衔山了都不来看印，怎么可能让人带口信呢？"

夸父面红耳赤，急躁地搓着手："您不要怪司空！他确实忙得不可开交！是印自作主张绕道阆风苑，并且撒了这个谎，印希望您能安心。印不忍心看着您像男人一样劳累，也不忍心看着您的思念像陶鬲中的牛奶一样在火焰中煎熬！"

"请您不要担忧，毕竟印和禹是夫妻，心心相印！"女娇感动不已，"现在大家都公事繁忙，不要为这些事情分心！"

夸父忽然跺跺脚，焦急地说："您一门心思补天，难道没听说很多部落首领带着妙龄少女接近司空？人们纷传洪水平息后司空将取代皋陶的职位……"

女娇遥望东方，长长地叹息道："如果是印的爱人，洪水都冲不走；如果不是印的爱人，让驮载东海岱舆、员峤、方壶、瀛洲和蓬莱五座仙山的五个大鳌一起用力，也拉不回来！"

话音刚落，黄河下游地域传来沉闷的鼓声，像鳌痛苦的呻吟。

"水神……河伯……鳌是不是被杀了？"

女娇盯着夸父，泪流不止。

"是的！"

"难道非要如此吗？"

夸父面无表情："它祸害天下，罪该万死！朝中大臣除了司空，无人求情。司空建议让它戴罪立功，但重华下令让司空用避水剑斩杀，皋陶、伯益监督。鳌皮做成鼓，先祭祀河伯鲧，然后御赐给司空治水用。那天，重华还为鲧平反了，追任为河伯，封为最高级别黄河水神。"

女娇低下头，泣不成声："河水本清，是什么让它变得如此浑浊呢？"

二

女娇正在辨析鳌鼓蕴含的信息，一位大汉站在她面前——人面蛇身，红发横刺，步履暴躁，肢体暴躁，表情暴躁，浑身弥漫暴躁的戾气……

"这不是共工吗？"

"没错，正是朕！玉工的记忆力真是超常啊！"共工趾高气扬，哈哈大笑。

"你又来干什么？"

共工目露凶光："你本事还真大，竟然从朕眼皮底下溜了！是不是朕的阵营里出了内鬼？到底是谁放走了你？"

"印依靠自己的力量。"

"听说你把天给补好了，佩服！不过朕告诉你，当年不周山虽有两只凶恶的黄兽镇守，还是让朕轻而易举地给撞毁了！哼哼哼！"

"你到底想干什么？"

"跟朕走！朕在会稽山铸造了一座用于登基的高台，全铜制作，史无前例。朕要让天下最卓越的刻工去装饰，这个光荣的使命非你莫属！"

"休想！"

"常人的悲剧往往在于错判形势。"共工挤眉弄眼，"不要以为洪水轻而易举就能被制服，朕的得力助手正同禹对抗。相柳坚忍不拔、百折不挠，你肯定听过这位伙计的威名吧？他蛇身九头，一次能吃下九座小山，还不断呕吐毒液形成水味苦涩、令人恶心的沼泽，散溢的毒气能熏死路过的飞禽走兽。朕要运用神力，把刚刚平静的洪水再次搅动起来，一直淹到大地极东的空桑，让中原一带重新变成水乡泽国。哈哈！现在，相繇到处吃江河堤坝土，使河道中的洪水四处泛溢，淹没一块块陆地，让他们前功尽弃！"

女娇冷笑道："停止想象吧！"

"你的新郎虽然贵为司空，但他戴着箬帽，手持避水剑和耒锤，昼夜不停地带着老百姓挖土、挑土、筑坝，他的脚跟被洪水泡烂，拄着拐棍走路，一瘸一拐……"

"你是天降魔君，印不会与你有一丝一毫合作！"女娇愤怒至极，"印还在胎儿时期，母亲就给印唱一首古老的歌谣：'世人莫食三月鲫，万千鱼子在腹中。世人莫打三春鸟，子在巢中待母归。世人莫食三春蛙，百千生命在腹中。世人莫杀春之生，伤母连子悲同意。'所有母亲都会唱，你肯定听着它长大，纵然你同朝臣政见不同，纵然你是那么骄横狂暴，都不该为难一个母亲吧？印怀孕前敢挑战一切，因为刻工一直处于挑战状态。可是现在，印一举一动都怕伤着腹中的孩子！"

共工挥挥手，冷笑道："说这些没用，千万别试图动之以情！没错，朕确实非常熟悉这首歌谣，高兴时还唱两句呢。可是，朕要坚定不移地同重华作对，是他们逼的！朕踽踽独行，找到多处铜矿，聘请匠师冶炼出无数精美的青铜，朝廷大臣，还有华夷、三苗、良渚等大小部落首领，谁没用过朕炼出的青铜？朕现在却成了罪人！这公平吗？如果朕要像很多庸常之辈一样碌碌无为，现在至少位及三公！"

"你现在向善还来得及，何必到处播种仇恨呢？"

共工傲慢地说："朕连一个小小的玉工都征服不了，怎么征服天下？"

"作为刻工，印能炼五色石补天，作为母亲，连胎儿都保护不了，悲哉！悲哉！"

共工奸笑着说道："你放心，朕不会强迫你。但是，朕的助手康回有办法让你服服帖帖地做任何事!"

他正要吹口哨,东南方传来沉重有力的鳌鼓声。

两人都怔住了。

鳌鼓响三声之后,天地氤氲,万物化淳。

共工表情凝滞。他全神贯注地搜寻。没有鼓声。也没有风声、鸟声和虫声。万籁俱寂。

共工左顾右盼,神色慌张。

忽然,他惊叫一声,恐慌地跑了。

女娇踌躇,彷徨。傍晚,鼓声再次出现。此后,不管天气如何,鳌鼓声总能穿越千山万壑,层层递渡而来。非常准时,早、中、晚各响一次,每次响三声。

女娇除夕发现了这个规律。她思考了一夜,正月初一完全理解了鼓声的含义:禹通过鼓声传达爱意和治水的情况,同时提醒她起床、午餐、休息。

阵阵暖流袭遍全身,她喜极而泣。

此前,女娇恨禹到马衔山却不回阆风苑,下决心孩子出生后就带回涂山国,让禹永远找不到。孰料,听到鼓声传来熟悉的音律,所有怨恨瞬间烟消云散,她不由自主地深情吟唱"候人兮猗"回应:

文命,卬清楚你的行踪了,非常思念你!

文命,卬补好天了,还立了三根鳌足天柱!

文命,卬被附近幸存的西荒人、羌人、夏人奉为天神!

文命,卬发现了几个文字残件!

文命,卬在阆风苑修建了一座爱的圣殿,取名为台桑!

……

吟唱与鳌鼓应和成为他们沟通信息,表达爱意的独特方式。女娲还告诉禹炼五色石补天的详细过程;告诉他如何挣扎着摆脱对前河伯的怨恨、怜悯及纠结心态;告诉他阆风苑经历洪水后的大概模样;告诉他劫后余生的灾民,尤其是西荒人、夏人都对她非常友善,他们赠送各种各样的羌笛,让她排遣寂寞……

女娇没有告诉禹胎儿的情况。

她打算给他一个惊喜。

为纪念这种跨越时空的沟通方式，为了给胎儿成长营造生活氛围，正月初一，女娇忍着严寒从黄河取水，和上泥巴，创造出鸡；初二创造狗，初三创造猪，初四创造羊，初五创造牛，初六创造马。

初七，她正在构思创造龙还是熊时，鼓声降临。

她嗔怪道："文命，印耐着性子等了整整六天，你怎么对'熊'不闻不问？"

那时，禹乘坐檫在熊耳山、熊山、龙山、发鸠山、马衔山、大蟊山、丑阳山等山间崎岖道路上颠簸前行，追逐相柳。听见女娇发问，他很吃惊，疑惑地问：

"印没听错吧，'熊'是哪座山？在什么地方？"

女娇又好气又好笑："谁说'熊'是山了？'熊'本来是印补天剩余的石头，七天前印又给咱们的孩子当乳名了，因为印总梦见凶黑、恶貌、怪狱、黑貘、白虎、毒蛇之类的怪物在阆风苑周边徘徊，印给孩子取名为'熊'，镇住它们！"

鳌鼓重重响一声，表明禹恍然大悟："太棒了！印用避水剑指挥黄龙、白龙、苍龙合力杀了猖獗毒辣的相柳，这家伙身上流出的血一沾土地就五谷不生，把大片新开垦的土地给污染了。印同后稷、伯益等人把泥土挖掘出来，堆成土台；相柳弥留时流出的口水形成了巨大的毒液沼泽，印让防风用息壤填平沼泽，却三次塌陷，只好开辟整理为干净的大水池，又在池边为盘古、燧人、伏羲、黄帝、帝俊建造宫殿楼阁，镇压妖魔……"

女娇委屈得想哭："司空大人，印是你的新娘，是有血有肉的痴情女子，别说公务，说说家务，说说思念，好吗？"

禹迟疑一下，说："孩子长什么样？"

女娇摸摸肚子，欲言又止。

第三声鳌鼓又重重响一声："孩子长什么样？快点告诉印！"

女娇笑着说："看你急的！回阆风苑自己看吧！"

她真不知道"熊"长什么样子，这可不能任意想象。在涂山十八年的治玉岁月中，她从未出现过差错；补天前她认真做过测算，最后竟然多出一块五色石。对匠师而言，这是很尴尬的事。如果孩子出生缺个耳朵或者多个鼻子，就丢人现眼了。

更为严重的，孩子出生后聋哑呢？肢体不协调呢？像共工、饕餮、梼杌、穷奇、混沌、相柳、康回、浮游、河伯鳌那样不能正确把握人生方向呢？

细思极恐。

女娇不敢深入想象。

"熊"重重地蹬了她一脚。

他想传递什么信号？

女娇突发奇想，何不用黄土泥巴创造出想象中的熊呢。她将玉工巧妙挪用到泥雕上，让头发像自己：前额短，披发，整齐下垂，鼻子像文命的蒜头形，雕成空洞。颧骨突出，眉弓清晰，鼻梁高挺，双目镂空，左眼像自己，右眼像文命。眼眶用泥条圈贴而成，显得炯炯有神。嘴必须微微张开，拒绝沉默寡言。两耳各钻一小穿孔，戴上小玉玦。之后，她用炼五色石遗留的淡红色芦灰在腹部以上染成陶衣，用黑色芦灰画三组由弧线三角纹和斜线组成的两个连续图案。

女娇把这件作品命名为"熊人1号"。

此后，每造出一个小泥人，她便从五色沙里取一粒沙放在北极星正下方的山冈上做计数标志，并在细微沙粒上刻划更细微的同心结纹饰，记录到过阆风苑的鼓声。

沙粒逐渐增多，山冈逐渐增高，女娇将它们命名为"三生玉"。

有一天，"熊"连续蹬了几下。

女娇清清楚楚地看见几道涟漪从腹部滑过。

"熊！你要指导妈妈造人？那好，现在我们玩个游戏，你觉得满意，就蹬一下脚，妈妈就领会你的意思了！"

女娇边说边随手捏出各种造型的泥人。

连续三天，"熊"纹丝不动。

受伤了，还是被噩梦魇住了？

女娇提心吊胆，犹豫彷徨，以致鼓声催促她应和时都没在意。

第四天早晨，鼓声急躁躁地飞来。

女娇说："别催了，司空大人！'熊'已经四天没有动了，卬在阆风苑举目无亲，找谁诉说内心的担忧？你真要牵挂我们娘儿俩，就早点回家！"

她心乱如麻，走到河边，拿起芦苇在泥浆中乱甩，泥浆洒落在台地上，立即变成一个个情态各异的小泥人。

女娇暗暗惊奇，雕刻制作技术竟然到了炉火纯青的境界！

她用芦苇藤造了一批又一批小泥人。

制作过程中，耳边有人说："朕是轩辕黄帝，朕给泥人分出性别，让他们合婚生育，填补洪灾中丧失的大量人口吧！"

女娇没有回应。

过一会儿，又有人在耳边说："我是司生人类耳目之神上骈，让泥人说话，吹奏笙簧，消除空旷荒凉大地上难民的恐惧和寂寞吧！"

女娇仍然没有回应。

又过一会儿，又有人在耳边说："我是司生人类肢体之神桑林，让泥人耕作放牧，为无家可归的流民供应粮食吧！"

女娇还是不回应。

她在专心致志地轻声告诉"熊"她的所有创意。

鼓声响起时，她又将创意描摹给禹。

当时，禹乘舟正在洞庭山、江浮山、少室山、太室山、荆山、首阳山等大山之间的水域中搜寻巫支祁，他以为孩子出生了，高兴地说："好啊，治水启行！就给孩子取正名为'启'吧！"

女娇笑着说："您真傻，这是卬造的模型啊，看不出来吗？"

禹说："孩子应该继承母亲的特征，泥雕要采用塑、刻、绘等技法打造得非常细致，头部饱满浑圆，面部略呈方形且施红色芦灰彩绘。五官端正，宽鼻深目，前额陡直，突颏缩嘴，五官用黄土泥条或泥片捏合，眼眶及耳朵都贯穿小孔。鼻准隆突，两道眉毛细长而向下弯曲，眼睛、嘴巴向下深刻成小坑状，头顶高耸发髻，头两侧用黑色芦灰绘出下垂的头发。人像通体施满黑色彩绘，腹部红色圆圈内绘一变体蛙纹或太阳纹……"

女娇创作了一件这样的作品，命名为"熊人2号"。

当鼓声再次传来时，她还没来得及描述，禹就焦急地说："印觉得你还是把仓颉和西王母的形象整合到作品上最好，她派庚辰等七位神通广大、忠于职守的猛将前来相助治理洪患，他吃苦耐劳，劈山开河，降服饕餮、梼杌、穷奇、混沌、康回、浮游，立下了赫赫战功！"

女娇说："可是，印从来没见过仓颉和西王母，怎么精准地制作写实风格的雕塑？"

禹没回应，鼓声远去。

女娇沉思构想，直到鼓声打断她。

禹还是来不及说话，他匆匆忙忙地乘橇穿行在空桑山、泰山、姑射山、崦嵫山、嬴母山、鹿吴山、邙山、桐柏山等众多山脉之间及海滨滩涂上。

禹竟然只送来三声敷衍的鼓声！

真的那么忙，还是有人限制他发声？

忽然，她感觉一股暴虐力量从身后袭来，回头看，北边祁连山上站着一个巨大怪物，状如猿猴，塌鼻子，凸额头，白头青身，火眼金睛。脖子一伸，好像有一百尺长，手臂一挥，力气似乎比九头象还大。

"你是谁？要干什么？"

"朕是桐柏山大神巫支祁，即将取代重华。你千万别把朕雕成共工的丑陋样子！"怪物张牙舞爪，"这场洪水旷日持久，不可能被制止！无论谁来治理洪水，都是白忙活。朕知道江水、淮水各处的深浅及地势高低远近，就是不听禹号令。禹让童律、乌木由杀了朕的亲兄弟！这不影响任何宏伟蓝图！朕与鸿蒙氏、商章氏、兜卢氏、犁娄氏等部落首领交情深厚，比亲兄弟还亲！还有鸥脾、桓胡、木魅、水灵、山妖、石怪等数以千计的忠实属从，也比亲兄弟还亲。我们要像看祭祀戏那样看着华夷的兵力在同洪水搏斗中消耗殆尽，至于西北夏人和东南三苗嘛，呵呵，不值一提！"

忽然，狂风大作，电闪雷鸣，山石号叫，树木惊鸣，禹带领庚辰、夔龙、童律、乌木由及鸿蒙氏、商章氏、兜卢氏、犁娄氏等部落首领将巫支祁团团围住。

童律、乌木由、夔龙一起出战，巫支祁搏击跳跃，他们难以取胜。

庚辰愤怒至极，率领苍龙、白龙、黄龙协同作战，在马衔山一举擒获巫支祁。

人们拍掌欢呼。

禹在对面山头向女娲招招手。

女娇泪如飞瀑，激动得手舞足蹈。

众人屏住呼吸望着他们。

两山之间静寂如夜。

女娇目光热烈，满怀期望："按照夏历来算，新婚分别已经四年零十三天，印不知唱了多少遍'候人兮猗'，终于盼来了你。文命，你没有变心，快回家吧！"

禹用心语说："印何尝不想回阆风苑？可是，所有人都盯着我们。工地上每天都有人哭诉思念家乡、挂念父母妻儿之苦，如果让他们回家，工地上的人就会越来越少，那什么时候才能打通九江啊？治洪的关键时刻，印如果迈出这一步，后面如何管理？治洪何时完成？"

女娇痴痴地望着禹："可是你距家门口只有一步之遥啊！"

禹紧握拳头，目光如潭，恨不能把女娇和阆风苑都融进去："印忧心如焚，每时每刻都在思念你啊！印没有一天不想飞到你身边！可是，印治好洪水才能回家团聚！"

"印不管！印只要你回家！你已经付出太多了！皋陶、伯益、庚辰……都可以代替你啊。回家吧，文命！求求你，为了孩子，回家吧，印不想再过提心吊胆的日子了！"

禹心如刀割，他忍住泪水，仰起头，深深地吸口气，说："大家听好了，准备出发！"

施黯忽然失声痛哭起来："司空！求求您，回家看看吧！印也非常想念阆风苑，这是印发明面条的地方，虽然后来被迫改行当冶炼匠，但印最热爱的事情还是做面条！"

伯益、庚辰、夔龙、童律、乌木由等人流着泪劝说："司空大人，每次看到灾民在洪水中挣扎，我们也非常难过！这几年，司空大人跋山涉水，风餐露宿，几乎走遍东夷、三苗、良渚大地的山山水水，甚至穷乡僻壤、人迹罕至的地方都留下了足迹。您生活简朴，住在简陋的茅草屋，吃的比受灾百姓还要差！您与大家同甘共苦，脸晒黑了，人也累瘦了，甚至腿上的汗毛都被磨光了，脚指甲也因长期泡在水里而脱落，但您还是公而忘私，奋不顾身！我们都清楚司空大人超拔磊落，既然已经到家门口了，而且女娇正在反应激烈的孕期，她需要您，至少回家喝一碗羊奶吧……"

然后，他们面朝众人，大声问："请司空大人回家休息片刻，诸位有无意见？"

"坚定支持！"

支持声如同天庭的巨雷，回荡在马衔山各道沟谷间。

女娇一边哭着向前走，一边呼喊："回家吧，文命！印只想让你听听胎儿的心跳！"

宽阔的河面阻挡住她。

"回家吧，司空！回家吧，司空！"众人的音量越来越雄浑。

禹潸然泪下："非常感激大家的好意！治洪以来，艰苦的劳动让我们损坏了一件件玉器、铜器、石器、木器和骨器。人员的损失更大，有的被山石砍伤，有的上山时摔死，有的被洪水卷走，惨状难以言表。巫支祁上蹿下跳，行动迅捷，他从桐柏山跳跃到祁连山、马衔山，耗费我们大量人力、精力，已经影响到治洪的进程，这次再让他逃脱，后果不堪设想！"

巫支祁咬牙切齿地说："印保证你和你老婆幽会期间不捣乱！"

禹冷笑道："哼！只有愚蠢的人才会上当。印知道，桐柏山还有你数以千计的喽啰，在鸥脾、桓胡、木魅、水灵、山妖、石怪等妖孽的鼓噪下蠢蠢欲动。你之所以如此猖狂，是仰仗那群乌合之众。我们很快会击溃你们的！印要用大铁索亲手锁住你的颈脖，拿金铃穿在你鼻子上，把你镇压在淮阴龟山脚下，让淮水平静地流入东海！"

巫支祁疯狂叫嚣："朕不服！朕不服！"

"回军桐柏山！"禹威仪赫赫地发布完命令，深情地望一眼女娲，猛地转身，离开马衔山。

大队人马浩浩荡荡地撤走。

女娇没想到禹已到阆风苑对面竟然掉头而去，羞愤交加，声嘶力竭地呼唤：

"文命！你回来！"

无人回应。

"禹！姒文命！高密！"

只有她自己的声音在飘荡：

"候—人—兮—猗！候—人—兮—猗！候—人—兮—猗！呜呜呜……"

第十一章　重述文字

一

受重华之命，房侯丹朱、娥皇、女英及其儿子义均等人以夸父为向导，乘坐由开明驾驶浮云、赤电、绝群、逸群、紫燕骝、禄螭骢、龙子、嶙驹、绝尘九匹骏马的铜玉共镶专车抵达阆风苑。

女娇接受重华嘉奖麻布、丝帛等慰问品，但以有身孕和不能舟车劳顿为由，婉辞了前往帝都之邀请。

娥皇、女英说："您看看，这些玉佩出自您手，非常荣幸！我们姊妹向来崇尚超凡脱俗的美玉和有美玉般情怀的人，在您之前，只遇到过西王母等为数不多的优秀女性！"

女娇羞涩地笑笑："卬不过一介玉工，岂敢承受如此美誉？两位夫人德配天地，涵养深厚，嘉兹懿范，宜需宠纶，互相谦让正宫之美谈，闻名遐迩！"

娥皇、女英会心一笑："当初，按规矩必须有正宫和妃子之分，父王举行禅让大典前几年，朝廷、诸侯王、各部落甚至西部商户及乡野人士不辨真相，被共工、浮游、康回、相柳、混沌、穷奇、梼杌、饕餮及不明身份的人操纵下的舆论蛊惑，他们开始猜测，继而争论，后来演绎成互黑、攻讦……愈演愈烈，即将爆发一场风暴。这种形势下，我们再也无法保持沉默。阻止风暴唯一的办法就是高调竞选。重华迁往负夏之际，父王让我们由平阳向负夏出发，先到者为正宫，后到者为偏妃。抓阄决定，娥皇骑乘高头大马飞奔前进，女英则乘母骡驾车前往。正值炎夏，牲口浑身淌汗，路过西杨村北，遇到清澈溪水，我们让牲口饮水解渴。不料母骡饮水后突然要临盆生驹，因此耽搁。娥皇乘马先到负夏，成为正宫娘娘。力挺女英的那一派气愤之余造谣说洪水泛滥是骡子诱发的，咒骂骡子今后不准生驹，而流传到外面，都说骡子不生养是女英封下的……"

她们指指义均："其实，我们姊妹俩内心从来没分别。截至目前，重华也不知道这个可爱的孩子究竟是谁生的！"

女娇赞叹："白璧无瑕，玉成其事，浩浩乎春风，荡荡乎德义……"

娥皇、女英说："您把微观上的事情做到炉火纯青的境界，又能扛起补天伟业，实在令人景仰！我们本来只要做好微观小事即可，现在，也不得不面对宏观大事啊！"

三人情不自禁地笑起来。

娥皇、女英说："洪水还没治理好，而阆风苑处在昆仑山余脉积石山与祁连山之间的峡谷对面，积石峡严重堵塞，其上悬挂着堰塞湖，随时会坍塌，而您首当其冲！文命没日没夜地操劳，让您留守在最危险的地方，重华、皋陶等都为此焦虑不安啊！"

女娇淡然笑笑："这也是印的希望之所在，等到文命回家开凿堵塞的积石峡时，证明就距彻底平息洪灾的日子不远了，而我们长期分离的生活也就结束了！"

三人紧紧抱在一起，相拥而泣。

丹朱被女娇的美丽端庄和宽厚仁义所感动："印首次到达阆风苑时年轻狂妄，玩忽职守，这次再来，感觉这里人杰地灵，祥瑞之气强烈，令人心旷神怡。夫人才华横溢、德艺双馨，如承蒙不弃，愿取昆仑白玉、祁连玄玉，亲手磨制围棋陪夫人对弈，不计岁月流逝，只愿乐在其中，如何？"

女娇恭敬地说："您的封地虽然被洪水淹没，不久将会重新露出地面……"

"印的志趣不在政务管理上。"丹朱淡然一笑，"父王禅让帝位前曾说，'授重华，则天下得其利而丹朱病；授丹朱，则天下病而丹朱得其利。终不以天下之病而利一人。'有些大臣也乘机进言说印'心既顽嚚，又好争讼'，这些话广为流传，事实真相如何，印就不厘清了。印最痴迷的不过围棋而已！印自幼对白玉与玄玉的色彩反差之大着迷，进而发明围棋博弈以探究其理。遗憾的是，截至目前未曾遇到切磋对手。夫人有补天之才，深悉五色演化之玄理，愿请教！"

女娇施礼致谢："素闻尧帝禅让以来，重华对您青睐有加，'以奉其祀，服其服，礼乐加之，谓之虞宾，天子弗臣'，天子尚且如此恭谨，遑论常人？今见房侯沉静儒雅、谦恭有礼，令人敬仰！然卬补天之业仍有缺憾，正在全力弥补，深谢美意！"

娥皇、女英等人恋恋不舍地离开阆风苑，回帝都复命。

女娇把所有慰问品以禹的名义分发给夏人和其他人。

二

女娇连续十三天没有回应鳌鼓。

她不止一次下决心：要将第9788声作为终结——鼓声首次探访阆风苑到巫支祁突如其来前，总共就这个数。

那天，禹掉头东去以后十三天的早中晚，总共三十九次鼓声到来时都满怀期望，女娇不回答、不解释、不表态，鼓声每次都忧心忡忡，失望而归。

不过，气归气，沉默归沉默，尽管再三发誓此后不再理睬禹，但女娇还是忍不住想了解禹的活动情况。鼓声告诉她，禹在龙门山一带活动。女娇上次在避水剑上刻划地理形势地图时就对这座大山印象深刻。巍巍昆仑山东边余脉积石山与浩浩祁连山支脉马衔山隔黄河相望，然后扭结成巨大绵长的秦岭，逶迤东行，在龙门山再次与黄河相汇，之后经过熊耳山，延续到太室山与少室山之间的轩辕山。龙门山峰峦奇特、岿然矗立，阻挡了奔腾东下的河水。少部分河水从高山中段天然小缺口流泄，大部分河水溢出河道，四处横流。上游水量稍有增加，龙门山周边燕、代、胡、貊与西河之民就饱受其害。

大洪水暴发以后，灾害更烈，蔓延地域更广。

在龙门山开凿排洪口是治洪工程中最为艰巨的任务。夸父说禹已经测量完毕，开始带人一点儿一点儿开凿。泪眼模糊中，女娇仿佛看到龙门山艰苦劳动的场景：夏天，烈日当空，山石被晒得滚烫，禹汗流浃背，仍然不停地挥舞耒锤和避水剑；到了晚上，睡觉时还要应对毒虫猛兽的袭击；冬天，天寒地冻，禹在北风呼啸中砍挖异常坚硬的冻土，手磨出血泡，皮肤皲裂了，脚踝冻肿，小腿被岩石磨光了汗毛，只有自信坚毅的目光依然炯炯有神……

女娇愁肠郁结，痛苦不堪。

忽然，"熊"蹬了一下腿。

母子连心啊，"熊"在女娇纠结难过的十三天竟然一动不动；而女娲心里怨恨禹、怜惜禹，不断修改、整合仓颉和西王母形象塑，竟然忽略了"熊"。

"熊"又调皮地蹬了一下，似乎说，知道就好。

女娇拍一拍肚子，轻声说："娘要全神贯注地在想象中塑造你的模样，不能让共工、巫支祁之类恶人的负能量有一丝一毫影响！此前十三天，娘怨恨你父亲，还想离开他，但那怎么可能啊，每次塑造出的额头、眼睛、鼻子、嘴唇都有他的影子……唉，你父亲不凿通龙门山绝对不会回家，何必再折磨他呢？娘不生气了……"

说着，她重振精神，梳妆打扮。

忧虑焦急的鼍鼓声冲破冷寂的夜幕，准时来临。

第9828声。

女娇忍不住抽泣道："印和'熊'都平安无恙。"

禹迟疑一下，高兴地说："女娇啊，你差点要了印的命！今天你再不吱声，印就真的魂不守舍了。昨天，如果不是施黯眼明手快，印这会儿已经被高如大山的巨涛冲到轩辕山了……"

女娇急忙打断他的话："你不要乱说！印以后再也不使性子了！印会在阆风苑一直守望，等候你安全回家！哦，文命，高密，印要告诉你，印这几天夜里总梦见一条很大很大的鱼，感觉像昆仑山一样大的鱼，他说他是新任河伯，他在巡查水域时顺便寻找被洪水卷走的爱人，无意间碰到不少刻在真玉上的文字残件，他带来放在阆风苑东门外的甘河滩上了。他说以后发现了还送来。可是洪水冲得一片狼藉，印找不到东门！"

"文字？真玉？鲧？难道是父亲在寻找母亲？"鼍鼓重重响一声，禹凄厉地哭叫起来，"肯定是鲧在寻找母亲！看来母亲真的被洪水冲走了！印不相信！母亲，您一定要等着，龙门山以东大多河道、渠道已经疏通，我们正在昼夜不停地凿开龙门山，只要泄完洪水，就能找到您了！"

禹伤心欲绝。又一声鼓响，除了他的悲伤啜泣，再无任何信息。

女娇对着山峁上的两排半成品泥塑痴痴发呆。

只要想到禹沉浸在悲伤中，她就心如刀割、心乱如麻。

挨到中午，禹通过三声鼓响安慰她：

女娇，我们都要把个人的痛苦压到最深处！

女娇，请你全力以赴修复文字，这是你最擅长的，是仓颉最大的心愿，也是叩母亲回家唯一的线索！

女娇，治洪后我们日出而作，日入而息，在阆风苑种植粮食，放牧牛羊……

女娇泪水涟涟，不住点头："叩满心期待！"

鼓声消失。宁静，阒然。

倏地，女娇感觉禹的爱意像清澈的山泉一样流淌进心田。她神清气爽，85000个刻在五色玉石上的结绳、线条、图案、纹饰及相关符号在阆风苑上空像瑞鸟一样飞舞，接着像鲜花般纷纷落下，在九道坪上组合成围墙……

那是仓颉完成文字创造时的情景！

女娇心有所悟，记住了这幅壮阔蓝图，也记住了东门的位置。她小心翼翼地找到梦中大鱼所说的东门外的甘河滩……强烈的阳光下，河岸边砾石滩上，一排刻划着竖、横、斜、竖钩及倒钩状、乙字形、丰字形等符号的五色玉石整整齐齐地摆放着，像祭坛圣物，触目惊心。这些文字在创造之初犹如一个个鲜活的生命，充满生机与希望，可是，残酷无情的大洪水、狂暴肆虐的大洪水、裹挟泥沙的大洪水把它们蹂躏得面目全非，只留下千疮百孔的肢体……

女娇被这悲惨的场景震慑到了。她感到一阵眩晕。她急忙转向浩渺的水面。

波光粼粼，眩晕依然。

她不得不收回目光。

眩晕还在继续发酵，愈演愈烈。

必须站稳，不能摔倒。

她内心万分焦灼，暗暗祈祷：熊！快救救娘！

"轰隆！"

一道电光击溃女娲的眩晕。

女娇身心恢复平静，慢慢睁开眼。绚丽刺目的光芒让她不得不再次闭上眼。内心空阔，光洁明亮。她想探知电光的来源，过了一会儿，又迷离着睁开眼。

模模糊糊。逐渐清晰。完全清晰……

文字残件中竟然还有一个完整的字！

绚丽的五彩光芒正是从那个字向四周散射，如同一轮小太阳。

完全看清楚之后，女娇激动得快要窒息！

文命啊，那是刻在洁白如玉上的"爱！"

文命啊，竟然是完整无缺的"爱！！"

文命啊，确实是闪闪发光的"爱！！！"

女娇热泪盈眶，轻轻俯下身，双手捧起美玉，像抱起初生的婴儿一样，仔细端详，油然而生崇高感、庄严感，缓缓将"爱"字的青玉高举起，站直身体，向着太阳升起的地方虔敬宣誓：

"卬，女娇，以生命、尊严和爱情发誓，以爱情结晶——'熊'的名义发誓，卬要把洪水毁坏的文字全都找回来！要在阆风苑重新补全文字，让它们重新放射温润光彩！"

女娇坐在一块深深嵌进沙土中的巨石上，撩起河水，反复洗涤"爱"字美玉。基于玉工本能，她也因势利导，画龙点睛，美化"爱"字线条，使它更加遒劲有力。

接着，她又乐此不疲，尽心竭力，将那些伤痕累累、残缺不全的线条修复、抛光。

鼓声从东方滚滚而来。

女娇迫不及待地向禹倾诉："文命！卬洗涤的第一个字经历了一场如此猛烈、严酷的洪水，虽然玉件局部有细微残破，但'爱'字竟然没有丝毫损伤！真是难以置信！还有那些残件，卬根据你的描述，根据线条自身的运动规律，补全了山、水、沟、川、河、渠、星辰等一系列文字，并且按照你的蓝图，放回原来的位置……"

禹激动得声音颤抖："真的吗？太鼓舞人心了！卬要让夸父把这个好

消息告诉每一位灾民和治洪勇士，还要告诉重建家园的人们！太棒了！仓颉创造了文字，而你让文字变得更美丽、更绚丽，并且注入了鲜活的生命力！"

女娇说："印在摆放文字时稍微做了些调整，以前，你们把'爱'放在阆风苑东门能够看到第一缕阳光的地方，印再三考虑，决定把它放在西门送别最后一缕阳光的地方。"

"为什么呢？"

"因为太阳离开以后，阆风苑和昆仑山、马衔山，还有很多地方被洪水一样寒冷孤独的黑暗淹没，它们需要爱的光芒和温暖……"

禹兴奋地说："太好了！就这样！你的创造是为了更完美，仓颉如果知道这个消息，肯定会倍感欣慰的！你听到伯益、后稷、庚辰、夔龙、夸父、施黯的欢呼了吗？越来越多的勇士汇入欢呼，你听到了吗？欢呼声在高涨，越来越雄浑，气壮山河，你听到了吗？"

"印只听得到你的心声，实在抱歉……"

禹说："印真希望你能听见万众一心、排山倒海的欢呼啊！不过，治水工地上场景惨烈，印不希望那些哀号和惨状进入你的记忆，这样也好。"

忽然，女娇惊叫起来："啊……坏小子！"

"熊"蹬了她一脚，似乎在抗议她和禹冷落了他。

三

连续七天，女娇没有梦见大鱼。

河岸边找不到文字残件，哪怕一个线条。

女娇担心失望的阴云笼罩"熊"，她先用芦苇藤抽打淤泥，制作各种情态的泥人，待心神安定，才开始制作仓颉和西王母泥塑。

大夏河畔齐家制陶家族一位名叫甘都的男子前来帮助她。

甘都举行庄严的祈祷仪式，然后精心挑选了七种颜色的陶土，用正午时分的黄河水和泥，在咒语中将泥料过粗筛，去除大颗粒杂质，再用细筛精过滤，接着铺开曝晒。他白天安静地坐在陶泥旁边念念有词，太阳落山后就围绕陶泥又唱又跳。

连续两天。

最后，他唱着古老的歌谣将陶泥掺水搅拌成泥团，反复摔打，成为光滑细腻的泥料。

全部过程耗时三天。

甘都筋疲力尽："这是曹见过的最好的陶泥！"

女娇不知如何答谢。

"曹想求取一尊泥塑，不知女神是否愿意？"

女娇惊得目瞪口呆，因紧张，面色变得通红："……他们都是印的孩子，是印的心肝宝贝啊！怎么可能送人？"

"这么多陶人呢，密密麻麻……"

女娇说："天空再大，也不会嫌星星多！"

甘都不知所措，满腹心事，低下了头。

"你要印的孩子干什么？"女娲于心不忍，问他。

"浪塘部落被洪水冲毁了，男人拼死把曹推上祁连山，希望曹把陶艺传承下去。"甘都流着眼泪说，"现在洪水稍微退了些，部落有位幸存者，她是画匠的女儿。我们想多多繁衍人口，可是，努力很长时间，怀不上娃……您是大地之母，神通广大，补天造物，无所不能，现在只有您能帮助我们！"

女娇说："印同情你，也想帮助你，但陶人都是印创造的孩子，印怎么忍心……"

"洪水退去后，曹会在祁连山下重建家园！那里与阆风苑不过一河之隔。"

女娇仿佛看到"熊"离开阆风苑，悲恸而泣："实在抱歉，印还是不能答应，没有哪位母亲能忍受骨肉分离……"

甘都忽然失声痛哭："大洪水带来灭顶之灾前，曹从未向父母、兄弟、妻儿表达过什么，尽管曹内心从来没有离开过他们。当天塌地陷，洪水如同山崩般来袭时，聚落顷刻间就被巨浪吞噬，根本来不及祈祷、祭祀或举行其他仪式……如果知道洪水那么强大，曹绝对不会离开家人，一定会与他们一起面对灾难。曹现在悲观、绝望，几乎每天都做噩梦，耳边萦绕着绝望的哭喊声和求助声……梦中，父亲伸出双臂，奋力托举即将倒塌的草棚，曹的长子也努力挣扎，试图用稚嫩的身躯协助爷爷支撑坍塌的屋顶。惊恐万状的小孩子哭喊着扑向母亲，母亲张开双臂给予庇护。妻子怀抱出生仅三天的婴儿，一边哺乳，一边伸开手臂，试图把前来寻求保护的邻居家孩子也拉进怀里……就在此时，棚屋轰然倾塌，曹看见窑洞内像死一般沉寂，父亲和长子的身体被砸断，他们双腿为弓步，肢体牵连在一起，没有完全倒地。火塘边，有的孩子曲体侧姿，有的匍匐在地上，有的惊恐跪踞。母亲尽力张开臂膀，仿佛可以无限伸长。妻子紧紧倚墙，紧紧地跪坐在地上，右手紧紧撑地，左手将婴儿紧紧搂抱在怀中，脸颊紧紧贴在婴儿头顶，似乎要把婴儿与灾难隔开。婴儿恋恋不舍，双手紧紧搂着妻子的腰……曹还没有想好在大麦、青稞、小麦、小米、高粱、燕麦、谷子、黍等粮食中选择哪一样给孩子当名字呢……曹后悔啊，曹应该与他们在一起……曹希望父亲、母亲、妻子或者任意一个孩子，至少在梦中吃了红陶碗中的米黄色面条，可是，每次都看见陶碗翻扣在地面上，谁也没吃上。曹用整整两年时间艰苦劳动，做了上百件陶器，才从施黯徒弟那里换来这碗羊肉汤面条。女神啊，您不知道，这种面条由谷面、黍面和麦面混合做成，谁家有一碗这种臊子面，整个部落都能闻到香味。应该很美味吧，可是谁都没来得及吃……"

女娇伤心欲绝，啜泣道："印制作的泥人真的能够安慰你们？"

"会的！他们太像印失散的亲人了！"甘都激动地说。

女娇背过身，仰起头，紧闭双眼："印同意你带走两个，他们能够互相照料，互相陪伴，你要善待印的心肝宝贝……"

女娇感觉甘都已走远，才放声大哭。

泥人中少了母婴二人。

傍晚，鼓声问安时，女娇抽泣着讲了这件事。

禹沉默良久，说："补天时总共消耗多少沙粒，你心中有数吗？"

"……记不清了。"

禹伤感地说："这次洪灾惨烈程度超过历史上任何灾害，惨烈场景远远超过沙粒的总和，常人根本没有勇气面对。印不希望这些灾难场景侵害你的精神，否则，噩梦般的记忆将永远抹不去，它们仍然像洪水中的毒虫猛兽一样危害你的心灵！"

"……哦，印明白了！"

禹沉重地说:"前天,向来沉默寡言的夸父失声痛哭,说他的心灵千疮百孔,因为每天都要被接二连三的惨状击穿多次。其实,大家都被那些残酷的景象压得喘不过气来。但我们能退缩吗?退缩到哪里去?……你知道吗,每天三次鼓声已经成为所有治洪人的心灵慰藉,尤其是听说你重新捡回'爱'字真玉以后,很多曾经焦虑不安、悲观忧郁的勇士重新焕发了活力。现在,你不仅是印心中的女神,也成了众人景仰的偶像!"

女娇说:"从明天开始,印专心致志制作泥塑。当然,波浪或者水神把文字残件送到阆风苑时,印就清洗、修补。只做这两件事,准时回应鼓声,好吗?"

"好!"

鼓声送来海涛般的欢呼。

女娇满怀喜悦地重新进入泥塑工作时,意外发现有件半成品:人像踞坐,双臂用泥条黏附而成,双手置于腹下,泥胎上刻划出战栗扭曲的手指。头像以细红陶泥制成,鼻梁呈脊棱状,方形面颊,眼睛深陷镂空,呈现出瞠目惊恐状……她想不起什么时候下意识制作的,也不去深想,毫不犹豫地捣碎半成品,还原成陶土,在"候人兮猗"的吟唱声中和泥、过滤杂质、暴晒、搅拌、摔打,做成柔软如绸、温润如玉的泥料,满怀喜悦地捏塑出脸型丰满、眉目清秀、头戴帽子的少女;须眉涂黑彩、神态威武的中年男子;外眼角向下倾斜、鼻尖微钩、颧骨低平、两腮有轻微起伏的老人;尖顶、睁眼、有须、方颏模样的外地人……

尽管女娇试图通过丰腴的脸颊、生动的五官和古朴的造型来摆脱半成品造成的惶恐不安,可是无一例外,这几尊雕塑都呈现出明显的瞠目张口状。

女娇黯然神伤。

强烈的挫败感形成巨大的漩涡,呼啸肆虐,淹没了她。她奋力挣扎,还是被强大的力量卷入水底。窒息,绝望。

"熊"似乎意识到危险,不断蹬腿。

女娇隐隐听见无数小泥人组成啦啦队在呐喊助威:"母亲,加油!"

恍惚间又看见刻在美玉上的甲、乙、丙、丁、戊、己、庚、辛、壬、癸等文字闪闪发光。

女娇浑身充满元气，轻轻松松地挣脱了"漩涡"。她将泥塑再次打碎，再次还原，吟唱、和泥、过滤、暴晒、搅拌、摔打，之后聚精会神地捏塑出发辫盘顶、脸型丰满、眉清目秀、笑容可掬的少女形象。

这件作品她比较满意，长长地舒了一口气。

忽然，背后有人惊叫："太像了！就是她！"

是夏人青年甘都。

他泪光闪闪，双手递过一个美丽花环："曹采集春天开的第一茬鲜花，做成这个简朴的花环，送给您！"

女娇微笑着接过，戴在头上。

甘都抚摸着"少女"的脸庞，眼泪汪汪："曹的新娘出嫁时发辫盘在头顶，脸胖得像秋夜的满月，眉毛像春天的柳叶，眼睛秀丽如同山泉，她见了任何人、任何花鸟都微笑。女神啊女神，您是我们的希望，您丝毫不差地雕塑出了我们心中爱人的样子……"

"你如果真觉得她是你的爱人，就接回家去吧！"

甘都怀疑自己听错了："女神！您别生气，曹不该冒冒失失提这种要求！"

"只要能重新唤起你内心的希望，印高兴还来不及呢！"

甘都惊得瞠目结舌，他不敢相信自己的耳朵。

"你还可以从那些泥娃娃中挑选你的其他乡亲！只要善待他们就行。"

甘都再次瞠目结舌。

这种表情信息很丰富，女娇能够剖析出他如获至宝、绝处逢生、欢欣鼓舞等心情。

"只要能重新唤起你内心的希望，印高兴还来不及呢！"

甘都确定这不是梦幻，感激地说："曹从小到大参加、主持过不计其数的祭祀、祈祷、禳灾、驱邪仪式，既没亲眼看见过神灵，也没见过鬼怪，但曹坚信，崇高无上的神灵就是您这样的！"

他小心翼翼地抱起"少女"和两个小泥人，三步一回头，千恩万谢地离开了阆风苑。

女娇内心欣悦，眼含热泪，目送他们离去。

她拿起芦苇藤条，走到河边，边抽打淤泥边搜寻真玉文字。大地春回，万象更新。芦苇藤条与淤泥相遇的瞬间，由于各个受力点及泥质略有不同，因此造成众多活蹦乱跳的泥人。

忽然，女娇看见河滩里散落着无数闪烁着耀眼光芒的美玉文字。

多如繁花，灿烂绚丽！

它们是梅花、杏花、桃花、牡丹、石榴、荷花、蜀葵、桂花、菊花、芙蓉、山茶、水仙；

它们是甲、乙、丙、丁、戊、己、庚、辛、壬、癸；

它们是昆仑山、马衔山、鸣沙山、合黎山、积石山、柏灵山、查灵山、麦田山、屈吴山、陇山、华山、龙门山、太室山、少室山、轩辕山；

它们是盘古、神农、炎帝、蚩尤、少昊……

女娇按捺住激动的心情，有条不紊地将芦苇藤条创造的泥人摆放整齐，在"三生玉"柱上添加与之对应的五色沙粒，刻上记录鳌鼓声的同心结，然后开始清洗、修复。

四

女娇生活的全部内容是通过鳌鼓声同禹交流信息，以及洗涤、修补文字，用藤条即兴创作泥人和构思泥塑作品。

随着修补量不断增大，阆风苑最外围的文字墙初具规模，但比起逐渐高耸的三生玉和数量巨大、情态各异、栩栩如生的小泥人群体，还是略显单薄。如果共工率人来袭，文字墙根本无法保护城内诸多泥人。出现这种局势是因为各类偶发事件：仓颉创造出85000个文字，但河岸边堆积得越来越高的绝大部分线条残件与文字并无直接联系，如以陶片、骨头、石头、木棍、兽皮为载体的各种刻划符号，密密麻麻，互相纠缠，梳理极难。女娇在清洗、修补真玉文字前，必须将大量时间消耗在甄别工作上。在高巍如山的残件中一丝不苟地翻检，往往连续翻检三座残件堆积起来的山丘都无功而返。

治玉、补天、创造陶人的过程中，她的双手都没留下哪怕像蚂蚁眼睛那么大的丁点伤痕，但在翻检文字残片的过程中，脸部、五官、嘴唇、脖子、胳膊、手脚、腿部却被一次次划伤。

尽管女娇非常纠结，但她仍然毫不懈怠。因为错失一个重要部位的线条，就可能在重塑文字时形成乱码，导致前功尽弃。

她不想面对自己的累累伤痕，也不想让禹看到她体无完肤的状态。

禹却从她声音的微妙变化中敏锐地捕捉到了这些信息。

"你好像遇到什么麻烦了？难道还有什么事要对卬隐瞒？"

女娇忍不住啜泣道："干扰文字的残件太多，卬疲于应对。更伤心的是，卬翻检时光洁柔美的皮肤被划破，惨不忍睹……"

"残件太多？难道是母亲捡回了太多的疑似残件？"禹激动说，"一定是妈妈！"

"你是说脩己也参加了钩沉残件？"

"母亲给卬托梦了，她变为一条鱼，朝夕陪伴鲧。母亲过于精细，将洪水冲出的古往今来的所有疑似残件都打捞出来，全送到了阆风苑！"

女娇抚摸着粗糙的脸颊，伤心哭泣，"卬以为全是河伯打捞的呢！卬曾在河岸边祈祷三天三夜，请他只挑选刻写在真玉上的文字或残件。可是，没用。当卬专注于造泥人时，某个河岸边会隆起一座文字残件小山。卬以为河伯刻意回避呢，现在明白了。你在龙门山遇到最坚硬的岩石，开凿进度缓慢，卬正好在挑挑拣拣和精心修复中期盼你回家。"

"我们已经调集了更多的人加入开凿中！"

"不！不！"女娇诚惶诚恐，"你们不是要把黄河向北引到沙漠边缘绕一圈吗？翻检量实在太大，卬觉得遥遥无期。卬希望修补好所有文字，作为你回家的见面礼。龙门山凿通后，你带人到别处治水，好不好？求求你了，别急着回家！"

"为什么？卬每时每刻都想飞回阆风苑！"

"卬现在这个样子比十个共工还丑，怎么面对你？"女娇的哭声由压抑到松弛，由松弛到放纵，由放纵到失控，最后变成号啕大哭，"卬痴迷治玉，只为养颜养心，没想到在翻检文字时，让容颜和自信全毁了！卬孤独绝望，痛不欲生，呜呜呜……"

禹无法继续安慰——三声鼓结束了。

女娇尽情痛哭。

朝朝暮暮的思念，刻骨铭心的思念，万箭穿心、万蚁噬骨、万蛆吮血、万蟥啃肤、万蝎撕筋、万鬼烹魂的思念，浩浩荡荡，一泻千里。

女娇哭得昏天暗地，直到筋疲力尽，心里却异常舒畅。

"熊"轻轻地蹭了她一下，似乎在说，母亲，您没事吧？

在阆风苑各处玩耍的泥人也关切地说，母亲，怎么帮助您啊？

"傻孩子，娘怎么会被轶裂击垮？又怎么会被甜蜜的思念束缚住？"

女娇缓缓站直身体，像顶天立地的雕塑。

她仰望堆积如山、连绵起伏的残件，庄重宣告："孩子们！孤独、恐惧、担忧、丑陋、失望、绝望，永远也动摇不了印的意志！因为印是一位母亲、一位妻子！印以孩子的名义发誓，印永远不会动摇！"

声音如同大地滚雷，向四周玉山和旷野滚滚而去。

女娇一步步走向残件山丘。

忽然，身后传来甘都的声音："女神，您该休息休息了！"

女娇慢慢转过身。

甘都后面站着很多人。

从装束看，他们来自不同的部落。

甘都满脸愧疚："女神，非常抱歉，曹未征求您的意见就带这些人来到阆风苑。可是他们在洪水中遭受了巨大创伤，心灵千疮百孔，曹不忍心隐瞒消息……"

三位老态龙钟的男子走上前。

其中一位躬身施礼："我是奥库涅铜业商会的兴都库什，另外两位是萨彦和阿尔泰。"

"你们不是与共工合作的吗？"

兴都库什说："尽管我们以获取最高利润为目标，但往往会毫不犹豫地选择正义，就像河流仰慕大海。"

"你们到阆风苑干什么？这里不需要青铜器……"

兴都库什老泪纵横："洪水给我们带来巨大损失，但那不算什么，真正惨痛的是很多伙伴丧生或失联。现在，洪水终于开始退了，道路通了，我们要返乡……离别家乡时有300多位壮年小伙子，现在剩下不到十分之一。他们的尸体找不到。即便找到也无法带回去。希望带些与他们相像的泥人回到故乡，也算对他们那望穿秋水的母亲或妻子有个交代。"

女娇为难地说："没有哪位母亲愿意自己的孩子远走他乡。你们的家乡是那么远，很可能有去无回。"

"我们也曾是母亲的孩子，可是却远离故土，长年累月漂泊在万里之遥的异国他乡！"

"印饱受思念之苦，已无力承受更多！"女娇悲恸而泣。

兴都库什诚恳地说："分别的痛苦滋味，大家都感同身受。我们长年累月在外漂泊，经常忘了离开家的时间。女神，我们看了那些泥塑，叹为观止！在这之前，我认为东方人只会种黍、麻之类植物，是您改变了我的看法。物质材料根本限制不了您飘若浮云、矫若惊龙、威如猛虎的技艺，太神奇了！我希望冶铸铜器时能吸收。我奔波一生，老了，这件事无能为力，只能寄希望于后代，我要让他们带着样式新颖、风格独特的青铜器回到东方。"

女娇望一眼甘都："印想知道，造泥人的消息究竟传了多远？"

"大致在黄河中上游及洮河、大夏河、湟水、泾河、渭河及白龙江流域，主要集中在马衔山、齐家坪、宗日、柳湾、皇娘娘台、旱峡、马鬃山、新庄坪、石峁、秦魏家、尕马台、菜园、徐家崖、云堡山、峡口、龙泉寺、师赵村、七里墩这些部落。"

"是不是还有更多人正向阆风苑走来？"

"消息像风一样传播，西到昆仑，北到大漠，东到海滨，南到三苗……"

"如果能给人以心灵的慰藉，个人痛苦算什么！"女娇噙着热泪，仰起头。

兴都库什感动至极："从经商角度讲，我们不喜欢优柔寡断，更欣赏共工那样的直爽。可是，重华、娥皇、女英、皋陶、禹，还有您和无数齐家青年那样朴实善良的东方人，让我们感受到一种难以言传的隽永魅力。或许，它才是吸引我们的根本所在。认识到这点，'印'——请允许我使用这美好的第一人称——用了大半辈子。但是，值得！印获得了巨大利润！"

女娇让他们自由挑选泥人。

她又即兴创造了笙簧、瑟、埙、铃之类乐器相赠，让他们消解漫长旅途的寂寞。

兴都库什说："我们被无情的洪水冲得一穷二白，拿什么感谢您呢？"

"印只要求善待他们……"

"放心吧，我们会珍爱他们的！"阿尔泰说。

"禹在这里帮助仓颉造字时被重华封为夏伯，就让这些孩子以'夏人'命名吧……"

众人异口同声地说："女神！洪水毁了我们的信念，但在阆风苑全都找回来了，以后，我们都是夏人！"

甘都自豪地说："曹早就这样想了。"

此后，陆续有操着各种方言的人从四面八方赶来。

女娇根据他们的要求塑造泥人。

用作计数的五色沙不够了，就从五色石上磨取。

因为需求量非常大，五色石逐渐变小。

昆仑美玉商会的璆琳在阆风苑附近徘徊，女娇发现后，恭恭敬敬地问他："尊敬的长者，如果印没记错，您应该与兴都库什一同到阆风苑的，也记得您拿到了自己满意的泥娃娃。可是，您似乎还忧心忡忡，有什么为难事，说出来，印尽量帮助您。"

"哦，女神！遇到您之前，印心目中只有西王母一位女神，"他目光灼灼，"现在，在太阳升起的地方，又多了一位女神，那就是您！"

女娇羞涩地笑笑。

璆琳接着说："那天看见您哀伤痛哭，印异常难过。这些天印犹豫不决，再三纠结，到底该不该把您从痛苦中解脱出来。思来想去，印觉得还是应该帮助您，尽管泄露西荒国辨玉秘密的人要被七十二种刑法折磨处死，死了以后灵魂还要被神灵永久流放。"

"您就是传说中西荒国辨玉、采玉、治玉的神人？"

"对。方法很简单，点燃那些文字残件，持续燃烧七天，是不是真玉，一目了然！"

"印明白了，非常感谢您的点拨。"女娇犹如醍醐灌顶，眼睛放射出欣喜的光芒，"是啊，怎么就忘了圣火呢？印炼五色石那么长时间，每天都离不开火，现在竟然忘了！都怪禹！"

璆琳如释重负，开心地笑了。

"切记，一定要取阿什库勒的神圣火种！"

女娇喜上眉梢："夸父会帮卬取来圣火，卬不但要烧堆积如山的各类疑似文字残件，还要燎烧已经洗涤、修补的文字，烧满七天，确保每一粒文字真实、纯粹！"

她喜不自胜，仰起脸，激情长啸：

"候人兮猗！"

五

阆风苑升起第一道烟柱。

大火熊熊燃烧。

夸父请求女娇按照她的形象捏塑泥人。

"为什么提这个要求？"

"难道您真不知道当年卬同禹竞赛的事？"

"那只是个传说。"

"不，是真的！"夸父执拗地说。

"没有人能在长跑中超过您，可为什么落后了？"

"爱情与竞跑的速度无关。"夸父说，"当年卬不自量力。这个世界上，只有司空禹配得上您！"

"既然如此，您要卬的塑像干吗？"

夸父言笑晏晏、眉飞色舞："卬在治理洪水的过程中意外找到了家乡！乡亲流浪到沇水之侧的成都载天山，他们以为卬走丢了，把山更名为'夸父山'以作纪念。洪水平息后卬再也不奔波了，卬要带着您的陶像回家乡。"

女娇思忖片刻，微笑着迅速捏造出丰腴的陶塑孕妇，面涂红彩，额上塑圈上突起的圆箍状装饰，眼睛镶嵌淡青色圆饼状玉片，似扬眉注目；而嘴唇、肩、手、臂膀、乳房等身体部分都残缺不全。

夸父喜之若狂，赞不绝口："太美了！可是塑像为什么不完整？"

"这只是您看到的那部分，"女娇意味深长地说，"真正让卬与文命互相吸引的剩余部分，只有我们看得见。真诚祝愿您找到称心如意的爱人！"

七天后，七座大山燃烧殆尽。

女娇从灰烬中挑出蓝、红、绿三种颜色的真玉残件，组合成天、地、人三个文字；

七天后，出现北方玄武七宿中各类名称的大部分对应文字及少数残件；还有刻写在青铜器上的几行文字："咨！禹，汝平水土，唯时懋哉！"

女娇重新刻在真玉上，总共整理出 1023 个文字；

七天后，发现灌木、梧桐、橘树、榛树等各类植物名称的文字残件，还有刻写在兽骨上的一段文字："教胄子，直而温，宽而栗，刚而无虐，简而无傲。诗言志，歌永言，声依永，律和声。八音克谐，无相夺伦，神人以和，击石拊石，百兽率舞。"

女娇重新刻在真玉上，总共整理出 1968 个文字；

七天后，出现西方白虎七宿的大部分对应文字及少数残件，还有刻写在鳌鱼皮里外两面上的一段文字："月正元日，重华格于文祖，询于四岳，辟四门，明四目，达四聪。食哉唯时！柔远能迩，惇德允元，而难任人，蛮夷率服。"

女娇重新刻在真玉上，总共整理出 720 个文字；

七天后，出现河、江、渭河、汾河、大汶河、葫芦河、大夏河、唐河、滹沱河等河流名称的文字与残件；还有刻在木版上漫漶不清的一段文字："象以典刑，流宥五刑，鞭作官刑，扑作教刑，金作赎刑。眚灾肆赦，怙终贼刑。钦哉，钦哉，唯刑之恤哉！"

女娇重新刻在真玉上，总共整理出 1997 个文字和 513 个未知线条；

七天后，出现猪、羊、牛、马、凤凰、白虎、蠃鱼、䝙湖等动物名称的文字及残件，还有刻在红铜上的几行文字："畴若予上下草木鸟兽"，"百姓不亲，五品不逊。汝作司徒，敬敷五教，在宽。"

女娇重新刻在真玉上，总共整理出 960 个文字；

七天后，发现东方青龙七宿和南方朱雀七宿的对应文字残件，还有一段刻在绿铜鼎上的文字："蛮夷猾夏，寇贼奸宄。汝作士，五刑有服，五服三就。五流有宅，五宅三居。唯明克允！"

女娇重新刻在真玉上，总共整理出 300 多个文字；

……

所有真玉文字经过七天烧灼之后，本质不变，颜色不变，气味不变。

女娇头戴花环，轻声吟唱，将每块真玉文字按照心中的蓝图放到原位置。

阆风苑的真玉文字墙不断升高，威武雄壮。

刻在沙粒上的同心结纹饰在三生玉上洇出两条波浪纹，将玉柱隔成三段。

女娇命名为前世、今生、来世。

她第一时间把这个创意告诉禹："我们的前世已经过去，今世离多聚少，来世必须形影不离，为实现这个愿望，印宁愿化作石头、树木、鸟，或者风……"

禹满怀信心地说："开凿工程越来越顺利，距离相会的日子不会太远！"

当鳌鼓响到第25988声时，禹兴奋地说："女娇，龙门山开凿通了！攻坚战胜利了！洪水浩浩荡荡向东流去，三天后，印将准时赶回阆风苑！"

女娇几乎被这从天而降的喜讯冲荡得有点眩晕："文命……可是……"

"怎么了？难道你不为这一巨大成功感到高兴吗？"

女娇激动地说："1800多个日日夜夜……消息来得这么突然，印来不及生出孩子啊，印得让你听见孩子的第一声啼哭，孩子睁开眼后，第一眼得看到我们欣悦的笑脸……"

禹沉默片刻，说："印没有十足的把握，不敢提前告知你，担心有变化……印再也不想看到你失望的表情，再也不想看到你伤心欲绝的泪水！"

"印也有好消息告诉你，85000个文字全部修补好了，印打算给你惊喜呢……"

"是吗？这么快？"

"多少个日日夜夜的劳作啊！还差八个字就齐了。"

"哦，说说看，哪八个字？"

"根据蓝图标示，应该是我、朕、曹、印、吾、余、予、孤。"

"这些字好像只有设计图样，还没来得及造出来……或者，只在心底构思？得问问仓颉，要落实清楚……哦，到家再说吧，印还有满肚子话呢，印恨不得长了翅膀，立刻飞回家！"

女娇含着热泪点点头："嗯。"

三天后，傍晚，熟悉的马蹄声由远而至。

女娇惊喜地大叫一声，向阆风苑东门跑去。"熊"不断蹬腿，并且首次有了挥拳的动作，仿佛伴随着母亲一起奔跑。

快到城门口时，女娇灵机一动，转身跑向三生石。

她要在吸收日月精华、高耸入云、渗透思念的三生石下同禹相见。

她倚靠三生石，急促喘息。

多少个春夏秋冬的早晨和黄昏，她与三生玉一起向东方远眺，迎来鼓声，匆匆交流，依依分别，怅望夕阳……

这次她等来的将是实实在在的禹，而不是捉摸不定的鼓声。

熊啊熊！

听到赤骥、盗骊、白义、逾轮、山子、渠黄、骅骝、骒耳铿锵有力的马蹄声了吗？

多么优美！多么和谐！多么悦耳！

八匹骏马出现在马衔山。

它们像山峰一样高低起伏，像波浪一样滚涌，像玉工手中的灵性线条张扬飞舞。

嗒嗒的马蹄声与清脆的玉铃声越来越近。

千言万语，汇聚成滔滔江河。

女娇的心悬到了嗓子眼，盯着西城门，脑子茫然一片，紧张到极点。

第一句说什么？怎么说？什么时候说？

要控制住情绪，不能流泪，得让爱人看到自己花一样绽放的笑容！

熊，你父亲触摸时一定要用力蹬啊，娘不怕疼，你最好蹬出一座山岭，像息壤堆积起的一道道山岭，以便让你父亲看得清清楚楚……

咦，马蹄声怎么消失了？玉铃声呢？马车怎么停在西门口了？

文命呢？

他似乎同谁在说话。

夸父为何伤心哭泣？

"……卬计划耽误半天传达重华的诏令，尽量慢，再慢，并且故意摔倒几次，还是赶上了你。卬总不能假跑吧？你为什么总要为难卬？通常八匹马会在半天内轻松跑完这段距离，你为什么要耽搁？"

"卬沿途顺路考察水情……"

女娇出现在阆风苑东门时，禹正在聚精会神地捧读诏令。

看完诏令，禹忍住泪水，转过头："圣上明天清晨出发西巡，诏令印迅即赶回帝都！"

"……难道在三生玉下说句话的时间都没有？"

"是的，时间太仓促了，必须尽快赶回去。"

"……难道连看印一眼的时间都没有？"

禹咽泪入心，深深吸口气："印无法承受生命中之轻！"

随之，八匹马掉头向东驰去……

女娇痴痴眺望，恍惚看见禹驾着马车驰骋在陇山、帝都山、太行山、中条山、燕山、浮玉山、昆仑山、太室山、少室山、轩辕山、马鬃山、鸣沙山……

第十二章　化作三生玉

一

恒娥絮絮叨叨地叙述了六天，讲了很多故事，说了很多安慰的话，都没能把女娇从专注的凝望中唤醒。

第七天，恒娥决定泄露重要机密，试探女娇究竟是以这种方式拒斥她，还是真的痴迷。她说："有一件与洪水同时发生的大事惊天动地，直到现在仍被隐瞒。曾几何时，世人最羡慕重华与娥皇、女英的'大确幸'，其次就是吾同大羿的'小确幸'。大羿是个传奇，他还在母亲腹中时就呐喊'吾将射远方'，出生后呐喊更急，音量更大。有人造谣说羿扬言要射毁天柱，父母怕招祸，在羿五岁时就把他抛弃在蝉林——那里因蝉数量多、鸣声悦耳而著名，是吾经常玩耍的地方。我们的爱情在捕蝉的过程中发酵。与此同时，羿的射箭技艺也开始萌芽，五岁到十八岁，他从一个弃儿成长为天下最优秀的射手。这个过程中有无数甜蜜细节，若用您从洪水中打捞的那些文字玉记录，恐怕堆积起来比阆风苑的文字墙还要高还要大，所以，吾就不再详细描述了。吾只想说羿因为射杀猰貐、凿齿、九婴、大风、封豨、修蛇等怪禽猛兽一举成名的事。尧帝非常器重羿，坊间疯传他在泰山举行封禅大典时曾流露出让羿取代重华之意。这怎么可能，重华是尧帝的女婿啊。不过，尧帝可是大公无私的明君，他更看重一个人的才华。哎，还是言归正传吧。尧帝正欲做出调整的关键时刻，太阳兄弟利欲熏心。胆大妄为，竟然同时出来帮助共工炼铜；那时您和禹的爱情也达到炽烈的顶点。坊间有传闻，噢，吾就不传谣了吧。但谁都明白，再炽烈的爱情，无论如何也无法与十个太阳的热力相提并论，再炽烈的爱情也不能让江湖干涸、让森林成火焰。爱情再炽烈也不能把土地烤焦、把庄稼晒得干枯、把人们热得喘不过气，倒在地上昏迷不醒。如果真的能把人晒成那样，你们如何演绎爱情呢……唉，还是言归正传吧。吾是真相的见证者，吾与羿从五岁开始就形影不离。羿接到命令后迅速赶到阆风苑，从肩上取下红色弓，搭上九支白箭，连续射向九个太阳，全中！大地很快恢复正常。尧帝非常欣慰，正要宣布重要事情，共工撞毁天柱，引发洪水，人们只顾逃命躲避，谁会在意头顶究竟悬着几个太阳啊。紧接着，禹就拉着您闪亮登场，并且成为万人仰慕的明星。而羿莫名其妙地就成了别人的助手，以猎人的身份四处奔波，讨生活……唉，吾不羡慕虚荣，只想与羿回到那个幽静的蝉林，让密织如幔的蝉声把我们的爱情封裹起来……可是，故乡永远也回不去了。实际上，洪水暴发后吾就再也没有见过羿。现在，洪水快平息了，而羿面临的危险与日俱增，吾担心他射掉九个太阳的荣耀会走向反面，成为原罪……"

女娇回过神来，微微一笑："很抱歉，前六天您所述的很多人、很多事离印的生活太远，印无法表态；但若谈爱情，印可以发言。现在，应该有很多人都被回家这个问题所困扰，不仅仅是羿，还有禹、皋陶、伯益、庚辰等重臣，还有不计其数的治洪人，以及治洪过程中死于非命的罹难者。"

"据了解，禹在繁忙的治洪过程中至少回家三次。"

女娇苦笑着说："如果印说禹已抵达阆风苑东门口，但接到急诏后又即刻返回帝都，您会相信吗？"

"妹妹，别开这样的玩笑。吾只是诉诉苦，并无其他使命。"

女娇思忖一下，说："这样吧，大羿曾在阆风苑救过印，印按照他的模样捏塑个泥人，以慰藉您的思念之情，如何？"

姮娥诧异地望了她一眼："您塑造的男人，吾怎么可能接受？"

女娇羞愧地低下头："那您到底要印怎样？"

"……吾只想倾诉时被人重视、被人关注。"

"好吧，印专心致志地倾听。反正禹归来遥遥无期。"

姮娥思索半天，说："吾，吾想不起该说什么了。只好先这样了，需要倾诉时吾再来找您吧。"

时隔不久，娥皇、女英来到阆风苑。

娥皇眼泪汪汪："禹品德高尚，值得信赖，重华根本没有必要亲自巡视。他为治洪的事夙夜忧叹，积劳成疾。他离开帝都微服私访，曹高度紧张，忐忑不安。曹不能承受生命中之轻，想知道您是如何依靠自己内心的力量抵御恐惧、孤独和担忧的。"

女娇回答："卬是普通的玉工，习惯把每件事都当成雕刻和塑造来对待。"

女英说："可是，这很难做到啊！多年来，朕从未遭受过这般煎熬，想到重华马不停蹄地赶路，昼夜不息地工作，朕就心如刀割！没有亲近的人照顾，他身体支撑不住啊！朕曾建议让他的兄弟象伴其左右，悉心照顾他，他非但不答应，还坚持打发象到边远偏僻的有庳国做官……临行前，他不顾大家的劝诫，却千叮咛万嘱咐地让象讲道德、有礼貌，接受考验。象确实洗心革面，把有庳国治理得井井有条。可是，旅途劳顿的重华听不到这个好消息啊，他可能在百忙中还替象操心呢。哦，朕也不能承受生命中之轻……"

"司空禹考虑事情周到，定会照顾好圣上的！"女娇说。

娥皇眼泪汪汪："当年父王访贤，从羊獬村回平阳后，让曹和妹妹女英由伊杜村迁至羊獬村。我们整好衣冠，骑马向父王辞行。但大门紧闭，只见宫门上挂着两面红旗和一对红灯，旗上写：'先有无极生太极，太极生两仪，两仪生四象，四象生八卦。'旗上角为乾三、坎三、艮三、震三、巽三、离三、坤三、兑三八卦。曹和妹妹向旗帜跪拜致敬。我们在羊獬村落户，劳动生产，克勤克俭，其乐融融，无忧无虑……后来才知道是父王在磨炼、考验我们呢。嫁给重华后，我们就失去了自由……说心里话，现在曹非常怀念在羊獬村的那段快乐生活，每忆及此，曹都不能承受生命中之轻！"

女英也眼泪汪汪："朕也不能承受生命中之轻，朕也怀念辛勤劳作的生活。出嫁前朕还同姐姐争分夺秒地干活，我们用七根豆秆作燃料煮熟七粒豆子，纳鞋底；出嫁后，姐姐赴历山劳动种庄稼，朕留在家中侍奉双亲。每年三月初三，朕和姐姐回娘家，四月二十八日返回婆家。哦，羊獬村人重感情，我们尽量挤出时间到第二故乡去看看。羊獬村每年都派人跟随朝中大臣、侍女提前一天接娥皇，初三接朕。初四，羊獬村人请我们进庙，全村载歌载舞，鼓乐喧天。羊獬村的妇女每年五月初五、六月十八、九月初九还要到婆家拜寿，这是朕和姐姐重温往昔生活的唯一途径……"

说着，她们伤心地哭泣了整整半天，泪水溅湿了高巍的三生玉。

女娇耐心地安慰、劝说。

时隔不久，有位少女来到阆风苑。

她开门见山地说："尊敬的女神，余叫精卫，余不会打搅您太久。余暗恋夸父，从少女时代一直到现在。最初，余呈现本真玲珑玉面，他不在意；余又示以玉器、石器、陶土、颜料、贝壳、青金石、铜器、绿松石、蜻蜓眼、天珠、玛瑙，他还是不在意。余绞尽脑汁，设计了一款镶嵌真玉和绿松石的铜牌向他表达爱意。余请施黯用青铜铸成的铜牌构图如下：总体框衬形状略呈亚腰形，四角纯圆，两侧对称环纽套上白玉环，边框内修饰成镂空抽象的夔神图案，镶嵌 365 片绿松石，这些石片以中间一行规整玄色玉石构成牌面轴线。分为上下两区：上区略宽，最上部如同擎天柱，象征夸父在余心中的位置，天柱两侧各有一只红色玉鹰守护，象征余和余的影子永远守护夸父。天柱下面用碧玉镶嵌勾连纹装饰，直斥边框，洋溢着刚劲、张扬、穿透的力量，象征余的爱情能够冲破一切艰难困苦；下区用玄玉装饰钩形眉，用黄玉装饰橄榄形眼眶，用苍玉装饰球形眼珠，灼灼直视。余将铜牌挂在胸前，幽绿、神秘、深远的爱情光泽一直朝他荡漾……女神啊，自从离开家乡后，余不停地跑，不停地追，可他跑得实在太快太快，余疲于奔命，根本追不上。洪水暴发后，路更艰难，阻隔更多，夸父更忙，余的希望越来越渺茫。想到夸父独行踽踽，余又很难过。余不能承受生命中之轻，只能求助您！请您告诉他，尽管遥遥无期，余仍然会用全部生命追逐他！"

女娇郑重承诺，答应见到夸父后立即转告。

时隔不久，有位衣衫褴褛、老态龙钟的妇人来到阆风苑。

她一开口就伤心地哭泣："共工与三苗、鲧不同，他本性善良，孤是生身母亲，最了解！这孩子，从小就倔强，喜欢搞怪，自懂事起就把自己打扮成各种奇异的怪兽恐吓人取乐。孤想不通，没人教他，他满脑子哪来那么多牛鬼蛇神？如马身黑尾、一角、虎牙爪、音如鼓音的曰驳兽，状如大牛、猬毛、音如嗥狗的穷奇兽；马身鸟翼、人面蛇尾的孰湖兽等，千奇百怪。都说是青铜让他误入歧途，走上了不归路。青铜，可恶的青铜！不吃、不喝、不言、不语的青铜怎么可能让共工变成负能量的符号？这是误读啊！孤费尽周折，在有库国找到共工，敦促他到帝都向重华请罪。可共工彻底变了，他竟然冒充重华的特使，视察象的工作……看着他狂乱地发飙，孤忧心如焚啊！孤知道病根在于他小时候的搞怪，孤想知道，世上究竟有没有那么多奇异的怪兽？怪兽又是怎样钻进孩子脑子里的？他怎么变成了剑戟森森的怪物？司空禹治水到过很多穷乡僻壤，见过不少牛鬼蛇神，您问问他，怎么消灭妖怪。求求你们，救救孩子，救救共工，孤不能承受生命中之轻……"

女娇说，如果您把共工带回家乡，连山上的草木鸟兽都会充满感激。

时隔不久，有位蹒跚学步的女童走到阆风苑。

她说："予被无情地抛弃了，父母在予睁开眼睛前就跑得无影无踪，予不敢妄加猜测他们出自哪个部落，予不能伤及无辜。予出生后号啕大哭，哭了很久很久，可是没有人安慰予，更没有人喂奶。相反，予听见很多人悲惨地哭喊，鬼哭狼嚎。予的哭声被洪流一样强大的惨叫声和哭泣声淹没了。予不能承受生命中之轻，只好无趣地睁开眼睛。予看见七十二堆野火都在熊熊燃烧，乌烟瘴气，遮天蔽日。有人说颛顼与共工在打仗，颛顼部众越杀越勇，援军越来越多：人形虎尾的泰逢驾万道祥光由和山赶来，龙头人身的计蒙挟疾风骤雨由光山赶来，长着两个蜂窝脑袋的骄虫率领毒蜂、毒蝎由平逢山赶来。共工势单力薄，逐渐处于弱势，披头散发，落荒而逃，随从被砍得七零八落。颛顼部众追逐。两支队伍形成强大的洪流，横扫一切，吞噬一切。予孤立无援，恐惧到极点，大喊大叫：'予是谁？要把予裹挟到哪里去？'没人回应。予随波逐流到西北高原不周山下。这座山奇崛突兀，顶天立地，挡住洪流。共工身边剩下十三骑，颛顼的随从数不清。力量对比悬殊，空气凝滞。予乘机大声喝问：'予是谁？谁为予负责？'无人应答。予生气了，提高音量再次喝问：'予是谁？谁为予负责？'话音刚落，共工在绝望中也发出愤怒的呐喊：'予是谁？谁为予负责？'不等颛顼回答，他就疯狂地朝不周山撞去，拦腰撞断了天柱。于是，宇宙发生大变动：西北天穹向下倾斜，拴系在北方天顶的太阳、月亮和星星身不由己地朝低斜的西天滑去，改变运行线路，那些白昼永是白昼、黑夜永是黑夜的地方各得其所；与此同时，悬吊大地东南角的巨绳被震断，大地塌陷，形成西北高、东南低、江河东流、百川归海的格局。只是予仍然没搞清楚自己到底是谁……"

女娇亲吻她的额头："孩子，不要埋怨父母，是灾难抛弃了你！"

时隔不久，娥皇、女英再次来到阆风苑。

两人心事重重，神情忧郁。沉默许久，娥皇先说话："实在抱歉，上次曹可能是梦游，您能从记忆中抹去那些话吗？"

女娇一头雾水。

女英说："上次很多话都言不由衷，与本意背道而驰。"

娥皇说："其实，曹不能承受生命中之重。"

女英说："其实，印也是不能承受生命中之重。"

女娇忍不住笑起来："大家都是女人，何必计较轻重得失？"

娥皇疑虑重重："自从洪水暴发以来，曹经常做一个噩梦……"

女英泪眼汪汪："印也是，我们几乎同时从梦中惊醒……"

女娇温情脉脉但又言之凿凿："你们过于担忧了！洪灾即将平息，重华和大臣们一定会安然归来！！"

娥皇、女英心情舒朗，神采奕奕地离开了。

时隔不久，又有华胥、后稷母亲姜嫄、伯益母亲女华、伯益妻子姚杏、"八元"妻子、"八恺"母亲、刑天原配夫人、防风第九个老婆涯草、防风三个女儿（玉儿、仙儿和可儿）等女性到阆风苑。

她们群雌粥粥、笑语盈盈，诉求五花八门。访问者往来如织，女娇记不住更多人的名字、容貌、个性，好在所有人在叙述时都使用第一人称代词我、朕、曹、孤、印、吾、余、予，女娇便据此把她们分为八类。

女娇在三生玉下耐心解答，直到她们满意而归。

当瘦骨嶙峋、衣冠楚楚的禹悄无声息地出现在三生石下时，女娇习惯性地问："您从哪里来？有什么事？到哪里去？"

"印是文命啊！"禹神采奕奕。

女娇说："印是谁？文命是谁？……"

禹哽咽落泪："……你竟然不认识印了！……是啊，十二年过去了，阆风苑的上空飘过多少朵云彩，吹过多少缕风，又有谁能记得清？……但是，文命没有忘记你！文命踏遍千山万水，一直把你放在心里，从未忘记。……印心忧伤，候人兮猗……"

女娇的记忆渐渐被唤醒，眼睛里渗出眼泪和微弱的光彩，她望着禹："你果真是文命？夏伯？司空？"

禹浑身发抖："是的！印是文命、高密、夏伯、司空！你看，避水剑，还认识吗？耒锤，尽管被磨损成斧头的模样，但玉质没变，你还认识吗？候人兮猗……"

女娇放声大哭起来："你果然是文命！"

他们紧紧相拥。

女娇流泪抽泣，声音沙哑："文命，对不起，印还没找到我、朕、曹、孤、印、吾、余、予这八个第一人称代词，也没创作出西王母和仓颉雕塑……"

"不要这么说。"禹吻干她的眼泪，含情脉脉，"洪水改变了巴颜喀拉山、岷山、邛崃山、柏灵山、查灵山、昆仑山、祁连山、马衔山的状态！同重华分别后，如果不是阆风苑吉祥美丽的七色光芒引导，如果不是强大的美玉的气息引导，印不可能找到回家的路！印不敢相信这是雄伟壮观的阆风苑！印阅读了你重述的所有文字，比原来更温润、更有韵味，表现力更强！印本来只希望你补天，没想到你又重造了文字，太振奋人心了！"

"印在思念最炽烈的时候很想吹响羌笛，但是又担心扰乱你心神，让你脚下不稳，掉进悬崖或洪水中，于是就忍住了。……"

"鼓声每次都准时发出，印现在才知道没能到达阆风苑，不知道为什么，印内心十分愧疚……"

"你行色匆匆，是不是很快又要离开？马车呢？"

禹目光炯炯，喜悦之情溢于言表："交还朝廷了！印再也不离开你了！再也不离开阆风苑！再也不离开文字墙！再也不离开这里的山丘！再也不离开这里的草原！……你为什么不回应印的鼓声？难道你要让印在茫茫苦海中踽踽独行、在漫漫长夜中魂不守舍？"

"哦，不是的⋯⋯"

"印对你的思念瓜瓞绵绵，昼夜不断，整整 8100 次鼓声啊！"

"对不起！"女娇泪光闪闪，"没错，现在应该是第 34088 次鼓声了！那次巨大的失望让印屏蔽了鼓声，'熊'的胎动也暂停了。印不知道该怎么办，焦躁中，每天都有人前来向印倾诉，因为她们的倾诉，印才能坚持到今天⋯⋯不过，今天来到阆风苑的只有你！"

禹紧紧抱住女娇："再也不分离了！此次巡察，沿途辽阔壮美的草原、沙漠、戈壁、荒野，热情敦厚的部落人民，随处可见的各类玉山都让重华异常震撼！他的执政理念将发生重大变化！"

女娇一阵眩晕："这些天印一直听别人倾诉，没日没夜，感情跌宕起伏，狂飙巨澜，现在终于消停了，印疲惫不堪，感觉像秋风中的芦花，听听印倾诉，好不好？"

禹深情地亲吻女娇："你想说什么就说什么。"

女娇闭上眼思考许久，脑海里仍然空白，打捞不到一朵浪花。

她吃力地笑笑："印太累了，只想静静地躺在你怀中。"

禹抱紧女娇，好像一松手，她就会像芦花一样飞走。

忽然，他们同时感觉到"熊"蹬了一脚。

两人惊喜地互相对望，同时脱口而出："噫嘻！启动了！启动了！"

女娇轻轻爱抚肚腹："宝贝，别那么任性，好不好？"

禹说："印既已回到阆风苑，就不用'熊'保护了，得取个正名。"

"好啊！"

"筚路蓝缕，欲启山林，奋勇创新，锐意进取，想来想去，还是叫'启'吧！"

"好啊！"女娇小心翼翼地问，"文命，你真的不离开家了？"

"与你守候在一起，地老天荒！"

"重华再也不会急诏了？你真的不需要外出？"

禹言之凿凿："当然了！除非印陪你回涂山！河西走廊、天山以北以西、昆仑山、祁连山、查灵山、柏灵山所有河流均已疏浚、改道或垫高。接下来，印要以阆风苑为基地，同时开凿积石峡和轩辕山，黄河全线疏通后，洪水之患彻底平息。共工、三苗的残余势力节节败退，很快会被剿灭。水患平息，祸乱平息，印为什么还要外出？哦，这些年，印总共踏勘了 36500 座山，唯独嵩山没去。等启出生后，印带你们到那里去游览观光，好不好？"

女娇羞涩地低下头："真要能做到，印就让启开始发育了。"

"印也急着想见孩子呢！要让启在印疏导积石峡、通轩辕山的巨大声响中发育，在天灾人祸结束之时出生，到时候，启睁眼一看，是吉祥止止、玉光闪闪的太平盛世！"

女娇喜极而泣，大颗大颗的泪珠从脸颊滑落："终于盼到这天了！印要为你接风洗尘，印要像清洗文字那样整理全新的文命！"

他们轻声合唱：

"候人兮猗……"

二

不周山折断后，坍塌的石块堵塞在祁连山脉南脉东段青海湖南山、祁连山支脉和昆仑山脉东段布尔汗布达山、积石山结合部，蓄积大量河水，形成高悬接天的堰塞湖。

泄洪任务非同寻常，稍有不慎就会发生次生灾害。

禹同伯益、皋陶、夸父等仁人志士邀请黄河沿线及大小支流地区熟悉地理水文的老人，反复论证，制定惊世骇俗的《改道方案》：首先在下游最后屏障轩辕山开凿大豁口，调节水量；同时，边开凿积石峡边根据水位变化情况疏通祁连山乌鞘岭东延段、贺兰山与陇山之间炳灵峡、乌金峡、红山峡和黑山峡；再将原来经过马衔山、渭河支流的河水引向北部沙漠，在磴口以下分为两支：北支主流暂名乌加河，流到狼山后掉头与阴山平行东流。此后，若上游遭遇洪水，乌加河可冲出狼山经阴山西段山口向北漠流泄；南支流为黄河航道，无论上游水量如何变化，都要在乌加河调节下确保河道畅通。两支河流在阴山东南草原汇合后掉头南下，穿越晋陕大峡谷到龙门山重新进入旧河道。如此，河流向北呈弓形绕大半圈，充分释放青藏高原冲荡而下的狂野力量。中下游疏浚、调整后，即可全部凿通积石峡及龙羊峡、李家峡、车木峡等高山峡谷，排泄蓄积多年的洪水，使河水回到河床。这样，黄河水患就从根本上消除了。

重华与朝臣研讨了七天七夜。

朝山派朝臣认为如此改变河道将大大延长中原人民的朝山路程，增加强度和成本；同时，引水进入北漠，万一遇到大旱，河水供不应求，又会让中下游很多新开垦的土地因为缺水而荒废。

皋陶说："创世初，洪水泛滥，本来向北冲荡，冲刷出河道；此次也只是大规模疏浚传统故道调节水量而已。况且，渭河变为支流后，并非彻底干涸，依然可以导引人们朝山。"

伯益说："印已经在龙山平原凿井成功，人们可以远离河流定居。"

最后大家一致通过《改道方案》。

禹考虑再三，决定亲自主导，伯益、皋陶、后稷、契、黄龙、夔、仲熊、叔豹、夸父、童律、乌木由、施黯等人率众配合。

治水的长老们替禹的前途担忧，劝诫他："鲧伯勤勉一生治水，最终不但无功，还招致灾祸，司空要引以为戒啊！天下人都知道司空品行高尚，有功而不居，有过全承担，但黄河改道乃是史无前例的壮举，谁敢保证万无一失？"

禹说："实际上，这是恢复传统故河道。根据印的考察、思考，印觉得盘古当年深谋远虑，对黄河水流特征又非常了解，因此，向北拱出'几'字形——也可以说玉圭形，意义重大。"

"唉，这些我们都懂！不过，若有失则功败垂成！何必要冒此风险呢？"

禹喟然长叹："受任治水之初，伯益肝胆相照，常常提醒印，'凡事要有前瞻性，要虑事周全。不要违背法则、制度，不要过度游乐享受，不要违背规律一味追求百姓称誉，不要违反民意而满足自己的欲望。治水不能懈怠，政事不能荒废，谦虚会受到益处，自满能导致失败，要选贤任能，除奸去邪。'伯益真是难得的诤友啊！后稷兢兢业业，乐于奉献，洪水治理后立即组织人力整饬土地，耕种庄稼，大大缓解了粮食紧缺状况，保证了治洪工作顺利进行。这样的贤良天下少有！应龙也很难得！众所周知，水虺500年化为蛟，蛟千年化为龙，龙500年为角龙，千年为应龙，可谓历经磨难。当年，黄帝与蚩尤交战时，应龙立下汗马功劳，但因双翼受损严重，无力振翅飞回天庭，便甘愿忍受寂寞，悄然蛰居山泽。这次治洪又以尾扫地引导大家疏导洪水，夜以继日，功不可没！

还有皋陶、契、八恺、八元等贤良之人，都尽职尽责，我们终于看到了洪水被彻底驯服的希望！卬如若贪图虚名和安逸，现在即可停止治水，然隐患未除，岂能半途而废？诸位放心，如果改道不出意外，卬推荐各位贤友到合适的位置发挥才干。至于卬个人，早就想好了：卸任司空，在阆风苑履夏伯的职责，陪伴女娇。卬欠她情义太多太多了！"

众人嘘唏不已。

禹大义凛然、慷慨激昂地说："如果疏浚故道有闪失，卬承担全部罪名，万死不辞！"

伯益、应龙等群情激昂："我们愿同司空大人共患难，共担风险！"

禹热泪盈眶，打量着伤痕累累的众多贤臣。尤其是应龙，这位奇异俊才曾经拥有美丽的双翅、强壮的四肢和柔韧有力的尾巴，但在多年艰苦卓绝的治洪磨砺中却变得遍体鳞伤。

禹目不忍视、心如刀割，动情地说："十二年来，弟兄们四处奔波，含辛茹苦，历尽艰难困苦，一个个瘦骨嶙峋、哀毁骨立，但事迹鲜有人知，何其悲凉哉！"

伯益、后稷、应龙等齐声说："我们跟随司空大人造福于民，不计较名利！"

群龙、伯夷、伯虎、仲熊、叔豹、季狸、苍舒、龙降、夸父、童律、乌木由、施黯、防风等人不知何时也到了阆风苑，他们站在文字墙上，齐声高呼：

"只求造福，不计得失！"

禹望着振臂高呼的治水将领，精神振奋："兄弟们！大家的心意卬全领了！文命向诸位致礼了！十二年前，我们在会稽山分配任务，并且刻写在避水剑上；十二年后，担任执守任务的群龙全部在岗。前不久，卬自昆仑返回途中，巡视积石山以上黄河段各支流，天龙和夔龙共同执守瑶池、黄龙执守罗布泊、青龙执守星宿海、神龙执守扎曲和约古宗列曲、云龙执守卡日曲、蜃龙执守多曲、望龙执守洛曲、地龙执守贝敏曲、伏龙执守日窝亚西水、苍龙执守青海湖、角龙执守牙西当陇水、虺执守窝陇拉博水、虬执守加日扎水、蟠螭执守扣日哈毛青、蛟执守索地陇水、蟠龙执守托洛曲、坐龙执守才地马亚水、行龙执守奔茨祥鄂水、托地托朵水、椒图执守那陇尕姆水、缓升龙执守年渣陇巴水、急升龙执守努钦水、缓降龙执守阿克昂仓水、回升龙执守赛尔晓贡玛水、卷草缠枝龙执守内穷水和白木曲、拐子龙执守桑加水和贝敏赫若昌水、团龙执守夏者涌水和贡德通水、急降龙执守错木玛水、囚牛执守拉香陇巴扎让龙巴水、睚眦执守达涌曲、嘲风执守扎加龙水、蒲牢执守柏格永曲、狻猊执守加塔贤木恶文水、赑屃执守加塔格龙那水、狴犴执守阿克不龙水、负屃执守白河、螭吻执守黑河。治洪期间，除了曾经执守多曲的貔貅调任龙门履新职之外，竟然没有一位脱岗或懈怠，这是多么优良的品质啊！应龙，你说说看，卬是否有疏漏？"

"司空大人明察秋毫，又有避水剑上的图形对照校对，确实没有丝毫误差，卬由衷佩服！"

禹心潮澎湃，极力抑制激动的心情，但还是忍不住声泪俱下："在这血雨腥风、遍地洪流的岁月中，这些龙经历了什么？迄今为止，很多龙都与家族处于失联状态。还有很多情同手足的兄弟们至今仍然在黄河两岸 220 条大小支流忠心耿耿地执守，在昆仑山、祁连山、马衔山、哈思山、麦田山、屈吴山、天都山、六盘山、陇山、贺兰山等大小山脉之间忠心耿耿地执守。还有数不胜数的渠道、沼泽、滩涂、峡口、湖泊都有我们的兄弟执着守望！他们不辞劳苦，忍受寒冷、酷暑、饥饿、孤独及毒虫猛兽的侵袭，忍受着与家人长期分离的痛苦！不知道你们想过没有，共工把很多人带向不归路，如果这次改道失败，卬的罪过与他没什么差别，或许后果更严重！"

……

禹接着说："越临近成功，卬越担忧。但是，这并不意味着我们面临的困难事坚不可摧，令人畏惧，而是提醒我们，要谨小慎微，确保万无一失！"

"放心吧，司空大人！弟兄们久经考验，意志坚定，绝不含糊！"

禹胸有成竹、气宇轩昂："卬自幼熟悉黄河沿岸地理山川，协助仓文帝造字的过程中又多次实地考察，排泄工程虽然险象环生，但诸位兄弟也不必过多忧虑，唯谨慎而已。这次宏观治理地域跨度非常大，涉及上游、中游和下游，伯益、应龙和夸父务必高度集中精神，根据鳌鼓和避水剑指挥协调好大家的行动。卬在积石峡、龙门山及轩辕山之间巡视，总控全局，鼓声会告诉你们水流的准确信息；避水剑指向哪里，务必派人及时疏通，一刻也不能耽误。这是最后一搏，大家密切配合，改道一定成功！河道畅通后，卬和女娇代表仓文帝在阆风苑移交新文字，最好请皋陶代表重华接受，安排以二十四个节气命名的大木筏进行首航，顺着新开的河道，浩浩荡荡，运抵舜都蒲板。重华将举行庆功大会，同时收聚天下之铜兵器，冶铸成鼎，刻录记载诸位的功绩！"

伯益说："卬多年追随司空治水，遵嘱将经历之地理山川、草木鸟兽、奇风异俗、远古逸闻一一记录，并且画成图样，治洪结束后，女娇据此主持铜鼎雕饰事宜！"

应龙等情绪高涨，振臂高呼："大家昨夜都看到瑶光之星贯月如虹，此乃吉兆！愿竭忠尽智效力司空大人！"

众人离开后，禹走到三生石下。

女娇坐在那里埋头啜泣。

"怎么了？又做噩梦了？"禹坐在她旁边，"从事你最挚爱的雕刻事业，难道不高兴吗？"

"……卬对青铜没感觉。但这只是审美观念的问题，卬最担忧的不是这个。"

"那还有什么？担心大黑熊伤害我们的孩子？"

"卬现在有身孕，不能参加你们的会，"女娇羞涩地说，"可是，卬担心你要离开阆风苑，就忍不住偷听了……你什么时候动身？卬得有个心理准备。"

禹忍不住笑了："卬为什么要离开？卬舍得离开你吗？谁说你偷听了？本来就与你有关。你知道吗，重华要铸造大铜鼎，把所有文字刻在上面！把九州部落人民的风俗衣饰、山川地理、河流湖泊、树木花草，全都刻上！所有治水人员的名字和相貌都刻上。这是惊天动地的伟大工程！你会把构图雕刻艺术发挥到极致的！哦，金科玉律，云篆瑶章，金科玉条，懿律嘉量，先万法以垂文，具九流而拯世！"

"卬只想知道你何时离开阆风苑？外出多久？"

"卬白天在积石山与轩辕山之间协调指挥泄洪，晚上住在阆风苑，这下放心了吧？"

"真的？"女娇抬起头，惊喜地问，"两地之间如此遥远，马车交还朝廷了，怎么办？"

"印当初追寻你时发明了'禹步'，那次是为爱情，这次使用，志在彻底消除水患！"

"哦，你像太阳一样，早出晚归？"

禹点点头："是的，积石峡是泄洪的关键地方，印必须坐镇阆风苑！"

女娇扑过来抱住禹："印常常有意将心灵封闭起来，因为印怕无法承受你离开时的痛苦……"

禹紧紧搂住女娇："印发誓再也不离开你！"

女娇身体软得像一团云，依偎在禹怀里甜蜜微笑，喃喃地说："印总担心你离开，不由得做各种噩梦。昨晚，刚入睡就梦见启出生了，他骑乘两龙，云盖三层，左手操翳，右手操环，佩玉璜，威仪赫赫，群后相让，箫韶九成，凤凰来仪，百兽率舞，天女们专门排演大型乐舞《九韶》和《九乐》迎接，气派得很。但他非但不骄奢，还儒雅有度、勤俭节约、重用贤能，每顿饭只吃普通蔬菜，睡觉铺粗糙的旧褥子，除祭神和祭祖外从不许娱乐……文命，你造字时听到过这两部乐舞的名字吗？"

禹思忖一下，说："凡界肯定没有。"

女娇沉浸在回忆中："后来，启在有扈氏国都南郊召集人开会，像你那样慷慨激昂地演讲。梦境非常逼真，活灵活现，讲话内容印记得清清楚楚，他的声音不像你，也不像印，反倒有点像共工，印正纳闷，忽然又置身空旷辽阔的黄土塬，上面有一条条沟壑，像挂在印脸上的一条条泪痕，泪水倾泻进黄河，掀起层层巨浪，九曲黄河万里沙，浪淘风簸自天涯，好吓人。印在河边漫游，到弯弯曲曲、深不见底的黄河大峡谷边，两岸断崖绝壁，如同刀劈斧削。这时有人说——好像是防风说的，他说你不慎掉进河里了，印毫不犹豫地跳下去，翻开波浪寻找，就是看不到你的影子。印被巨浪裹挟着到龙门山与右岸梁山隔河对峙的峡谷口，两边峭壁危立，形如门阙，悬崖像两头狰狞的怪兽，它们似乎要聚拢成坚实的堤坝，阻挡滚滚河水。哦，前面峡谷越来越窄，水势汹汹，震撼云天，快要挤压成一线天。印内心万分焦急，呼喊你的名字，唱《候人歌》。可是，巨浪滔天，卬耳边只有万兽齐吼的恐怖声响……"

禹抱紧女娇，亲吻她的脸庞："别怕，卬在呢！"

"……正当卬快要窒息时，一条火红色的鱼龙轻松自如地游过来，泳姿非常优美，只有卬刻划在真玉上的线条才能与之比美……鱼龙说，你身怀六甲，怎么敢到这里来？你不知道卬在这里经历了什么吧？前几十年，鲧在龙门山开凿河口，因故半途而废；前几年，他的儿子禹又带人打算在这里开两条河，一条通往禹门口，一条开往黄龙山的下川。开凿很长时间都没进展，卬知道症结之所在，就告诉他：'错开河，错开河，开西不胜往东挪！'禹听懂了，命令人改向东挪，终于凿通，滔滔洪流以排山倒海之势冲荡而出。卬无力回天，被凶猛的波浪挟裹着冲出峡口。作为水神鲧的女人，卬本来是一条鱼龙，冲出禹门口之后竟然变成了一条鲤鱼……鲧在禹门口西边深情呼唤，可是，要跳过水势湍悍、崖壁森严的龙门，何其难啊！但是，卬永远充满信心，每年春季乘水势稍弱时溯流而上，连续三年，总共跳了 8100 次，最后一次跳跃时，终于成功！即将到禹门口时，天火却自后面烧卬的尾巴，剧烈的疼痛让卬几乎昏厥，但卬坚持游到鲧身边，蜕变为鱼龙……"

禹慢慢松开手，疑惑不解地望着女娇。

当年，开凿龙门山最艰难的时候，确实有一只大鹏每天正午时分都围着他鸣叫："错开河，错开河，开西不胜往东挪！"他听从了建议。

排洪峡谷一直都叫"龙门"，怎么又以自己的名字命名了？

"你梦中在河岸边见到的人确定是防风？"

女娇回想一阵，肯定地点点头："应该不会错，治理洪水前，防风常常从涂山订制大量玉器跟随良渚商队到西北换取青铜器，卬见过他。"

"就是住在封山之阳风渚湖的防风？"

"对。据说他在湖中豸山、方圆几十丈的渚洲上建了很多华丽的屋子。"

禹冷冷地说："防风身材魁伟、力大无比，他与夸父配合从天上取得泥灰，填垫海边滩涂坑洼，泥灰化成大山，把洪水挤进大海。此人神勇可嘉，重华已经封为部落首领，统领邻近诸邦国。只可惜格局太小，水患尚未平息，即利用公务之便操作徇私舞弊的商贸活动。"

女娇正要说话，精卫蹒跚地走过来。她苦笑一下，说："打扰了，司空，女神！看来，这次余又赶不上夸父了！"

女娇说："卬已经转告夸父，他说，治洪之后带您返回家乡，如果爱您，就给您一个家，如果仅仅只是尊重，就给您一座房子。"

禹狐疑地说："卬几乎走遍九州所有部落，怎么从未听说过您？"

精卫再次苦笑道："洪荒时代，谁能看见踽踽独行者的憔悴？又有谁会听到苦苦挣扎者的呻吟？"

禹若有所思："……咦，刚才这个喘息声非常熟悉……对了，在龙门山开辟河道时，女娇连续十三天不接应鼍鼓，每当深夜卬就会听到这种喘息，卬还怀疑是女娇挣扎的声音呢……"

"哦，那可能是余，也可能不是，像余这样，在喘息中行走的人数不胜数，只不过余负载的是沉重的爱情而已！"

女娇望一眼禹，感叹道："只有经历过刻骨铭心的爱情的女人，才能理解另一位陷入爱情的女人的孤独与痛楚——黑夜般无边无际的孤独，毒蛇般刺咬侵蚀的痛楚！她们比激流中挣扎的鱼更无助、更恐慌、更悲戚……"

精卫感激地望着女娇："除了遥遥无期的爱情，余一无所有。洪灾消除在即，吾现在要前往夸父的家乡。他很快会追上朕，肯定会！卬追了他大半生，难道他就不能追一次曹？希望他在成都载天的山口追上孤，那将是最幸福的邂逅，予用手臂环绕他的脖颈，让他抱着，亲着，一步一步，慢慢走回家乡！"

精卫沉醉于想象的幸福中，因激动而喘息起来。

喘息中，她离开了阆风苑。

女娇听见八个第一人称代词都发出沉重的喘息，却看不清这些文字究竟藏在何处。

禹一直在纠结女娇说的那个梦。

看来，脩己确实永远离开了阆风苑。不管承认不承认这个残酷的现实，不管怎样深情地呼唤，也不管痴心守望多久，都不会再看到她的音容笑貌了。

三

禹决定在仓颉生日——三月二十八日那天正式动工。

凌晨，禹爱怜地注释一阵熟睡中的女娲，正要悄悄出门，女娇从梦中哭醒。

"又做噩梦了，印觉得你又要外出很多年……"

禹亲吻着她的额头说："相信印，晚上就回家了！"

"可是印总觉得你像云一样，随时会飘走……"

女娇哭诉着，拉着禹跑到三生玉下，气喘吁吁地说："你敲一下鳌鼓，让印确证这一切都不是虚幻！"

禹用避水剑的剑背轻轻地敲了一下。

"听见了，没错，第34088声！"女娇含着眼泪，边唱《候人歌》边用无名指从上到下划出一道线，"是文命的鼓声，文命就在印身旁！印要让红色姻缘线贯通前世、今生和来世，永不分离！文命，你再用力敲打一次鳌鼓，印还想再印证一次！印要让姻缘线联结我们一家三口，你在，启在，印在！每当印无法摆脱噩梦，或者无法证实一切是否存在时，就来看这些永远不会变化的线条，心里就踏实了……"

禹集中精力，用中等力量敲鼓。

女娇边唱《候人歌》边用无名指从上到下划出又一道线。

她盯着两道线条认真辨析、回味，甜蜜地微笑："第34089声！鳌鼓不再遥远，切切实实，就在身边，印多么幸福啊！文命，你用最大的力量再敲一次鼓，让印再证实一次！"

禹屏住呼吸，用力击鼓。

"第34090声！印再也不用担心了！什么样的噩梦都不害怕了，你就在印身边和内心，须臾不离！"女娇边唱《候人歌》边用无名指又从上到下划出第三道线，"文命，以后每次出门前，打三声'分别鼓'，中午打三声'平安鼓'，晚上回来还要打三声'回家鼓'，让鼓声作为证据，好吗？"

其时，朝阳喷薄而出。

女娇的无名指在流血。

三生玉上三道殷红色的线条闪耀着幽深的光泽，它们在越来越炫目的阳光里变成了乌金色。

禹强忍泪水抚摸线条："没想到长久的分离给你的心灵带来如此深重的创伤！印保证每天早、中、晚敲击三次鼓，传递亏欠你的深沉爱意！同时确保邪恶人兽不敢靠近你！"

女娇幸福微笑："印的听力当年打磨石磬时严重损坏了，爱的力量让印还能捕捉到你的微弱声音，但印总担心哪一天永远失聪了……"

禹含着眼泪深深吻她："放心吧，印做你的耳朵，永不分离！"

四

禹在积石山和轩辕山之间往返，协调指挥。

人们根据水情变化在两边同时开凿。

每天，早晨和中午鼓声都准确无误，晚归时间往往延迟。曾有三次，禹走到家门口才匆匆敲响"平安鼓"和"回家鼓"，然后匆匆敲完三声"分别鼓"，奔向工地。

女娇听到鼓声，边唱《候人歌》边用无名指在三生玉上刻划出殷红色线条记录。

禹劝她用矿石颜料画线。

女娇说："印是天下最优秀的玉工，上手的玉器不计其数，从来没有受过伤。作为玉工，没有伤也是一种缺憾吧！这次为了爱情，为了启，印有意在深刻的体验中受伤痛，这是幸福的体验过程啊！"

禹知道无法阻止，便加快了开凿的进度。

伯益、应龙、夸父、后稷等首领率众全力配合，各类消息不断汇集给禹：

龙羊峡疏通了！

野狐峡疏通了！

隆务峡疏通了！

刘家峡疏通了！

乌金峡疏通了！

青铜峡疏通了！

龙口峡疏通了！

晋陕大峡谷疏通了！

……

最后只剩积石峡和轩辕山了。

这天早晨，禹打完"分别鼓"，女娇刻划完，似乎忧心忡忡。

"怎么了，又做噩梦了？"禹心生爱怜，柔声问。

女娇茫然若失："昨晚又梦见轩辕山之北的嵩山倒塌了，正好堵塞住龙门，河水暴溢，四处漫流，太恐怖了……可能是卬担忧过度吧，别想，放心去吧！"

禹微笑着说："卬本想今晚给你一个惊喜，但实在按捺不住内心的喜悦，还是提前告诉你吧。这是卬最后一次离开家，晚上准时回家，很可能还要提前！"

女娇被突如其来的喜讯几乎击倒，她扶着三生玉站稳："真的？现在是第 36495 声鼓响，也就是说还有六声，黄河就全线疏通了？"

禹喜形于色："是的，千真万确！整整十三年啊，卬要赶在十月十五日——卬的生日这天彻底结束洪灾！卬要与你一起开始新的生活，分离、担忧、思念、孤独、寂寞、顾虑等，统统结束了！明天，弟兄们就该踏上回家的道路了！夸父也要赶往成都天山，抱着他的意中人精卫回家乡！"

"死生契阔，与子成说。执子之手，与子偕老。……"

"这次不要怀疑！卬晚上回家后，用超乎寻常的力气击鼓三声，向你宣告治洪成功！向阆风苑宣告治洪成功！向所有神灵宣告治洪成功！"

女娇泪光闪闪："从明天开始，卬最多用七天时间，就能捏塑好仓颉和西王母泥像，卬心里已经有了蓝图……"

两人依依不舍，深情吻别。

禹离开阆风苑后飞速赶到轩辕山，左脚站在少室山，右脚站在太室山，跳跃奔忙，用开山斧和避水剑连推带扒，半天时间就在轩辕山打出一条疏洪通道。

河水浩浩荡荡，以雷霆万钧之势奔涌而出。

禹用三声重鼓告知女娇。

　　禹飞奔到龙门，夸父和应龙赶来汇报，各支流、峡谷水位平稳下降。禹沉着冷静，让大家提高警惕，密切关注。

　　然后迅疾赶回积石山。

　　被堵塞的积石峡谷两边壁立千仞、层峦叠嶂。这是黄河上游最大的屏障，摧毁这些互相叠压的巨石，堰塞湖的泄洪口就顺畅了。

　　禹仔细观察周边地形，精确计算进退脚步和悬崖峭壁上的落脚处。

　　他把鳌鼓安放在祁连山上，化身为一头顶天立地、力大无穷的黑熊。开山斧和避水剑也随之增大增强。他瞅准方向，双管齐下，用开山斧和避水剑向积石峡中的石峰狠狠砍去。刹那间，峡谷间风云骤起，巨石乱飞，电闪雷鸣，震耳欲聋。巨石堆积成的堤坝即将坍塌。蓄积十三年的河水迫不及待地要告别昆仑山脉。它们渴望欢畅下泄。禹看见积石峡北边狐跳峡两岸峭壁突兀，阻挡河水，他挥剑砍掉悬崖峭壁，滔滔河流顷刻间如同万千巨兽，竞奔而下，轰轰隆隆，声震如雷。

　　突然，汹涌奔腾的浪头将一块巨石冲向祁连山。

　　禹大吃一惊，回头看，巨石在震耳欲聋的涛声中剧烈弹跳、上升，到达最高处，力竭而衰，垂直下落。加速。继续加速。

　　崩裂的石头雨点般乱飞，其中一块砸到鳌鼓上。

　　"轰!"

　　巨大沉闷的鼓破声之后，峡谷里只剩下巨流冲奔而出的快意喧嚣声。

　　鼓声传到阆风苑时，女娇正依偎在三生玉上，眺望积石山、祁连山。

　　怎么只有一声鼓响?

　　难道禹被洪流卷走了?

　　女娇心惊肉跳，不敢深想。

　　鳌鼓是原来的鳌鼓，但鼓声不是禹充满柔情蜜意的鼓声。

　　鼓声带有某种恐怖意味，让人想起不周山遭到共工猛烈撞击时的断裂声。

　　非常相像，如出一辙。

　　难道共工不甘心失败，气急败坏，又撞毁了鳌足天柱?

　　又要暴发洪流?

　　必须与文命在一起!

女娇情不自禁地一边呼喊文命的名字，一边向积石山跑去。

刚到峡口，看到一只头顶几乎挨到天的黑熊站在唐述山上。

大黑熊对着女娇张牙舞爪，哇哇大叫。

文命，你在哪里？

姒高密，你被河水冲走了？

夏伯，你被大黑熊吃了？

司空，你不是说要保护印和启吗？

……

启在腹中挥挥手、踢踢脚，似乎提醒女娇快跑。

哦，是啊，无论禹遭遇什么危险，都必须保证启安全。

不能葬身熊腹！

她不敢再犹豫，转身奋力奔跑。

耳边隐隐约约传来禹的呼喊声。

现在根本来不及验证呼喊声是幻听还是真实存在。

不敢停，也不敢回头。

禹担心女娇摔倒，忘了变回原形，在后面一直追。按正常速度，他能轻而易举地赶超女娇。毕竟，他同夸父竞跑过，并且获胜了。可是现在不管他怎么加速，都追不上女娇。他们一前一后跑到阆风苑。女娇仍然没有停。她扛起三生玉，继续向东奔跑。禹奋力追，还是追不上。怎么回事？女娇失控了？他焦急地呐喊。女娇跑过鸟鼠山，跑过渭河道，跑过陇山，跑过秦岭，跑过龙门山……经过龙门时，禹从水面的倒影中看到自己的形象，大吃一惊，急忙变回原形，一边奔跑，一边呼喊：

"女娇！印是文命，你别跑！女娇！印是姒高密，印没有被河水冲走，你别跑！女娇！印是夏伯，印没有被大黑熊吃掉，你别跑！女娇！印是司空，印要保护你和启，你别跑！"

可是，女娇什么都听不见。

她越跑越快，转瞬间到了嵩山下，被挡住去路。

禹呼喊道："女娇，别跑了！"

他伸手抓住飘逸的裙裾，女娇纵身一跃，轰的一声，似乎36500个鳌鼓骤然擂响，电闪雷鸣，惊天动地。

女娇融入三生玉。

禹急忙让两眼变成四目八瞳，又变成八目六十四瞳，观察的结果都相同：第 36500 声鼍鼓声中，女娇确实化作一块巨大真玉，岿然支撑苍天。

除了半片丝绸，连一根头发、一缕风、一声喘息都没留下。

凝重的沉寂像层层帷幕。

三生玉向天而立，高巍挺拔。石头表面，早晨还呈现殷红色的线条，此时已经洇成一片片沧桑古老的深红色玉皮。

禹看看三生玉，又看看手中的丝绸碎片，两眼发直。多年来，他一直想问女娇，她的丝绸衣裳是不是嫘祖亲手所织，但一直无暇问及，现在，成了永远的谜！

他悲伤难抑，木然怅然。

四面八方传来治水人士的吟唱：

"候人兮猗！"

歌声如泣如诉、如浪如潮，在三生玉上聚合交融，又分化成 36500 缕女娇情意绵绵、哀婉欲绝的声音，向四面八方层层递渡：

"候人兮猗！"

应龙、夸父气喘吁吁地赶到了！

伯益、后稷忧心如焚地赶到了！

八恺、八元汗流浃背地赶到了！

……

禹从梦魇中挣脱，扑过去抱住三生玉，撕心裂肺地哭喊："女娇！启！"

三生玉湿漉漉、汗津津，似乎要挣脱禹的怀抱，不断增高，不断扩展。

空旷的山林间弥漫着连续不断的绽裂声。

三生玉越来越高大，像查灵山、柏灵山合成的不周山，高巍挺拔。

禹被生长的力量冲开，他痴痴呆呆，茫然若失，啜泣着低声吟唱：

> 击鼓其心，踊跃其情。土国城漕，卬独南行。
> 从重华西巡，登高昆仑。不卬以归，忧心有忡。
> 爰居爰处？爰丧其妻？于以求之？三生玉下。
> 死生契阔，与子成说。执子之手，与子偕老。

于嗟阔兮，不卬活兮。于嗟洵兮，不卬信兮。

禹仰天长叹："人间再无女娇，卬呼唤，没人应！悲兮，怆兮！摧心肝兮！"

忽然，轰的一声巨响，仿佛 36501 个鳌鼓爆破，山崩地裂。

众目睽睽之下，三生玉开裂，中间蹦出一个手持羌笛的婴儿。

他呱呱而泣，跌跌撞撞地朝禹走来。

四野流溢出 36501 个金童玉女如泣如诉的合唱：

"候人兮猗！"

歌声中，天为雨粟，鬼为夜哭，龙乃潜藏。

第十三章　窜三苗于三危

一

第二年，清明节，黎明。

二十四个节气命名的大木筏满载文字，整装待发：立春、春分、立夏、夏至、立秋、秋分、立冬、冬至八个木筏上的船工合唱"候"，雨水、谷雨、白露、寒露、霜降、小雪、大雪七个木筏上的船工合唱"人"，小暑、大暑、处暑、小寒、大寒五个木筏上的船工合唱"兮"，惊蛰、清明、小满、芒种四个木筏上的船工合唱"猗"。

阆风苑、昆仑山、祁连山、马衔山及黄河两岸站满送别的人。

他们大多是来自西荒国的玉工及湟水河、洮河、大夏河、银川河、渭河、祖厉河、泾河、窟野河、清水河流域的夏人。

太阳出来，洒下万道霞光，天地祥和。

启鼓足劲吹响羌笛。

禹深情唱道："候人分猗！"

木筏按照二十四节气的顺序起航，同时唱歌应和。

岸边人也一起伴唱。

沿途，返回家乡的难民们祭祀、欢呼，载歌载舞。

木筏白天漂流，夜晚停泊岸边，在气势雄浑、山鸣谷应的合唱中渡过无数急流险滩，于十月十五日顺利抵达临时都城蒲坂。

重华率领文武大臣迎接，在中条山高大的圜丘举行祭天仪式。

皋陶庄严肃穆地诵读祭文："洪水茫茫，危害生灵，禹平水土，主名山川，功齐天地，明德远矣……"

禹向重华和昊天汇报治洪情况。

皋陶、伯益、后稷、应龙、八恺、八元等依次补充。

禹代表仓颉交付新文字。

之后，乐队款款登上圜丘。首先演奏集诗、乐、舞于一体的雅乐《云门大卷》，歌颂黄帝创制万物，团聚万民，盛德如云；其次演奏《大章》，歌颂尧帝领导天下时仁德如天，智慧若神，百姓依附他就像依附太阳；最后，演奏规模宏大的《九韶》。

乐师夔亲自指挥并激情地解说："乐之为乐，有歌有舞，凤凰来仪，庶尹允谐。戛击鸣球，搏拊琴瑟。下管鼗鼓，合止柷敔。击石拊石，百兽率舞。笙镛以间，鸟兽跄跄。歌以咏其辞，而声以播之，舞则动其容，而以曲随之。"

按照常规程序，接下来敬献祭品。重华却将皋陶和乐师夔请上前，庄重地说："十三年前，朕实施善政之际，遭遇偶发灾难，所幸朝野人士万众一心，空前团结！司空文命率众治水，日夜操劳，疏通三江五湖，先后凿开龙门、轩辕山、积石山，让洪水通畅无阻，东流入海！文命劳苦功高，德至盛哉，如天之无不帱也；女娇含辛茹苦，补文修字，德艺馨哉，如地之无不载也！朕希望大家共同表演一场偶发艺术，歌颂治水功德，如何？"

众人热烈响应。

禹却异常平静："圣上，司空有话要说！"

"请讲！"

禹恭恭敬敬地说："治水之功应归于皋陶、伯益等齐心协力、同甘共苦的弟兄们！"

重华任命伯益为东夷部落首领，授黑色旗旒，赐姓嬴，并将姚姓之女许配他为妻。

"禹！现在可以安心接受了吧？"

"臣还是惴惴不安！"

"像你这样舍己为人、大公无私的人，谁能比得上呢？"

禹潸然泪下："圣上，功劳应该属于全体参与者，文命独享其美，不仁不义；女娇补文修字，也是尽职尽责而已。印保护不了自己的至爱，羞愧难当!"

"去年朕前往嵩山祭天祈求你们疏浚河道顺利,共工得知消息,欲撞折嵩山,危急时刻,女娇舍生忘死,化作三生玉阻挡共工,如此英烈,怎能不表彰?!"

"文命仍然诚惶诚恐!"

皋陶向重华施礼:"美哉,礼仪之邦!君臣和谐,百姓之福也!依臣之见,可以采纳司空的建议,将乐舞的主题定位为赞颂参与治理洪水的所有首领、贤良、士兵、民夫,既能表达圣上对天下人民的关爱,又能倡导积极向上的风气。"

重华喜形于色,击掌唱诵:"善哉,正合朕意!"

皋陶接着说:"近年来各地人民欢庆治水的胜利,举行盛大的歌舞祭祀活动,尤其是从阆风苑起程运送新文字到蒲板,沿途人们热情洋溢、载歌载舞,歌颂圣上领导臣民以大无畏的英雄气概消灭洪灾的伟大功绩!这些音乐都以《候人歌》为基础;舞蹈模仿各位首领开山、补天、凿井、耕种、疏浚、敷土等艰苦的劳动场景,也基本成型。现在,请乐师夔稍加指导、编排即可表演!"

乐师夔灵机一动:"运送美玉文字时,数万人跋山涉水、风雨兼程,从阆风苑护送到蒲板。他们有大荒玉工、齐家人、兴都库什、美索米亚、青琅玕、藏彝、璆琳、瑾瑜、青黛、吠努离等社会各界人士。但人数最多的还是夏人和大荒玉工,共36501名。他们喜欢用一种名为'籥'的乐器,卬突发奇想,以36501名夏人和'籥'为主体,以朝廷雅乐为辅,以水神鳌所献的黄河磬为统领,共同表演乐舞,可否?"

重华欣喜欢呼:"太雄伟了,歌舞名就叫《夏籥》吧!"

皋陶鼓掌。伯益鼓掌。后稷鼓掌。八恺、八元鼓掌。群臣鼓掌。

禹感动得热泪盈眶:"谢谢圣意!"

乐师夔从雅乐演奏者中挑选编钟、铙、铎等金属乐器师,磬等石制乐器师,柷、敔等木制乐器师,箫、笛等竹制乐器师,笙、竽等匏形乐器师,埙、哨、铃等陶制乐器师,琴、瑟等弦乐器师和革鼓、鼍鼓等打击乐器师,让他们熟悉《候人歌》的旋律。

36501人进行本色表演——演出者每八人站成一行,称为一"佾",

共4562"佾";剩余五人构不成一"佾"。

禹抱着启走到重华面前："请圣上允许我们父子，还有女娇，补齐'佾'吧！"

重华满怀敬意地点点头。

演出队伍总共4563"佾"，每人头戴毛皮帽子，袒露上半身，下身穿白色短裙，右手持精选的美玉文字，左手持乐器——籥。

启左手持籥，右手握鹰笛。

禹右手拿耒锤，左手持避水剑，敲击黄河磬，领舞。

排练完毕，重华朗声说："天地为图书，仓颉作文字，业与天地同，指与鬼神合！"

乐师夔宣布表演开始。

先是编钟、磬、琴、瑟、革鼓、鼍鼓、埙等乐器齐奏序曲。之后，随着两声尖利嘹亮的鹰笛声，万籥齐发，4563"佾"非专业演员在中条山下的开阔土地上边唱边舞。

歌声凄婉优美，动作质朴粗犷，场面宏大，震撼人心。

文武大臣、嘉宾、侍者、民夫等各界人士被感染，载歌载舞。

娥皇、女英等女士也手舞足蹈。

《夏籥》依次表演完九段，在雅乐的礼赞声中逐渐恢复平静。两声如泣如诉、呜呜低沉的鹰笛声宣告舞蹈结束。

重华兴高采烈地说："美哉，黄钟大吕！壮哉，金声玉振！善哉，人神共舞！《夏籥》具有划时代意义，以后重大祭祀及庆典都要表演！"

乐师夔说："敬诺！"

众人应和，声震九霄，气壮山河。

重华慷慨激昂地演讲："无情的洪水摧毁了部民的家园，但是，黄钟大吕的文字、金声玉振的文字、人神共舞的文字让我们的心灵有了安放之所。仓颉和禹伯筚路蓝缕，完成建设家园的浩大工程！36501颗粮食般的美玉文字演绎《夏籥》，蔚为大观，气势雄浑，让朕看到普施利物、不于其身的仁，抚宁天地、神圣灵宾的义，教讫四海、明并日月的礼，聪以知远、明以察微的智，顺天之义、知民之急的信！多么美好的品质！其色郁郁，其德嶷嶷，仁而威，惠而信，取地之财而节用之，抚教万民而利海之，历日月而迎送之，明鬼神而敬事之，执中而遍天下，日月所照，风雨所至，莫不从服！仓颉才华横溢、德高望重，是当之无愧的文帝。他功成而不居，其德何其高也！"

沮诵快步走到重华面前，满脸羞愧："臣仔细审核这些新文字，非常震撼！非常激动！创造出这些通灵的文字，乃吾朝幸事啊！臣当初谨小慎微、故步自封，确实不合时宜！老朽虽愚，但毕竟参与过初期筹备，愿用余生精力推广文字，弥补关键时刻的缺席！"

重华诚恳地说："用对人就是做对事。沮诵前辈德艺双馨，文字推广任重而道远，非您莫属！仓颉擅长创造，沮诵严谨细致。创造，必须突破旧有范式；记录，则要严格恪守原意。沮诵，请您准备用新文字书写吧！相信你们相辅相成、相得益彰！"

"敬诺！追求精准！追求卓越！"

重华慷慨激昂："啊，四方诸侯的君长们！锲而不舍的各部族人民！同甘共苦的各地商客！一元复始，万象更新，经过十三年艰苦卓绝的奋斗，我们终于消灭洪灾，重振社稷，取得了'九鼎行动'的辉煌胜利。尤为称道的是，新文字在洪灾中诞生，不啻开天辟地，厥功至伟！先帝举行禅让仪式时赠送朕四句话：'人心惟危，道心唯微，唯精唯一，允执厥中。'现在，朕作为治国理念，在黄河之滨与诸位分享，与九州人民分享！可是，目前能够享受新文字的人不过区区几位，为了万民同乐、普天同庆，朕以为，应该乘风破浪、承前启后，开启'铸九鼎'工程！"

众人疑惑不解，互相对望，议论纷纷。

大家安静下来后重华继续说："即日起，由专人负责收集九州之金铸九鼎，象征九州，图文并茂，每个鼎上镌刻史实事迹、祭祀礼节、朝聘政事、百官分工、刑罚酬劳、山川地理、河流湖泊及魑魅魍魉等方面内容，并且镶嵌各色真玉、青金石、绿松石、玛瑙、蜻蜓眼、天珠等作为标识。当下的人学会文字后可以分享，以后的人也能通过图文分享，九个大鼎把古往今来人民的思想感情紧紧联结起来，彪炳千秋，幸福祥和！"

众人欢呼，热烈鼓掌。

重华庄严宣布："为了肯定、表彰夏人对这个伟大时代的伟大贡献，印提议，治洪过程中在神州大地缔结的联盟此后以'华夏'命名！"

众人再次欢呼，再次热烈鼓掌。

鼓乐齐鸣。

兴都库什、美索米亚、璆琳、瑾瑜等社会各界人士纷纷表示愿意参与这项工程。

"四方诸侯的君长，你们说说：谁能奋发努力，使居百揆之官辅佐政事？"

群臣异口同声地说："司空文命！"

重华走到禹面前，拉着他，面朝众人："众望所归，您就担任九州牧伯吧！"

禹说："文命不敢辜负圣上美意，也不敢贪恋功名利禄。西巡期间，圣上提出'铸九鼎'的创意，卬举荐过皋陶、伯益、后稷、伯夷、契等多位贤良担当此任，他们有能力协助您发扬光大尧帝的事业。"

"好了，还是您去做九州牧伯吧！"

皋陶、伯益、后稷、伯夷、契等贤臣齐声说："支持重华！支持司空文命！"

禹说："天地万物，人伦规章，道成之，德蓄之，律约之。三者缺一不可，仅靠道德，不足以治水统人，法律约束才能避免河水四处横流，才能保证各部落人民和谐共处。众人盛赞文命，但卬深知字之德在仓颉；治洪之功在神圣的避水剑！如果没有避水剑的指引，卬可能会成为共工、康回、巫支祁那样的恶人；同样，如果共工、康回、巫支祁有避水剑约束，他们的道德行为会远远超过常人。治洪的过程中避水剑时时刻刻提醒卬，用好它，就能造福于民，用不好，就会危害人民。现在，洪灾已平，避水剑应该呈还圣上……"

重华果断地说："禹！您还得拿着避水剑主持实施'铸九鼎'工程啊！"

"国之利器不可轻慢……"

"一切器物都为载道而存在，不要再推辞！"重华爽朗地说，"时光如电，日新月异的黄帝时代牛车超过步行，尧帝时代马车胜过牛车，如今，文字又远远超过马车，在传播效率上占绝对优势，可以保证政令畅通。您在治洪过程中熟悉九州的山川地理和民俗风习，'铸九鼎'实际上是一次千载难逢的文化整合与政令推广工程。朕相信您能做好这件事。"

禹声如洪钟："敬诺!"

重华欣然说："禹治水有功,承袭鲧原来封地阳城,且扩大到运城盆地,安置 26501 名护送美玉文字的夏人于此,参与'铸九鼎'工程。"

禹冷静地说："不可!"

但他的声音被震天动地的欢呼声所淹没。

禹提高音量,还是冲不出众人欢呼声的封裹。他继续增加力度。他竭尽全力提高音量。

终于,禹的声音逐渐占据主流。

重华威严地望着他："为何要在全民狂欢时发出不和谐的声音?"

禹不卑不亢:"陛下!'铸九鼎'是耗资巨大的文化工程,不可能一蹴而就。尽管我们征服了洪灾,但两次洪灾前后肆虐二十二年,天地间仍然遗落大量塌陷声、撕裂声、呐喊声、喘息声、呻吟声、抱怨声……人的强大不是征服了什么,而是承受了什么。刚才,偶发艺术、举国上下欢庆的大型乐舞《夏籥》从蒲板向四周传递,东到大海,西到昆仑,北越大漠,南过三苗,令人振奋。可是,即便在如此激昂的歌舞中印依然清清楚楚地听到那些犬牙交错、令人窒息的声响,它们川流不息,如同惨烈的洪流,在人们心灵的沃野上冲刷出一道道壕沟。用文字抚平这些伤害比治理曾经肆虐大地的洪水更难!"

"哦,是吗?这个过程需要多久?"

"至少十七年。"

朝臣窃窃私语、议论纷纷。

"如此肯定?这么久?"重华不悦。

禹坦然说："我们治洪用了十三年。抚慰人们心灵也得这么长时间。之后,还要经过四年巩固期。这十七年,其实就是'铸九鼎'的基础工程,将人们心头残留的恐惧、疑虑、悲怆、哀伤、绝望、抑郁等种种不良情绪洗涤干净,这样才能保证他们在接受文字时不会粘着衍生意义,保证纯洁性和真实性!"

"需要多少人?资金预算多少?"

"不要资金。印和启足矣。"

重华惊讶地叫起来："就你们俩?"

"对，就我们父子俩。"

"朕怀疑你在庙堂之上戏弄朕。"

"陛下误解了，请相信印是经过深思熟虑的！"禹有礼有节，诚恳解释，"刚刚过去的洪灾惨烈程度和破坏强度远远超过以往，九州已不是原来的九州，面目全非，相当于再造天下。这个过程如同孩子降生，在成长过程中必须经过开奶、哺乳、依恋、成长、叛逆等发育过程，尤其是出生后前几个月非常重要，要让他们淡忘漫长而痛苦的分娩过程，在视力范围很有限时要多拥抱和抚慰，肌肉控制能力发展时避免受到伤害……当年，女娇忙于补天和重述文字，启在母体内度过了漫长的十三年，即将出生时，险些与母亲一同化为擎天柱……"

防风从重华背后冲出来，冷笑道："暂且不说洪水的后遗症，您那石头生的儿子有如此多'不同寻常'，凭什么保证他能顺利发育，并且配合您完成'铸九鼎'的重大使命？"

有人附和："对！凭什么？"

越来越多的人附和："凭什么那样充满自信？凭什么？"

禹朝重华拱拱手，然后朝众人拱拱手，正色道："凭借爱，跨越时空、无拘无束的爱！不管遭遇什么，启都在印和女娇用爱织成的襁褓中孕育成长，是为大爱无敌！"

"爱？形而上的爱？为什么是爱？"

禹慷慨陈述："爱不需要理由，犹如阳光之于万物，月亮之于星辰。你们可能想象不到，女娇化为真玉后这种爱仍然在延续……启出生后，连续七天七夜在龙门呱呱而泣，很多青蛙陪着他呱呱而泣，两条龙围绕着他呱呱而泣，还有很多兽、很多鹿、很多鸟甚至很多蚂蚁都围绕着他呱呱而泣……第七天拂晓，女娇化作仙人来为启哺乳。此后，女娇每隔七天哺乳一次，直到我们顺利回到阆风苑。"

说着，禹忍不住伤心落泪："很多事情对你们而言可能是传奇，但对印来说则是一次次刻骨铭心的经历。"

大家怔怔地望着重华，不知所措。

"朕同意禹的建议。"重华表情凝重。

众人应和："我们赞同圣上的表态！"

"卬还有一个谏言!"禹大义凛然地说,"卬拜见圣上时,竟然发现圣上使用吴江梅堰棕红、黄两色彩绘黑陶壶和漆绘彩陶杯!举行祭祀仪式时还看到两件色泽鲜明、黑红涂料微有光泽的觚形薄胎朱色漆器,还看到上端涂成黑色、下端涂成暗红色的喇叭形漆器,还看到腹部呈瓜棱形、圈足、内外都有朱色涂料的漆木碗,还看到豆、鼓、盘等彩绘木漆器!"

防风粗暴地打断禹的话:"没错,牧伯罗列的都是事实。很遗憾,还有更多更为精美的漆器您还没有看到。因级别所限,恐怕您永远也看不到。漆器有什么问题吗?牧伯是不是治水有功就可以臧否一切?早在尧帝时期,驩兜就已上贡漆器,并且作为礼品回赠大荒国各代、各位西王母,还曾用漆器换取西方的红铜和天马,这有什么问题吗?具有讽刺意味的是,您现在腰里就别着一只黑漆染其外、朱漆髹其内的玄玉钵,这如何解释?"

"这只黑漆钵乃是女娇补天时调和颜料所用,女娇化为真玉后,这是唯一的纪念物。"

"就是说,您可以用漆器?您的待遇可以凌驾于天子之上?"

重华呵斥防风:"不得用这种语气同牧伯之长禹说话!"然后转向禹,"今日良辰吉时,朝中大臣、九州牧伯及各界代表均在朝堂上,但请牧伯畅所欲言,朕虽旧邦,其命维新!"

禹彬彬有礼地说:"陛下,普天之下,莫非王土;率土之滨,莫非王臣。大夫不均,卬从事独贤,无可厚非,然王事靡盬,忧卬父母,岂能临场而唯唯诺诺?众所周知,这些漆器都是驩兜收藏多年的精品,他自首时迫不得已才上缴。漆器作为奢侈品本身并无过错,卬只是担忧会诱发奢靡之风。陛下用最好的美玉、美石、美器、美乐、美礼等物质和形式上达天意,中达喜悦,下传民情,无可厚非,但物质神性在传播过程中很难中规中矩,保持中庸!"

"人人皆说禹厚道如山,诚然,信然!"重华微微一笑,"牧伯之长禹,作为百揆之官,您已经开始辅佐政事了,国家危难之际有此贤臣,是朕之幸、民之幸!朕很欣悦!辅佐政事须持玉圭,可是您右手未锤,左手避水剑,腾不出手来,如何是好?这样吧,您右手拿的是传说中与生俱来的耒锤吧,当初您用它为自己开辟出一条生路,不久成为造字的开字斧，再后来又作为开山斧治理洪水，现在，朕要赋予它新的文化内涵和功能。"

说着，重华轻轻地握一下禹的右手，不动声色地拿走了耒锤。

禹惊得目瞪口呆。

他仔细端详布满伤疤的手掌，看不到一丝一毫耒锤脱离时留下的新伤痕。多年来，不管耒锤变成刻字斧还是开山斧，也不管变成粟子黄、鸡油黄还是秋葵黄，都与手掌连在一起，现在怎么轻而易举地就脱离了？

这时，重华用两手轻轻一拂，黄玉斧变成了玄色玉圭，他郑重其事地还给禹："这是九州牧手持的高级别信圭，是您依靠智慧、才华、品德，通过艰苦卓绝的奋斗才获得的，朕可以在七色中任意选择色泽，但最终把各种颜色调和成了强有力的玄色。现在赐还您，相信您能做得更好。"

鼓乐声中，禹神情肃穆，毕恭毕敬地接过玄圭。

接着，重华向众臣分发玉璧、玉璋、玉圭、玉钺、玉琮五种玉礼器。

"皋陶作狱官之长，务必明察案情，处理公允。朕建议从此采用流放的办法代替肉刑。象以典刑，流宥五刑。共工及少数追随者都已穷途末路，不日将被象所执，建议流放共工到月亮上砍伐不死之树月桂，随从分别变成蟾蜍、兔子和蛇。三苗的首领驩兜自知罪孽深重，隐姓埋名流窜多年，积石峡凿通之日从藏匿地出来投案自首，建议流放到崇山。三苗的工匠遭共工胁迫而误入歧途，让大羿负责，将他们迁移到马衔山、敦煌三危山、流沙一带开采玉矿。"

皋陶恭恭敬敬地施礼："敬诺！"

他领取到玉璧、玉璋、玉圭、玉钺、玉琮五种久别重逢的玉礼器，细心抚摸，泪水涟涟。

"伯益、朱虎和熊罴担任虞官，掌管山丘草泽的草木鸟兽。弃作司徒主持农业。垂、殳斨和伯与一同掌管百工。伯夷作掌管祭祀天神、地祇、人鬼三礼的礼官。夔作主持乐官。龙作纳言之官，早、晚真实地传达朕的命令，真实地转告下面的意见。"

伯益、弃、夔等人恭恭敬敬地施礼："敬诺！"

他们各自领取五种玉礼器。

重华环顾四周："朕每三年考察一次政绩；考察三次后，罢免昏庸的官员，提拔贤明的官员。按照传统，朕从登基之日起就要认真寻访一位品德高尚、聪明仁爱的继承人。这位继承人可能在你们中间，也可能在遥远的山林里，总之，不拘一格，重在考察事迹！"

众人欢呼："竭忠尽智，履行使命！"

次日，群臣根据各自的分工向重华和天帝报告政事及实施方案。

报告会持续七天，皋陶主持。

第一天，规定天子每五年巡视一次，诸侯在四岳朝见；

第二天，制定公、侯、伯、子、男朝聘礼节，五种瑞玉、三种不同颜色的丝绸、活羊羔、活雁、死野鸡分别作为诸侯、卿大夫和士朝见时的贡物。其中，五种瑞玉朝见完毕还给诸侯；

第三天，协调春夏秋冬四时月份，确定天数；

第四天，规定祭祀天地四时、祭祀山川和群神的时间；

第五天，统一音律、度、量、衡；

第六天，划定九州疆界，要求在九州的名山上封土为坛，举行祭祀；

第七天，将从昆仑山向中原运输美玉的三条道路升格为国道，定期维护。

二

精卫风尘仆仆地赶到蒲板时，禹已经到了阳城。

她在沁河边的一座草棚中找到了禹。

那时，他神情颓唐，忧郁沮丧，正对着河面发呆。

精卫大吃一惊："永不言败的牧伯啊，是什么让您变得憔悴不堪？"

禹情绪低落到极点，低垂着头，沉默不语。

精卫忽然放声大哭："治洪胜利了，为什么大英雄黯然落泪？"

禹噙满泪水，仰天长叹："还不是为了启。这孩子叛逆期提前得也太多了。朕用德治水，但对启，却不得不像共工那样暴虐。朕打算到九州考察洪灾之后的地理风貌，重新绘制图画了可启非要去帝都，除此之外不愿去任何地方，宁愿待在阳城。朕对他毫无办法，只能先让伯益率人去测量、考订。"

"您以前在印心目中是一个强者形象，很伟大。"

……

精卫内心的痛楚全部聚集在表情上："如果不是请求您向重华给夸父要个名分，印就不会看到您这样的精神状态。"

禹浑身一震："夸父？他怎么了？"

"都三年了，您怎么可能不知道？"精卫哀伤地说，"印也只是抱了一线希望，夸父毕竟跟着您奔波大半生，没有功劳，也有苦劳。"

"到底怎么回事？哦，对了，当年，女娇化作真玉后，他直接转身回家了。有段时间人们曾传说夸父因为没有得到封赏，悲伤过度，变成一头熊，号叫着，狂奔四十九天后累死在半道上。这不符合夸父的个性，印不信。"

精卫说："夸父确实累死了，但不是因为封赏的问题。"

"夸父怎么可能那样孱弱？"

"看来，最该知道噩耗的人确实被蒙蔽了三年！"

禹愕然地问："什么噩耗？是真的吗？"

"现在想来，是印的爱给他带来了灾祸。"精卫垂下头，悲伤啜泣，开始了漫长的叙述，"夸父离开嵩山后，应该三天就能赶到成都天山，可是，这个人古道热肠，途中帮助了很多需要帮助的人，到达家乡已是一年后。那天，重华在蒲板举行庆祝新文字诞生的盛大仪式，因为《夏籥》是天界神曲，又是首演，太阳抵不住诱惑，偷偷将轨道向北偏移一点以便看得清楚、听得明白。这细微的偏离让成都的天山挡住了阳光，巨大的影子使故乡处于黑暗中。夸父愤然说，没能给故乡带来荣耀，但也不能让父老乡亲生活在阴影里。他要去找太阳说理！他不顾人们的阻拦，追赶太阳，要求太阳返回原来的轨道。每次要赶上太阳时，总有人请求他帮忙：伯益要落实马衔山的准确方位，义均要他顺路带回绿松石、玛瑙、蜻蜓眼，大羿似乎害怕夸父与太阳接触，把窜三苗于三危的任务全交给夸父……根据重华指示，36501名三苗玉工集中到涂山台桑，再由南向北到蒲板，沿黄河溯流而上，经龙门进入渭河道，越过陇山、首阳山、马衔山、阆风苑、积石山、日月山进入羌中道，最后抵达昆仑山北麓尼雅河、克里雅、和田河、叶尔羌河、塔里木河、孔雀河两岸及罗布泊周边，加工玉器。唉，这群玉工的纪律如果有您率领的治洪队伍的百分之一，那么，夸父就会像引导羊群前进的头羊那样轻松。可是，这是一群技艺超卓的玉工啊，这些人在打磨各种坚硬美玉的过程中形成了无比坚硬的个性。从某种意义上说，玉工的创造力与破坏力混杂交织、相辅相成。他们都固执地认为自己是仅次于天神的使者，高人一等。想一想也对，尧帝、重华大帝祭祀时不也是把玉礼器高高举过头顶吗？好了，印不在这些概念上纠结，只想让您知道夸父面临怎样的难题。玉工没把这次大迁徙当作流放，相反，认为是官方组织的规模超大的勘察、采玉活动，兴奋不已。此前，朝廷管理甚严，三苗玉工很少有机会进入大荒国，更遑论能见到昆仑山、马衔山、西王母。即便有人历经千辛万苦冒险前往探看，也是有去无回。因此，他们把这次活动看作是向美玉产出地的朝圣。36501 名三苗玉工从涂山台桑出发后就像洪水一样横流：13000 名玉工按照传统路线到达蒲板，10388 名玉工沿禹当年追求女娇的'爱情道'穿越岷山、西倾山到阆风苑，999 名玉工从三条阴平古道穿越巴山、秦岭到渭河道，777 名玉工从吐谷浑道抵达阆风苑。途中 888 名玉工意外死亡。遇到疑似玉山滞留探测者 2487 名。失联玉工统计如下：褒斜道中的鹦鹉嘴、老爷岭、石门、七盘岭失踪 666 名，子午道中的淬水河、洵河、腰竹岭失踪 555 名，陈仓道的陈仓、散关、青泥岭、金牛道失联 444 名，傥骆道中的骆峪口、兴隆岭失踪 333 名，连云道中的柴关岭、留坝等地失联 222 名，祁山道中失联 111 名。另外，3333 名玉工误将'三星堆'当成阆风苑，走错方向，南辕北辙，由牦牛道、五尺道等路线穿越西南逶迤绵延群山到达沿海地区，杳无音信。2238 名玉工历经艰险到达渭河与泾河交汇处，正逢冬季结冰，他们沿泾河溯流而上，越过陇山、六盘山、贺兰山一直向漠北去了……牧伯之长禹啊，这么多玉工，如此繁杂的头绪，夸父忙得不可开交。孰料，途中又发生另外一些不可思议的事情：良渚、龙山、红山、陶寺、石峁等地的玉工悄悄加入'流放'队伍，人数越来越多。把良民当成流民窜放到三危是公然违背朝廷律令的行为。夸父苦口婆心地劝导，并且在龙门设置关卡。可是那些玉工为了绕开盘查，宁愿走辽远的黄河新道……夸父实在、厚道，向来忠于职守，他在渭河道、黄河道、传统道、'爱情道'、褒斜道、陈仓道、子午道、傥骆道、连云道、祁山道、牦牛道、五尺道、陇山道、漠北道及2487座疑似玉山之间奔波，昼夜不停。"

禹疑惑不解："这三年卬照顾启，没有离开过阳城，怎么没看到三苗玉工的任何形迹，也没听到丝毫有关玉工的消息？"

"卬不知道是什么遮蔽了您。上次洪水重灾区主要在黄河沿岸、西北和东北地区，而这次玉工大迁徙被人们形容成'西南特大洪水'。开始时引起了各部落恐慌，不过，玉工的高尚行为很快使恐慌消除。而夸父也终于将19664名三苗玉工及16836名疑似三苗玉工按照皋陶的命令，分别安置到马衔山、马鬃山、祁连山、昆仑山一带的大小玉矿，然后跑到帝都向大羿复命。接着，又连夜赶到二里头。早晨，太阳车轰轰隆隆来了。夸父正要请求它返回轨道，防风捎来义均的话，让他送8100个漆器到分布在九州的8100个地点。夸父迅疾完成使命，太阳车正好从他头顶驰过。他拼命追赶。万人仰目，观看夸父同太阳赛跑。大羿以为夸父要阻拦太阳车，拉满弓，用最后一支神箭瞄准他的背影。夸父继续奔跑。他口干舌燥，体力逐渐不支，不得不停下补充水源。他喝干了渭河水。仍然饥渴难忍，又喝干了黄河水，浑身充满能量。他奋力追赶。慢慢地，饥渴感像洪流席卷而来，体力又不支了。他决定到月牙泉喝饱后一鼓作气追上太阳。这时，大羿放开弓弦，神箭带着寒光飞向夸父。夸父踉踉跄跄、趔趔趄趄，神箭抵达时嗖的一声射入他的右肩膀。饥渴感淹没了疼痛感，夸父踉踉跄跄继续奔跑。饥渴感覆盖了疼痛感，夸父挣扎着，趔趔趄趄向前奔跑。饥渴感严严实实裹挟疼痛感，夸父跌跌撞撞，努力朝前奔跑。他看到鸣沙山了。明净如玉的月牙泉就在前方。只要再喝一口清冽的泉水，补充元气，便可追上太阳。夸父充满信心。夸父想飞翔，两条腿似乎变成了轻盈的翅膀。身体太沉重。他又把两条胳膊变成翅膀，终于飞起来了……"

精卫哭泣许久，悲伤地说："后面这些是夸父在梦中给卬说的。事实情况是，他被大羿的神箭误中，渴死在野马南山之北、鸣沙山以东的戈壁滩，躯体化作三危山；他的手杖飞出，摔碎，化作黑河、疏勒河、党河、塔里木河等河流两岸的胡杨林……"

禹望着悲伤欲绝的精卫，痴痴呆呆："卬被启整日吵闹得不得安宁，有次困极了，昏昏欲睡，夸父似乎在卬耳边哭泣、絮叨，卬隐隐约约看见他向北翻越野马南山，步履蹒跚、跌跌撞撞，艰难地迈出细小的步子。坎坷阻挡，他重重地摔倒。喘息片刻，向前爬几步，歪歪斜斜地站起来。站而未稳，趔趔趄趄，向后倒去。他慌乱地挥舞双手，试图抓住云朵或鸟翼，但都滑脱了。他仰天摔在地上，碰出金星无数。短暂头疼夹杂着短暂眩晕。他爬起来，晃晃悠悠站稳，跟跟跄跄向前。迈出几步，被裸露的树根绊住，磕磕碰碰，向前栽倒，脸触碰地，鲜血直流。他气息奄奄，昏厥过去，絮叨声还在耳边萦绕……"

"哦？夸父临死前说什么了？"

禹盯着精卫，沉默许久，说："他说他一直爱着女娇，痴心不改，还说女娇最担心黄河源头罗布泊没有牢靠天柱，很容易坍陷……他说他已经身心憔悴、疲惫不堪，要在罗布泊周边化作三座高峰，作为坚实的天柱……"

忽然，年轻貌美的精卫瞬间变得老态龙钟。

禹大为震惊："你怎么突然衰老了？"

精卫振作精神："爱没着落时，卬不敢老去；现在，卬才知道他心有所属。那有什么关系呢，衰老就衰老吧，卬还要为夸父活着。卬年轻时曾幻想变成一只大鹏伴他左右，现在，卬要化作一只鸟，每天早出晚归，衔水给他喝，不能让夸父的灵魂再忍受饥渴。"

三

禹约见冀州、兖州、青州、徐州、扬州、荆州、豫州、梁州和雍州各州牧伯：

"据反映，有人在窜三苗于三危的重大行动中偏离主题，是不是？夸父道渴而死，在罗布泊以东化作三危山，对吗？"

"是这样！"他们异口同声地回答，"三苗玉工到西部大漠找不到三危山，像洪水一样四处横流，夸父万分焦急，在鸣沙山东边变成三座连绵的山峰阻拦，人称三危山。"

禹声色俱厉："为何知情不报？为何朕丝毫不知？"

各州牧伯面面相觑："牧伯啊牧伯，窜三苗于三危乃是洪水平息后的重点工程，吾等岂敢大意？吾等不辞辛苦，常驻阳城督办。涉及本州的每件事都详细地向您汇报。但是，每次都遇到您与启激烈争论，我们一直默默站在旁边等，等了很久。"

"真的？有这种事？"禹疑惑不解，回忆半天，"朕怎么没有一点印象？请描述一下当时的情景。"

"您说常常看到很多人在洪水退去后的泥沼里艰难前行，步履蹒跚、跌跌撞撞，艰难地迈出细小的步子。坎坷阻挡，他们重重地摔倒。喘息片刻，向前爬几步，歪歪斜斜地站起来。站而未稳，趔趔趄趄，向后倒去。他们慌乱地挥舞双手，试图抓住云朵或鸟翼，但都滑脱了。他们仰天摔在地上，碰出金星无数。短暂头疼夹杂着短暂眩晕。他们爬起来，晃晃悠悠站稳，踉踉跄跄向前。迈出几步，被裸露的树根绊住，磕磕碰碰，向前栽倒，脸触碰地，鲜血直流。他们气息奄奄，昏厥过去……您说，如果天下还有一位行者步履蹒跚、跌跌撞撞，就不能说治理洪水成功了。"

禹异常吃惊："真是朕说的？朕大概是被启气晕了。"

九州牧伯安慰他："您太较真了，叛逆期孩子的言行您千万别在意……每次禀报时我们都要排队等候，因为启正在声色俱厉地指责您节俭清苦、刻板保守、不懂生活乐趣等。您愤怒地驳斥他：'你的思维模式和神态表情与共工一模一样，朕绝对不能把你培养成共工，绝对不能让你像共工那样，愿望得不到满足就任性地去撞毁天柱！'大家都很尴尬，进退两难……"

"刚才你们说什么？朕会自称'朕'？"

"……启口口声声自称朕，您可能被传染了。"

"你们为何不打断朕，直接汇报政事？"

"……不管等多久，等启怒气冲冲地离开后，我们都要详细汇报。您每次都说'朕知道了'，但从不发表具体意见，我们也不知道该如何处置。"

"朕知道了，唉，知道了！"禹怔怔发呆很久，黯然神伤，"夸父在朕的生日那天出生，却在仓颉生日那天渴死道中，朕总觉得夸父带着什么秘密走了。"

四

"印必须同你认真谈谈，启！"禹面无表情。

"是不是想通了，答应让朕使用母亲的黑漆钵？"

"绝对不行！那是神圣的祭器。"

启傲慢地翻了翻眼珠："如果还是那些毫无意义的老生常谈，就免了吧。您的说教枯燥无味，缺乏真情实感，朕从内心拒斥。您把母亲逼进了玉石，朕跨不过这道坎，无法宽恕您。别人总把您三过家门而不入的行为作为美德喋喋不休地赞美，您当然非常享受，您根本不考虑母亲和朕的感受——"

启又要重述那些道听途说的琐碎细节。

禹厉声打断他："与前36500次谈话不同，这次只有一句：印决定抛弃你！"

启翻了翻眼珠，惊愕地望着禹。

禹语气平缓、波澜不惊："精卫已经化成花脑袋、白嘴壳、红色爪子的同名神鸟。她本来打算化作身体巨大、双翅雄壮的大鹏鸟，但她没有力气了。不过，精卫鸟身材娇小，意志却相当坚强。她每天从三危山衔着人们祭献的美玉长途飞行到东方，换上海水飞回三危山，同时呼唤：'夸父，喝水！夸父，喝水！'这件事对印触动很大。印再也不能为虚妄的理想而活了。不能再这样下去了！你必须接受这个现实——印要抛弃你！"

启翻了翻眼珠，傲慢地呐喊："岂有此理！武断专横！残酷无情！"

"印的意志坚如磐石，随便你咆哮！"

"……真的？"

禹不动声色地说："当然是真的。三年来印反复思考，举凡有大出息的人几乎全都在婴儿或童年时被抛弃。即便没抛弃，也要受到非人的待遇，如后稷、大羿、弃，还有当今天子重华，等等。你爷爷采取堵塞的办法治洪，失败了；印兼用堵塞和疏通的办法，成功了。现在，这个用天塌地陷、河流改道、山林毁坏及无数生命代价实践出来的办法要用在你身上。印决定抛弃你。"

启翻了翻眼珠，傲慢地喊叫："自私！刻薄！专横！朕严重抗议！"

禹面无表情："抗议无效！自从上次表演完《夏篇》，你就一直处于亢奋状态，看见什么都想发飙，无论何时何地想发飙就发飙，卬内心如焚。治洪过程中遇到再大的困难卬都不会彷徨纠结，更不会退缩。开凿最为艰险的龙门峡时，遭遇多次惨烈失败，卬写诗勉励大家，最终，成功凿开龙门，顺利泄洪。可是对你——一个不到四岁的熊孩子，卬毫无办法。你让卬神经崩溃，心力衰竭。卬之所以咬紧牙关忍受三年，乃是怜悯你一出生就失去母亲。每每忆及此事，卬哀伤愧疚，痛不欲生。没有谁能抚平卬内心的创伤。你本来是卬的唯一精神支柱，可是，你残酷无情，摧毁了它！卬实在无法理解你为什么要这么做，你到底中了什么魔咒？你的一言一行、一举一动都不由得让卬想起共工。细思极恐，这太可怕了！"

启翻了翻眼珠，吼叫起来："您在撒谎！您在为背叛母亲寻找合理的借口！"

"冷静点，启！"禹威严呵斥，"卬是深思熟虑之后选择抛弃你的。窜三苗于三危的大迁徙轰轰烈烈进行着，卬最亲密的朋友夸父在奔跑中渴死，可是，卬竟然是最后一个知晓这个噩耗的人，而卬就长驻在信息发达、被世人称为陪都的阳城！"

"朕不同意！"

"你别无选择！卬抛弃你后，你可以完全按照自己的意愿发展！"禹声色俱厉。

"您可以随时离开阳城，爱去哪里去哪里！"

"卬并非离家出走，而是要抛弃你，这点你必须搞清楚。"

"您打算把朕抛弃到什么地方？"

"目前还没有明确目标。不过按照传统模式，肯定是人迹罕至的荒郊野外及毒虫出没的山林，也有可能把你捆绑在木筏上放进水流湍急的凶险河流中，一切交给天命。总之，要找到最危险的环境，让你几乎看不到活路，看不到希望，那样才符合抛弃条件。"

"难道朕不能自己选择抛弃地？卬想念母亲，卬想回阆风苑。"

"没有商量的余地。抛弃本来无须事先告知，但卬光明磊落半世，没必要隐瞒。你除了接受，别无选择。一切由印决定。明天黎明出发。不要试图逃跑或躲藏，这不符合你的个性。"

启气急败坏，翻了翻眼珠，大哭："随便您，朕什么都不怕！这才是真正的禹，自私、冷酷、绝情、把母亲逼成玉石、三过家门而不入，俯仰唯唯沽名钓誉，行色匆匆可怜兮兮的，白发苍苍颠毛种种的禹！"

五

三苗玉工在祁连山、昆仑山、马衔山、三危山等地举行盛大的集会，庄严宣誓：

一、加班加点寻找、开采玉矿，为九州重建提供玉料；

二、加班加点制作玉璜、玉琮、玉璧、玉圭、牙璋、多孔玉刀等成套玉礼器，以满足九州各地官方、民间政事和祭祀的需要；

三、为保证进度，同时防止不良商贩造假，雕刻时线条与纹饰精简到极致；

四、昆仑美玉商会的璆琳表示，将运玉成本降到最低，甚至费用可以拖欠到第二年秋天收获以后；如果庄稼歉收，还可以继续延迟；

五、运玉地及路线以牧伯之长禹离开阳城之日宣布的为准；

六、璆琳出资，根据避水剑两面地形图制作镶嵌美玉之铜牌图标，高悬在玉石之路必经要地阆风苑与阳城，明告九州，虽远必送。

第十四章　涂山会

一

　　"义均，母后必须同你认真谈谈。"娥皇、女英分别站在两边，以防他跑掉，"与前36500次谈话不同的是，这次只有一句：你再不收敛自己的行为，再不断然戒掉唱歌、跳舞，就彻底没机会了。"

　　义均翻了翻眼珠："母后，你们也轻信江湖人士的谣传？朕不像舅舅那样痴迷围棋，朕干的是经天纬地的大事！懂吗？舅舅下围棋是玩物丧志，而朕所组织的大小型歌舞表演是为了积累财富！"

　　娥皇、女英伤感地说："孩子，你现在变得很陌生！结识防风以前，你非常尊重舅舅，经常到舅舅家里玩，舅舅把你当儿子一样看待，教你下围棋、造船、射箭、识别植物等技艺。尽管你智力平平，但学习刻苦，记不住的时候就拿些石头、贝壳、骨头或者把野菜系上结帮助记忆。天长日久，你的本事越来越大、技艺越来越精。稍大一点，得知姥爷把帝位禅让给你爸爸，你更加敬重舅舅，对名誉、官职之类的东西不屑一顾，倒是热衷于动脑筋搞创造，我们也希望你在这方面有所发展……"

　　义均翻了翻眼珠："母后！朕知道，重华一直嫌朕愚蠢！朕还在襁褓中嗷嗷待哺时，他就拿帝王的标准要求朕。"

　　"事实并非如此，孩子！"

　　"多年来重华对朕的偏见非但没有改变，反而变本加厉，"义均翻了几翻眼珠，"给朕封在一个巴掌大的偏远地方！朕彻底失望了！好在标榜道德的时代已经过去，时代抛弃老顽固甚至用不着打招呼。哼！朕要积累财富！朕也确实积累了很多财富。朕要垄断铸造九鼎所需之铜和装饰所需之真玉、绿松石、青金石、玛瑙之类原材料，保证'铸九鼎'工程的质量；铸造出九尊大铜鼎，刻上新文字，用最好的宝石和图纹装饰，那时，重华就没理由把帝位禅让给旁人了。"

"我们再郑重其事地提醒你一次，不要直呼生父的名字！"

义均义正词严地说："父王与朕只是血缘关系；作为华夏公民，朕必须要与重华厘清关系，以确保在某些重大事项的竞争中保持公平。你们也同样。"

娥皇、女英面面相觑，沉默许久，问："这些都是防风教你的？"

"这是朕自己深刻感悟到的！"义均愤愤不平地说，"朕从头到尾参与治洪全过程，九死一生，却没有得到公平的封赏，究竟为什么？朕不够敬业？朕贪生怕死？朕愚蠢？都不是，就因为朕是重华的儿子。目前待遇还不如管理一条小河的臭龙，这让朕感到非常羞耻。你们多次说禹是朕的最大对手，呵呵，禹要是能把他的熊孩子管理好，那才算本事。"

娥皇、女英忧虑地说："义均啊，你智商并不低，可是看待问题有失偏颇，以至于对形势做出了错误判断。没错，启一度曾让禹崩溃，可是，当人们得知禹离开阳城打算抛弃启，便从四面八方赶来，准备接纳启。禹从离开阳城那天起根本不提抛弃启之事，只是详细地记录沿途的调查资料，尽可能地绘制精确的山川地理风物图形。他们还没到龙门，启就对图画产生了浓厚的兴趣；过了龙门后启似乎脱胎换骨，如痴如醉地迷上了神话、祭祀、地理、山川、物产、巫医等，自觉自愿地参与记录，他不但了解九州地理物产和文化风习，还熟练地掌握了新文字的含义及用法。志愿者见他们配合默契，融洽快乐，根本不像抛弃与被抛弃的关系，谁也不敢冒冒失失地问禹是不是打算抛弃启、什么时候抛弃、为什么要抛弃等等。后来，志愿者都想搞清楚禹和启的真实心埋，参与调查、记录、绘图是最佳途径。他们慢慢熟悉了九州的地理物产和文化风习，并且掌握了新文字的含义及用法。现在，十三年过去了，禹带着启和一大群志愿者不但走完了全部治洪路，而且培养了 36501 名通晓文字的人。每个州平均 4055 名。他们还在黄河上游临近马衔山的九州台商议制定划分九州方案。目前，禹和伯益正率领近千名志愿者进行文图校勘，分布在九州的'知识分子'继续搜集稀奇古怪的民间传说。相比之下，沮诵在帝都每年一期，连续十三期的识字学堂学习效果令人担忧。义均，你不是每年都报名学习吗，说说看，你总共认识了多少字？"

义均翻了翻眼珠："朕之志向在于管理国家，无须认识全部文字！"

娥皇、女英忧伤地说："我们宁愿你跟着禹受穷受累，经受磨炼，也不愿看着过多的财富让你眼花缭乱。当初，你父王的本意是让你跟随禹锻炼，谁料他把你安排到防风身边。唉，这一切都是命啊！"

义均翻了翻眼珠："禹有意要毁掉朕？他的心机那么重？"

"治洪时跟着身材高大、掌握息壤的防风最安全，禹非常清楚这一点，他是想保护你。"娥皇、女英惆怅地说，"如果说禹有私心，这是他唯一的私心。"

义均翻了翻眼珠："禹多次发表声明，完成'铸九鼎'工程之后就退隐阆风苑。即便他妄想竞争帝位，也不具备实力。防风发誓全力支持朕，他是九州最富有的人，兴都库什、美索米亚、青琅秆、藏彝、璆琳、瑾瑜、青黛、吠努离等都与他有业务往来。"

娥皇、女英望着刚愎自用的义均，长长地叹息："毁吾儿者，必防风也！"

义均翻了翻眼珠："没那么严重！"

娥皇、女英悲伤地哭泣起来："我们虽然目无双瞳，但看得很清楚，孩子，你的内心正遭遇着洪流的冲荡！你知道吗，实际上你没日没夜地在欲望的洪流中抗争啊！你父王经常外出巡察，我们见到他的次数很少，即便'偶遇'，也是隔着很多人远远点个头。说的话全部加起来总共不过十三句，如果把内容相同的归纳到一起，实际上就两句。第一句是：'人心唯危，道心唯微，唯精唯一，允执厥中。'第二句是：'无稽之言勿听，弗询之谋勿庸。'这些话是对家人说的吗？我们怀疑你父王把我们当成大臣了。义均啊，你是我们唯一的儿子，不管你处心积虑地积累财富，还是谋求帝位，都不重要，最令我们悲伤绝望的是，眼睁睁地看着你朝无边无际的深渊走去，而我们却无能为力！"

义均翻了翻眼珠，沉默不语。

二

腊月，帝都蒲板城。

重华主持召开群臣及各州牧伯参加的议事会。

腊月二十三，禹详细汇报全国划分九州方案："东南曰扬州，正南曰荆州，河南曰豫州，正东曰青州，河东曰兖州，正西曰雍州，东北曰幽州，河内曰冀州，正北曰并州。"

重华和群臣高度肯定。

腊月二十四，伯益展示《山海经》草图，详细介绍各州疆界、湖泊河流、山川脉理、金玉所有、鸟兽昆虫之类及八方之民俗、殊国异域、土地里数等等。

重华和群臣高度肯定。

腊月二十五，论证通过"铸九鼎"设计蓝图：用各州所贡之铜铸造与各州同名之鼎，各州鼎依据禹和伯益两次调查整理的《山海经》草图刻上与颂扬该州人物功绩的新文字及山川河流、民族风物、奇禽异兽、神仙魔怪、神话传说；各州鼎铸成之后，将图像拓出，昭告九州百姓，使他们了解历史文化和民族来源，知道哪种动物有益，哪种动物有害，免得在山林、川泽里劳作受魑魅魍魉之害。

重华和群臣高度肯定。

腊月二十六，确定荆山为冶炼主场地，主要冶炼九州所贡之铜；火烧沟、西城驿、砂锅梁、磨嘴子、火石梁、四坝滩、宗日等地为冶炼分场，主要冶炼红铜、砷青铜、锡青铜、锑青铜，以红铜为主，砷铜次之。

铸造九鼎的现场应该选在山川秀美、黎民有铸造技术的地方。候选地名单暂时保密。

腊月二十七，确定昆仑美玉商会及奥库涅铜业商会、滇缅锡业商会、西奈碧甸子绿松石商会、玻斯青金石商会、帕米尔身毒海洋贝壳红玛瑙商会为首选合作单位；

腊月二十八上午，确定在齐家坪、孕马台、总寨等地设立铜和美玉管理监测机构；

腊月二十八下午，根据原定议程，牧伯之长禹要详细汇报"铸九鼎"

的规格大小、所需铜料数量、费用预算、工程进展等情况，但上朝后，重华口若悬河、滔滔不绝地赞扬各位大臣及九州牧伯的功绩，连续三天，仍未尽兴。

重华宣布正月初一早晨到尧庙祭祀后继续演讲。

正月初一清晨，众臣早早地来到尧庙祭祀。

举行完祭祀仪式，重华又兴致勃勃地开始演讲，持续了好长时间。

大家深为感动，纷纷发表感言。

皋陶说："圣上勤勉敬业，礼贤下士，举国上下，无不交口称颂！治理洪水，划分九州，创造文字，铸鼎纪事，都是开天辟地的千秋伟业啊！"

禹说："顺从善就吉，顺从恶就凶，如同影和响顺从形体与声音一样。圣上做到了！"

伯益正要讲话，重华突然抢先说："朕当年被赋予重任，虽然德不配位，但也从来不敢懈怠。所幸遇到诸位贤良之士，国家才度过重重危机，人民生活日趋稳定。朕年老体衰，常常觉得力不从心，希望大家畅所欲言，推荐品德高尚、聪明仁爱的贤良之士作为新帝！"

大家面面相觑。

议事会没有安排此项内容。

伯益说："尧德广远，重华德圣明，你们都神妙、英武！上天顾念，助您尽有四海之内而做天下君主！当今之世，政通人和，万事吉祥，何必因循守旧，违背民意，在国家欣欣向荣、蒸蒸日上之时举荐接班人呢？"

重华义正词严："善言无所隐匿，朝廷外没有被遗弃贤人，万国之民就安宁了。可是，政事同众人研究，舍弃私见，依从众人，不虐待无告的人，不放弃困穷的事，只有尧帝能够做到！朕深知相差甚远，请大家讨论一下，理想新帝应该是怎样的。"

众人期期艾艾，互相观望。

重华对伯益说："你先发表意见吧！"

伯益想了想，谦恭地说道："臣认为，各种思虑要广阔，不懈怠，不荒忽，尽量不失误，不放弃法度，不优游于逸豫，不放恣于安乐，任用贤人而不怀疑，罢去邪人而不犹豫，可疑之谋不实行，不违背治道获得百姓称赞，不违背百姓顺从个人私心。能做到这些，四方各民族首领就心甘情愿来朝见天子了。"

禹接着说:"帝德应当使政治美好,政治在于养民。水、火、金、木、土、谷六种生活资料应当治理,正德、利用、厚生三件利民事应当配合。圣上已经把这九件事理顺了,接下来,用休庆规劝人民,用威罚监督人民,用九歌勉励人民。如此,人民就可以顺从而政事就不会败坏了!"

重华颔首称赞:"对!水土平治,万物成长,办好六府三事,是万世永利的功勋!禹,洪水警戒的时候,实现政教信诺,完成治水工作,只有您贤;勤劳于国,节俭于家,不自满自大,只有您贤;不自以为贤,天下便没有人与您争能;您不夸功,天下便没有人与您争功。朕赞美您的德行,嘉许您大功。上天的大命落到您身上了,朕期望您将来担当重任,升为大君!朕居帝位已经三十三年了,年岁老耄,被勤劳事务所苦。您当努力不怠,总统众民!"

禹诚恳地说:"卬德不能胜任,人民不会依归。皋陶勤勉树立德政,德惠能下施于民,众民怀念他。念德的在于皋陶,悦德的在于皋陶,宣德的在于皋陶,诚心推行德的也在于皋陶。我们都深念他的功绩呀!"

重华说:"皋陶!臣民没干犯政事,是因为你能明五刑以辅助五常之教,合于治道。施刑是为了达到无刑,人民合于中道。你做得真好啊!"

皋陶说:"帝德无失误。简约治民,宽缓御众;刑罚不及于子孙,奖赏施及后代;宽宥过失不论罪多大,处罚故意犯罪不问罪多小;罪可疑时从轻,功可疑时从重;与其杀掉无罪的人,宁肯自己陷于不常的罪。帝爱生命之美意,合于民心,因此人民就不冒犯官吏。"

重华说:"你使朕依从人民的愿望治理天下,像风一样鼓动四方人民,是你的美德。"

皋陶说:"圣上过奖!老成持重的禹伯是最合适的栋梁!"

伯益、后稷、契等大臣,还有曾经向尧帝推荐重华的元老四岳,全都同意皋陶的提议。

禹进退两难:"大家当众表态,言不由衷,还是请圣上私下逐个征询有功大臣的意见,然后听从吉卜吧!"

重华说:"禹!官占办法先定志向而后告于大龟。朕的志向已定了,询问意见也相同,鬼神依顺,龟筮协和,何须多此一举?"

禹跪长揖，再辞。

重华说："只有您最适合啊！"

禹长揖不起，涕泪交零："实在承担不起这项神圣重任！臣虽然兢兢业业地做了很多事，但未能孝敬母亲，未能保护好妻子女娇；后来又有三年时间未能照顾好启……小家尚且不能治，岂能治大家？臣内心愧疚，渴望回到阆风苑，面朝玉山，耕种反省！"

重华说："禹，'铸九鼎'是史无前例、震天撼地的工程，需要协调各方面的力量。虽然人们的嘴能说好也能说坏，但是，朕的话不会再改变了！"

"圣上……"

重华说："据吾弟象汇报，有九条恶龙逃窜到九嶷山，躲藏在九座岩洞里戏水玩乐，以致湘江洪水暴涨，冲毁庄稼，冲塌房屋，百姓叫苦不迭，怨声载道！朕非常牵挂被共工、驩兜祸害过的三苗的平民百姓，近期打算巡察九嶷山一带。"

禹精神一振："臣愿前往治理洪灾！"

重华微笑："一个胸怀天下，唯独没有自我的人，有什么理由不向天举荐呢？朕要亲自到南方惩治恶龙，为百姓除害解难。胞弟象重病身危，朕心急如焚，正好南往象之封地有庳探视。您必须接受任命，代朕主掌百官，管理国事。听说您的儿子姒启也已成长为身材魁梧、彬彬有礼的青年，就让他管理军队吧！"

禹勉为其难，叩首应诺。

重华说："人心唯危，道心唯微，唯精唯一，允执厥中。无信验的话不要听，独断的谋划不要用。要恭敬啊！慎重对待您的大位，敬行人民可愿的事。如果四海人民困穷，天的福命就将永远终止了。"

禹庄重施礼："敬诺！"

重华正要宣布退朝，丹朱上前奏事："圣上，春节期间，每个家庭都在享受团圆的幸福，臣能不能探望老父亲？哪怕远远望一眼也行。"

重华面沉似水："这个话题目前不宜讨论。尧帝辛勤一世，得一安逸的不受任何干扰的晚年生活。这是他个人的意愿，大家都要服从。你还有事吗？"

"圣上此次出巡，臣愿与娥皇、女英一起陪同照顾……"

"国事为重，个人安危何足挂齿？不用了。"

三

义均、防风马不停蹄、昼夜兼程地赶到商丘。

这是大羿的封地。

他已经知晓帝都正月初一发生的大事，正在闷闷不乐地喝酒。

防风没有看见姮娥，涎着脸说："你那美貌非凡的妻子呢？听说她养了头力大无穷的黑牛，是不是经常被娥皇、女英借去耕地？"

大羿如实回答："卬从西王母那里求得不死之药，让姮娥到帝都送给娥皇、女英拜年，应该快回来了。唉，早知道重华这么任性，就不用多此一举了。"

"你专业技能很强，但为人处世太幼稚。"

大羿愤愤地说："治理洪水是个辛苦活，只要用心，谁都能干好！但是，有些高端技术，不是每个人都能玩转的！"

义均翻了翻眼珠："是啊，就像射箭，他能行吗？"

防风斥责他："你不要翻眼珠好不好？事情紧急，都什么时候了！"

义均翻了翻眼珠："你以为朕想翻眼珠吗？这是情不自禁！你以为想停就能停吗？这是情不自禁！朕请教过数千名权威的巫师，都无法控制，朕也很痛苦，生不如死啊！"

防风说："会不会是禹请巫师作祟，下蛊了？"

大羿冷冷地说："那不是禹做人做事的风格。"

防风怒形于色："重华突然改变议事程序，临时宣布推荐继承人，之后又迅速启程前往九嶷山巡察，这很蹊跷；禹被举荐为新帝，但却当朝拒绝接受，更为蹊跷！"

义均尽量少翻几下眼珠，尽量不傲慢："这，应该是以退为进吧？他如果不想当帝王，那么拼干吗？当年，姥爷禅位后重华不也虚张声势要让给丹朱舅舅？不也只身一人假装退避到南河之南？天下诸侯为什么不理会舅舅，要去朝见重华？打官司的人为什么都到重华那里告状？当年，十二州的人明目张胆地编很多颂扬重华的歌谣到处传唱，为什么？哼，如果不是共工撞毁不周山引发洪水，重华可能还要继续表演下去。目前，还无法查实共工是否配合他表演，但是，重华在群臣的劝说下回到都城，登上部落联盟首领之位是事实。重华的高明之处在于大家都看不出他在表演。"

大羿揶揄他："禹可能要让位给您，而且也要假装逃离都城，您可得把握好时机。"

义均说："朕已创作36501首歌颂自己的歌谣，不让九州人民拥有歌颂别人的机会！现在是太平盛世，我们高枕无忧！难道不是吗？洪水平息，女娇也补好了天，她还安装了三个擎天柱，又与三生玉一起化为四个天柱，忠心耿耿的夸父也在河源罗布泊之东化为三个坚挺的擎天柱。这样，总共有十个天柱支撑天宇。朕给这十个天柱编了号，分别是甲、乙、丙、丁、戊、己、庚、辛、壬、癸，总称'十天干'，朕让虞官朱虎、熊黑抽调壮士执守，确保不发生洪水。你们说，是不是就万无一失了？"

大羿不耐烦地打断他："计划赶不上变化。听说尧帝被囚禁在荆山，消息是否属实？"

防风冷笑道："这个话题没有意义。尧帝禅让帝位后，他就成为一种概念或符号，至于是否存在，以禹的方式还是共工的方式存在，一点都不重要，谁有闲心想那些！唉，重华辛辛苦苦建立的九州盟主的帝位，让禹轻而易举地拿走了，这最让人郁闷。"

义均焦急地说："还有财宝！那么多的财宝，都让别人给掌控了！"

防风俯过身对大羿说："关键时刻，得资深射师发挥作用了……"

大羿问："怎么，又有猰貐、凿齿、九婴、大风、封豨、修蛇之类的妖魔鬼怪出来危害人民？卬立即去消灭它们！"

防风说："禹正式发表声明禅让帝位给义均后，不管他回阳城还是阆风苑，都让他从华夏大地彻底消失！"

义均、大羿齐声问道："又要引发洪水？让禹继续治理洪水？"

防风气得站起来，原地转了几个圈，怒斥他们："真是榆木疙瘩啊！时代不抛弃你们抛弃谁，难道要抛弃榆木疙瘩吗?!"

大羿疑惑不解："你直接说嘛，卬该怎么办？"

防风翻了翻眼珠："只可意会不可言传……这么说吧，你因为没有享受到公正的封赏，心情极为不爽，与姮娥一起到野外打猎排遣郁闷，偶遇一头异常凶狠的大黑熊……要牢记是大黑熊，不是牧伯之长禹，明白吗？是大黑熊！大黑熊把自己的婆娘赶进玉石，又要把姮娥赶进玉石，你射杀了大黑熊，把尸体扔进了滔滔黄河……"

大羿惊愕地望着他，猛地站起来："你是说，让卬射杀禹？"

"卬没那样说，卬让你射杀大黑熊！"

"少来那一套弯弯绕！卬是堂堂正正的射师，怎么能干阴险卑劣之事？"

"哼，你射杀太阳九兄弟的事怎么解释？"

"那是奉重华之命……"

"太阳兄弟一起执守，并非是好奇心作祟。"防风冷笑几声，"重华登上帝位后的第一道诏令就是让太阳十兄弟同时出来，目的是迅速蒸发洪水，没想到适得其反，洪水未能蒸发，反而将未受到洪灾的良田美地晒成了荒滩。这是决策失误。按常理，重华再发一道诏令让太阳九兄弟撤离就是了，但他为了掩盖真相，让你射杀了他们。对吗？"

义均惊得目瞪口呆："原来如此？不可能吧？"

大羿垂下头："这才是让卬内心不得安宁的真正原因……"

"无论如何，你洗刷不了罪名！"防风阴险地笑笑，"治洪期间，大家忙于逃奔，顾不上观察天空变化；这十七年，人们又跟着禹重走治洪路，无暇顾及。但社会安定下来之后，仰望天空的人必然越来越多，大家很容易就能看到每天执守的竟然是同一个太阳，那时，笼罩着你的荣耀将被撕开，您就是万夫所指的罪恶凶手了！"

大羿双手抱头，痛苦不堪。

防风说："你也不要过分焦虑，历史本来就是遗忘的过程。新创的文字就算刻在九鼎上，很可能只用一次就死亡了。关键是要学会审时度势，拯救自己。"

大羿说："当初，卬渴望成功，射落九个太阳，确实赢得了荣耀的侍卫之职，但从此承受着巨大的压力，内心一直翻滚着懊悔的毒汁。卬担心不能控制表演欲而射杀最后一个太阳，让整个世界处于黑暗和阴冷之中，便忍痛割爱，毁掉最后一支心爱的神箭，没想到，又误伤了夸父……"

这时，姮娥气喘吁吁地跑进来："大羿，这是真的？"

大羿惶恐地点点头，又摇摇头："不……人心唯精，道心唯一，允执唯危，厥中唯微，不是这样的……人心允执，道心厥中，唯危唯微，唯精唯一，哦，也不是这样的……"

姮娥悲怆地仰起脸："天啊！卬竟然嫁给了罪恶的杀人犯！天啊！卬宁愿像太阳九兄弟那样被射杀！宁愿像猰貐、凿齿、九婴、大风、封豨、修蛇那样被诛杀！卬在商丘一刻也待不下去了！卬要跳进黄河，洗清肮脏和耻辱……"

她发疯般地冲出门，在旷野中奔跑起来。

大羿急忙追赶。

姮娥逐渐体力不支，眼看就要被追上，她忽然想起被禹追逐中化为三生玉的女娇，紧张到了极点。她不想丧失美丽的容貌，化作冰冷的玉石。

危急时刻，她取出不死药吞下，身体立即变得轻盈如云，飘然离开地面，风一样朝着月亮快速飞去。

大羿捶胸顿足，呼唤姮娥的名字。

防风左顾右盼："怎么会这样呢？啊，这件事与卬无关，卬得忙生意去了！"

他慌慌张张地跑了。

大羿眼睁睁看着姮娥飞入月宫，哭号了三天三夜："姮娥！卬要吃不死药，到广寒宫找你！"

"朕陪你去！"

义均在旁边翻眼珠，满脸傲慢。

大羿说："前途未卜，卬的事情还是卬自己处理吧。"

义均翻了翻眼珠："我们有兄弟般的情义，在你孤独无助时，朕应该陪伴您！"

"……你能不能不翻眼珠？"

义均沮丧地低下头，号啕大哭："兄弟啊，朕的真实内心并非那样，这是朕上当受骗的后遗症。防风说禹抢了朕的荣耀，朕必须活得另类些才能吸引重臣和诸侯的注意，谁知结果恰恰相反。吾感觉吾已经被时代无情地抛弃了……"

大羿叹口气："好了，认命吧！"

他们动身，先到蒲板，然后过河向西行进。

过了龙门之后，义均的表情奇迹般地恢复了正常。

两人跋山涉水，历尽千辛万苦，到达昆仑山。

找不到西王母。祁连山、马衔山等玉山上也不见她的踪影。

西荒人、齐家人、三苗玉工都不知道她去了哪里。

这时，义均告辞——他梦见重华骑乘一条金黄色的大龙升天了——"卬觉得这不妙。父王很可能在苍梧遇到灾祸了。卬忽然很想念父王。卬得找他去。"

义均没翻眼珠，也无傲慢的神情。

大羿目送他远去。

夜色四合，笼罩整座昆仑山。大羿置身于莽莽苍苍的寒冷雪山中，孤独难耐，悲怆而泣。

他想，上次陪同重华西巡，路过罗布泊、圆沙湖，看到水域边各长着一棵通向天际的神树，如果找到它们，就可以攀登上去。

大羿充满信心，打算寻找那两棵神树，忽然听见山峰间回荡起震耳欲聋的伐木声。

满月冉冉升起，万山在冷峻中闪烁出明亮的洁白玉光。月宫里，五大三粗的吴刚手执皮鞭不断抽打共工；面目狰狞的共工裸露着上身，抡起巨大的铜斧，朝着月桂狠狠砍去。月桂高达五百丈，随砍即合。每次锋利的斧头刚接触到桂树的一刹那就变得锈迹斑斑，无比迟钝，离开桂树时斧头又变得坚韧锋利，寒光闪闪。如此反复。共工每砍一斧，蟾蜍、玉兔和蛇就想把砍下的枝叶捣碎，但枝叶却迅速弥合，飞回树上长在原处了。

姮娥呢？

怎么不见姮娥？

四

娥皇、女英日夜祈祷，等待重华征服恶龙凯旋的喜讯。

重华辞别时承诺，这是最后一次巡察，归来后就禅让帝位，带着她们返回故乡。

一年又一年，燕子来去三回，花开花落三度，重华杳无音信。

义均也消失得无影无踪。

娥皇、女英忧心忡忡。

娥皇说:"重华被九只恶龙所伤还是病倒在异邦他乡?"

女英说:"重华途中遭遇事故还是山路遥远迷失了方向?"

尽管帝都蒲板人来人往、熙熙攘攘,但她们却无处打探消息。朝野人士全都忙忙碌碌,行动和话题全部指向"铸九鼎"及其相关事件。人们似乎忘了重华轻装简从亲自前往九嶷山治理洪水。朝中大臣、九州牧伯即便探望,也只是礼节性的问候。

问及重华的讯息,他们要么保持缄默,要么支支吾吾,似乎刻意躲避此话题。

这让她们更加忐忑不安。

两人思前想后,与其在家里遭受煎熬,还不如前往寻访。

她们悄然离开帝都,跋山涉水,来到九嶷山。

两人沿着大紫荆河到山顶,又沿着小紫荆河下来,找遍九嶷山每个山村,踏遍九嶷山每条小径。没有看到重华。她们不甘心,继续找,发现有个地方耸立着三块翠竹环绕的大石头,还有一座真玉、珍珠、贝壳垒成的高大坟墓。

乡亲围绕着坟墓载歌载舞。

"你们表演的是什么乐舞啊?"两人问。

"重华为娥皇、女英两位妃子创作的《大韶》啊!"

"这个壮观美丽的坟墓主人是谁?为何有三块大石头耸立在旁边?"

乡亲说:"这是重华的坟墓,你们竟然不知道?难道天下还有人不知道重华斩除恶龙,治理洪水的事迹?他老人家从遥远的北方来斩除了九条恶龙,人民才得已过上安乐的生活,可是他却流尽汗水,淌干心血,鞠躬尽瘁,病死在这里。父老乡亲为感厚恩,修筑了这座坟墓。九嶷山上的一群仙鹤也感动了,朝朝夕夕从四海衔来一颗颗灿烂夺目的美玉和珍珠,撒在坟墓上,形成了这座珍珠坟墓。三块巨石,乃是重华消灭恶龙用的三齿耙插在地上变成的。"

娥皇、女英难过极了,抱头痛哭:"为什么要对我们封锁消息?为什么?"

没人回答。她们悲痛万分，抱竹痛哭，泪染青竹。哭了九天九夜，眼睛哭肿，嗓子哭哑，眼泪流干。血泪洒在九嶷山的竹子上，竹竿上出现点点紫色、雪白、血红色泪斑；她们抹眼泪时把指纹也印在了竹子上，血泪把竹子染成了鲜红的血斑。

她们哭死在重华的坟墓旁。

义均赶来，痛哭一场，把她们与重华合葬在一起，守孝三年。

他打听到禹隐居在阳城，便骑着大黑牛专程拜访。

禹听到消息，在他到来之前躲避到阳翟去了。

皋陶、伯益、后稷等大臣也追随而去。

义均随之昼夜兼程赶往阳翟。

半路上，遇到正打算躲往涂山桑台的禹及数万追随者。

义均说："牧伯之长禹啊，您不要再逃避了！不管您躲到阆风苑、昆仑山还是天涯海角，印一定会找到您！印痛定思痛，认真反思，终于想明白了厚德载物的道理。这三年天下太平，风调雨顺，人民安居乐业，既无天灾之虞，又无人祸之忧，各路诸侯要以天子之礼朝见您，您高风亮节，一再避让。印无德无能，承担不起管理九州的重任，请您回到帝都蒲板吧，印心甘情愿听您差遣！"

群臣欣然响应，异口同声地高呼："大禹！大禹！"

禹被簇拥到阳城。

正月初一，禹宣布建夏后国，改定历日，称为夏历，以建寅之月为正月。再次明确天下规划为九个州，制定各州、各诸侯王贡物品种，规定天子帝畿以外五百里地区叫甸服，再外五百里叫侯服，再外五百里叫绥服，再外五百里叫要服，最外五百里叫荒服。甸、侯、绥三服进纳不同物品或负担不同劳务；要服不纳物服役，只要求接受管教，遵守法制政令；荒服根据其习俗进行管理，不强制推行中朝政教。

第二天，帝夏禹任命皋陶为相，追封女娇为王后，任命施黯为九州牧伯之长。又按功劳大小任命朝中大臣，分封诸侯国：封丹朱于唐，封义均于虞，封大羿于商丘，封防风于汪芒氏方国……

共有大小七十二个诸侯国。

第三天，帝夏禹规定以后历代帝王必须做到卑小宫室、损薄饮食、土阶三等、衣裳细布，并且作为一项基本国策雕刻到九鼎上；订立出访巡察、了解民情、查访贤能制度。

第四天，帝夏禹命人把钟、鼓、磬、铎分别挂在厅前，发出告示：教文命以道者击鼓，谕文命以义者击钟，告文命以事者振铎，对文命述说困难者击磬，告状者摇铎。

又下令拆毁鲧当年督建的高大城墙，填平护城河，把财产分给大家，收缴所有兵器，用于冶炼铸造九鼎。

第五天，帝夏禹率众在太岳山举行郊祀之礼，诸侯肃然排列助祭。

庄严肃穆的大型乐舞《夏籥》伴奏，帝夏禹稽首伏地，深深祝祷。

典礼官高声朗诵祝文：前半部分是为国祈福、为民祈年，后半部分说天下受之于重华，将来亦必定传之贤人，决不私之一家一姓。

第六天，帝夏禹重申夏朝与诸侯国的统属关系，命各州牧伯及诸侯国首领登记王族成员、封地人口、地理物产、山林河流、道路交通、奇风异俗、鬼怪鸟兽等等，作为"铸九鼎"的底本《山海经》草图的资料补充。

第七天，帝夏禹检阅天下诸侯，提名皋陶为继承人："兹查群臣中唯皋陶老成圣智，夙著功德，今谨荐于皇天，祈皇天允许，降以休征，不胜盼祷之至！"

皋陶进言："臣深悉君之心意，但年岁已高，心有余而力不足啊！"

帝夏禹说："有德有能之人岂受年龄限制？"

皋陶推辞："请圣上三思而后行！"

诸侯王像白云一样散开。

不久，又像乌云一样聚拢到一起议论纷纷：

"真是好笑，文命荐皋陶于天，皋陶老病垂危，朝不保暮，哪个不知道？夏禹禅位于他，不是明摆着虚领人情吗？"

"听说夏禹的儿子启纠合无数心腹之臣，图谋承袭王位。大禹哪里肯传贤人呢？"

"铸造九州之鼎劳民伤财，究竟有什么意义？"

"是啊，体积那么大，得消耗多少铜，搬动它们需要多少劳力。"

"洪水发生前，我们的贡品很少，现在增加了不止三倍，简直就是抢劫！"

……

三十三国心怀不满的诸侯王不辞而别，逍遥返乡。

散朝后，帝夏禹回到家里默默反思。

夏启大踏步走进来，气呼呼地说："父王！您为什么不给印封邑？难道印在校勘文字方面功劳不抵那些碌碌无为、好吃懒做的先王子孙？"

帝夏禹正襟危坐："孩子，物华天宝，人杰地灵，神州大地用它们的风华与物产弥补了印亏欠你的仁爱，而你也以实地考察为基础，在比对、校勘仓颉版与女娇版文字的过程中熟知天下民族、地理、星辰及万物，这是大爱。心怀大爱之人不会斤斤计较小事。"

"话虽如此，可是……"

"印向来谨言慎行，现在想了又想，不得不郑重告诫你，"帝夏禹站起来，走到窗边，背对着他，"没有什么永远能够掌握。印出生时右手持着与生俱来的黄玉耒锤，后来磨损成为开山玉斧，再后来在蒲板交接文字时，重华轻而易举地把开山玉斧拿走了。虽然很快就归还，但耒锤、开山玉斧的形状和颜色都在瞬间发生巨变。你看，就是这把玄玉圭。"

夏启满脸茫然："您说这些干什么？重华究竟有无真才实学？"

"重华的智慧绝非平常人所能看到，"禹恭敬地说，"他告诉别人的道理正好把握在大家都能理解的程度，不多不少，不迟不早，恰到好处。这是很多人都无法做到的。"

"哦，原来是这样啊！"

帝夏禹微笑着拍拍他的肩膀："启啊，你见过云开雾散的情景，对吗？任何时候都不要迷茫，要充满信心！你心中已经有九州的丘壑山林，应该沉稳才是。有些事太早看透未必是好事。你要从治洪的实践中总结经验，要悟透围堵与疏浚相结合的道理。"

夏启憨憨地笑了："父王，朕明白了！"

帝夏禹皱皱眉头。

夏启急忙改口："父王，印向您和母后保证，印知道该怎么做了！"

帝夏禹默默思虑片刻，低声说："这次建立夏国，不服的三十三个诸侯国中，以东南两方为多。印决定今年三月十八日在涂山台桑举行九州牧伯及夏、华、夷诸部众多邦国和部落首领盟会，公开检讨自己的过失。"

"在母后的家乡？卬朝思暮想的台桑？"夏启惊喜地叫起来，"前些年重走治洪路时，您总是绕开涂山……"

帝夏禹凄然地说："哦，是吗？卬已经进入暮年，必须得真实面对内心的痛苦了！"

"这次不会再改变了吧？"

"一言既出，驷马难追。卬说出口了，就算数。"

五

三月十八日，盟会在涂山隆重举行。

帝夏禹身穿法服，手执玄圭，威仪赫赫，站在高高的台桑之上。

大羿在两阶之间拿着神弓和羽翳跳文舞。

各方诸侯都带来了朝贺的礼物。

大国献美玉，小邦献丝帛。

大家按照各自的国土方位分列，一起向大禹稽首行礼。

大禹作揖答谢。

礼毕，检查诸侯名录，发现防风未到。

帝夏禹慨然地说："为照顾三十三个东南方诸侯国，本次集会特意选在王后女娇的家乡涂山；又考虑到地利之便，把会场设在女娇治玉、攻玉的台桑。诸位有所不知，治理洪灾，首功当推女娇！如果不是她成功补天，即使我们有回天之力，洪水也很难制服！尤其难能可贵的是，女娇补天后又不辞辛苦，从洪水中打捞出一个个文字，悉心修复，功德无量！是为此，卬建议大家一起演唱《夏篇》，献给伟大的女娇！"

大羿叫好。

三十三个东南方诸侯国的国王陆续响应。

其他诸侯国也纷纷表态赞同。

夏启指挥、领舞，大家演唱，载歌载舞，气氛热烈。

表演完毕，防风仍然未到。

帝夏禹对义均说："听说你最近在编排歌颂重华和九州人民的大合唱《九韶》，能不能现场表演给大家？"

"敬诺!"

义均率领虞地的乐舞演艺人员列队而上。

他们依次向帝夏禹、诸位大臣、九州牧伯及诸侯王施礼,之后,义均亲自领唱,男、女两个声部激情合唱。

诸位大臣、九州牧伯及诸侯王也跟着高唱。

音乐优美,气壮山河。

大合唱完毕,防风还是未到。

义均说:"圣上,印在治理洪水期间搜集、整理、创作了36501首歌谣,地域涉及九州各地,能否呈现给诸位王公大臣?"

"善哉,善哉!"

义均壮怀激烈,激情演唱,一首接一首。大羿敲击神弓伴奏。大臣、九州牧伯、诸侯王、侍者、观众听到熟悉的歌曲时都跟着演唱。

他们连续唱了三天三夜。

第四天早晨,太阳出来,唱到第36500首——涉及下渚湖的歌舞时,防风匆匆现身。

帝夏禹手执玄圭,表情严肃,面沉似水:"防风,你因何迟到?"

防风翻了几翻眼珠:"最近,封山和禹山之间突然涨水,湖面广阔,汀渚星罗棋布,水涨汀没,水落渚现,湖荡四周多芦苇,四处汪茫,不辨东西,朕——哦,曹,哦,不对,额,印,余,吾迷、迷、迷路了……"

帝夏禹厉声说:"七十二个大小诸侯国中,汪芒氏方国与涂山国交往最为密切,路程最近,路况最好,但是,你却迟到了三天!你知道罪有多大吗?"

防风翻了几翻眼珠:"根据重华制定的法律,要采用流放的方式代替肉刑。"

"不!你错了!"帝夏禹威严地说,"共工作恶,乃是出于人之本性欲望,法规可以规范人的行为,但永远无法根除本性中的恶。而你不同,你肆意挑战公共秩序!盟会时间和议程都已提前告知天、地、人,你明知故犯,无视这一切。朕与参加会盟的各地长老、百官耐心地等了你三天三夜!你应该清楚,天帝、神灵也在等待!历代先帝都在等待!九州天神、雷神、山神、河神、龙神、稷神、树神、花神、草神以及洪灾、瘟疫、饥馑、战争中死亡的冤魂们全在等待！为了等你，天帝、神灵、百官乃至各路神鬼的计划都要改变，就是说，所有人神鬼都因为你的迟到而不得不调整活动安排！"

防风翻了几翻眼珠，满脸不屑："你把朕流放到月亮上吧，正好与共工做伴。"

帝夏禹义正词严："先帝以慈爱为重，最大限度地消除肉刑。但是，夏朝乃是由七十二个诸侯国共同组成的国家，意义相当于盘古开天辟地，与此前部落联盟截然不同！开启新纪元必须规范纲纪管理，道德与法律并重！当年治理洪水时，你私自将龙门以朕的名字命名，如今已经传遍天下，朕被迫接受，此为罪状一；你与驩兜等不法商人勾结，乘洪水之乱大发难民财，此为罪状二；夏国初立，诸侯盟会，你迟到三天，慢待天帝神明，此为罪状三！三罪并罚，以儆效尤！"

防风翻了几翻眼珠，满脸不屑："你敢动朕一根汗毛，朕就爆出洪水发生之惊天内幕！爆出太阳九兄弟之内幕——"

帝夏禹大喊："大羿，诛杀防风！"

大羿迅疾完成张弓、取箭、射箭等一连串动作，优美得如同酣畅利落的舞蹈。

随着砰的一声巨响，身材高大的防风轰然倒地。

众人万分惊讶，他们清清楚楚地看见大羿只用弓做了魔幻似的射箭动作，清清楚楚地看见他没有用神箭，竟然射杀了伟岸如山的防风！

清清楚楚，真真切切！

大羿射箭的动作以及箭在风中摩擦的声音、刺入防风肌肉的声音、肢体崩裂的声音、鲜血顺着山坡汩汩流淌的声音，都清清楚楚、真真切切。

帝夏禹朝大羿点点头："你射出了心中之箭，是真正卓越的射师！你战胜了自己！"

大羿惊讶不已："陛下，您洞穿了印纠结撕扯的内心？"

帝夏禹再次点点头："你已经射杀了内心的迷障，再也不用担心会射下最后一个太阳了！"

群臣交头接耳、窃窃私语，互相求证刚才所见的真实性。

最终，意见达成一致。

他们鼓掌喝彩："大羿真是技艺超群的神射手，名不虚传啊！"

其时，阳光普照大地，熠熠生辉。

典礼官大声朗诵：

"禹会涂山，太音希声！奋身胥溺，寿春佳会，衣冠济济，玉帛锵锵，唐虞承盛，熙皞同风。礼尊南面，庆会君臣。类聚群分，一息万机。乾坤定位，日月争光！"

颂毕，帝夏禹威严地望一眼诸侯，开始发表演讲："共工、驩兜、防风等不听教化，多次叛乱，诛杀无辜，并诱发凶恶的洪水，旷日持久，使神州大地妖魔四起，天生怪异，夜里出太阳，又下三天血雨，炎热的夏天竟然还结冰。种在地里的五谷发生变异，祖庙中出现青龙，狗在市中号哭，人们惊恐，怨声载道。小人在位，贤人在野，蠢动的叛民昏迷不敬，侮慢常法，妄自尊大，违反正道，败坏常德。肆意为乱，上天要惩罚他们。朕受上天、祖先之命，胼手胝足，平治水土，略有微劳，群臣及牧伯、诸侯王不嫌鄙陋，拥戴朕建立夏国，目前正在铸造象征大家同心协力、团结一致的九鼎。对有功者赏，对作恶者惩，理所当然！朕在近东南诸国之涂山紧急召集大家，乃是希望听听诸位发出中肯的批评、责备、规诫、劝喻，使朕知过改过！朕生平最兢兢自戒的就是'骄'，先帝亦常告诫：'汝唯不矜，天下莫与汝争能；汝唯不伐，天下莫与汝争功。'若朕有骄傲矜伐之处，请大家当面告知教诲，朕愿洗耳恭听！"

诸侯依次抚琴、击磬唱诵：

"禹别九州，随山浚川，任土作贡。禹敷土，随山刊木，奠高山大川！"

"导河积石，至于龙门；南至于华阴，东至于厎柱，又东至于孟津，东过洛汭，至于大伾；北过降水，至于大陆；又北播为九河，同为逆河，入于海！"

"九州攸同，四隩既宅，九山刊旅，九川涤源，九泽既陂，四海会同。六府孔修，庶土交正，厎慎财赋，咸则三壤成赋中邦！"

"五百里甸服：百里赋纳总，二百里纳铚，三百里纳秸服，四百里粟，五百里米！"

"五百里侯服：百里采，二百里男邦，三百里诸侯！"

"五百里绥服：三百里揆文教，二百里奋武卫！"

"五百里要服：三百里夷，二百里蔡！"

"五百里荒服：三百里蛮，二百里流！"

"东渐于海，西被于流沙，朔、南暨声教，讫于四海。禹锡玄圭，告厥成功！"

"涂山盛会，玉华帛彩，雨露天锡，归化而南北！"

……

正当大家发表热情洋溢的赞美之词时，传来皋陶辞世的消息。

帝夏禹不胜悲痛，把皋陶的后代封在英、六一带。

接着，他征求众臣意见，确定伯益为继承人，举行庄严的祭祀仪式，敬知天帝。

帝夏禹又对各诸侯王重加赏赐，申明贡法，要求按照规则缴纳；同时承诺竭力保护各诸侯国的权利，使其不受邻国侵犯。

诸侯王心悦诚服，表示将不遗余力地支持"铸九鼎"工程，除了积极进献铜及各类贡品，还要将当地秘而不宣的民间故事、祭祀方式、奇闻逸事等全部上报朝廷。

夏帝禹双手持玄色玉圭高高举起，朗声宣布："冀州鼎、兖州鼎、青州鼎、徐州鼎、扬州鼎、荆州鼎、豫州鼎、梁州鼎、雍州鼎已经冶铸装饰完毕！"

众人愕然，将信将疑。

夏帝禹气宇轩昂、声音铿锵："诸位大臣，难道你们没有发现此次盟会朕没有持避水剑？难道你们忘了建立夏国之初连续九日，大白天都能看见太白星在天空闪耀？当时，满朝大臣纷纷议论，都猜不出它是福是祸，只有朕知道施黯在荆山点火成功，施黯将避水剑投进了熊熊燃烧的冶炉！冶工选择最好的雄金，夜以继日，铸成五个阳鼎；选择最好的雌金，昼夜不停，铸成四个阴鼎。五应阳法，四象阴数，至于九州之中何州属阳、何州属阴，哪些文字及兽面类、龙凤类、动物类、火类、几何类等纹饰对应各州民俗文化、神仙人物，哪些美玉、绿松石、青金石、玛瑙、蜻蜓眼等珍珠宝石对应什么山川名物、奇禽异兽，你们悉心研究，合理分配吧！"

众人振臂高呼："朝拜九鼎！朝拜人神、青铜、真玉及珠宝共同铸就的禹王书！"

夏帝禹威仪煊赫："九鼎虽大，不及人心！九鼎虽坚，不抵民意！九鼎虽重，不及道德！心中有鼎，则知书达理，躬行纲常；心中无鼎，则礼崩乐坏，政事懈怠！朕与诸位共勉！接下来，朕承重华之制，定为五岁一巡守。这岁巡守之期即，朕要马上动身！"

雅乐齐奏，典礼官朗朗念诵：

"黄帝朝，大鸟衔图，体备五色，三文成字，首文曰慎德，背文曰信义，膺文曰仁智。史官沮诵、仓颉，观鸟迹以作文字，此华夏文字之始也。海内纪纲万事，垂法立制；中华帝典用宣，质文著世。共工作乱，滔天作戾，大道既泯，古文亦灭。尧舜圣明，知人善任。鲧伯文命，前赴后继。洪水平息，九州大同。舜帝倡导，禹承圣命。诸夏同心铸造九鼎，神州大地瑞象纷呈。施黯领命，地选荆山。诸华山川草原，悉心摹刻；中夏森林湖海，尽皆再现。山海九鼎，四年乃成。诚再造巍巍昆仑，绵绵祁连，皆国之重器也！施黯呈报，朝野欢腾。禹率众臣，廷告于天，曰：余其宅兹中国，自兹乂民！玉出昆冈，金生丽水。天帝人神，悉数记功。普天之下，莫非王土；率土之滨，莫非王臣。四牡彭彭，王事傍傍。嘉我未老，鲜我方将。旅力方刚，经营四方。燕燕居息，尽瘁事国！"

念诵中，夏帝禹悄然踏上巡守的征程。

朝廷命官、九州牧、诸侯王等各自返回时，一路高呼：

"禹王书！禹王书！禹王书！"

跋

一

　　《禹王书》于我的创作而言，具有里程碑意义。在介绍相关情况之前，有必要谈谈 2021 年底连续举办的两次学术活动。首先是 12 月 11 日至 12 日在郑州大学举办的"博物"传统与人类"新轴心时代"国际学术研讨会，将"考古"小说创作与当代文化发展高端论坛作为大会分论坛，发言者有资深考古学家、玉学大家、辽宁省文物考古研究院名誉院长郭大顺先生，广州美术学院教授、艺术批评家王见先生及河南省文物考古研究院研究员潘伟斌先生等。因为我 2018 年在《大家》第 6 期发表了《禹王书》缩略本，2021 年在《大家》第 6 期发表了《熊图腾》，加之我多年写敦煌题材小说，因此几位专家主要针对我的"考古"小说创作展开了研讨。郭大顺先生在题为"以科学化与大众化的辩证统一，讲好考古故事"的发言中说："……讲好考古故事，写好考古小说，将中华五千年的文化传统传递给大众、传递给世界，这方面的前景非常广阔，愿和大家一起努力！"会后，12 月 12 日下午，郭大顺先生又发来书面总结："考古小说"可以作为一个名称打出去。比如成立类似名称的民间学术团体。郭先生说他有三点体会：第一，文学创作是考古大众化的主要渠道之一；第二，以考古实证为题材可较好处理和避免"戏化"一类弊病；第三，最重要的是树立和传递正确的历史观。

　　这让我感到非常振奋。

　　紧接着，12 月 25 日至 27 日，国家社科基金重大项目"丝路审美文化中外互通问题研究"课题组在兰州大学举办"中欧丝路审美文化双边论坛"国际研讨会，几位学者在发言中提到了我的小说《禹王书》《熊图腾》等，有精辟见解。

这两次学术会议，都谈到了考古与文学创作的关系的话题。我之所以振奋、感动，是因为多年来我把文学创作当成工作之外的第一要务。这是兴趣使然。2017 年之前，我的小说大都是敦煌题材。我本来就对考古文化、玉文化有浓厚的兴趣，最早研究玉文化始于 2004 年。2012 年到《丝绸之路》杂志社任职，因公务需要，与叶舒宪等联合组织实施了 15 次玉帛之路文化系列考察活动，加上其他临时性考察调研活动，应该有几十次。每次都如痴如醉地向考古学家学习，向文物学习。那个阶段，我撰写了很多玉文化考察记，已经出版了三部。2017 年，我开始利用业余时间创作玉文化小说《禹王书》。创作过程中我考察了敦煌三危山旱峡玉矿遗址，触动很大。此前，我在敦煌地区做了大量的田野考察，几乎跑遍了敦煌周边地区，对河西走廊的马鬃山玉矿遗址也有过考察，但根本没想到在三危山旱峡竟然蕴藏着一处史前玉矿遗址！于是，我毫不犹豫地把旱峡玉矿写进了小说，并且与神话故事精卫填海、夸父逐日联系起来。

二

我选择的文学创作之路有些难度：创作之前要花大量时间和精力在学术上做功课。我深知精力有限，常常有意束缚好奇的触角。关于玉文化，我打算集中精力了解西北的齐家文化。可是事实上，玉文化怎么可能独立研究呢？我不由自主地听任内心的召唤，听从兴趣的指引，像"脱缰野马"在玉文化的广阔原野中驰骋，恶补红山文化、良渚文化、龙山文化、后石家河文化等等。实际上，《禹王书》以"涂山会"作结，还有些意犹未尽，因为那时我对西北之外的玉文化还不熟悉。当我陆续了解了浙江德清中初鸣、河南南阳黄山等史前玉作坊遗址以后，又按捺不住创作的冲动。我觉得很多玉器、玉文化遗址都是文学创作的富矿。2019 年上半年，考察了环太湖地区的良渚文化，下半年考察了山西龙山文化区和内蒙古敖汉红山文化区。2019 年，我连续三次到敖汉，考察兴隆洼、兴隆沟、赵宝沟、城子山、草帽山及辽宁牛河梁等文化遗址。最后一次，10 月份，应刘国祥、佟少强之邀到岫岩参加辽宁雨桐玉文化博物馆开馆典礼暨相关学术活动，顺路又在玉文化学者雷广臻、李井岩等学者的帮助下考察了喀左、查海等重要遗址。10月18日至20日，到洛阳参加第二届世界古都论坛暨二里头夏都遗址博物馆开馆仪式和纪念二里头遗址科学发掘60周年国际学术研讨会。

这些活动，都是文化大餐，是饕餮盛宴。

2020年新年伊始，突发疫情。根据防疫要求，在家30天，创作中篇小说《熊图腾》，重点表现玉文化，作为以后创作《禹王书》续部的过渡。透闪玉是石之精华，是自然界中韧性和硬度都很高的物质，据地质学家的实验和研究成果，碾碎一块铁需要5吨压力，而碾碎一块闪玉则需要7吨压力，足见其韧性之强！所以，西辽河流域的优质闪玉——河磨玉早在8000年前就已经被兴隆洼的先民赋予了朦朦胧胧的文化功能而推崇、使用。动物界中，熊因为体能强大和冬眠的特性（这在史前人类看来是死而复生的象征）而被崇拜，玉文化与熊崇拜开始结合，并且成为影响深远的文化原型渗透在神话传说和古代典籍中。如："昔尧殛鲧于羽山，其神化为黄熊，以入于羽渊。"大禹开山时化身为熊，《山海经·中山经》记录"熊耳之山""熊山有穴称熊穴，恒出神人"，河南有熊耳山。古人称熊为"蛰兽"，汉字"能"本义为熊，华佗《五禽戏》中的"熊戏"以及庄子说的"熊经鸟伸"的修行健身术，可能都有潜在的熊文化内蕴。韩国有个叫"熊津"的地方，1972年挖出一尊石雕熊神像。牛河梁红山文化遗址考古挖掘时，女神庙中出土了熊下颚骨和动物塑像残件。那些残件中有些难以辨认，但熊爪和熊头很明确。叶舒宪在《牛河梁熊头之谜》一文中说："玉雕熊龙用于埋葬死者，泥塑熊像则用于举行祭祀仪式的神庙中，并且与泥塑的女神像对应出现。这就隐约透露出围绕着熊神像的一套信仰和仪式。在我看来，孙守道等发掘者最初将积石冢出土的一对玉龙指认为猪龙，后来经过仔细研究又改叫'熊龙'，这是一次非常重要的改判。尽管至今学术界仍然众说纷纭，没有就此达成一致意见，但是更加充分的旁证还是会使熊龙说后来居上，获得与日俱增的认可吧。"

2019年冬天，我在上海交大参加玉文化学术活动间隙向郭大顺先生求证。郭先生详细地讲述了考古挖掘时所见的情景。2020年初，我就把这个重要证据通过文学表现形式写进了《熊图腾》。此前，在长篇小说

《禹王书》中我已经把大禹的文化渊源追溯到黄帝文化。文化学者雷广臻研究认为，牛河梁就是黄帝部族神庙。考古证明红山文化受仰韶文化影响，仰韶文化向南发展在南阳白河流域与长江以南的屈家岭文化有碰撞、融合，这个生动的现场比较完整地保存在黄山遗址中。屈原在《离骚》中开头就说自己是帝高阳之苗裔。古代帝王颛顼，号高阳氏，姬姓，黄帝之孙，昌意之子，是上古部落联盟首领，"五帝"之一，人文始祖之一。看来，屈原并非文学想象，而是庄严而深沉的历史叙事，这有很多考古成果及研究论著佐证。汉朝建立者刘邦来自楚文化圈，楚文化中传承不息的熊文化因此得以再次彰显，汉代文物中陶熊、玉熊并不鲜见，还有画像砖中的熊舞，等等。河西最早的长城是汉代修筑，这就是我在小说中把熊文化与长城文化结合的文化背景。

叶舒宪先生对熊文化的研究给了我很大的启发。叶先生曾经研究高唐女神，出版学术专著《熊图腾》。我们开展玉帛之路文化考察过程中经常见到熊造型文物，他连续写了《又见熊图腾》《再见熊图腾》《三见熊图腾》等文章在《丝绸之路》发表。我的小说《熊图腾》努力把优秀传统文化艺术化、当下化。中国考古学已发展100多年，成果丰硕！可以进行文学书写的题材很多，而重视民族文化根脉本来就是我们的伟大传统。此生此世，既已走上这条道，既然深沉地热爱伟大的民族文化、人类文化，就能做到九死而无悔，与诸多同道一起努力。当然，《熊图腾》客观上也融入很多考古学家、历史学家、神话学家的研究成果，他们对我文化精神的滋养，至关重要。

三

2021 年 12 月 12 日下午，我在郑州至兰州的高铁上看到有关洛阳市宜阳县苏羊遗址最新考古成果的报道，那个以仰韶文化为主体的遗址中"不仅发现一批带有浓厚屈家岭文化因素的器物，还发现一枚颇具红山文化特征的兽首石雕"。报道中发布的文物图片，我初步推断石雕兽首中的兽应该是熊形象，与红山文化有关。玉钺残件很可能是顺着渭河而来的甘肃武山鸳鸯玉料。刘国祥则认为是红山文化区的河磨料。考古发现与研究结果表明仰韶时代与龙山时代曾频繁发生战争，产生过巨大的社会变革，这一时期正好对应中国古史传说的三皇五帝时期。苏羊遗址从仰韶文化中期一直持续到龙山文化晚期，也反映了距今 5000 年前后以仰韶文化为代表的黄河文明同以屈家岭文化为代表的长江文明在河洛地区的交流融合。而且还有红山文化元素。参照南阳黄山遗址和地处长江流域和黄河流域分界岭的熊耳山的地缘特征，我不由自主地联想到"窜三苗于三危"的时代背景与文化原型。考古学家杨建芳曾撰文研究过这个问题。1980 年，俞伟超在《先楚与三苗文化的考古学推测》中首先"以屈家岭为中心的三大阶段的原始文化，推测为三苗遗存"，主要分布在江汉平原和洞庭湖西北平原。后来韩建业发表《禹征三苗探索》，认为石家河文化就是三苗文化，石家河文化在屈家岭文化的基础上发展而来。山西省羊舌村出土石家河文化玉神面，垣曲古城东关仰韶文化庙底沟二期类型遗存和龙山文化前期遗存发现屈家岭文化晚期及后石家河文化因素。陕西石峁遗址也出土了具有浓厚的后石家河文化风格的器物。这就证明屈家岭文化晚期及石家河文化由江汉平原、豫西南北向豫西、晋南、陕北等地区传播，考古成果与神话传说、文献记载互相印证了三苗集团（脩己）与华夏集团（大禹）频繁交流与碰撞的真实性。

创作《禹王书》时我还不是很了解这些成果，非常遗憾。我曾想对小说进行大幅度修改，融入最新考古成果和学术发现。打开文本，通篇都是三年前的创作气象，重新修改，效果未必好。而且，修改完之后，如果又有新成果被考古发现，怎么办？虑及再三，我决定还是保持原状。因此，定稿后的《禹王书》就玉文化学术层面而言，只能代表我 2019 年之前的认知。现在，我对考古文化、玉文化更加关注，感觉有很多题材可以创作成文学作品。以后有精力、有时间，就再接再厉，朝这方面努力探索。

四

在学习、研究玉文化的过程中，我深刻地感受到徐旭生、夏鼐、苏秉琦、费孝通等前贤在中华文明探源及玉文化研究领域高屋建瓴，具有重要的引领作用。中华文明的主根脉贯穿了前文字时代的大传统和历史时代的小传统。其中核心元素就是玉文化。如今，中国气派的考古学快速发展，有关玉文化的考古成果层出不穷，其中蕴含太多太多文学元素。各路玉文化学者的深厚学养和宽阔胸怀都给我留下了深刻印象，他们的探索精神和丰硕成果让我感动、感佩、感慨，恨不能像千手观音一样，挖掘、弘扬、传承！

因此，当西北师范大学建议我面向全校本科生开公选课《中国玉文化》，并编著同名教材时，我毫不犹豫地答应了。之所以有这个勇气，是基于对玉学界的信任和对西北师范大学充满信心。甘青地区在史前时期就成为华夏文明对外交流融会的文化高地，尤其是历史悠久的玉文化辗转影响到甘青地区后形成以成套玉礼器为显著特征的齐家文化，直接影响到夏商周文化的进程。玉文化是华夏文明的核心价值和基因，是中华民族生生不息、血脉相连的文化脐带。中国成为延续至今的文明古国，历经多次灾难依然挺立于世界东方，最根本的原因是玉文化基因。现在，中国进入新的发展时期，玉文化中蕴含的"和"理念必为世界和平发展起到重要作用！在这种背景下，我以考古发掘出土的玉器为基础，结合文献资料，通过整理、学习、研究国内外玉文化学者的学术成果，向西北师范大学本科生讲解，切切实实为传播、弘扬优秀传统文化做些实事，假以时日，学生成长起来，必将成为真正的文化传承者。不管将来他们从事什么工作，都能闪耀玉文化的光芒，岂不美哉！

2022年5月，我到甘肃文化发展研究院任职后，立即着手策划举办"玉文化与华夏文明高端论坛"系列活动。

五

这些年，我之所以能够开展丝绸之路文化、玉文化研究和小说创作，首先得益于西北师范大学的支持。写作《敦煌·六千大地或者更远》用了8年，《敦煌遗书》用了3年，《野马，尘埃》（上、下册）断断续续用了12年。《敦煌遗书》出版后，学校支持举办了首发式和研讨会。2021年1月，百万字长篇小说《野马，尘埃》（上、下册）出版，《中国社会科学报》2021年1月29日第8版发表一组评论文章推介。4月26日，西北师范大学与中国当代文学研究会、东亚汉学研究学会、陕西师范大学人文社会科学高等研究院、陕西新华出版传媒集团太白文艺出版社、兰州市文联等单位联合主办了"冯玉雷长篇小说《野马，尘埃》首发式暨研讨会"。多年来，我研究丝绸之路（敦煌）文化、玉文化，创作小说，完全基于个人的兴趣爱好，没想到学校如此重视，非常感动。我欣喜地感觉到，在当代文化构建的宏大工程中，不但加强了横向的跨学科合作，而且从纵向促进了史前文明、古代文化、现代精神的打通，这是这个伟大时代的重要标志性特征之一。我能以自己的方式参与学科建设和文化艺术发展中，是多么庄严而幸福的事。2022 年是西北师范大学建校 120 周年，回瞻历史，继往开来，传承、弘扬前贤玉成其事的文化精神，就是继续努力学习，努力工作，努力创作！

各美其美，美人之美，美美"玉"共，天下大同！

中国文化博大精深，特色鲜明。多年来，我一直努力实践将文学创作与人类文明相结合，在艺术表现形式方面进行不断探索，因此对普通读者来说有些难度。特别感谢各界学者、批评家对我创作的关注和大力支持！你们的鼓励至关重要！

《大家》主编周明全在关键时刻拍板发表这类探索性较强的小说，给了我极大的鼓励。还有社会各界朋友的支持和鼓励，都是我孜孜不倦研究、探索和创作的动力。

感谢中国国家画院画家王辅民为这部小说创作插画《大禹治水》。

文化部原副部长、故宫博物院原院长郑欣淼，中国现代文学研究会副会长、陕西师范大学人文社会科学高等研究院院长李继凯，甘肃省委组织部原副部长、省委直属机关工委常务副书记、作家胡秉俊及其千金胡潇一直关注我的学术研究和文学创作，并撰写序言，感激不尽！

符号学家、四川大学文学与新闻学院比较文学教授赵毅衡，神话学家、上海交通大学人文学院教授叶舒宪，中国历史研究院副院长、中国社会科学院考古研究所（中国历史研究院考古研究所）所长陈星灿，评论家、《大家》主编周明全在百忙中为本书撰写推荐语，毫无疑问，这是对我的鼓励和鞭策！

感谢出版社编辑李金涛的辛勤付出！

感恩并祝福这个时代！

冯玉雷

2023 年 11 月